LES BOULES DE L'ESPACE

ALLÔ HOUSTON, LE COMPTE À REBOURS COMMENCE

SARA L HUDSON

Traduit par Manon Roux-Caukwell de Valetin translations

UN
#J'EMMERDEL'AMOUR

Rose

J'EMMERDE L'AMOUR.

J'engloutis le reste de mon gin-tonic et me penche au-dessus de la table décorée dans les règles de l'art, en posant mon menton dans ma main.

Je les emmerde.

À travers les pivoines corail, l'hortensia blanche et les bougies de tailles variées disposées au centre de la table, j'observe mon frère qui fait tournoyer ma meilleure amie Jackie sur la piste de danse. Flynn lui parle en souriant de toutes ses dents, probablement en train d'essayer de distraire Jackie pour l'empêcher de compter ses pas. Et à en juger par l'expression rêveuse qui se lit dans les yeux de mon amie, il se débrouille bien.

J'inspire profondément, appuie mes paumes sur la surface de la table et me redresse sur ma chaise.

Mon frère est heureux. Ma meilleure amie est heureuse. C'est la meilleure des conclusions possibles pour deux des personnes que je préfère. C'est bien. Non, c'est carrément génial. J'agite les mains en l'air façon *Jazz Hands* pour l'effet de style. Un couple qui passe par là me regarde de travers.

Peu importe.

Je fouille dans mon décolleté à la recherche de ma flasque, mais je n'y trouve que la liasse de billets de cinquante dollars que je garde en cas d'urgence. Je fais la moue en me souvenant que Trish, mon autre meilleure copine, m'a forcée à abandonner ma flasque en métal après avoir affirmé qu'elle ruinait la silhouette de ma robe de demoiselle d'honneur.

Pouah ! Soutenant mon menton à nouveau, je songe à toutes les raisons pour lesquelles je devrais rire et sourire avec tous ces pignoufs.

J'ai des meilleures amies géniales et deux grands frères idiots mais adorables. Des gens qui, qu'ils soient amoureux l'un de l'autre ou d'une personne extérieure à ce petit groupe, continuent de m'aimer.

Je vais recevoir mon diplôme universitaire avec un semestre d'avance. Avec mention.

J'ai une poitrine énorme, et je sais m'en servir.

Et aussi, je suis incroyablement riche.

Je *devrais* être prête à conquérir le monde. Et pourtant je suis en train de me taper une soirée déprime à la noix, en solitaire, drapée dans ma mousseline de soie à la table des mariés.

#ProblèmesDeRiche. #CapricesDeDiva. #Ressaisis-toi.

Je croise le regard de Mike, l'associé de mon frère au garage, et nous nous saluons tous les deux en hochant la tête. Il est assis à côté d'une jolie brune à deux tables de moi. Évidemment.

Je suis contente pour eux. Pour eux *tous*. Vraiment.

C'est juste que tous ces couples se sont formés si *vite*. À mon vingt et unième anniversaire, j'ai enfin trouvé ma bande de copines pour la vie. C'était il y a seulement six mois. Six mois et trois amies. Puis deux frères et une pièce rapportée mâle ont rejoint la fête, et voilà que soudainement, je suis la seule survivante.

J'ai toujours détesté les maths.

En me dandinant pour remettre ma poitrine en place et façonner le décolleté idéal, je jette un regard alentour à la recherche d'un serveur à soudoyer, dans le but d'en faire mon larbin à gin-tonic personnel. Ou larbine. Je suis une opportuniste équitable avec quiconque m'apporte à boire.

Sondant la pièce du regard, je m'avachis de nouveau dans mon décolleté en voyant que tout le personnel de service autour de moi porte en équilibre des plateaux remplis de hors-d'œuvre. Mais aucune boisson.

Il faut vraiment que ce mariage revoie ses priorités.

Allongeant le bras de l'autre côté de la table, je subtilise le verre de champagne posé à la place de Trish et le descends cul sec.

Ces verres sont pour le toast qui sera porté en l'honneur des mariés plus tard. Peu importe. Il faut satisfaire ses besoins, tout ça, tout ça.

Je chipe ensuite le verre de champagne de Ian et en gobe le contenu d'une traite, avant de l'aligner avec les autres verres vides devant moi.

— C'est une sacrée rangée de cadavres que vous avez là.

Agitant mes cils sublimés avec professionnalisme vers l'homme qui tire une chaise à côté de moi, je souris. Il n'est peut-être pas en train de m'offrir un gin-tonic, mais s'il y a bien une chose capable de m'arracher à ma déprime et me faire arrêter de m'apitoyer sur mon sort, c'est un homme séduisant. Surtout s'il me propose un autre genre de cocktail, type *Sex on the Beach.*

J'attrape le verre de champagne de Jul' placé devant lui et prends une gorgée.

— On m'a élevée dans la croyance que quand on fait quelque chose, il faut le faire bien. Y compris prendre une cuite.

L'homme s'esclaffe, ce qui produit un effet extraordinaire au niveau de ses yeux. Des yeux bruns, de la couleur de ce chocolat noir au goût atroce dont les spécialistes de la santé disent qu'il est bon pour nous.

Il s'assied, croise une jambe par-dessus son genou et tourne son corps vers le mien.

Je prends une autre gorgée en le reluquant ostensiblement. Il a des cheveux bruns, soyeux, et de longs cils lesquels, alors qu'il me dévisage longuement, s'abaissent vers des pommettes saillantes. Des cils si luxuriants qu'on aurait envie de le gifler d'être né homme.

Je penche la tête de côté.

— Vous êtes qui ?

Son sourire s'étire d'un côté de son visage. Une mimique qu'il s'est sans doute entraîné à pratiquer, mais néanmoins efficace.

— Je m'appelle Bodie.

Je lui offre ma main sans boisson.

— Rose. Et si on se tutoyait, plutôt ?

Il hoche la tête, sourire toujours opérationnel.

— J'aime ce prénom.

Je hausse les épaules, reconnaissante qu'il n'ait pas sorti un commentaire pourri comme le font la plupart des hommes quand je me présente. Parce que soyons honnêtes, je n'ai pas la délicatesse que mon prénom suggère, et je ne fais foutrement pas dans la douceur.

— Alors, comment est-ce que tu connais les jeunes mariés ?

Sa voix est grave et nonchalante, mais suffisamment intelligible par-dessus le vacarme de la musique retentissant dans la grange.

— Amie de la mariée.

Je finis le verre.

— Et toi ?

— Idem.

Je fronce les sourcils.

— Mmm. Je ne savais pas que Jackie avait autant d'amis.

Je hausse un sourcil et l'examine à nouveau.

— Surtout des amis hommes.

Il singe mon expression de visage.

— Et pourquoi donc ?

Je me lève, allonge le bras devant lui et me saisis du verre de Holt, en sachant que je lui offre un bon panorama de mes nichons dans le décolleté plongeant de ma robe de demoiselle d'honneur. En me réinstallant sur mon siège, j'ai un petit sourire satisfait en voyant qu'il faut une seconde à Bodie pour relever les yeux vers les miens.

— Primo, parce qu'elle était bien trop accro au boulot avant de me rencontrer pour se faire des amis. Et deuzio, parce que cet homme qui la fait tournoyer sur la piste de danse...

J'incline mon verre en direction de mon frère.

— Serait jaloux à en crever.

Il accueille mes paroles avec un autre hochement de tête et un sourire. Ses petites actions m'indiquent qu'il est du genre décontracté, un gars qui ne se laisse pas facilement troubler.

Le style de mecs que je préfère taquiner.

— J'imagine que ce serait plus exact de dire que je suis un collègue plutôt qu'un ami.

Il s'adosse à sa chaise, l'étoffe de sa veste de costume effleurant mon bras dénudé.

— Mais maintenant que Jackie et moi travaillons davantage ensemble, je dirais que ça évolue vers de l'amitié. D'où l'invitation au mariage.

Ah. C'est un nerd de la NASA. Ce qui est étonnant, vu qu'il ressemble plus à un mannequin Ralph Lauren qu'à un geek de l'aérospatiale.

— Et qu'est-ce que tu fais de beau pour la NASA, Bodie ?

C'est subtil, mais ses épaules bougent légèrement, et un voile supplémentaire d'assurance se dépose sur lui.

— Je suis astronaute.

Je hoche la tête et lâche un « cool » avant de regarder de l'autre côté de la table, à la recherche d'un autre verre à chaparder.

Dans ma vision périphérique, je vois le voile tomber. Le sourire narquois qu'il arborait auparavant s'ouvre pour laisser place à une bouche béante.

Je contracte mes narines pour m'empêcher de rire et me retourne vers lui, feignant la confusion.

— Tu t'attendais à une réaction plus forte ?

Il hausse les épaules, l'air penaud. C'est mignon.

Avec mes doigts, j'attrape le verre de Finn par le rebord et me réinstalle sur mon siège.

— Écoute, Bodie.

Je cale mon bras dépourvu de verre sous ma poitrine et le réhausse un peu. Ses yeux descendent vers mon décolleté gonflé à bloc avant de remonter à nouveau vers les miens. J'ai toujours su comment tirer le maximum d'avantages de mes attributs.

— Deux de mes meilleures amies sont astronautes. Jackie est un génie et Jul' une dure à cuire dépravée.

Je prends une lampée de ma boisson volée.

— De plus, je viens d'aider mon autre meilleure amie, une auteure à succès, rien que ça, à sortir de prison.

Je laisse la base du verre de champagne reposer dans la vallée de mes seins.

— Et ça ne prend même pas en compte l'intégralité de mes remarquables attributs, qui sont par ailleurs très nombreux.

Ses yeux papillotent une nouvelle fois en direction de ma poitrine, et je le titille en me penchant en avant pour lui offrir une meilleure vue.

— Si tu veux obtenir une meilleure réaction, tu vas devoir mettre plus sur la table qu'un intitulé de poste.

VANCE

MA SOIRÉE VIENT de s'égayer considérablement.

Je prends une autre gorgée de ma boisson, mais le sourire de la blonde voluptueuse me réchauffe les entrailles bien mieux que le whisky dans mon verre.

— On ne t'impressionne pas facilement, hein ? J'imagine que je vais devoir redoubler d'efforts.

— Pas la peine.

Elle penche la tête en arrière et révèle la longue colonne hâlée de son cou, puis elle en ingère le contenu. C'est plus fascinant d'observer les muscles se contracter à mesure qu'elle avale que d'étudier les microcosmes en microgravité.

Rose se pourlèche les lèvres, scrutant la table du regard à la recherche d'un autre verre à dérober, fronçant les sourcils lorsqu'elle réalise qu'il n'y en a aucun.

— Alors dis-moi. Est-ce que tu es le genre de gars disposé à faire ce qu'il faut pour amener une femme jusqu'à l'orgasme ?

L'espace d'un instant, c'est le vide total dans mon esprit d'habitude si vif, le temps que je me repasse mentalement ce qu'elle vient de dire, mon verre à mi-chemin de mes lèvres. Puis je souris.

— Ça te dit de le découvrir ?

— Non.

— Non ?

Toute sensation agréable me quitte.

— Je ne veux pas « découvrir » que je suis déçue.

Elle désigne ses cuisses.

— Je veux un orgasme garanti.

La gorgée de scotch que je viens de prendre me brûle le nez lorsque je pars d'un éclat de rire, qui se transforme en toux.

— Eh bien dans ce cas...

Je m'éclaircis la gorge, les yeux embués de larmes.

— Tu peux estimer que tu seras satisfaite ou remboursée.

— Génial.

Elle se lève, lissant sa robe et tapotant l'arrière de sa coiffure. Pas mal de gens se retournent pour regarder.

J'ai comme l'impression que Rose ressemble beaucoup à ces pluies d'astéroïdes que je veillais tard pour observer dans mon enfance. De loin, leurs trajectoires illuminent le ciel obscur, leur éclat magnifique en contraste. Mais maintenant que j'ai 36 ans et que je suis astronaute, je sais la véritable puissance destructrice de la moindre de ces roches incandescentes et ce qu'elles sont capables de faire. Et pourtant, tout ce savoir ne m'empêche pas d'être subjugué par la femme qui se trouve devant moi.

— Alors.

Elle pose ses mains sur ses hanches et baisse les yeux vers moi.

— On le fait ou quoi ?

Le charme affriolant de Rose est en train de me faire enfreindre l'une de mes règles absolues. Qui est de ne *jamais* coucher lors d'un mariage. Les femmes qui participent à ces trucs sont pétries d'attentes. Excitées par la promesse d'une fin heureuse. Pour le célibataire acharné que je suis, coucher avec quelqu'un d'obsédé par les contes de fées pourrait signer l'arrêt de mort de mon célibat.

Alors je ne le fais pas.

Mais pour cette fille-*là* – je regarde ses seins rebondir à mesure qu'elle tire sur son décolleté – je pourrais transgresser mes règles pour cette fille.

Je me lève, ma tête dépassant la sienne d'une quinzaine de centimètres.

— Est-ce que les navettes circulent déjà vers les hôtels ?

— Oh, on ne va pas à l'hôtel.

Elle attrape ma main et tire dessus.

— Ça prendrait trop de temps.

J'avance en titubant, aisément guidé par cette sirène du sud.

— Impatiente, on dirait ?

Nous zigzaguons entre les autres tables, vides pour la plupart, car la piste de danse est de plus en plus bondée.

Rose attrape une autre flûte de champagne en chemin.

— Tu dis que je suis impatiente, moi je dis que je suis une coordinatrice efficace.

Lorsque nous atteignons le mur de tissu couleur crème qui tombe du plafond comme une cascade, Rose me lâche la main et me tend son verre subtilisé pour que je le tienne. Amusé, je l'observe palper le mur en tissu et les guirlandes lumineuses comme si elle cherchait quelque chose.

— Ah-ha !

L'air fier comme un paon, elle écarte l'étoffe, révélant une section condamnée de la grange.

— Je suis à peu près certain que l'accès a été condamné pour une bonne raison.

Je jette un regard de part et d'autre derrière moi, mais a priori personne ne regarde par ici.

— Je ne crois pas que les invités y soient autorisés.

Elle lève les yeux au ciel d'un air moqueur avant de me prendre son verre volé des mains.

— Mais quelle sainte-nitouche !

Un rire m'échappe sous l'effet de la surprise.

— C'est bien la première fois qu'on me dit ça.

Son sourire devient espiègle, et elle utilise sa main libre pour faire glisser un doigt le long de ma mâchoire.

— Je suis à peu près sûre que si tu passes assez de temps avec moi, il y aura plein de premières fois.

Bon sang, elle est marrante.

— Je n'en doute pas.

La chanson laisse place à quelque chose de plus lent, et Rose se retourne en direction de la piste de danse, observant les couples se rapprocher et onduler ensemble au rythme de la musique. Au lieu de cette expression rêveuse que j'ai l'habitude de lire sur le visage des femmes aux mariages, le sien s'assombrit, et ses sourcils châtains se rejoignent.

— Un problème ?

Ma question la fait sursauter mais elle se ressaisit, redressant les épaules pour les aligner avec les miennes.

— Aucun problème.

À présent, son froncement de sourcil laisse place à une expression déterminée.

— Ton ex est là-bas avec sa nouvelle copine, ou un truc du genre ?

Ma voix est plus cassante que prévu, et j'ignore pourquoi. Ça ne devrait pas me déranger, l'idée que Rose se serve de moi pour oublier quelqu'un. Ça devrait même rendre ma décision de coucher avec elle plus facile encore, car ça signifie que Rose ne sera pas shootée aux contes de fées mais plutôt en quête d'un pansement rapide à appliquer sur son cœur.

— Oh je t'en prie ! dit-elle en se désignant. Comme si qui que ce soit pouvait choisir de quitter *ça*.

Je pousse un petit rire qui vient couvrir le soupir de soulagement qui m'échappe.

— Allez, assez bavardé, vieux schnock.

— Vieux schnock ?

Elle m'ignore et finit sa boisson, après quoi elle se pourlèche les lèvres.

— Tout ce que tu as besoin de savoir, c'est que je vais prendre mon pied ce soir.

Elle lâche son verre vide sur la table la plus proche.

— Que ce soit en solo, ou que tu te bouges les miches pour m'y aider, je savourerai la décharge d'endorphines qui vient avec l'orgasme.

Elle lève une main et remue les doigts.

Mon esprit sèche de nouveau alors que je regarde fixement sa main levée, mon imagination s'envolant dans tout un tas de directions obscènes et dépravées.

— À toi de décider ce qu'il en sera, papi.

Elle trouve l'ouverture, écarte le tissu une nouvelle fois, et disparaît.

Je me sens étrangement perdu face à sa disparition soudaine, comme si les lumières venaient de s'éteindre. Il y a chez cette fille quelque chose d'attirant. Elle est magnétique.

Cependant, malgré ma forte attirance pour elle – et précisément pour cette raison –, le fait qu'elle se soit éclipsée derrière le rideau sans moi pourrait être le changement de cap dont j'ai besoin. Je pourrais retourner à ma table, prendre quelques verres de plus. Porter un toast aux jeunes mariés et partir comme je l'avais prévu depuis le début. Tout ce que j'ai à faire, c'est m'éloigner. Jouer la carte de la prudence.

J'engloutis le reste de ma boisson, pose mon verre à côté du sien, puis je fais face aux rideaux.

En tant qu'astronaute, quand dans ma vie ai-je joué la carte de la prudence ? D'ailleurs, je me contenterai de lui dire que je pars en Allemagne dans deux jours pour un compte-rendu d'une sortie extravéhiculaire. C'est la vérité. Et avec un peu de chance, ça la refroidira avant même que son esprit ait eu le temps de s'échauffer.

Je me faufile à travers le tissu, et il me faut une minute pour que mes yeux s'habituent à l'obscurité. Puis une autre pour que mon cerveau se ressaisisse face au spectacle qui s'offre à moi.

Là, contre le mur, se tient Rose. Un rayon de lumière baigne son corps et l'illumine, telle une fée dans le clair de lune.

Une fée avec une main entre les jambes.

Dans un mouvement de balancier, l'étoffe épaisse des rideaux se remet en place derrière moi, réduisant le bruit du mariage à un bourdonnement sourd, ce qui me permet de remarquer les petits cris et autres gémissements de la femme devant moi.

Sa tête est rejetée en arrière, sa gorge exposée une nouvelle fois tandis que ses seins gonflent, luttant pour se libérer des contraintes de son décolleté. Sa main libre remonte sa robe jusqu'à sa hanche, ce qui donne à l'autre tout le loisir de s'enfoncer, de tournoyer et de frictionner sans entrave.

J'ai contemplé les flammes ardentes de la couronne solaire balayer la Terre pour me retrouver ensuite plongé dans l'obscurité la plus totale, volant dans l'espace à plus de vingt-sept mille kilomètres heure rattaché à un câble, seul et unique moyen qui m'empêchait d'être happé par le tourbillon abyssal de l'inconnu parsemé d'étoiles. Mais ça... Voilà qui est plus beau que la lueur incandescente déferlant sur notre planète. Et probablement tout aussi dangereux.

Lorsqu'elle gémit à nouveau, je m'avance. Au bruit de mes chaussures égratignant le sol, ses paupières s'ouvrent en papillonnant.

Un sourire nonchalant éclaire son visage puis elle referme les yeux.

— Tu n'as pas pris tes jambes à ton cou.

Sa voix est voilée, et la main entre ses cuisses ne s'interrompt jamais.

— Je préfère prendre mon pied.

Je prends sa joue dans le creux de ma main, en me penchant

pour effleurer ses lèvres des miennes, délicatement et avec plus de tendresse que prévu.

— Mais pas tant que tu n'auras pas pris le tien.

Puis je fais ce que ferait n'importe quel homme face à une fée pareille. Une sirène. Une prophétesse de la destruction.

Je me mets à genoux.

DEUX
ONE GIANT LEAP

Rose

Je suis contente qu'il ait attendu que je parvienne à me débarrasser de ma gaine avant de me suivre jusqu'ici. Parce que ça aurait été carrément gênant.

Concentre-toi. Je m'installe confortablement dans l'instant présent, en me focalisant sur ce que ma main est en train de faire à mon clitoris. Mais ma pleine conscience vacille lorsque Bodie s'agenouille devant moi.

La lumière des spots à l'extérieur de la grange révèle la lueur de satisfaction dans ses yeux et le mouvement furtif de sa langue sur ses lèvres.

Je passe à deux doigts de l'orgasme.

— Montre-moi.

Ses yeux sont braqués sur ma main humide, qui décrit des mouvements circulaires autour de mon clitoris.

Une partie de moi est déçue. J'espérais voir de quoi il était capable. Je me demandais si avec lui, tout était dans le physique et rien dans le pantalon, ou s'il était à la hauteur de son potentiel de rêve, comme le sont si peu d'entre eux.

L'autre partie de moi hausse les épaules mentalement, car ça signifie moins de boulot pour moi. Parce que s'il ne se met pas au turbin, alors je ne m'y mettrai pas non plus quand j'aurai fini. Il a fait son choix. Il n'aura qu'à se dépatouiller avec sa propre main.

J'appuie trois doigts sur mon clitoris et me mets à frotter, imprimant des va-et-vient que je n'interromps que pour pénétrer mon sexe dès que je me sens approcher de l'orgasme. Je me délecte de l'attention soutenue de Bodie. J'ai envie de faire durer ce moment. De le savourer.

La respiration saccadée de Monsieur l'Astronaute m'indique que le spectacle lui plaît. Même s'il ne fait rien à part soulever ma robe un peu plus haut.

Tellement typique.

Peu importe. *Concentre-toi.*

J'augmente la cadence de mes frictions, allumant un feu digne de la scoute que je n'ai jamais été.

Si proche, encore un tout petit peu...

Le souffle de Bodie s'abat sur mon clitoris, provoquant un frisson dont la fraîcheur offre un contraste saisissant avec la flamme qui grandit en moi.

Boum !

Mon corps tout entier se cambre et se tend, puis une chaleur déferle dans mes veines tandis qu'une lueur danse derrière mes paupières.

— Putain, putain, putain !

J'adore cette partie, ce plaisir abrutissant, presque douloureux. Un courant électrique qui provoque dans mon organisme un état de béatitude, qu'il me reste à découvrir dans n'importe quel autre domaine de mon existence.

À l'exception de ses doigts qui s'enfoncent plus profondément dans mes hanches pendant que je baise le vide et que mon plaisir cherche à se raccrocher à quelque chose, le corps de Bodie reste immobile.

Trop tôt, les sensations délicieuses s'éloignent, les détails de mon environnement s'abattent à nouveau sur moi comme le ferait une bonne grosse dose de gravité.

L'homme face à moi a les yeux levés vers les miens à présent. Mon Dieu, ils sont si expressifs. C'est vraiment un des plus beaux hommes que j'ai vus de ma vie.

Dommage qu'il soit flemmard au pieu.

— OK, papi, le spectacle est terminé. Tu ferais mieux de te relever avant de rester bloqué – Qu'est-ce que… !

Bodie plonge en avant et suce mon clitoris.

— Attends, attends.

Mes doigts s'enfoncent dans ses cheveux et tirent.

— Je viens de jouir !

Mais il n'écoute pas, et mon corps non plus. D'habitude, dès que je suis trop gourmande et tente de viser le doublon, mon corps me hurle dessus.

Bodie fait hurler mon corps différemment.

Je m'avachis à nouveau contre le mur et le laisse prendre le contrôle. Il fait quelque chose de magique avec sa langue, un mélange entre le coup de langue et l'oscillation qui me coupe le souffle.

Il jette l'une de mes jambes par-dessus son épaule et enfonce deux doigts à l'intérieur de moi.

— Putaaaaaain.

Mes hanches se mettent à chevaucher son visage, mes mains toujours agrippées à ses cheveux, s'y raccrochant pour garder l'équilibre.

Il pousse un grognement. Que ce soit de douleur parce que je lui empoigne les cheveux ou de plaisir parce que je suis si excitée, je n'en ai aucune idée. Et franchement, je m'en fous.

Parce que j'ai un nouvel orgasme, et qu'il est dix fois plus beau que le premier.

Si je prenais un selfie maintenant, je donnerais probablement l'impression d'être en train de crever, peu importe le filtre utilisé.

#TroncheD'Orgasme.

Et je suis vraiment en train de crever. Je le jure. Je n'arrive pas à respirer, ni à réfléchir. Tout ce que je peux faire, c'est ressentir. Sentir ses lèvres qui sucent mon clitoris. Ses doigts à l'intérieur de moi, qui se recourbent et appuient sur cette zone si sensible. Tout est tellement. Tellement bon. Bordel.

Lorsque mon corps arrête de convulser et que la jambe qui me soutient commence à se dérober, Bodie se lève et me tient contre lui, caressant mon dos.

J'attends qu'il dise quelque chose de prétentieux. Quelque chose d'inutile pour insister sur le fait que ce n'étaient pas que des paroles en l'air. Qu'il a bel et bien tenu ses promesses.

Vous savez, tout gâcher comme je le ferais si j'étais à sa place.

Il ne le fait pas.

Sa victoire silencieuse sur mes parties féminines ne le rend que plus impressionnant.

Je repousse Bodie, un sourire espiègle figé sur mon visage.

— À ton tour.

VANCE

— HMM, où est-ce qu'on pourrait faire ça ?

Rose se dégage de mon étreinte et fait le tour de la pièce.

Comment elle est capable de se comporter comme si elle ne

venait pas de pratiquement s'effondrer de plaisir, c'est un mystère. Moi-même, j'arrive à peine à bouger tellement je suis excité, et ce n'était même pas mon orgasme.

Elle frappe une selle montée sur un tréteau.

— Qu'est-ce que t'en dis ?

Un seul regard posé sur la selle rigide en cuir défraîchi et mes couilles se rétractent.

— J'en dis : « ou pas » ?

Rose hoche la tête et m'examine, puis la selle.

— Oui, ce serait peut-être un peu trop extrême pour un homme de ton âge.

— Pard…

— Honnêtement, je ne pensais pas que tu aurais les *cojones* de me suivre jusqu'ici, alors je n'ai pas vraiment pensé à tout.

— Je…

— Et je ne compte pas m'allonger sur le sol.

Elle fait volte-face.

— Je veux dire, je suis sûre qu'il a été balayé, mais je n'ai pas confiance.

Elle lève les yeux du sol au plafond, en pleine réflexion.

J'abandonne et me contente de la regarder faire les cent pas. De toute évidence je ne suis d'aucune aide. Premièrement, je ne connais pas les environs comme elle semble les connaître. Et deuxièmement, le flot de lumière traversant la fenêtre expose les contours du corps de Rose à travers sa robe de demoiselle d'honneur, ce qui rend mon cerveau incapable de fonctionner.

— Va falloir solliciter les services de la grande maison, alors.

Rose avance d'un pas raide jusqu'au rideau qui nous sépare du reste du mariage, interrompant mon observation.

— La grande maison ?

Qu'est-ce que la police vient faire là-dedans ?

Elle continue de m'ignorer et trouve l'ouverture, jetant un coup d'œil à la fête dehors.

— La voie est libre. Les gens sont toujours en train de danser.

Elle ouvre un peu plus les rideaux, sondant la pièce du regard.

— Les autres demoiselles d'honneur sont avec les garçons d'honneur, trop occupées à roucouler en amoureux, donc personne ne va me chercher pendant un moment.

Au ton de sa voix, je suis prêt à parier qu'elle est en train de lever les yeux au ciel.

— J'y vais en premier, puis tu suivras.

Elle fait un pas dehors et m'interpelle par-dessus son épaule :

— On se retrouve sur le porche.

— Quel porche ?

Mais mes mots se heurtent aux rideaux, qui se remettent en place.

On m'a laissé seul, dans une grange, avec une gaule d'enfer.

Je me remets en place, soupire lorsque peu importe l'ouverture de jambe dans laquelle je la cale, ma queue veut toujours dépasser. Le pantalon de costard n'aide pas vraiment la situation. Je secoue les épaules pour me débarrasser de ma veste, l'enroule autour de mon bras et avance en la tenant devant moi. L'idée d'aller à un mariage dans cet état, comme un gamin prépubère au lycée, me donne envie de reconsidérer l'option de la selle.

Heureusement, comme l'a dit Rose, personne ne regarde en direction du fond de la grange. Presque tous les invités sont sur la piste de danse en train de danser en ligne. Même l'astronaute en chef Luke Bisbee, qui mesure près de deux mètres, ondule d'avant en arrière au rythme de la musique, donnant l'impression que tous les autres sont ses adeptes.

Une bourrasque de tissu corail oriente mon regard vers Rose

qui se trouve au niveau de la porte. Elle agite la main en direction d'un serveur de passage.

Essayant de paraître nonchalant pour ne pas attirer l'attention sur moi, tout en marchant assez vite pour sortir de là avant que quelqu'un remarque que je suis en train de dissimuler mon érection, je suis Rose dans son sillage.

Parvenant avec succès à héler le serveur, Rose ironise en désignant la table des mariés :

— Vous y croyez, vous ? Un connard a bu tout le champagne à la table des mariés !

Le serveur, portant un plateau d'asperges entourées de lard, la regarde avec des yeux de merlan frit. Probablement parce qu'elle plonge sa main dans son décolleté tout en parlant.

— Je sais, je sais...

Rose lève les yeux au ciel.

— Il y a des gens, vraiment !

Sa main émerge, brandissant une liasse de billets de cinquante.

— Mais on ne peut pas laisser la table des mariés sans champagne, pas vrai ?

Elle passe sa main sans argent derrière le serveur et l'attire vers elle, comme s'il s'agissait d'un ami proche.

— Vous êtes un mec bien.

Elle bat des cils.

— Je savais que je pouvais compter sur vous.

Elle s'écarte, lui tapote l'épaule, et le pauvre gosse manque de faire tomber ses asperges.

— Il vaut mieux apporter une bouteille pleine dans un seau de glace pour la table, hein ?

Rose effeuille deux billets de cinquante et les dépose entre deux hors-d'œuvre.

Dès que les billets tombent sur son plateau, le serveur se met en branle.

— Oui, m'dame. Je m'en occupe de suite.

Et sans attendre de réponse, il se hâte de s'éloigner, manquant de renverser un autre serveur, qui lui transporte des crevettes.

Elle se tourne vers moi avec une telle force que sa jupe se soulève. Je recule d'un pas, inquiet qu'elle esquinte mon engin encore dur. Je croyais que ma queue se serait calmée à ce stade, mais regarder cette fille marcher, parler, prendre les commandes, et bon sang ! simplement vivre sa vie, me fait bander autant que tout à l'heure.

— Tu as déjà entendu parler d'un subterfuge, Bodie ?

— Pardon ?

Elle lève les yeux au ciel.

— C'est une bonne chose que tous ces tourtereaux soient toujours distraits par les danses en ligne classiques des années 1980.

Elle s'agrippe à mon bras qui ne tient pas la veste devant moi et me guide vers la sortie.

— Autant sortir ensemble. Mais si quelqu'un me voit et que je dois expliquer pourquoi je marchais jusqu'à la grande maison avec toi, je ne serai pas contente.

Voilà qui est inédit. Quelqu'un qui ne veut *pas* être vu avec un astronaute.

Je trouve ça plus amusant que rébarbatif.

En fait, je suis tellement occupé à cogiter à quel point cette aventure est différente de toutes mes autres aventures que je ne remarque même pas où nous allons.

Jusqu'à ce que nous atteignions le porche du manoir West.

Rose monte les escaliers en courant et se précipite jusqu'à la porte d'entrée. Je serais impressionné par son atterrissage impeccable sur ses talons aiguilles, si je n'étais pas préoccupé par l'endroit où nous nous trouvons.

Je m'arrête sur la marche par-dessus laquelle elle a sauté.

— T'es pas sérieuse, si ?

Elle s'interrompt, la porte à moustiquaire à moitié ouverte.

— À propos de quoi ?

— Tu veux sérieusement entrer par effraction dans le manoir West pour baiser ?

Elle ouvre la bouche, puis la referme, tandis qu'un sourire s'incurve sur son visage. Le luminaire devant l'entrée souligne le grain de beauté sur sa joue gauche.

— Non, papi, *nous* entrons par effraction dans le manoir West pour baiser.

Et là-dessus, elle pousse la porte d'entrée pour l'ouvrir, me laissant la suivre une fois de plus.

Je me passe une main sur le visage, à la fois amusé et agacé contre moi-même. Parce que je me connais suffisamment bien pour savoir qu'il est hors de question que je n'entre pas. Tout en marmonnant « Un petit pas pour moi, un grand pas pour ma queue », je fais mon entrée dans « la grande maison ».

TROIS
#SUCKERFORME

Rose

ENTRER *par effraction dans le manoir West.* Je pouffe, en remontant fortement ma robe pour ne pas me prendre les pieds dedans en montant les escaliers. Bien que je me sois présentée comme étant l'amie de Jackie, j'ai supposé qu'il me reconnaîtrait. Ou qu'il saurait au moins à quelle famille j'appartiens. Mais j'imagine que c'est ce que je récolte pour avoir snobé son métier d'astronaute.

Lorsque Bodie entre dans la maison et referme la porte derrière lui, je l'interpelle depuis mon perchoir dans les escaliers :

— Allez, vieux schnock !

La première marche grince sous son poids.

— Et ne fais pas de bruit. On ne veut pas avoir d'ennuis. J'ai déjà été arrêtée deux fois cette année.

— Quoi ?

Ombragée dans l'obscurité, son expression n'a pas de prix.

C'est marrant. À présent, je comprends mieux pourquoi

Flynn n'a pas dit à Jackie qu'il était membre de la famille West au début de leur relation.

— Je plaisante.

J'arrive en haut des escaliers et défais la fermeture Éclair sur le côté de ma robe.

— Ou peut-être pas ?

Sa réponse est interrompue quand je fais glisser la robe de mes épaules et la laisse tomber par terre, la mousseline formant une flaque autour de mes pieds. Grâce à la gaine abandonnée dans la grange, je me tiens debout vêtue uniquement d'un soutien-gorge en dentelle couleur chair et chaussée de talons hauts. Puisqu'il ne fait aucun commentaire sur mon absence de culotte, il n'y aucune raison pour que je lui parle du vêtement de compression trempé de sueur que j'ai laissé accroché à un clou dans la sellerie de la grange. Laissons-le penser que je ne portais pas de culotte.

Lorsqu'il a fini de ramasser sa mâchoire pendante, il jette un regard par-dessus son épaule, en direction de la porte.

— Et si quelqu'un débarque ?

— J'imagine qu'on va devoir se dépêcher du coup, hein ?

Je fais un pas pour m'écarter de ma robe et avance tranquillement dans le couloir en direction de la chambre d'amis. Inutile de l'emmener dans ma chambre, où quelque chose pourrait lui donner des indices sur mon identité. C'est amusant de jouer le rôle de l'inconnue dangereuse.

Mes fesses et mes seins remuent pendant que je marche, mais j'ai fini par me rendre compte que les hommes apprécient ce léger ballottement. Je m'adosse à l'encadrement de la porte de la chambre d'amis et regarde en arrière.

Bodie est sur la pointe des pieds, ma robe dans les mains.

Je glousse.

Il affiche un air renfrogné.

— C'est peut-être ma première entrée par effraction, mais je sais qu'on n'est pas censés laisser de preuves sur la scène du crime.

J'allonge le bras pour la lui prendre, mais il la tient hors de portée.

— Je ne veux pas vraiment que tu la remettes. Je suis pas con.

Il la jette par-dessus son épaule et s'avance vers moi, me faisant reculer dans la chambre.

Je le laisse faire, sachant exactement quelle distance me sépare du lit, mais je feins la surprise quand mes jambes le heurtent, et je tombe en arrière sur mes coudes un peu plus théâtralement que nécessaire.

— Attention.

Il balance la robe sur le banc au pied du lit, de même que sa veste, puis il se penche au-dessus de moi.

Je suis si sûre qu'il est sur le point de m'embrasser que je ferme les yeux. Mais il ne le fait pas.

— Merde !

Le poids diminue alors qu'il s'écarte du matelas.

J'ouvre les yeux pour constater qu'il est en train de fermer et verrouiller la porte.

J'incline la tête, savourant la nervosité qui irradie d'un homme habitué à se harnacher au sommet de neuf cent tonnes de carburant pour fusée.

— Ça y est, on est en sécurité ?

— Va savoir, mais au moins on ne se fera pas surprendre culs nus si l'un des West décide d'aller se pageoter de bonne heure.

— Se pageoter de bonne heure ? dis-je en pouffant. Je te chambrais tout à l'heure, mais sérieusement, tu as quel âge ?

Je l'ai traité de vieux uniquement parce que les astronautes ont généralement la trentaine au début de leur carrière. Ce qui n'est pas âgé, mais assurément plus que moi.

Il tire sur sa cravate pour s'en libérer.

— Je ne suis pas vieux, bordel.

Après quelques coups secs, ses boutons sont défaits et sa chemise sortie de son pantalon. Et oh mon Dieu ! Comment ai-je fait pour ne pas remarquer l'éléphant dans la pièce jusqu'à maintenant ?

Et quand je dis l'éléphant, je parle de son sexe.

Parce qu'il pointe droit sur moi, et malgré la contrainte imposée par la gabardine en laine, il est impressionnant.

Je m'humecte les lèvres.

— C'est pour moi, ça ?

Si un soupir, un grondement et un grognement avaient un bébé, ce serait le son que fait Bodie, ses yeux braqués sur mes lèvres.

— Ne t'arrête pas maintenant, dis-je en esquissant un mouvement de tête vers son pantalon.

Il se débarrasse de ce qui lui reste de chemise en remuant les épaules, révélant des abdos hâlés, fermes, et une ligne pubienne magnifiquement brune qui rend mes commentaires à propos de son âge des plus comiques. Je me mords la lèvre en attendant le clou du spectacle tandis qu'ils se déchausse et défait sa ceinture.

Avez-vous déjà eu un sixième sens à propos de quelque chose ? Comme si vous saviez que quelque chose de positif ou négatif était sur le point de se produire ? Comme quand vous vous retrouvez bourré à l'arrière d'une Honda pourrie conduite par une blonde à lunettes et que vous sentez que tout va bien se passer ? Ou quand l'ex-copine de votre frère se pointe au bar et que vous savez que c'est sur le point de dégénérer ? Et quand je dis « dégénérer », je veux dire finir menottée et contrainte d'appeler votre avocat. Vous savez, un pouvoir de prémonition de débrouillarde ?

Non ? Enfin, peu importe. C'est ce sentiment que j'ai maintenant. Comme si, dès que Monsieur l'Astronaute me révèlera sa queue, ma vie ne sera plus jamais la même. Je m'appuie sur mes coudes, me redresse et dégrafe mon soutien-gorge, car je veux être prête pour l'événement bouleversant, quel qu'il soit, qui est sur le point de se produire. Ma liasse de billets de cinquante et la capote tombent sur le couvre-lit.

Mais au lieu de baisser son froc, ce foutu mec reste planté là, les yeux rivés sur mes seins.

Je ne comprends pas vraiment le pouvoir des nichons. Enfin, c'est un pouvoir dont je me sers, parce que sans déc' ! qui ne le ferait pas ? C'est comme un pouvoir divin alloué aux femmes pour compenser le patriarcat. Mais je ne comprends toujours pas. Genre, comment est-ce que de gros globes qu'on trait pour nourrir les enfants peuvent constituer un organe sexuel ?

— Putain.

C'est au tour de Bodie de se lécher les lèvres.

J'écarte les jambes pour l'inviter à s'approcher. Et heureusement qu'il n'hésite pas car ces talons sont sacrément lourds, et je n'ai pas la puissance abdominale pour les maintenir en l'air très longtemps.

Il place ses mains sous mes bras et me soulève, me traînant plus loin sur le lit. Il ne grogne même pas sous l'effet de mon poids.

C'est sexy.

La tête posée sur les oreillers, je suis prisonnière, Bodie tendu au dessus de moi, nos bouches à quelques centimètres l'une de l'autre.

Je réalise tout à coup que nous ne nous sommes même pas encore embrassés. Tout au moins pas lèvres contre lèvres en ce qui me concerne. Et, pour une raison qui m'échappe, ça me rend triste.

Prenant les choses en main, j'étends les bras et glisse mes mains dans ses cheveux, mes ongles labourant son crâne. Il ferme les yeux et gémit.

En me promettant d'accorder plus d'importance à l'entretien de ma ceinture abdominale à l'avenir, je me redresse et l'embrasse.

La première chose à laquelle je pense, c'est à quel point je me sens reconnaissante qu'il ait gardé les yeux fermés et ne m'ait pas vue galérer.

La seconde c'est à quel point ses lèvres sont douces.

Bientôt suivie d'une troisième, qui ne concerne pas tellement la douceur de ses lèvres, mais la tendresse du baiser en lui-même. C'est doux. En décalage avec le baiser violent et obscène auquel je m'attendais. Je me fonds dans ce baiser.

J'envoie une prière de remerciement lorsqu'il s'y fond à son tour, m'allonge sur le dos et positionne son poids entre mes jambes, au-dessus de moi. Ma choupette ainsi que mes frêles abdos le remercient.

Dans un souffle, il gémit, ou bien peut-être que c'est moi. Nos mouvements doux, nos langues, et les délicates petites morsures sont tellement synchronisées que je suis même incapable de dire qui fait quoi. Ce baiser me sort de ma tête, loin des pensées frénétiques et des remises en question qui tournent en boucle dans mon esprit.

Ce baiser est si différent de tous les autres baisers, qu'il pourrait tout aussi bien être mon premier.

Ça me plaît. Et en même temps pas du tout.

C'est trop... extraordinaire.

Mentalement, je m'éloigne. Physiquement, je baisse les bras et termine de déboutonner son pantalon. Je le maudis lorsque je dois lever les jambes une nouvelle fois pour m'aider de mes talons, afin de pouvoir baisser sa ceinture en dessous de ses fesses.

À l'aveuglette, je tends la main gauche et trouve la capote.

— Tu t'impatientes ?

Bodie dépose un sillage de baisers le long de mon cou, ses mouvements toujours doux et tendres.

Je me sers de ma bouche pour arracher un coin de l'emballage.

— Si ce n'est pas réciproque, je le prendrai mal.

— Oh, je suis impatient, mais j'ai aussi envie de profiter de chaque minute.

Il aspire l'extrémité de mon sein, sa langue dardant sur mon mamelon. Oubliant ce que j'ai déclaré à propos des seins et de leur nullité en tant qu'organes sexuels, je gémis et manque de laisser tomber le préservatif.

Une étrange panique grandit en moi. Comme si en m'autorisant à perdre le contrôle, à m'égarer dans ses caresses, je permettais à une certaine intimité de fleurir. Une intimité que je n'ai jamais ressentie avec un autre coup d'un soir – merde, que je n'ai jamais ressentie, tout court.

J'étreins son sexe avec force.

— Bordel !

Son front s'abaisse sur ma clavicule, les muscles de ses épaules se tendent comme s'il empoignait les couvertures.

Profitant du répit que m'accorde sa bouche, je déroule le préservatif.

Ça prend plus longtemps que d'habitude et, exactement comme je l'avais soupçonné, sa queue est un tournant dans mon existence. Elle est d'une circonférence impressionnante.

Je suis à la fois déçue et soulagée de ne pas poser les yeux dessus.

Il capture ma bouche avec la sienne de nouveau, avec plus d'agressivité cette fois, comme si je l'avais poussé à bout. Au lieu d'un sentiment de soulagement face à cette absence de tendresse, c'est la panique qui continue de croître.

Plantant mes talons dans le lit, je me hisse et j'enfonce son membre en moi.

Nous nous immobilisons tous les deux. Lui, surpris, moi, empalée.

Nom d'une trique !

Bodie est le premier à retrouver sa voix.

— Est-ce que tu viens de m'aspirer entièrement ?

En guise de réponse, j'effectue mes exercices de Kegel.

— Putaaaaaain !

Mettant son poids dans ses avant-bras, il s'appuie sur le lit pour se redresser, dans un mouvement qui le loge encore plus profondément en moi.

Il se peut que sa queue me casse en deux.

Ce serait une mort magnifique.

Après quelques secondes, Bodie commence à se mouvoir et je baisse les talons, le laissant prendre le relai.

Mais le claquement et les va-et-vient brutaux auxquels je m'attends n'arrivent pas. Il décrit des mouvements circulaires, appuie, ondule. Coucher avec ce type est comme surfer sur une vague, sous la menace d'être engloutie par une lame de fond.

La montée d'un nouvel orgasme palpite là où son bassin frotte contre moi. C'est terrifiant à quel point j'ai envie que ce plaisir me submerge pendant que nous sommes connectés.

Harponnant sa hanche avec mon talon droit, je me hisse à l'aide du gauche et fait rouler Bodie sur le dos.

Une fois installée au-dessus, je baisse les yeux, surprise de ne pas avoir de tablettes de chocolat après tous mes efforts. Ou de constater que sa queue n'a pas déchiré mon col de l'utérus.

Au lieu de ça, je ressens une sensation de plénitude très, très agréable. C'est moi qui ai le contrôle. Comme j'aime.

Et à en juger par la façon dont les yeux de Bodie sont braqués sur mes lolos une fois de plus, je dirais que ça lui plaît aussi.

Posant fermement mes mains sur ses épaules, je le baise. Il

n'y a vraiment pas d'autre mot pour décrire ça. De haut en bas, encore et encore.

Les doigts de Bodie pincent mes tétons, empoignent mes fesses, frictionnent mon clitoris. Il fait TOUTES ces choses pendant que je le baise.

Putain c'est bon. Tellement bon.

Mes yeux se révulsent, le plaisir est sur le point de jaillir entre nous.

VANCE

— Rose ? Rose, tu es là-haut ?

Nos deux regards se tournent brusquement vers la porte de la chambre. Sa position assise fait frotter mon sexe contre la paroi antérieure de son vagin, qui se contracte sous l'effet de la surprise que provoque l'interruption.

— C'est l'organisatrice de mariage, murmure Rose, pas vraiment l'air inquiète.

J'aurais cru qu'être pris sur le fait d'une entrée par effraction pour baiser dans la maison de quelqu'un m'aurait fait paniquer et débander. Mais avec Rose qui m'enserre, et le fait qu'elle empoigne ses propres seins, si volumineux qu'ils dépassent sur le côté de ses mains, je me retrouve au bord du gouffre.

Je me tends, tous mes muscles se contractent alors que je me cabre sous elle. Le sourire narquois et complice qu'elle arbore tout en pinçant ses tétons ne fait que prolonger mon orgasme.

— Rose ?

La voix se rapproche.

Couvrant ma bouche avec sa main alors que ma queue tressaille en elle, Rose s'écrie en direction de la porte verrouillée :

— Oui, je suis là. Qu'est-ce qui se passe ?

— Oh Dieu merci !

À en juger par l'écho de sa voix, il semblerait qu'elle se trouve dans les escaliers de l'entrée.

— C'est l'heure des toasts.

Le claquement des talons m'indique qu'elle est sur le palier.

Une goutte de sueur perle sur ma tempe.

— OK, pas de problème.

Rose se gratte le nez.

— Je descends tout de suite.

— Génial.

Les claquements reprennent, à la différence que cette fois-ci le bruit s'éloigne.

Rose se lève et mon membre utilisé à bon escient glisse de son sexe.

— Et, euh, est-ce que tu pourrais aller chercher Trish aussi ?

La voix de l'organisatrice de mariage fait écho dans le hall.

— Elle est, euh, dans la caravane avec Ian.

— Probablement en train de terminer ce que je n'ai pas pu finir, marmonne Rose qui s'est levée et chope son soutien-gorge sur le lit.

Elle ajoute en hurlant :

— Oui, je m'en occupe !

Triomphant de la panique, mon cerveau se repasse scène après scène ce qui vient de se produire. La peur de se faire prendre fait place à l'embarras.

Rose n'a pas joui.

— Je...

— Bon, vieux schnock.

Dans un claquement, Rose referme l'agrafe de son soutien-gorge devant elle, le fait tourner autour de son corps et passe ses bras à travers les bretelles.

— C'est l'heure du toast.

Elle le tire vers le haut et ses seins viennent se loger dans les bonnets.

— Faut y aller.

Inquiet à l'idée que l'organisatrice soit toujours dans la maison, je lève le bassin et remonte mon pantalon que je n'avais jamais complètement retiré.

— Elle ne se demande pas ce que tu fais ici ?

Balançant mes jambes par-dessus le bord du lit, je m'assieds et grince des dents lorsque la capote usagée percute ma jambe.

— Nan. J'ai prévu de dormir ici ce soir, donc c'est pas vraiment anormal que j'y sois.

Elle fait un pas dans sa robe et l'enfile.

Je marque un temps d'arrêt alors que je me relève.

— Et ça ne t'est pas venu à l'esprit de me dire ça, *avant* qu'on arrive ici ?

Son grain de beauté ressort.

— Nan, c'était trop drôle de te laisser croire qu'on transgressait la loi.

Sa robe se déploie lorsqu'elle se retourne et se dirige vers ce que j'imagine être la salle de bains privée. Elle en sort habillée et conforme en tout point à ce qu'était son apparence auparavant, à l'exception peut-être de ses cheveux qui sont plus ébouriffés, puis elle balance une boîte de mouchoirs sur le lit.

— Tiens, dit elle en désignant mon entrejambe. Tu ne peux pas retourner au mariage dans cet état.

Je jette un coup d'œil à la tache humide sur mon pantalon de costard.

— Merde.

Elle s'esclaffe. C'est suffisamment contagieux pour me faire sourire.

Enfin, jusqu'à ce qu'elle récupère sa liasse sur le lit et me claque deux billets de cinquante dans la main.

— Un petit quelque chose pour t'aider à rentrer, que ce soit pour soudoyer un conducteur Uber ou celui d'une navette.

Je fixe l'argent d'un air débile. Je suis formé pour réfléchir au pied levé dans des situations où c'est une question de vie ou de mort, mais Rose me donne l'impression d'être lent, comme si mon cerveau se mouvait en condition de microgravité.

— Mais tu n'as même pas...

— Joui ?

Elle opine de la tête, fronçant les sourcils.

— Oui, ça craint.

Elle plonge la main dans son décolleté et rajuste sa poitrine avant de caler le reste de l'argent dans l'interstice.

— Quand même, je...

— Mais tu m'as bien fait grimper au rideau tout à l'heure, donc t'inquiète pas.

Elle s'avance jusqu'à la porte, et se retourne pour faire mine de me tirer dessus avec ses doigts.

— À plus.

Puis elle disparaît.

Sous le choc, que ce soit d'avoir été traité comme un gigolo ou d'avoir vu quelqu'un véritablement faire usage de doigts flingueurs, je fixe la porte ouverte.

Qu'est-ce qu'il vient de se passer, bordel ?

QUATRE
STELLAR PARALLAX

VANCE

— Bodie, tu es là ?

— Hmm ?

Je cligne des paupières, détournant brusquement les yeux de la grande fenêtre et de la vue sur Munich, en Allemagne, avant de jeter un regard circulaire dans la pièce. L'intégralité de l'équipe EVA de l'Agence spatiale européenne m'observe. *Merde.*

Le chef de file de l'ESA, Sebastian DuMont, fronce les sourcils.

— Je me demandais pour les connecteurs.

Les connecteurs ? Je n'ai pas la moindre idée de ce qu'il raconte. J'étais trop occupé à penser à de la mousseline de soie corail et à des doigts flingueurs.

En m'éclaircissant la gorge, j'essaie de réfléchir à comment gagner du temps.

Heureusement, Ian s'avance sur son siège et attire l'attention du groupe sur lui.

— Personnellement, je pense que les câbles auront bien assez de mou pour permettre d'acheminer et de nouer proprement les attaches métalliques, avant d'assembler les connecteurs.

— Oui, c'est exact.

J'adresse à Ian un sourire reconnaissant. Il hausse un sourcil interrogateur mais ne dit rien, ce qui est l'une des nombreuses choses qui me plaisent dans le fait de travailler avec Ian. Lui et moi avons bossé ensemble ici et là au fil des années, mais maintenant qu'il a été promu directeur EVA, nous allons travailler sur de nombreux projets communs.

Malgré cela, alors que le groupe continue de discuter des priorités des opérations, je me maudis intérieurement d'être si distrait. Je suis sur cette mission de sortie extravéhiculaire pour construire Bartolomeo, la première plate-forme pour charges utiles commerciales à l'extérieur de la Station spatiale internationale.

En qualité d'ingénieur en mécanique et de scientifique, je suis enthousiaste à l'idée que la sortie dans l'espace sur la plateforme d'hébergement extérieure soit pile dans mes cordes. Ça fait longtemps que j'attends un moment pareil pour mettre en valeur mes compétences spécifiques.

Ça ne m'a jamais dérangé de seconder Julie Starr ou n'importe quel autre fer de lance lors des sorties extravéhiculaires. Je veux dire, je sortais *dans l'espace*, alors quelle importance que je mène la danse ou que je les suive ? Mais depuis qu'ils m'ont nommé à la tête de Bartolomeo, j'ai hâte d'être plus qu'un assistant ou une « lampe torche glorieuse », comme Jul' se plaît à plaisanter.

Et maintenant voilà que je me laisse distraire par un coup d'un soir.

Certes, c'était un coup d'un soir *épique*. Mais quand même.

— L'ESA a validé tous les contrôles de sécurité, déclare

Sinan, mon homonyme européen, aidant ainsi la réunion à arriver à son terme.

Au début de ce voyage en Allemagne, j'ai passé mon temps libre à écumer les brasseries de plein air avec Sinan. Et bien qu'il soit un sacré compagnon de drague, l'image de la blonde plantureuse adossée au mur de la grange, et de sa main sous sa robe, refuse purement et simplement de me quitter. Même les *Fräuleins* du coin ont été incapables d'effacer cette image de ma mémoire.

Les astronautes sont des explorateurs dans l'âme. Alors c'est logique que j'aime comprendre les quoi, qui, où, quand et comment des choses. Peut-être que si j'en apprends davantage au sujet de Rose, je pourrai satisfaire ma curiosité et cesser de me repasser le film de ce moment passé ensemble.

La dernière diapo de la présentation apparaît sur l'écran et j'y jette un coup d'œil, pour être sûr de savoir ce qu'il se passe. Une fois certain que je ne me ferai pas prendre au dépourvu de nouveau, j'attrape mon stylo et commence à plancher sur le problème Rose.

Les seuls éléments dont je dispose sont un prénom, son amitié avec Jackie, et son statut de demoiselle d'honneur.

Sur mon carnet j'écris : *Rose, demoiselle d'honneur, amie de Jackie* et *famille West.* J'essaie de trouver autre chose, mais je doute que « liasse de billets de cinquante dans son décolleté » ou « aime se balader sans culotte » me soit ici d'une aide quelconque. Je lâche mon stylo et me pince l'arête du nez.

Ce n'était pas censé durer plus d'une nuit. Du coup, l'autre soir au mariage, j'ai mis un point d'honneur à ne pas lui poser plus de questions personnelles. Pour garder le mystère et tout le tintouin.

À présent, en relisant mes notes, je regrette sérieusement cette décision.

L'écran vire au noir, et la réunion s'achève. Je croise le

regard de Ian qui lorgne la feuille de papier en face de moi et je m'empresse de déplacer des trucs par-dessus. Je suppose que je pourrais lui demander, puisque sa copine était demoiselle d'honneur elle aussi. Mais c'est assez embarrassant de demander à un collègue s'il connaît le nom complet de la fille avec qui vous vous êtes éclipsé du mariage de votre autre collègue pour aller copuler.

Les gens parlent des lieux à visiter et de où ils vont aller dîner tout en rassemblant leurs affaires. Quelqu'un mentionne une sortie de groupe. Même les agences spatiales européennes aiment travailler et s'amuser comme des fous, tout comme la NASA.

— Qu'est-ce que vous en dites, les gars ?

Le regard plein d'attentes, Sebastian nous fixe Ian et moi, dans l'espoir de former un groupe ensemble pour faire la tournée des bars en ville.

— Désolé, DuMont, je vais visiter la ville, dit Ian en rassemblant ses notes. Ma petite chérie veut voir la Frauenkirche.

— Ah, la cathédrale de Notre-Dame.

Sebastian opine de la tête. Avec ses cheveux plus longs qui lui tombent devant les yeux et son accent à couper au couteau, il est typiquement européen.

— Un excellent point de départ dans la vieille ville pour faire du tourisme.

Il jauge Ian du regard.

— Mais je ne savais pas que tu avais une fille.

Le téléphone de Ian s'allume et il s'en saisit.

— J'en ai pas, dit-il, distrait par son texto.

Je ris de la confusion de Sebastian, volant à la rescousse de Ian comme il l'a fait pour moi :

— Kincaid parle de sa petite amie.

Je donne à Ian un petit coup de coude.

— Cela dit, qui sait, peut-être que Ian aime qu'on l'appelle « papa ».

— Je vois.

Sebastian rigole avec moi, mais à en juger par son expression de visage, il ne voit pas du tout. J'imagine que certaines choses se perdent tout simplement dans la traduction.

Ian ne lève pas les yeux en tapant sa réponse.

— Et toi ? me demande Sebastian. Enfin, si – je dis bien *si* – tu penses être capable de tenir la distance avec nous autres Allemands.

Ian pose son téléphone pour rassembler ses notes. L'écran de son portable affiche toujours la boîte de réception de ses SMS. Le nom de Trish en tête.

Une idée s'esquisse.

— N'importe quel autre jour, je relèverais ton défi, DuMont.

Je m'adosse à mon siège, mains derrière la tête.

— Mais j'ai quelque chose de prévu.

— Ça pour une coïncidence !

L'air consterné sur le visage de Ian n'a pas de prix lorsque j'avance vers lui et Trish d'un pas nonchalant. Ils sortent de la tour sud de la Frauenkirche, l'un des monuments les plus visités de Munich.

— Ça alors ! Salut, Bodie.

Contrairement à lui, la petite amie de Ian s'illumine d'un sourire lorsqu'elle me voit.

— Toi aussi tu es là pour voir le coup de pied du diable ? dit-elle en désignant l'endroit où je me tiens.

Baissant les yeux, je souris de toutes mes dents. Je ne m'étais pas rendu compte que mon pied était presque au-dessus de la dalle à la trace de botte légendaire de l'ange déchu.

— Quelque chose dans le genre.

Je me baisse pour la saluer, en me penchant plus qu'à mon habitude.

Je n'ai vu Trish qu'en talons vertigineux, alors c'est un peu un choc pour moi de me retrouver à côté d'elle en baskets de ville. Même avec ses cheveux noués en chignon haut, elle m'arrive à peine à l'épaule.

Ian arque un sourcil vers moi, un peu comme il l'a fait pendant notre réunion.

— Un grand groupe de touristes est entré avant nous et prenait des photos de la dalle, alors on a commencé par monter en haut de la tour sud.

Elle pointe son pouce derrière elle.

— Tu veux monter ? On t'attendra.

— Merci, mais ça va.

Je recule et m'écarte du chemin pour qu'elle puisse prendre une photo de l'empreinte de botte.

— Vous voulez que je prenne une photo de vous ?

— Sérieux ? Ce serait génial, mon chou.

Elle me tend son portable et Ian, l'air toujours méfiant, passe un bras autour d'elle.

Je lève l'appareil et recule, en me débrouillant pour les faire tenir dans le cadre avec l'empreinte, ainsi que la grande porte voûtée en bois dans l'arrière-plan. C'est une photo plutôt géniale.

— Ça ne vous dérange pas si je reste avec vous, hein ?

Je lui tends son téléphone pour lui rendre, en essayant de ne pas rire lorsque Ian fronce les sourcils.

— Bien sûr que non.

Trish regarde l'écran.

— Pfff, bébé, pourquoi cet air si sérieux ?

Je dois tousser pour masquer mon amusement.

Trente minutes plus tard, nous avons vu tout ce qu'il y a à voir à Frauenkirche, et Trish s'excuse pour aller au petit coin. À peine disparaît-elle au coin du couloir que Ian me fait face, bras croisés.

— OK, qu'est-ce que tu fais *vraiment* ici ?

Je hausse les épaules.

— Je visite.

— C'est ça, oui.

Ses paroles semblent agacées, mais c'est le sourire sur son visage qui le trahit.

En me souvenant qu'il a regardé mes notes, j'ai comme l'intuition que Ian sait exactement pourquoi je suis là. Je joue l'imbécile et m'adosse à la colonne de l'église.

— C'est une belle église. L'une des principales attractions touristiques de Munich.

— Donc ça n'a rien à voir avec le fait que tu m'as entendu dire à DuMont où j'allais ?

Je hausse les épaules.

— Mmh mmh. Alors pourquoi tu n'as pris aucune photo pendant que tu « visitais » ?

L'homme me cite en faisant des guillemets avec les mains.

— Je croyais que tu appréciais toutes les photos que je prenais de toi et Trish.

Je regarde par-dessus son épaule.

— Quand on parle du loup…

Trish émerge des toilettes avant que Ian puisse m'accuser de dire des conneries. Lorsque j'ai décidé de ne pas demander l'aide de Ian, Trish était le point de départ le plus facile après lui. Non seulement elle est ici en Allemagne, mais c'est aussi celle que j'ai vu le plus interagir avec Rose au mariage. De plus, si je peux me débrouiller pour qu'elle aborde le sujet elle-même, mon intérêt pourra peut-être rester secret.

— Garde tes politesses pour d'autres, marmonne Ian juste avant que Trish nous rejoigne.

— Alors ?

Son regard oscille entre Ian et moi.

— On va où maintenant, les garçons ?

— Pourquoi pas aller voir le nouvel Hôtel-de-Ville ?

Je désigne la sortie de l'église.

— C'est à seulement quelques minutes de marche d'ici, et il y a une chouette horloge astronomique dans la tour.

— Le nouvel Hôtel-de-Ville ? demande Trish.

— Il veut dire *Neus Rathaus*.

Le dialecte allemand de Ian est parfait. Ce mec est tellement cool que ça en devient agaçant parfois.

— Oh chouette !

Trish se balance sur la pointe des pieds dans ses baskets.

— Je voulais y aller.

— Alors je t'en prie, allons-y.

Je lui offre mon bras. Ian pouffe.

Trish lance à son petit ami un regard plein de reproches avant de me gratifier d'un sourire.

— Quel gentleman.

Quand elle prend mon bras, Ian lève les yeux au ciel. C'est plutôt hilarant de voir mon collègue habituellement guindé ressembler davantage à un ado jaloux qu'à l'adulte fils de sénateur qu'il est en réalité.

Étant donné que je suis venu ici quelques fois lors de mes précédents séjours, je les guide jusqu'à la sortie de la cathédrale, puis en direction de la vieille ville dans le centre.

Les chaussures de Ian traînent sur les pavés derrière Trish et moi alors que nous descendons la rue piétonne.

— Oh, une boutique de chapeaux !

Trish montre la vitrine du doigt, où sont principalement exposés des chapeaux allemands traditionnels.

— Ils ont même des bibis.

Elle désigne une touffe de tissu duveteux d'un rose pétant que je suppose être le bibi en question.

— Je ne savais pas que ça se portait ici aussi. Je croyais qu'on les mettait juste dans les mariages anglais.

Mariages.

— Le mariage de Jackie était plutôt génial, hein ?

J'essaie d'avoir l'air nonchalant, en faisant semblant de regarder les monuments tout en surveillant Trish du coin de l'œil.

Trish ferme les yeux et laisse échapper un soupir nostalgique.

— N'est-ce pas ?

— Ça a dû être beaucoup de travail pour tout le monde, y compris pour vous, les demoiselles d'honneur.

Ian pouffe.

Je l'ignore.

Se détournant de la façade de la boutique, Trish s'esclaffe.

— Pas vraiment. Entre l'organisatrice de mariage et Jul' qui était témoin – et qui d'ailleurs ferait un excellent sergent instructeur – Rose et moi n'avons pas eu grand-chose à faire.

Avant d'avoir pu célébrer le fait que Trish a mentionné ma cible d'elle-même, Ian s'immisce entre nous et passe son bras autour de l'épaule de Trish, en me lançant un regard entendu. Il embrasse le sommet de sa tête.

— Hé bébé, montre-moi cette photo que tu as prise.

Je tire la tronche, et il rit dans sa barbe.

Connard.

Lorsque Trish a fini de lui montrer, elle retourne l'appareil photo pour prendre un selfie d'elle et de Ian, qu'elle embrasse sur la joue quand elle appuie sur le bouton.

Ian se tourne et approfondit le baiser.

Je leur donne une seconde ou deux avant de m'éclaircir la gorge.

Trish s'écarte.

— Oh, dit-elle avant de baisser précipitamment la tête, l'air gêné. Je suis désolée, Bodie.

— Pas moi, marmonne Ian.

Il me pousse légèrement avec son épaule pour m'écarter davantage du chemin et prend la main de Trish, ce qui m'arrache un petit rire.

C'est chouette de voir deux personnes amoureuses. Le genre d'amour qu'ils partagent est peut-être quelque chose que j'ai choisi volontairement d'évincer de mon présent et de mon avenir, mais ça ne veut pas dire que je n'aime pas en être témoin. Même si ces derniers temps, ma poitrine se serre quand ça arrive.

— Oh, et qu'est-ce qu'elle représente cette statue ?

Trish s'y rend en sautillant pour lire la plaque, entraînant Ian dans son sillage.

Le reste de la balade dans la ville est facile, grâce à Trish qui s'enthousiasme pour chaque attraction touristique et chaque babiole typiquement allemande exposée dans chaque vitrine.

Mais après une minute, je repense à la blonde du sud et à ses doigts flingueurs.

— Demain.

— Hein ?

Je regarde Trish, pris d'un sentiment de déjà-vu après mon flagrant délit d'inattention à la réunion de tout à l'heure.

Trish incline la tête, et son chignon tombe sur le côté.

— Je disais juste que demain, Ian et moi allons voir le château qui a inspiré Blanche-Neige. C'est pas génial ?

— Euh, si. Carrément.

— Peut-être que ça inspirera mon prochain livre.

Balançant la main de Ian, elle m'observe par-dessus son épaule.

— Tu devrais venir avec nous, Bodie.

Sur la respiration qui suit, Ian manque de mourir en s'étranglant.

Trish libère sa main et tapote Ian dans le dos.

— Ça va, bébé ?

Ian contrôle sa respiration tandis que j'essaie de maîtriser mon rire.

— Oui, dit Ian en m'adressant un regard menaçant.

Il s'éclaircit la gorge.

— Oui. Ça va. C'est juste que, euh, je me disais que quelque chose là-bas pourrait peut-être plaire à Jackie.

Il agite la main en direction de la vitrine d'une boutique.

— Je sais que ça fait un moment que tu espères trouver des cadeaux à ramener aux filles.

— Cool.

Trish sautille pratiquement jusqu'à la boutique.

— Hors de question que tu viennes avec nous demain.

Ian parle à voix basse tout en gardant un œil sur Trish, qui fixe intensément une vitrine d'exposition de ce qui semble être un combo entre une bijouterie et une boutique de figurines.

— Je ne sais pas, dis-je avant de basculer en arrière sur mes talons. Peut-être que visiter des sites touristiques ayant inspiré des contes de fées est mon nouveau passe-temps.

Je me sens mal de l'embêter, mais il a manifestement quelque chose de prévu demain, et je ne peux pas résister à la tentation de le taquiner.

Il semble paniqué.

— Je...

Trish fonce en plein dans les côtes de Ian et tire sur son bras.

— Chéri, tu es un génie. Ils ont des figurines Hummel. Et

pas juste n'importe lesquelles. Ils en ont deux avec un petit garçon qui regarde dans un télescope !

Elle tire de nouveau sur son bras, l'attirant vers la boutique.

— Aide-moi à choisir la meilleure pour Jackie. Ça ira à merveille dans le nouveau bureau que Flynn lui a fait.

Dès que les jambes de Ian se mettent à bouger, elle lâche prise et se rue dans la boutique, s'attendant à ce que Ian suive.

Au lieu de quoi il s'arrête et se retourne, posant une main sur mon torse pour me freiner.

Je frotte mon sternum une fois qu'il a retiré sa main. J'ai peut-être un peu trop poussé le type à bout.

Mais au lieu de me menacer ou de me maudire violemment, il sort son téléphone. En quelques secondes, mon propre téléphone émet un tintement.

— Voilà, dit Ian en rangeant son téléphone lorsque je sors le mien. C'est le numéro de Rose.

Je me surprends à sourire et hausse les épaules, essayant de la lui faire à l'envers.

— Je ne sais pas pourquoi tu m'as envoyé ça. Qui te dit que j'ai besoin de son numéro ?

— Oh je t'en prie ! raille Ian.

— Tu viens, chéri ? l'interpelle Trish depuis la porte du magasin.

Un large sourire sur son visage, Ian agite la main.

— J'arrive tout de suite, bébé.

Quand il se tourne vers moi, il s'efface de son visage.

— Je le jure devant Dieu, Bodie, si tu me suis dans cette boutique, ou que tu fais ne serait-ce qu'envisager de venir au château de Neuschwanstein avec nous demain, je vais faire de ta vie un enfer.

En mon for intérieur, je suis victorieux. Je devrais les laisser à leur chasse aux cadeaux et retourner à l'hôtel. Peut-être intercepter Sinan avant qu'il sorte dans les pubs. Mais c'est marrant de chambrer Kincaid.

Haussant les épaules, j'avance d'un pas pour le contourner, en direction de la boutique.

— Je ne sais pas. C'est plutôt chouette, les châteaux. Et je ne suis jamais allé autant au sud auparavant.

Je m'interromps et lui décoche un sourire narquois, comme il me l'a fait tout à l'heure.

— J'ai peut-être envie d'aller voir ça.

Ian plisse les yeux.

— Et puis, tu as trop de conscience professionnelle, dis-je avant de lui donner une petite tape au niveau de l'épaule, émettant un petit rire. Tu es incapable de m'embêter au travail.

Et c'est vrai. Le mec est méticuleux jusque dans les moindres détails. Il n'a pas été promu sans raison.

Ian hausse un sourcil. L'air d'un homme qui a un atout en réserve.

— Pourquoi est-ce que tu supposes que je comptais faire ça par le biais du travail ?

J'ai un mauvais pressentiment.

— Alors de quoi tu parles ?

— Il paraît que ta mère est une vraie casse-couilles.

Ian bascule en arrière sur ses talons.

— Grâce à une certaine Madame Julie Starr, il se trouve que je sais à quel point tu es un fils à maman.

Foutue Starr. Elle a rencontré ma mère une fois et est obsédée par elle depuis. Elle dit que ma mère est son héroïne. Pour quelle raison, je l'ignore. Elles sont on ne peut plus différentes. L'une est une astronaute obsédée par sa carrière avec un penchant pour les blagues salaces, l'autre une prof à la retraite, mère célibataire depuis longtemps qui adore cuisiner.

Mais ce que Jul' a dit est juste : c'est vrai que je m'occupe de ma mère. Premièrement, parce que c'est ce que ferait n'importe quel fils digne de ce nom, et deuxièmement, parce que je me suis donné beaucoup de mal pour tâcher de combler le vide laissé par mon père, mort en servant dans l'armée.

J'adresse à mon collaborateur, que j'ai sérieusement sous-estimé, un rapide coup d'œil circonspect.

— De quoi est-ce que tu me menaces au juste, Kincaid ?

Lorsque Ian me sourit, je peux voir l'éducation politique en lui. Beaucoup de choses se trament derrière ce sourire.

— Disons simplement que j'ai la chance d'avoir accès au numéro de téléphone d'une certaine madame Bodaway.

Il agite le téléphone dans sa main.

— Je suis sûr qu'elle appréciera un appel. Pour l'informer à quel point son fils se montre d'une aide précieuse quand il s'agit de s'interposer entre un homme et ses projets de demande en mariage.

— Tu appellerais ma mère ?

Mon esprit s'immobilise et la mâchoire m'en tombe.

— Attends. Tu vas faire ta demande *demain* ?

— Chuuuut !

Ian s'avance, pose sa main sur ma bouche et regarde par-dessus son épaule, en direction de la boutique.

Il se peut que j'aie crié ce dernier élément.

Comme Trish ne sort pas en courant du magasin dans tous ses états à propos de sa demande en mariage, Ian pousse un soupir de soulagement. Ça lui prend une seconde de plus pour se rendre compte qu'un homme plaquant sa main sur la bouche d'un autre constitue une scène incroyablement ridicule.

Il retire sa main d'un coup sec.

Je fais gigoter ma bouche, essayant d'effacer la sensation de la paume de Ian.

— Primo, bien joué pour ma mère, Kincaid.

Il lutte pour réprimer un sourire mais échoue.

— Et deuzio, félicitations, mec, c'est génial.

Je lui tends la main. Il la serre et le sourire sur son visage s'élargit. C'est la première fois que je le vois si ouvertement heureux. Ce doit être un sentiment formidable de s'autoriser à tomber amoureux.

– Merci, mec.

Ses lèvres s'étirent d'un côté, comme s'il réfléchissait.

– Enfin, on s'est déjà plus ou moins mis d'accord pour se marier, mais je ne suis pas sûr que ça comptait vraiment.

Je m'esclaffe.

– Ne me dis pas que tu lui as demandé pendant le sexe ?

Le regard qu'il m'adresse me laisse bouche bée.

– T'es sérieux ?

Qui aurait pu croire que Kincaid était si spontané ?

– La ferme ! dit-il avant de me donner une tape sur l'épaule, me forçant à descendre la rue d'un pas. Et tire-toi de là, bordel.

Je ris de plus belle mais acquiesce d'un signe de tête.

Satisfait, Ian se dirige vers la boutique, s'éloignant en levant la main pour me saluer.

– Je dirai à Trish que tu ne peux pas venir demain.

– Oui, oui.

Continuant de sourire et secouant la tête, j'avance vers l'arrêt de bus. Je m'adosse à l'abri, déverrouille mon téléphone et pianote à l'aide de mon pouce pour accéder à ma boîte de réception, plutôt ravi de la tournure des événements.

Ian va faire le grand saut avec l'une des plus belles demandes en mariage de tous les temps, et j'ai fait un pas de plus pour découvrir l'identité de Rose. Plus qu'un seul pas pour l'extirper de mes pensées – les courbes pulpeuses, les doigts flingueurs et tout le reste.

Alors, je serai capable de me consacrer entièrement à ma mission à venir. Aucune distraction.

J'appuie sur la bulle de contact que Ian m'a envoyée et le nom de Rose apparaît sur mon écran.

Rose West.

West ? Pourquoi est-ce que ça...

Je suis frappé d'une prise de conscience, et le sourire disparaît de mon visage. *Putain.*

Les freins du bus crissent, le son intensifiant la sensation de vide qui s'est nichée dans mes tripes, tandis que mon esprit tente d'accepter la vérité.

Bordel de merde. J'ai baisé une milliardaire.

CINQ
#LOTUS

Rose

L'UN DES avantages d'être milliardaire c'est que vous pouvez être excentrique, les gens ne sourcilleront pas.

Comme aller voir votre conseiller d'orientation en body turquoise, collants résille, jambières arc-en-ciel, talons de strip-teaseuse et un voile pas si fin de paillettes sur tout le corps.

— Est-ce que vous avez réfléchi davantage au programme du master en gestion ?

Mon conseiller, John Mallory, tapote des doigts sur son bureau. Il est toujours en train de tapoter des doigts sur son bureau. Je crois que c'est une stratégie pour maîtriser la colère qu'il a apprise quelque part. Mais j'adore ça, et secrètement je l'adore d'être resté à mes côtés. Ce n'est pas facile de rester à mes côtés, demandez simplement à ma mère, mon père… Ah oui, pardon, vous ne pouvez pas, puisqu'ils sont partis.

Mais John a passé l'épreuve du temps. Une épreuve qui a duré trois ans et demi. Alors bravo, John, bravo.

Je croise de nouveau les jambes, les pieds lourds à cause des talons épais en plastique acrylique. Une pluie de paillettes tombe sur le siège et le tapis.

Le tapotement répétitif des doigts s'intensifie.

— Oui.

Honnêtement, je vais probablement m'inscrire pour obtenir mon master en gestion, ne serait-ce que parce que je n'ai pas la moindre idée de ce que je pourrais faire d'autre de ma vie.

Les doigts de John cessent de pianoter, puis il sourit vraiment et se lance dans un argumentaire de vente bien rodé.

— Rice University propose l'un des masters en gestion les plus sélectifs du pays. La taille plus modeste de l'université permet aux professeurs et aux étudiants de travailler ensemble dans un rapport plus intime et de couvrir un cursus plus prestigieux et plus détaillé.

Il joint ses mains en prière et les incline vers moi.

— Le programme serait un excellent choix pour vous, vu que vous allez bientôt travailler à West Oil.

Mais est-ce que je vais faire ça ?

Holt se charge de faire fonctionner la partie ranch de l'entreprise familiale des West, tout en créant une asso à but non lucratif, et Flynn est occupé à développer son entreprise de restauration de voitures et à s'organiser pour être un père au foyer lorsque Jackie et lui décideront d'avoir des enfants et qu'elle partira dans l'espace. Mes deux frères ont bien fait comprendre qu'il n'était pas vraiment nécessaire qu'un West travaille à temps plein à West Oil.

Jetant un coup d'œil par-dessus l'épaule de John, je peux voir distinctement la silhouette des immeubles de Houston. Si je plisse les yeux, peut-être arriverai-je à apercevoir la tour West Oil, située dans les quartiers huppés. Juste à côté de mon appartement-terrasse, dans un immeuble en copropriété.

— Mademoiselle West ?

John fronce les sourcils, puis regarde par-dessus son épaule pour voir ce que je regarde fixement. Il se retourne, confus.

Je me penche en avant et pose un coude sur le bureau de mon conseiller.

— Hmm ?

John pousse un soupir en réponse à mes pitreries, auxquelles il n'est que trop habitué à ce stade. Le pauvre homme aurait dû avoir une augmentation lorsqu'il m'a été assigné en tant que conseiller.

— Rose, vous savez déjà tout ce que je suis en train de vous dire. On a eu cette discussion un million de fois. Mais votre décision se résume véritablement à une chose.

Il me dévisage avec un regard plein d'espoir. Rien ne me vient, mais je souris néanmoins. Dans le doute, sourire et battre des cils.

— C'est-à-dire ?

Il cligne des yeux mais secoue la tête.

— Qu'est-ce que vous *voulez* ?

Je m'appuie contre le dossier du siège, pensive. Une fine pellicule de paillettes demeure sur son bureau à l'endroit où se trouvait mon bras.

Je lui répète lentement les mots :

— Qu'est-ce que je veux ?

Il opine de la tête.

Mon esprit est incapable de réfléchir.

Pfff. C'est la question à un milliard de dollars, non ? Je ne crois pas que qui que ce soit m'ait jamais demandé ce que je voulais. Je crois que je ne me suis même jamais posé cette question à moi-même. Je veux dire, je suis milliardaire, j'ai déjà tout. Pas vrai ?

Ces derniers temps, je suis obsédée par ce que je *devrais* faire. Comment être à la hauteur de toutes les attentes.

Comment ne pas décevoir tout en ayant un impact grâce à ma vie et tous ses privilèges.

Mais ce que je *veux* ? Je ne pense pas avoir réfléchi à mon avenir en ces termes auparavant.

John hausse les sourcils en réponse à mon silence, l'air satisfait de m'avoir posé une colle.

— J'ai tout ce que je veux.

Ça sonne plus comme une question qu'une affirmation.

— Oui, mais qu'est-ce que vous voulez *faire* ?

— Je...

Rien ne me vient.

Je suis sauvée du silence gênant lorsque mon sein se met à vibrer. Plongeant dans mon décolleté, je sors mon téléphone et éteins l'avertisseur de rappel.

Je balaie les sentiments d'incertitude qui me rongent depuis des mois et que John vient d'empirer.

— Pour le moment, cette jeune femme veut aller apprendre à faire de la pole dance.

Je remets précipitamment mon téléphone dans mes seins et me lève, l'air d'une boule à facettes ambulante.

Je m'en vais au son de ses doigts pianotant sur son bureau.

VANCE

JE CONDUIS ma mère à un club de strip-tease.

Mon avion avait à peine touché la piste lorsqu'elle m'a appelé. Et ce n'était pas pour me demander comment s'était passé mon voyage en Allemagne. Non. C'était pour me dire qu'elle avait besoin d'un chauffeur. Pour l'emmener au club de strip-tease.

C'est ma faute en vérité. Je suis parti trop longtemps sans l'appeler ou lui rendre visite.

Alors quand elle a téléphoné, les bases de la culpabilité étaient déjà posées, ce qui a réduit à néant mes possibilités de dire non. Et maintenant me voilà, déphasé par le décalage horaire, agacé et culpabilisé, manœuvrant mon 4Runner dans le parking quasi vide de Heartbreakers.

Quelques voitures appartenant à des gens trop ivres pour rentrer chez eux hier soir sont éparpillées comme des étoiles dans le ciel nocturne. L'une d'entre elles en particulier attire mon attention. Une Aston Martin couleur or. Quelle espèce d'idiot laisse une voiture pareille passer la nuit devant un club de strip-tease ?

— Il y a une place là-bas.

Je ne dis rien, me contentant de hausser les sourcils en direction de ma mère et de son bras tendu, élancé vers l'une des très nombreuses places disponibles. Mais si c'est celle qu'elle veut, alors ce sera celle-là.

— Merci.

Je hoche la tête et me gare.

Maman sourit.

J'ai appris à ne pas contredire ma mère. C'est peine perdue. C'est probablement pour ça que je suis un des meilleurs candidats pour travailler avec Jul' dans l'espace. Entre ma mère et ma sœur aînée, j'ai l'habitude de fréquenter des femmes autoritaires. Je marque une pause après avoir mis le levier de vitesse en position Parking. Oh ! Peut-être que c'est pour *ça* que Jul' apprécie autant ma mère.

Secouant la tête pour me débarrasser de cette pensée, je sors précipitamment.

Comme à chaque fois que je conduis ma mère quelque part, je fais le tour de ma voiture pour lui ouvrir la portière. Ce petit geste vieux jeu me rappelle mon père. Que ce soit à cause du temps qui passe ou parce que j'étais trop jeune quand il est mort, je n'ai que quelques souvenirs de lui. Mais je me revois bel et bien attendre sur le siège arrière à de multiples occasions, à le regarder contourner la voiture pour ouvrir la portière côté passager pour ma mère. Ça me fascinait.

Bien que, s'il avait dû aider ma mère à sortir alors qu'elle portait des chaussures de strip-teaseuse à semelles compensées, j'aurais probablement été traumatisé plutôt.

Une fois que ma mère est stable sur ses chaussures vacillantes, je lui tends mon bras pour qu'elle le prenne.

— Helen ?

Je lève les yeux et mon menton dégringole jusqu'à ma poitrine.

Rose, *ma* Rose, la femme que j'ai été incapable d'évincer de mes pensées, ni trouvé le courage d'appeler ou de textoter, est… debout devant moi. Habillée comme maman, mais avec des talons compensés plus hauts, beaucoup moins de tissu et beaucoup plus de paillettes.

Ma mère s'illumine.

— Rosie, chérie. Je suis tellement heureuse que tu aies pu venir aujourd'hui.

Elle avance d'un pas, fronce les sourcils alors que je ne bouge pas.

J'essaie de m'éclaircir la gorge, mais ça ne m'aide pas à parler. J'ai l'impression que mes yeux font dix fois leur taille tandis que je m'imprègne du body en élasthanne bleu qui moule toutes ses courbes. Du moins je crois qu'il est bleu. C'est difficile à dire avec la lueur matinale qui se reflète sur elle comme sur une boule à facettes, à cause de la quantité abondante de paillettes sur son corps.

Mais contrairement à moi qui suis manifestement incapable de la lâcher du regard, Rose ne prend pas la peine de m'adresser le moindre coup d'œil. Au lieu de ça, elle pose fermement ses mains sur sa taille ceinturée et plisse les yeux vers ma mère.

— Et *comment* ça se fait que tu connaisses Bodie ?

— Bodie ?

Les yeux de ma mère font des va-et-vient entre Rose et moi.

— Tu veux dire Vance ?

Voilà qui coupe Rose dans son élan. J'en rirais presque sans l'éclair de peine qui passe sur son visage.

— Vance ?

— On s'est rencontrés au mariage de Jackie, dis-je, retrouvant enfin ma voix. C'est la sœur du marié.

Les sourcils de Rose se hissent sur son front.

— T'as fini par comprendre, hein ?

Je hausse les épaules, peu disposé à admettre que je n'arrivais pas à la chasser de mes pensées. Surtout que le sentiment n'était manifestement pas réciproque, puisqu'elle ne sait même pas que Bodie est mon surnom.

Enfin, ce n'est pas comme si j'espérais qu'elle me harcèle, mais je pensais avoir laissé une impression suffisamment marquante pour qu'elle se renseigne à mon sujet, comme je l'ai fait pour elle.

J'acquiesce en lui adressant un signe de tête crispé.

— Ouaip.

Elle pince les lèvres d'agacement.

— Ça alors, comme c'est mignon.

Ma mère avance, ignorant l'hostilité qui émane de Rose, et troque mon bras contre le sien.

— Allez, on y va. Ne faisons pas patienter Angela.

Si quelqu'un m'avait dit que le premier jour de mon retour d'Allemagne, je suivrais ma mère et la dernière femme que j'ai fait jouir jusque dans un club de strip-tease, qui plus est un dimanche de bonne heure, j'aurais traité cette personne de cinglé.

Et pourtant m'y voilà. Alors, qui est le cinglé à présent ?

L'INDEX de ma main droite est légèrement plus long que celui de ma main gauche. Est-ce fascinant ? Non, bien sûr que non. Mais mes mains sont une zone plus sûre à contempler que la scène où ma mère s'étire dans différentes postures de yoga, affublée de chaussures en plastique acrylique et d'un pantalon de yoga.

Du coin de l'œil, je guette une paire de talons scintillants qui s'avance vers moi. Ils s'arrêtent à moins de trente centimètres de ma table et se mettent à taper du pied sur le tapis défraîchi.

— Qu'est-ce que tu fais là ?

Je souris face à son ton agacé.

— Et toi ?

Elle souffle bruyamment.

— Je prends des cours de pole dance. Quelle question !

— Qui prend des cours de pole dance, d'abord ?

— Qui donne un faux nom en se présentant à un mariage ? rétorque-t-elle du tac-au-tac. D'ailleurs, je ne snoberais pas trop les danseuses de pole dance à ta place.

Elle croise les bras sur sa poitrine, un sourire en coin.

— Ta *mère* en est une.

Un frisson me parcourt l'échine et je frémis.

— Bodie, c'est mon surnom. Vance *Boda*way.

Elle ricane.

— Alors quoi, tu m'as donné ton surnom au cas où tu serais tombé sur une vraie dingue ?

Je souris en me remémorant cette réplique du film *Serial noceurs*.

— Eh ben, est-ce que c'est le cas ?

Elle réfléchit à la question.

— Quand il le faut.

Je fronce les sourcils, m'attendant à un véhément déni.

— Qu'est-ce que ça veut dire ?

— Ça veut dire que si je suis en pleine position du lotus, je vais m'agripper comme une dingue, étant donné que plus que je me colle comme une dingue, plus ça stimule mon clitoris.

Je reste bouche bée.

— Oh, pauvre chou. Tu n'as pas encore essayé le lotus ?

Elle me tapote l'épaule, un air de sympathie factice sur le visage.

— Ne t'inquiète pas, peut-être qu'un jour quelqu'un prendra pitié de ton cul de vieux schnock. Maintenant, si ça ne te dérange pas, il faut que j'aille remuer mon matos de jeunette autour d'une barre au rythme de la musique.

Elle se dandine, faisant trembler son décolleté étincelant.

— Alors tu ne bouges pas et tu restes bien sage comme un bon garçon, d'accord ?

Elle rajuste sa poitrine derrière l'élasthanne tendu, et ma bouche salive.

— Ta maman et moi, on doit faire gigoter et tournoyer ce que la nature nous a donné.

Le rappel que ma mère se trouve sur une scène de strip-tease ébranle mes pensées, chassant les diverses images mentales de Rose en train de s'échiner à maîtriser le *Kamasutra*. Ma queue est tellement confuse.

Avant que j'aie le temps de répondre, elle s'éloigne d'un pas nonchalant vers la scène où ma mère attend en compagnie d'une autre dame plus âgée vêtue d'une combinaison Adidas fuchsia, ainsi que d'une femme plus jeune en bikini string.

— Hé, Angela ! s'exclame Rose à l'intention de la dame en bikini tout en s'avançant vers la scène. Pourquoi est-ce qu'on ne travaillerait pas la figure de l'aigle déployé qu'Helen voulait maîtriser ?

Et je me tire.

Je me lève et mets en sourdine le reste de leur conversation en me dirigeant vers la porte. Je ne risque pas même un coup d'œil en arrière en direction de Rose, vêtue d'une tenue de sport éblouissante à la Jane Fonda. Rien ne peut me faire regarder un cours dans lequel ma mère fait quoi que ce soit qui s'apparente à un aigle déployé.

Le gloussement sonore de Rose est la dernière chose que j'entends lorsque je passe les portes de devant.

SIX
FUTUR CÔNE DE LUMIÈRE

Rose

Helen me lance un regard assassin, mais je l'esquive.

— Attends. Ça existe vraiment, la figure de l'aigle déployé ? demande Myra, les mains écartées tandis qu'elle essaie de garder l'équilibre sur ses chaussures à semelles compensées vertigineuses. Parce que ça a l'air de quelque chose que je pourrais faire.

— Non, Myra.

Angela installe une chaise d'équilibre à côté de la barre pour la femme de 80 ans et quelques.

— Et pour l'amour de Dieu, remets tes tennis, s'il te plaît. La dernière chose dont tu as besoin, c'est d'une cheville cassée.

Elle marmonne dans sa barbe, quelque chose à propos d'un procès qu'elle ne veut pas qu'on lui fasse.

Les fines lèvres rouges de Myra font la moue et lâchent un « Pfft ! ». Mais elle s'assied et commence à détacher ses chaussures.

— J'ai peut-être été un tantinet ambitieuse avec ces talons

hauts. Je vais devoir retourner à Cindy's et prendre la paire moins haute.

L'image de Myra à Cindy's, le sex-shop et magasin de vêtements du coin, va me donner le sourire pendant des jours.

Dès que Myra a remis ses baskets, Angela tape dans ses mains.

— On va commencer avec des étirements.

Nous touchons toutes nos orteils. Myra et Helen se sont rencontrées dans un cours de yoga avancé pour seniors, alors elles arrivent facilement à faire les étirements.

Je fais les mouvements, mais mon esprit est toujours bloqué sur Bodie. Ou Vance. Peu importe son foutu nom.

Je déteste quand les coups d'un soir débarquent comme des oiseaux de mauvais augure. Je veux dire, le mec a dit qu'il était plus collègue qu'ami avec Jackie, alors je ne m'attendais honnêtement pas à le revoir, à moins que ce soit à un événement organisé par la NASA. Et étant donné que le dernier auquel je me suis rendue s'est terminé avec moi à l'arrière d'une voiture de police, je n'avais pas prévu d'assister à beaucoup d'autres événements. Ce qui voulait dire qu'il *aurait dû* être un choix relativement inoffensif.

— Comment est-ce que tu connais mon Vance, Rosie ? demande Helen, sa longue tresse sombre oscillant vers l'avant alors qu'elle positionne sa jambe sur l'assise de la chaise et se penche en avant, avec autant de grâce qu'une danseuse de ballet.

D'ailleurs elle a aussi bien vieilli que ce type de danseuse, si elle est assez âgée pour être la mère de Vance. Ils ne se ressemblent pas beaucoup, Helen étant bien plus délicate et féminine que son fils, mais leur teint est identique.

Je me lève, chancelant légèrement tandis que le sang quitte précipitamment ma tête. J'étais tellement absorbée par mes pensées que je n'avais pas réalisé que nous avions changé de posture.

Myra, assise par terre dans la posture du papillon, se penche en arrière et adresse à Helen un sourire espiègle.

— Oooh, je sens qu'il y a une histoire, Rosie.

Helen et Myra sont les seules que j'autorise à m'appeler Rosie. Selon moi, si vous avez passé la majeure partie de votre vie à payer vos cotisations et vos impôts à l'Oncle Sam, vous êtes en droit de dire tout ce qui vous chante.

Je laisse mon talon d'un kilo cinq retomber sur la chaise devant moi dans un bruit sourd, avant de me pencher au-dessus.

— Apparemment ils se sont rencontrés à un mariage.

Le ton d'Helen est bien trop nonchalant pour être normal.

— Ooooh ? dit Myra en prolongeant le son. Vraiment ?

Chaque personne en âge d'être mariée serait capable d'entendre le ton et le sens caché derrière cette syllabe en apparence inoffensive. J'ai beau n'avoir que 21 ans, beaucoup de personnes au Texas considèrent qu'il s'agit du bon âge pour se caser.

Inspirant et expirant, je garde mes yeux concentrés sur les paillettes flottant dans la semelle compensée de mon talon.

— Je l'ai déjà bourriqué, les filles. Je ne vais pas recommencer.

C'est peut-être trop d'infos pour la mère de Vance, mais il faut que j'étouffe ça dans l'œuf maintenant, avant que le moindre complot d'entremetteuse s'esquisse dans leurs esprits.

Cependant, c'est une preuve que ma clique d'amies retraitées est sacrément cool, le fait qu'elles n'ont pas sourcillé. Pas même Helen.

Au lieu de ça, elle lance un regard assassin en direction de la porte que Vance vient de franchir, regard qui inquiéterait n'importe quel homme adulte.

— Ne me dis pas que mon fils ne sait pas comment donner du plaisir à une femme.

Elle retire sa jambe de la chaise et met les mains sur les hanches, l'air d'un général de guerre à la silhouette menue.

— J'ai déjà eu la discussion sur le sexe quand il avait 14 ans, après l'avoir surpris dans ma cuisine avec une main sous la chemise de Minnie Frey.

Je me mords la lèvre en réaction à l'image mentale.

— Je lui ai même fait prendre des notes.

J'abandonne et rigole, en me redressant derrière la chaise.

— Si j'ai des enfants un jour, je vais carrément faire ça. Tu es tellement la mère modèle, Helen.

Ça lui arrache un sourire.

— Mon discours détaillé et en profondeur a servi à m'assurer qu'il était en sécurité, qu'il savait ce qu'il faisait, et que tout le monde serait content.

Le large sourire d'Helen se fait diabolique.

— Bien sûr, le fait que sa mère lui décrive ce qu'est le clitoris, où on peut le trouver et comment le stimuler, ça a aussi contribué à anéantir toutes les hormones pubères qui faisaient rage en lui à l'époque.

Elle replie sa chaise et la déplace sur le côté de la scène.

— Ça m'a donné quelques années de répit avant que j'aie à m'inquiéter qu'il mette quelqu'un en cloque.

Je continue de rire, m'appuyant sur ma chaise pour me soutenir.

— C'est pour ça qu'on est amies, Helen. Tu as tellement de choses à m'apprendre sur l'art de la vie d'adulte. Tu es un génie.

— Tu te débrouilles bien toute seule, Rosie. Tu as juste besoin d'avoir plus confiance en toi.

Je ricane.

— Non pas que je remette ta sagesse en question, Helen, mais personne ne m'a jamais accusée de manquer de confiance en moi.

Je désigne ma tenue pailletée en Lycra moulante avant de replier ma chaise.

— La preuve en image.

— Rosie, Rosie. Je ne parle pas de confiance en ton corps, je parle de confiance ici.

Elle tapote l'endroit où se trouverait mon cœur, ce qui fait légèrement ballotter mon sein gauche.

Nous mordons nos lèvres respectives pour nous empêcher de rire.

— Si vous avez fini de vous palpez mutuellement, toutes les deux, j'ai une barre qui est prête à être enfourchée.

Myra, debout à gauche de la scène, fait le tour de son poteau à la manière d'une boxeuse qui attendrait le tintement de la cloche.

La chanson *Hot in Here* de Nelly beugle dans les enceintes et Myra sursaute, puis elle s'accroche à la barre des deux mains et tournoie autour. C'est un éclair de combinaison fuchsia.

— Myra !

Angela émerge par derrière en courant, dans son bikini minuscule et ses talons de vingt centimètres, comme seules savent le faire les professionnelles aguerries.

— Je t'ai dit de m'attendre avant d'enfourcher.

Levant les bras en l'air, l'exaspération se lit sur son visage.

— Tu ne réussiras jamais à l'arrêter, mais c'est marrant de te voir essayer.

Je jette un coup d'œil plus bas vers sa poitrine.

— Et aussi : accident de garde-robe !

Sans détourner les yeux de Myra, qui est toujours en train de tournoyer, Angela baisse la main et repositionne son haut de maillot de bain par-dessus son téton.

— Merci. Désolée.

— Ne t'inquiète pas, ma chérie.

Helen, avec plus de précaution que Myra, pose ses deux

mains sur sa barre et tourne lentement, revenant à la position de départ et s'interrompant après une rotation.

— Les tétons fugueurs, on a toutes connu ça une fois ou deux, dans le temps.

VANCE

SI UNE VOITURE de police débarque à cet instant, je me ferai probablement arrêter.

Si on cherche une raison évidente pour qu'un homme adulte soit assis dans sa voiture sur le parking d'un club de strip-tease, la tête renversée et les yeux fermés, elle sera forcément de nature perverse. Je crois qu'aucun officier de police ne me croirait si je leur disais que j'attendais que ma mère descende de sa barre.

Ils m'asseneraient probablement un coup de taser.

Peut-être que la douleur aiderait à calmer mon attirance dévorante pour Rose West. En trente-six ans, je n'ai jamais eu de problème pour oublier mes coups d'un soir. Même si ça me fait passer pour un sacré connard.

J'ai pris cette décision il y a des années. Si je choisissais d'avoir un métier dangereux, je devrais renoncer à avoir des attaches. Ni femme ni enfants, personne qui serait abandonné à son sort en pleurs dans le cas où je ne reviendrais pas à la maison.

Cette résolution a contribué à étouffer la moindre pulsion d'attachement que j'ai pu ressentir au fil des années. Avec légèreté, simplicité, sans attaches. C'est comme ça que je vis quand je suis sur Terre.

Rose West n'a rien de simple et de léger. Et c'est assurément impossible de l'oublier.

Ding.

Je saisis mon téléphone posé sur le support.

Un message de ma mère. *Je suis prête à partir.*

Je fronce les sourcils vers mon portable. C'est sa façon de me dire de venir la chercher. *Pourquoi* je dois aller à sa rencontre, je n'en sais rien. Si elle peut se balancer sur un poteau chaussée de ces talons, ça aurait du sens qu'elle puisse marcher avec pour sortir du club, mais je ne vais pas lui répondre ça.

Je me hisse hors de mon 4Runner, que j'adore même si Jackie affirme que les vrais astronautes ne conduisent que des Corvette, puis je retourne dans Heartbreakers, en me préparant à l'assaut visuel que constitue Rose dans sa tenue de pole dance.

Je cligne des paupières, tandis que mes yeux s'adaptent à l'obscurité. *Girlfriend*, la chanson cochonne et vulgaire de Rebecca Black, hurle dans les enceintes.

Bien que je me sois préparé, lorsque mes yeux se focalisent sur la scène, j'ai quand même l'impression de prendre un coup de poing dans les tripes.

Rien n'aurait pu me préparer à Rose, une jambe accrochée en hauteur, l'autre écartée, tournant à l'envers autour de la barre comme une tornade de paillettes.

Je suis à la fois conscient d'être planté là comme un gosse dans un magasin de bonbons, en train de baver devant des choses qu'il ne peut avoir, et à la fois je ne suis conscient que d'elle. Mes yeux sont totalement focalisés sur ses cheveux flottants, ses seins qui défient la gravité, et la fine bande de Lycra entre ses jambes.

Mais quelque chose tourne mal. Rose pousse un cri perçant lorsque sa jambe glisse de trente centimètres, mettant un terme à la rotation. Tendant les bras pour se rattraper, elle termine de descendre en glissant et se réceptionne par un équilibre maladroit.

J'ai déjà parcouru quelques pas rapides en direction de la scène lorsque je m'en rends compte, mais la femme plus jeune en bikini y arrive avant moi. Soutenant l'abdomen de Rose, elle l'aide à tomber prudemment sur le côté sans se blesser.

Rose, bien qu'elle se frotte les poignets, se lève en riant.

— Eh ben ! Je suppose que je ne la maîtrise pas encore, celle-là.

La femme plus âgée à côté de ma mère applaudit.

— Bien joué, Rosie-chérie !

Elle se tourne vers la femme en bikini.

— Je veux apprendre ça après, Angie.

— Non, Myra.

À la façon dont la femme soupire, j'en déduis que ce n'est pas la première fois que Myra demande à faire quelque chose de trop ambitieux pour elle.

Fronçant les sourcils, mais avec une lueur dans les yeux, Myra croise les bras.

— T'es pas drôle.

Elles s'esclaffent toutes.

Sur un ton réprobateur, je demande :

— Tu ne devrais pas t'entraîner à des figures plus faciles avant de te briser la nuque en tournoyant comme ça ?

Les trois femmes sur la scène me regardent, sourcils haussés.

Ma mère me donne un petit coup dans les côtes. Je n'avais même pas remarqué qu'elle avait avancé jusqu'à moi.

Heureusement, elle est à ma droite. Si elle m'avait donné un coup du côté gauche, elle aurait peut-être provoqué l'arrêt de mon cœur battant la chamade. Parce que mon pauvre cœur, celui qui est surveillé attentivement par les meilleures équipes médicales et entraîné par les meilleurs entraîneurs du pays, bat à une vitesse anormale.

Une chose est parfaitement claire : Rose West ne me fait pas du bien.

Le rire s'évanouit du visage de Rose.

— Est-ce que je te dis comment flotter dans l'espace, *Bodie* ? raille-t-elle. Non, je ne le fais pas. Alors ne commence pas à me dire comment faire de la pole dance.

Elle marque un point.

Et si on considère l'éclat de sa jeunesse et ses milliards de dollars, je ne parierais pas sur elle vu le peu de choses que j'ai à offrir.

Et pourtant...

— Sors avec moi ce soir.

Du coin de l'œil, j'aperçois ma mère tourner la tête vers moi façon *L'Exorciste*.

Rose s'esclaffe.

— Désolée, je peux pas.

De ses deux mains, elle dégage ses cheveux de ses épaules, faisant pleuvoir des paillettes sur la scène.

— Je dois me laver les cheveux.

Myra émet un petit rire et Angie baisse la tête, dans une tentative de cacher son sourire.

Je plisse les yeux vers elle.

— Demain alors ?

Ma mère en reste bouche bée. En trente-six ans je n'ai jamais ramené quelqu'un à la maison, ne lui ai jamais parlé de ma vie amoureuse, et je n'ai certainement jamais invité quelqu'un à sortir devant elle. Même si à ce stade, « supplié » serait plus exact.

— Nan.

Rose s'éloigne tranquillement par le côté gauche de la scène.

Je la suis, lui bloquant la sortie au pied des marches.

— N'importe quand cette semaine.

Elle fronce les sourcils vers moi et se déplace vers la gauche.

Je bouge vers la droite. Ses yeux s'étrécissent et elle bouge vers la droite. Je bouge vers la gauche.

Croisant les bras sur sa poitrine scintillante, ses chaussures à semelles compensées se mettent à taper du pied sur la scène.

— Écoute, mon pote, ne t'imagine pas que parce que ta maman est là je vais te ménager.

J'imite sa posture.

— Je crois que tu ne sais pas *comment* ménager quelqu'un.

Elle pince les lèvres, comme si elle réfléchissait à ce que je viens de dire.

— Mmm.

Elle commence à descendre, s'arrêtant à deux marches du sol. Ses yeux sont au même niveau que les miens.

— Tu sais, tu as peut-être raison.

Un pas de plus et je peux distinguer les petites gouttes de sueur qui se mêlent aux paillettes sur son corps. Sa poitrine se soulève et s'abaisse à un rythme plus rapide que d'habitude. C'est probablement à cause de la pole dance, mais je me plais à penser que j'ai quelque chose à voir là-dedans.

Enfin... Jusqu'à ce qu'en un éclair, elle assene un revers à mon paquet. Elle me touche à peine, mais elle frappe en plein dans une zone particulièrement douloureuse, et je me recroqueville, tombant presque à genoux.

Sous le choc, deux des femmes poussent des cris de surprise, et la troisième tousse pour dissimuler son rire. J'aimerais croire que ce n'était pas ma mère.

Rose, profitant de ma posture protectrice, me pousse contre le mur et m'écarte de sa route.

— J'ai deux frères, Vance. Tu devrais savoir qu'il vaut mieux ne pas chercher à m'intimider.

Elle passe devant moi de façon décontractée.

Mon instinct de survie bien rodé m'immobilise jusqu'à ce que Rose enfonce les doubles portes d'entrée. La lumière du soleil brille sur son corps tel le sillage enflammé d'une étoile filante. Même avec la montée d'adrénaline due à ma quasi-émasculation, je ne peux m'empêcher d'admirer le chic de sa sortie.

Lorsque les portes se referment et que je détourne enfin les yeux, je rencontre le regard désapprobateur de ma mère.

Elle balance sa longue tresse sombre par-dessus son épaule et croise les bras, exactement comme elle le faisait quand je faisais des bêtises dans mon enfance.

— Toi et moi, on va devoir avoir une autre conversation à propos du clitoris.

SEPT
#JESUISCAESAR

Rose

— C'EST QUOI CE BORDEL, sérieux ?

Le néon rouge, blanc et bleu de l'enseigne du Big Texas Saloon, habituellement allumé tel un phare guidant les êtres en quête d'un bon moment, est éteint.

J'attrape ma flasque spéciale nichons dans mon soutien-gorge et en prends une lampée.

— Quand est-ce qu'ils ont fermé ? demande Jackie en se tournant vers Trish et Jul'.

C'est notre première sortie entre nanas depuis le mariage, et ça ne commence pas très bien.

— C'est pas à moi qu'il faut demander, déclare Trish.

Elle hausse les épaules.

— Ça a dû arriver quand on était en Allemagne, Ian et moi.

Elle fait tourner sur son doigt la très scintillante et très, très grosse nouvelle bague.

Oui, les fiançailles de Trish en Europe étaient une surprise. Ça avait l'air d'être méga cucul la praline, mais Trish mérite tout le romantisme dont Ian est capable et plus encore. Je suis heureuse pour eux. Pour ma meilleure amie. *Vraiment.*

C'est juste que... Est-ce qu'il fallait vraiment que le Big Texas soit fermé *maintenant* ? Après Holt et Jul' qui ont décidé d'élever une vache de compagnie, Jackie et Flynn qui se sont dit oui pour la vie, et Ian et Trish avec leurs fiançailles de conte de fées ?

Est-ce qu'on peut m'accorder une soirée biture bien méritée entre filles, histoire de faire une pause avec toutes les happy ends ?

Je tords mes lèvres d'un côté, essayant d'adopter un air boudeur. La bouderie est plus acceptable que les larmes qui menacent mes yeux. Même si le Big Texas était carrément douteux, que des voitures de police étaient garées à l'extérieur tous les soirs au cas où ça partirait en cacahuète, et que les boissons étaient foutrement élémentaires, c'était *notre* endroit. Celui où le groupe s'est formé à l'origine. Le génie, l'astronaute, la criminelle recherchée et la milliardaire fêtarde.

Et maintenant il est fermé.

Va te faire foutre, Big Texas. Va bien te faire foutre.

— Aucun problème.

Jul' sort son téléphone de l'arrière de son pantalon en cuir.

— J'ai l'adresse d'un autre honky tonk[1] plus près du centre.

Ses pouces pianotent à toute vitesse sur son écran.

— On ira là bas.

Je suis trop contrariée pour chambrer Jul' et son utilisation du terme « honky tonk ». Je me contente de prendre une autre grosse rasade de ma flasque et laisse Jackie me guider jusqu'à notre UberXL.

Vingt minutes et une flasque vide plus tard, nous arrivons au Whiskey River. Devant lequel se trouve une queue qui part de la porte d'entrée et longe toute la façade couverte.

Évidemment.

Ce n'est pas mon truc de faire la queue. Je sais que ça me fait passer pour une grosse privilégiée, mais je m'en fous. Je ne comprends pas le concept d'attendre des heures les uns derrière les autres, juste pour donner davantage de mon argent à quelqu'un. Je plonge la main dans mon décolleté, en me demandant quelle quantité de cash sera nécessaire pour nous faire entrer, lorsque la file d'attente se déchaîne, laissant échapper rires et cris de surprise.

— Holà !

Jul' montre la porte d'entrée du doigt.

— Matez ça, un peu !

Au moins une dizaine d'imitateurs d'Elvis, comme on en trouve à Las Vegas, déferlent à travers les doubles portes, leurs paillettes scintillant sous les lampadaires. Ils sont suivis d'une ruée de clients sur leur trente-et-un façon country club.

— Qu'est-ce que c'est qu'ce cirque ? demande Trish, les yeux écarquillés.

— J'en sais rien, Sam le pirate, rétorque Jul'.

Elles se chamaillent pendant que Jackie et moi gardons les yeux braqués sur la scène, bouche bée. Jackie est probablement en train de faire un calcul de probabilités pour trianguler la position de chaque Elvis à partir de l'orbite de Mars, ou n'importe quel autre truc de génie, alors que je suis simplement stupéfaite de la meilleure façon possible.

Et heureuse.

Leur cape en polyester bas de gamme vole derrière eux tandis qu'ils se hâtent de rejoindre une navette à proximité, et mon espoir grandit avec chaque pétillement et chaque scintillement.

Cet endroit n'est peut-être pas si mal après tout. Je veux dire, un bar avec des imitateurs d'Elvis ringards façon Las Vegas, ça doit être marrant, nan ?

Peut-être que cet endroit sera encore mieux que le Big Texas. Peut-être que cette soirée entre meufs sera...

— Chérie !

Nous nous retournons toutes pour découvrir Flynn, debout et bras tendu dans l'embrasure de la porte par laquelle les Elvis viennent de filer, en train de nous faire signe de la main. Holt est à côté de lui, en train de glisser au videur un pot-de-vin qu'il dissimule par une poignée de mains.

Mon espoir disparaît instantanément.

Jackie lui fait signe en retour et se dirige vers lui en sautillant dans ses Converse Chuck Taylor. Le reste du groupe la suit.

Je ne pose même pas la question. À en juger par l'expression sur le visage de Jul' lorsqu'elle laisse Holt passer un bras autour d'elle et l'accompagner dans le bar, il est évident qu'elle savait que les gars seraient là.

Cette soirée est en train de calancher plus vite qu'Elvis avalait ses sandwiches beurre de cacahuètes-banane-bacon. Paix à son âme.

Les lèvres rouges de Trish se recourbent en un large sourire.

— Ian est là, lui aussi.

Alors comme ça toi aussi, demi-portion ?

— Rosie West, comme on se retrouve.

Je ferme les yeux face à l'image de Vance Bodaway, un bras allongé sur le dossier du siège vide à côté de lui, cheveux tombant devant ses yeux.

Pour l'amour de Dieu. Mon coup d'un soir me poursuit.

Vance, nonchalant comme pas deux, est assis à côté de Ian à la table d'angle convoitée du fond. Il est bien trop séduisant dans son simple T-shirt bleu au milieu de l'océan de cols boutonnés et de chapeaux de cow-boy.

Jul' attrape l'une des bières dans le bac de glace à côté de la table, avant de faire tourner une chaise sur elle-même de l'autre main.

— Comme on se *retrouve* ? dit-elle en se laissant tomber, enfourchant la chaise. Quand est-ce que vous vous êtes rencontrés la première fois ?

Trish se glisse à droite de Ian.

— Rosie ?

Poussant un soupir, je m'enfonce dans le seul siège vacant, à savoir celui qui est à côté de Vance. Ce dernier hoche la tête à l'intention de Trish et entrechoque sa bouteille de bière avec celle de Jul'. Ignorant l'intérêt manifeste que mes amis nous portent, il se penche vers moi.

— Grâce à toi, j'ai eu le droit à un autre sermon mémorable sur l'anatomie féminine, pendant le trajet du retour dimanche.

Ça me fait pincer les lèvres pour contenir mon rire.

Voyant mon amusement, il me donne un petit coup de coude.

— Et oui, c'était aussi gênant et inutile que ça l'était quand j'avais 14 ans, au cas où tu te poserais la question.

Mon rire étouffé se transforme en grognement.

— Mon Dieu, j'adore ta mère.

— Qu'est-ce qui s'est passé dimanche ?

Trish, dont les yeux font des allers-retours depuis un moment entre nous – elle est probablement en train d'essayer de mémoriser notre dialogue pour son prochain livre –, semble fascinée.

— Et comment tu connais la mère de Vance ?

Jul' prend une autre lampée.

— C'est mon héroïne, au fait. Je l'ai rencontrée quand on nous a remis nos insignes d'astronautes, à Vance et moi.

Son aveu m'agace pour une raison qui m'échappe. Encore plus que le fait qu'elle m'a ramené les mecs pendant une soirée entre zouzes. Je hausse les épaules, essayant de me la jouer comme si de rien était.

— Je fais de la pole dance avec Helen.

Jul' en reste bouche bée. Elle se tourne vers Vance.

— Ta mère fait de la *pole dance* ?

Arborant un petit sourire satisfait, je me sens victorieuse.

Vance ne remarque même pas le rare spectacle que constitue une Jul' sidérée, ses yeux toujours plantés dans les miens, ses petites rides foutrement sexy se creusant davantage.

— Tu as bien lavé tes cheveux. Je ne vois pas la moindre trace de paillettes.

Souriant malgré moi, je hausse les épaules et m'efforce d'ignorer l'échange de regards médusés entre Trish et Jul'.

Vance arque un sourcil.

— Ça veut dire que tu vas enfin trouver du temps pour moi ?

— Tu as déjà entendu la phrase « tirer son coup et passer à autre chose » ?

J'essaie de brider le sourire sur mon visage, mais je crois que je n'y arrive pas.

Jul' s'étrangle avec sa bière, la bouche béante de Trish s'agrandit encore, et les sourcils de Jackie se rejoignent. Ian semble amusé mais pas surpris. *Hmmm.*

— Ce n'est pas la définition du coup d'un soir ?

Jackie lève son verre.

— Comme toujours, dit Jul' en inclinant sa bouteille de bière vers Jackie. Tu as raison.

Pointant le goulot de sa bouteille vers moi, elle demande :

— Quand est-ce que le coup a été tiré ? Parce que même si

Vance Bodaway est un ami, je ne suis pas sûre qu'il soit assez bien pour toi.

Les yeux de Vance se tournent vers Jul'.

— T'es sérieuse ?

Lui rendant probablement la monnaie de sa pièce pour tout à l'heure, c'est Jul' qui l'ignore cette fois.

— Tu tiens super bien les lampes torches dans l'espace pour que les autres, comme *moi*, puissent faire le vrai boulot qu'implique une EVA.

Elle a un sourire en coin lorsque Vance lève les yeux au ciel.

— Mais qu'est-ce que tu as d'autre à mettre sur la table ? Je veux dire, il s'agit de Rose West. Milliardaire et meilleure amie de Julie Starr. Elle mérite mieux qu'un branleur de lampes torches.

Je sais qu'elle dit tout ça uniquement pour provoquer Vance, mais ça me plaît quand même. Ça annule tout agacement que je nourrissais à son égard, y compris celui causé par la présence des gars à notre soirée filles.

— Il a été l'apprenti de John Herrington, intervient Jackie, qui n'a pas compris que Jul' plaisantait.

Trish et moi demandons de concert :

— C'est qui, John Herrington ?

Lorsque Vance hausse un sourcil vers moi, je regrette mon intérêt manifeste.

— C'était le premier Amérindien dans l'espace.

Jackie incline la tête comme à chaque fois qu'elle essaie de se souvenir de faits.

— Aujourd'hui à la retraite, il recrute beaucoup dans les réserves protégées par le gouvernement, pas vrai ?

Elle regarde Vance.

— Oui, en effet, acquiesce Vance, dont les petites rides autour des yeux disparaissent. Mais je ne l'ai rencontré qu'après avoir été sélectionné en tant que candidat astronaute.

Il prend une gorgée de sa bière.

— Mais il a été une grande inspiration pour moi. Même s'il est Chicacha et moi Zuñi, ça a changé ma vie de voir le premier Amérindien voler dans l'espace.

N'aimant pas à quel point Vance est devenu sérieux, je lui donne un petit coup dans les côtes.

— Je suis surprise que la télévision existait à l'époque.

— À l'époque ?

Il semble légèrement offensé.

— Je n'ai que 36 ans.

J'essaie de faire en sorte que ma surprise ne se voie pas.

— Et je n'ai que 21 ans.

Sa surprise à lui se voit, en revanche.

Honnêtement, ses origines amérindiennes lui réussissent. Je ne pensais pas vraiment qu'il était aussi âgé. J'aimais juste bien le chambrer.

Je saisis mon verre et salue Vance avec.

— C'est ce qu'on appelle un fossé générationnel, vieux schnock.

Holt et Flynn reviennent les mains chargées de rhums Coca.

— Qu'est-ce que j'ai loupé ? demande Holt, examinant le mélange de surprise, d'amusement et de perplexité qui se lit sur tous nos visages.

— Rose a baisé la Torche ici présente, intervient Jul'. Mais il n'a manifestement pas compris que c'était une aventure sans lendemain et qu'elle en avait fini avec lui après ça.

— Ou à quel point elle était jeune quand l'aventure a eu lieu.

Trish sirote sa boisson à l'aide de sa minuscule paille à cocktail.

Sans un mot, Holt fait volte-face et retourne au bar. Jul' se lève et le suit, en riant si fort qu'elle trébuche.

Flynn reste planté là, immobile, les yeux plissés vers Vance.

— Oh, frangin !

J'envoie un coup de botte qui rencontre le tibia de Flynn, ce qui le fait grimacer de douleur.

— Contente-toi de te rappeler toutes les fois où je dois entendre parler de ta vie sexuelle avec Jackie.

Je frissonne et prends une longue rasade de ma boisson.

— Alors estime-toi heureux que ce soit l'histoire d'une fois.

La moue de mon frère s'étire pour devenir ce qui est censé être un sourire, du moins j'imagine, mais le résultat n'est pas très probant.

— Quoi ?

La grimace de Flynn est effrayante.

— Ça va. Je vais bien.

Il hausse les épaules d'un air gêné.

— Et puis, on fait tous des erreurs.

Il lance à Vance un sacré regard en coin.

— Le prends pas mal.

Jackie relève la tête, perplexe derrière ses lunettes.

— Comment tu veux qu'il le prenne bien ?

Sa question naïve provoque les éclats de rire de l'assemblée. Flynn fait lever Jackie.

— Je t'expliquerai pendant qu'on danse.

Il lui prend la main et l'emmène sur la piste de danse.

Ian pose sa bière.

— C'est une bonne idée d'aller danser.

— Vas-y, pars devant.

Trish lui fait signe d'y aller sans le regarder, ses yeux oscillant toujours entre Vance et moi. Quand il s'agit d'observer les gens, elle a tendance à pousser le concept à un niveau inégalé et assez flippant.

Poussant un soupir, Ian tire sur une Trish réticente pour la faire lever et l'éloigner de la table. Tandis qu'ils passent à côté de nous, Ian marmonne un « Bonne chance ! » à l'intention de Vance.

Ce dernier fait ce truc invasif que font certains hommes, lorsqu'ils tournent leur corps tout entier vers vous et se penchent en avant, vous barrant ainsi la route pour vous empêcher de les ignorer. C'est en général carrément agaçant et une bonne raison pour leur envoyer un genou bien placé dans le paquet.

Mais cette fois, un frisson me parcourt.

Je suis une déception pour toutes les féministes de la planète.

— Tu es ravissante.

Ses yeux se promènent de haut en bas, assimilant mon jean moulant taille haute et mon crop top à épaule dénudée, qui expose la bretelle de mon soutien-gorge rose vif.

Je fais bouffer la pagaille blonde et sauvage qui me sert de cheveux au-dessus de mes épaules.

— N'est-ce pas ?

Il sourit. C'est un beau sourire. Un sourire qui provoque des choses dans les parties génitales d'une femme. D'autant plus dévastateur que je ne sais que trop bien à quel point mes parties génitales pourraient être heureuses si je me laissais faire.

Je me déplace sur mon siège et me ressaisis.

— Alors c'était quoi le délire avec les imitateurs d'Elvis, tout à l'heure ?

Il rit et souffle en même temps.

— Pour être honnête, je ne suis pas vraiment sûr.

Il se passe la main dans les cheveux.

— Les gars et moi, on est arrivés au moment où ils dansaient. Puis quelqu'un a crié « rat », et on a failli se faire piétiner par une horde de paillettes et de cuir synthétique.

— Il y avait un rat ?

Je repousse ma boisson sur la table.

— Non.

Il s'esclaffe et la fait glisser vers moi pour me la rendre.

— Il s'avère que quelqu'un a fait entrer un chat en douce.

— Un chat.

— Ouaip.

Je saisis le verre et prends une longue gorgée.

— Mmm.

Je jette un regard autour de moi, m'imprégnant du glamour de cette boîte de nuit rustique – les bois de cerf au-dessus de notre table, le DJ coiffé d'un chapeau de cow-boy, le combo lustres en cristal et boules à facettes au-dessus de la piste de danse. Définitivement, il y a dans cet endroit une atmosphère bien plus sympa qu'au Big Texas.

— Tu viens souvent ici ?

— Je ne suis jamais venu ici avant ce soir.

Les petits plis sont de retour au coin de ses yeux.

— Je ne suis venu que pour te voir.

— Hmmm.

C'est ce que je craignais. Au mariage, c'était facile de le ranger dans la boîte « homme avec qui j'en ai terminé ». Mais à présent, maintenant que je sais qu'il est le fils d'Helen, que j'ai appris quelques infos à propos de son éducation et de ce qui a motivé sa carrière, que j'ai vu à quel point il se défend bien face à ma bande de copines quelque peu intrusives et blagueuses – je suis *intéressée*. Il ne rentre plus dans la boîte.

Une serveuse vient nous voir et nous demande si nous avons besoin de quoi que ce soit.

Il secoue la tête, ses cheveux noirs soyeux suivant le mouvement.

J'ai envie de les toucher. Je resserre ma prise sur mon verre. Parce que même si j'admets mon intérêt grandissant à son égard (suffisant pour me le taper quelques fois de plus), j'ai aussi conscience que conformément à la théorie des six degrés de séparation, nous sommes plus connectés que prévu. Ce qui signifie que les complications sont inévitables.

Je fais de la pole dance avec sa mère.

Ses collègues sont mes meilleures amies.

Il était au lycée quand je suis née.

Il reporte son attention vers moi, ses yeux brun foncé soutenant mon regard. Les plis aux coins de ses yeux se creusent.

Oh, et puis merde.

Comme si j'appuyais sur un interrupteur, j'active mon mode flirt, battant des cils à son intention.

— Une turlutte, ça te branche ?

Il s'étrangle avec sa propre salive.

— Pardon ?

VANCE

MES LÈVRES s'arquent involontairement lorsque le barman fait glisser les shots de turlutte sur le bar.

— Quoi, ta fierté masculine peut pas l'encaisser, c'est ça ?

Arborant un sourire narquois, Rosa attrape l'un des shots.

— Non, mes dents.

J'examine la dose gargantuesque de crème fouettée à la surface. En soi, je ne suis pas obsédé par ma santé, mais c'est une déformation professionnelle de me maintenir en forme.

— Il y a quelle quantité de sucre là-dedans, tu crois ?

— Mais bien sûr, c'est le sucre qui te gêne.

Rose lève les yeux au ciel.

— Admets-le, tu veux pas tenter la turlutte, c'est tout.

M'appuyant sur le bar, je lui jette le regard le plus condescendant dont je suis capable.

— Écoute, Rosie-chérie, comme tu aimes le souligner, je suis plus âgé que toi. Je ne suis pas l'un de ces hommes-enfants immatures dont tu as l'habitude. J'ai suffisamment confiance en ma virilité pour gober une boisson recouverte de crème fouettée, peu importe le nom qu'on lui donne.

Pour le prouver, je m'écarte en prenant appui sur le comptoir et me tourne pour aligner mon shooter.

— Tu veux t'envoyer des turluttes ? On va s'envoyer des turluttes.

Rose semble impressionnée par mes paroles, ce qui prouve qu'il y a une première à tout. Elle suit le mouvement et place également son verre à shot au milieu.

— OK, vieux schnock. Allons-y.

Mais lorsqu'elle tend la main pour attraper son verre, je lui assene une tape sur la main pour l'en empêcher.

— Héé, qu'est-ce que...

J'émets des petits claquements de langue protestataires.

— Si je me rappelle bien les explications de Jul' et Jackie – et je devrais m'en souvenir, parce que leur aparté pendant un briefing EVA à propos des boissons alcoolisées qui portent des noms sexuels était *fascinant*.

Je lève les yeux au ciel au souvenir de cette session de formation particulièrement longue.

— « Pour boire une turlutte comme il faut, c'est sans les mains. »

J'arque un sourcil à son intention, la défiant du regard.

— J'ai raison ou pas ?

— Est-ce que t'es en train de m'expliquer le principe d'une turlutte ?

Je lui rétorque :

— Est-ce que tu fais ça correctement ?

Je contracte les abdos en réponse au regard qu'elle me lance, m'attendant à un coup de poing dans les tripes. Je fais pivoter mes hanches vers le bar au cas où elle déciderait de viser plus bas comme elle l'a fait au club de strip-tease. C'est une affaire dangereuse que d'énerver Rose West.

Elle fait durer son regard assassin une seconde de plus avant de faire face au bar, son verre à shot centré par rapport à elle.

— Très bien.

Quelques mèches de cheveux tombent en avant lorsqu'elle commence à se pencher.

— Attends.

Elle souffle bruyamment et se redresse.

— Quoi encore ?

Je me mords la lèvre pour m'empêcher de rire face à son air exaspéré, repousse ses cheveux en arrière et les empoigne en queue de cheval.

— C'est mon devoir en tant que gentleman.

Si ses yeux se plissaient davantage, ils seraient fermés.

Ses cheveux dégagés de son visage, elle se penche en avant, sa croupe bien calée contre mon entrejambe. Ce contact me fait pousser un grognement, et elle remue les fesses, probablement pour se venger de mon comportement agaçant.

Mais ce n'est vraiment pas nécessaire, car si je m'étais représenté tout ce processus de shots de turlutte comme quelque chose de sacrément comique, la réalité est tout autre. La vision de ses lèvres enveloppant le bord du shooter tandis qu'elle suce assez fort pour s'arrimer au verre et le soulever du comptoir sans les mains, voilà une torture suffisamment intense.

Elle se redresse, incline la tête en arrière vers moi et avale crème fouettée et Baileys d'une traite, avant de se pencher en avant et de reposer le verre.

Secouant la tête pour dégager mes mains de ses cheveux, elle se tourne vers moi.

— À ton tour.

À en juger par l'expression sur son visage, elle est parfaitement consciente que la dernière fois qu'elle m'a dit ça, elle m'a chevauchée comme une championne de rodéo dans sa demeure familiale.

Le vif souvenir me fait fixer ses lèvres.

Elle les lèche. Lentement.

J'ai envie de l'embrasser plus que tout autre chose. Et si j'étais venu avec mon 4Runner ce soir, c'est peut-être ce que je ferais. Mais dans l'absence d'endroit où l'emmener pour poursuivre ce baiser, je détourne le regard et fais face à mon shot de turlutte.

Premièrement, parce que je me suis engagé à le faire et que je ne vais pas reculer. C'est comme si je devais lui prouver, à elle mais à moi aussi, que même si je suis bien plus âgé qu'elle que je le croyais à l'origine, je tiens encore la route.

Et deuxièmement, parce que je suis toujours perturbé par le rappel de Jackie concernant mes motivations pour devenir astronaute. Et les sacrifices que j'avais conscience de devoir faire quand ça arriverait.

Quand Herrington a pris son envol, j'avais 17 ans et j'étais alors déterminé à ne pas suivre les traces de mon père dans l'armée. J'allais devenir ingénieur. Construire des choses plutôt que d'en bombarder ou d'être bombardé. Je n'allais pas abandonner les gens que j'aimais.

Puis Herrington a changé tout ça. Les photos et vidéos de lui brandissant le drapeau Chicacha en apesanteur ont enflammé les chaînes d'informations. Je l'ai vu sur la chaîne NASA TV, aider à construire l'ossature de l'ISS au cours des diverses sorties extravéhiculaires. C'était un bâtisseur, comme moi, mais qui bâtissait dans *l'espace*. Et ça a réveillé une partie de moi que j'ai dû hériter de mon père tombé au combat.

— Poule mouillée ? me nargue Rose, m'arrachant à mes pensées solennelles.

La foule, qui s'était réunie autour de la fille canon et de ses shots de turluttes « comme il faut », se met à rire lorsque Rose commence à caqueter comme une poule et à agiter ses bras repliés.

Et d'un coup, comme ça, Rose me fait sourire et me ramène dans l'instant présent.

Je me penche et aspire le shooter, renversant la tête en arrière tout en m'assurant de ne pas m'étouffer avec l'abondante quantité de Chantilly qui me glisse dans la gorge. Lorsque le shooter se détache de ma bouche dans un bruit sec, les applaudissements de la foule sont plus sonores que leur chahut précédent.

— Enfoiré, dit Rose avec un sourire.

Je m'esclaffe, l'attirant contre moi pour l'enlacer de côté, prenant une bouffée euphorisante de l'énergie qui émane d'elle. Comme le soleil, elle diffuse de l'énergie à toutes les personnes dans son orbite. Je ne peux m'empêcher d'être attiré par elle.

La musique tonitruante laisse place à une chanson lente. De l'autre côté du bar, Jul' traîne ses bottines motardes en rythme avec les santiags de Holt, Trish garde les yeux fermés, la tête posée sur le torse de Ian qui la berce au son de la musique, et la bouche de Jackie ne cesse de bouger. Probablement en train d'appliquer un algorithme à multiples variables à l'oscillation rythmique en deux temps. Ce qu'ils ont tous en commun, c'est le sourire immense qu'ils font naître sur le visage de leur partenaire. Un sourire qui, j'en suis sûr, est la copie conforme de celui que j'arbore.

Un coup d'œil périphérique m'apprend que Rose est aussi en train d'observer ses amies, fronçant les sourcils alors qu'elle devrait sourire.

Je ne sais pas trop quoi penser de ça. Et je suis trop happé par l'orbite de Rose pour le découvrir.

— Une autre tournée ? dis-je, et ma question attire son regard vers le mien.

Poussant un soupir mais désormais souriante, elle se tourne vers le bar et en frappe la surface.

— Fais péter les shots, vieux schnock.

---

1. N.d.T : Un honky tonk est un type de bar avec divertissement musical, commun dans le sud-ouest et en particulier dans le sud des États-Unis. Le terme désigne aussi la musique country jouée dans ces bars, la Honky tonk.

HUIT
LANCEMENT VERTICAL

Rose

Deux turluttes plus tard, je cède à tous les caprices de la foule nouvellement formée. Le récit de la baston qui a eu lieu pendant l'enterrement de vie de jeune fille de Jackie au club de strip-tease est plutôt bien accueilli. Femmes et hommes sont pendus à mes lèvres.

Du moins, les femmes le sont. Les hommes, avec leurs esprits mal tournés, sont probablement restés bloqués sur la partie club de strip-tease.

— T'es en train de me dire que cette fille *là-bas*, s'est jetée d'une scène de strip-tease et a dézingué un voyou de cent quarante kilos ? dit une femme en désignant Trish sur la piste de danse.

— Ouaip.

Je hoche la tête, comme la maman fière que j'ai le sentiment d'être chaque fois que je me souviens du magnifique KO par ciseau acrobatique de Trish.

La foule dévisage mon amie, cette brunette menue qui

danse le two-step dans sa modeste jupe plissée à hauteur de genou, son haut en soie et ses escarpins noirs à semelles compensées. Elle a plus l'air d'une prof de maternelle avec un fétiche pour les talons que d'une strip-teaseuse et justicière autoproclamée.

— Mais ne lui en parlez pas. Ça va la gêner, et ça va énerver son fiancé.

Je lâche un soupir d'une patience à toute épreuve.

— Ça a vraiment tendance à dégénérer quand les membres de la gent masculine commencent à faire les brutes.

Vance s'étrangle sur une gorgée de bière tandis que les femmes dans la foule acquiescent d'un air entendu.

— Maintenant foutez le camp, vous tous ! dis-je en faisant signe à la foule. J'ai comme l'intuition que ce membre de la gent masculine en particulier...

Je désigne Vance du pouce par-dessus mon épaule.

— A des motifs cachés pour être venu ici ce soir, et je suis *juste* assez bourrée pour l'écouter.

Je jette à Vance un coup d'œil rapide, comme pour le défier de prétendre le contraire.

Il se contente de sourire.

Les femmes rigolent tandis que les hommes lui murmurent des mots d'encouragement en se dispersant.

Il me renvoie mon coup d'œil.

— Tu crois que j'ai des motifs cachés, hein ?

— Ouaip.

Sur le bar, j'attrape mon rhum Coca fraîchement servi, à côté duquel demeurent les verres à shots vides.

— Je ne peux pas être là juste pour passer du bon temps ?

— Nan.

Je bois à petites gorgées en levant le petit doigt, comme la femme distinguée que nous savons tous les deux que je ne suis pas.

— Et comment est-ce que tu es arrivée à cette conclusion au juste ?

Je lâche un autre soupir, légèrement inquiète de l'hyperventilation qui me menace.

— Parce que, Vance, tu ne t'es jamais, pas une seule fois, pointé à l'une de nos soirées. Ce serait une coïncidence trop grande que tu sois là ce soir après que je t'ai fait grimper aux rideaux dans la chambre d'amis de ma famille, puis envoyé au tapis à Heartbreakers devant ta mère.

La barmaid qui passe à côté de nous nous regarde, secoue la tête, puis continue d'avancer.

J'incline ma boisson vers lui.

— Et sans oublier que tout à l'heure, tu as admis être venu uniquement pour moi.

Il s'esclaffe.

— Ah oui, c'est vrai.

Je monte un coude sur le bar et m'appuie dessus.

— Alors qu'est-ce que tu veux ?

J'agite ma main sans boisson de haut en bas devant mon corps, en essayant de faire en sorte que la note d'espoir ne perce pas dans ma voix.

— Une deuxième manche ?

— Ce serait bien, oui.

Ses yeux parcourent mon visage, et je sens la chaleur de son regard caresser mes yeux, ma bouche, la surface de mon cou, puis s'arrêter une seconde de plus sur mon épaule dénudée et la bretelle visible de mon soutien-gorge rose vif.

— Une troisième et une quatrième, ce serait encore mieux.

La jauge de ma température interne vient de grimper en flèche.

— Écoute.

Posant mon verre, je m'écarte du bar et me redresse, puis je frappe dans mes mains, tâchant d'avoir l'air solennel.

— J'apprécie les services fournis par ton pénis dans le passé, et je salue même l'assurance qu'il t'a fallu pour descendre des turluttes dans un bar de cow-boys bondé. Mais que les choses soient claires : je ne veux *pas* de mec.

Vance m'adresse un clin d'œil.

— C'est génial, parce que je ne veux pas de copine non plus.

— Bon.

Je baisse les mains, ignorant la piqûre que m'inflige son approbation.

— On est en phase alors.

Il regarde à l'intérieur du goulot de sa bouteille de bière.

— Mais juste par curiosité, qu'est-ce que tu veux au juste ?

Sa question semble trop décontractée pour être crédible.

Chose exaspérante, ça déclenche une lueur d'espoir malgré moi. Mais s'il veut s'amuser à ça, moi aussi je peux le faire. Prenant l'air excessivement théâtral qu'on me connaît, je lâche encore un autre soupir.

— Je ne sais pas. Si tu veux bien, toi, l'homme grand et fort, me dire ce que je suis censée vouloir, je t'écoute.

La musique change, et nous regardons tous les deux Ian, Flynn et Holt prendre leur fiancée, épouse et petite amie dans leurs bras respectifs, ondulant et traînant les pieds au rythme d'un autre slow en deux temps.

Quelque chose qui n'est pas tout à fait de la luxure mais me laisse quand même dans un état de manque s'abat sur moi. C'est le même sentiment que j'ai ressenti au mariage de Jackie. J'ai l'impression que...

La bouteille de Vance heurte le comptoir, me faisant sursauter.

Il se rapproche d'un pas, et son parfum m'enveloppe, ramenant la luxure au premier plan.

— Eh bien.

Il se baisse, et son souffle chatouille mon oreille.

— Pour commencer : pourquoi ne pas vouloir prendre encore plus de bon temps que ce qu'on a pris ensemble ?

Du bon temps. Pendant un court instant, je suis blessée, mais un seul regard sur son sourire espiègle et le sentiment disparaît.

— Quoi ?

Je recule, inspirant profondément et essayant de prendre le contrôle.

— Entrer par effraction pour prendre son pied, ce n'était pas suffisamment mémorable pour toi ?

Il glousse, et mes yeux enregistrent la façon dont les muscles de ses épaules se gonflent lorsqu'il le fait.

— Oh, non au contraire, cet épisode va rester dans le livre des records, c'est certain. Même si tu me faisais juste marcher.

Je saisis mon verre et referme ma bouche autour de la petite paille. Ses yeux s'étrécissent et se posent sur mes lèvres, me donnant le sentiment d'être victorieuse.

— Mais je suis sûr qu'il y aura d'autres records battus dans notre avenir.

De nouveau, il réduit l'écart entre nous.

— Tu as mentionné la position du lotus, non ?

Je ne flanche pas, essayant de ne pas lui montrer qu'il ne me laisse pas indifférente. Au lieu de quoi, je plaisante :

— Oh, Vance, Vance, Vance.

Je tapote son épaule comme pour le consoler.

— Je ne suis pas certaine qu'un vieillard comme toi puisse encaisser le lotus.

Secouant la tête, j'émets un claquement de langue désapprobateur.

— D'ailleurs, je ne suis pas sûre que tu puisses encaisser un autre rodéo avec moi, point final.

Au lieu de mordre à l'hameçon et de revenir au sarcasme et aux petites moqueries qui me mettent à l'aise, il se penche en avant et se rapproche davantage, jusqu'à ce que nos poitrines se touchent.

— Eh bien, tu sais ce qu'on dit, pas vrai ?

Il mordille mon oreille.

Je ravale péniblement ma salive. Avec un peu de chance, il ne le remarque pas.

— Probablement, mais dis toujours.

Il égratigne la ligne de ma mâchoire du bout du doigt.

— Il n'y a qu'une seule façon de le savoir.

Je suis à peu près sûre que je viens de perdre la main. Mmm. Pas sûre que ce soit déjà arrivé auparavant. Et plus surprenant encore, ça ne m'agace pas. Ça me plaît.

Mes yeux parcourent à nouveau la piste de danse pour constater que mes amies et leurs mecs sont toujours là, toujours tout amourachés.

Probablement trop amoureux pour remarquer si je disparais de bonne heure, n'est-ce pas ?

Je glisse mon bras entre nous et plonge la main dans mon soutien-gorge. Vance et quelques hommes dans les parages marquent un temps d'arrêt lorsque je sors le paquet de cash que je conserve à cet endroit.

— Je m'occupe de la note, tu t'occupes du taxi.

Les rides sexy de ses yeux se creusent.

— Marché conclu, Rosie-chérie.

VANCE

NOUS SOMMES un entrelacs de membres et de souffle chaud lorsque nous entrons dans ma chambre.

Lorsque Rose et moi sommes montés dans le Uber, j'appréhendais la façon dont les choses se passeraient. Est-ce qu'il y aurait un silence gênant ? Est-ce qu'elle inventerait un mensonge pour se débiner ? Est-ce que c'est moi qui le ferais ?

Apparemment je me suis inquiété pour rien, car Rose n'a pas perdu de temps pour meubler les vingt-cinq minutes de route jusqu'à mon appartement. Elle a raconté sa vie de fêtarde, résumé comment ses amies sont toutes tombées amoureuses (et le rôle vital qu'elle a joué dans chaque happy end), et parlé de son conseiller d'orientation et à quel point elle adore l'embrouiller.

Certes, ce n'est pas à moi qu'elle parlait, mais plutôt au chauffeur Uber. Un homme dont l'âge se rapprochait davantage de celui de Rose que du mien, et qui n'arrêtait pas de m'adresser des hochements de tête et des sourires en coin. Pour me signaler, je suppose, à quel point il était impressionné par ma performance d'avoir chopé une jeune étudiante. Tout cela en utilisant son rétroviseur pour bénéficier d'une vue plongeante sur le T-shirt de Rose.

Cela dit, sa conversation nous a permis de tuer le temps avant d'arriver à mon appartement, situé à une minute de la NASA sur la rive nord de Clear Lake. Et lorsque le chauffeur s'est crispé en voyant mon pourboire ainsi que l'avis d'une étoile que je lui ai laissé en raison de sa « mauvaise utilisation du rétroviseur intérieur », j'ai eu l'impression que justice m'avait été rendue. Même si c'était extrêmement mesquin de ma part.

Rose est montée jusqu'à mon appartement au troisième étage en sautillant et en sifflant, comme si le fait qu'elle rentre avec moi était un acte banal.

Mais dès que ma clé a tourné dans la serrure, c'est comme si une cloche avait retenti dans sa tête, et que la partie pouvait commencer.

J'ai failli être plaqué au sol lorsqu'elle m'a poussé par derrière pour me faire passer la porte la plus proche.

Lorsque j'ai allumé les lumières, elle a interrompu son attaque. Elle a jeté un coup d'œil autour d'elle, constatant qu'elle était dans la salle de bains.

— Oups.

Lorsque je l'ai forcée à reculer dans le couloir jusqu'à ma chambre, elle s'est ressaisie et m'a attaqué une nouvelle fois.

Et maintenant nous y voilà, ses mains occupées à tirer sur mon T-shirt, à défaire ma ceinture, à empoigner mes cheveux.

Cette fille est une tornade. Tout ce que je peux faire pour maintenir le cap, c'est la guider jusqu'au bord du lit où je la fais tomber à la renverse. Sentiment de déjà-vu.

Je prends une grande inspiration empreinte de désir, car j'ai besoin de ralentir et de planifier ce que je vais faire ensuite.

Mais comme à son habitude, Rose ne m'accorde aucun répit. Maintenant que je suis hors de portée, elle croise les bras, retire son haut d'un coup sec et le jette quelque part par-dessus mon épaule. Son soutien-gorge rose vif, qui m'a titillé toute la soirée, est en dentelle transparente et maintient le poids d'un millier de fantasmes.

Celui-ci tombe également.

— Est-ce que tu vas rester planté là, ou est-ce que tu vas retirer ton pantalon ?

J'écarte la boucle de ceinture qu'elle a déjà défaite, mais je m'interromps lorsque je lève la main vers le bouton du haut.

— En fait, dis-je, me délectant de la vue de Rose seins nus sur mon lit. Je crois que je vais d'abord retirer le tien.

Elle hausse les hanches en guise d'invitation.

— Je t'en prie.

Ça me prend une seconde pour obtenir une prise suffisante sur l'élastique de son pantalon et trouver le bon appui pour lui enlever son jean moulant. Lorsque je tire, son pantalon se retourne, et avec chaque nouveau centimètre de peau découvert, la pression de ma queue contre ma fermeture Éclair se fait plus urgente.

Une fois que ses jambes sont libérées, je laisse tomber son pantalon et tends les mains vers sa culotte.

— Ah, ah, dit-elle en agitant un doigt vers moi. C'est donnant-donnant.

Elle se dandine, ses seins ballottent.

— Et vu les obus que je mets à ta disposition, va falloir sortir l'artillerie lourde.

Elle s'esclaffe, sa tête tombe en arrière.

— Putain, je suis vraiment trop drôle.

Je me surprends à rire avec elle, ramenant mes mains vers moi et faisant passer mon T-shirt au-dessus de ma tête.

— Continue, papi. Voyons si le tapis est assorti aux rideaux ou si tu fais des teintures à Popaul.

— Bordel, je n'ai que 36 ans, je ne grisonne pas encore.

Je secoue la tête, exaspéré mais toujours souriant.

Elle hausse les épaules et ses seins rebondissent.

— Oui, je sais. Mais c'est marrant de t'énerver.

Sa langue frotte sa lèvre inférieure, ses yeux brillants de désir braqués sur mon torse.

— Maintenant grouille-toi et montre-moi le matos.

Je me baisse et défais d'abord mes bottines, puis je descends d'un coup mon pantalon et mon boxer.

— Nom d'un anaconda !

Elle lâche un soupir ravi et tombe à genoux en glissant du bord du lit. Elle murmure quelque chose comme « Je savais que ce serait un tournant dans l'existence » mais je suis trop excité par l'image de Rose à genoux pour intégrer ses paroles : sa poitrine se soulève et s'abaisse au rythme de chaque respiration, ses yeux rivés sur ma queue comme s'il s'agissait de la clé du bonheur.

C'est la première fois que je suis autant à cran depuis

l'époque du lycée. L'idée furtive que Rose venait seulement de naître alors que j'apprenais tout juste à me contrôler dans la chambre manque de me faire débander.

Ou plutôt, jusqu'à ce qu'elle gobe entièrement mon sexe en une seule fois.

Elle remonte avec un haut-le-cœur.

— Eh ben ! dit-elle en riant et toussant en même temps. Ça c'était pas prévu.

Je ne me suis jamais autant amusé au lit avec quelqu'un auparavant. Je repousse ses cheveux vers l'arrière, mon pouce au coin de ses lèvres retroussées.

— Doucement. Tu n'es pas obligée de...

— Est-ce que t'es *encore* sur le point de m'expliquer comment faire une turlutte ?

Elle place fermement ses mains sur ses hanches.

— Parce que je te préviens : si tu fais ça, je me casse.

Son expression mutine serait adorable si je ne la croyais pas capable de mettre sa menace à exécution.

— Nan.

Je secoue la tête et fais mine de fermer mes lèvres comme s'il s'agissait d'une fermeture Éclair, en sachant que j'ai l'air ridicule.

— Je ne vais rien m'expliquer du tout.

— Hmm.

Fronçant les sourcils, elle écarte un peu plus les cuisses, laissant tomber ses fesses plus bas entre ses talons.

— Vaut mieux pas.

Puis je me retrouve à nouveau dans sa bouche chaude, tandis que sa langue habile glisse de haut en bas le long de mon sexe et vient titiller le dessous du gland.

— Putain.

Elle bredouille un son qui je suis sûr est censé correspondre à des mots, mais mon cerveau ne fonctionne pas. Elle me gobe entièrement, pour de bon à présent, sa position légèrement plus basse permettant à ma queue de s'enfoncer tout au fond de sa gorge.

À travers le voile devant mes yeux, j'aperçois ses narines qui se dilatent lorsqu'elle inspire par le nez, tandis que ses mains remontent pour s'agripper à mes fesses et me rapprocher d'elle.

Tout ce que je peux faire, c'est maintenir ses cheveux en arrière et marmonner de façon incohérente jusqu'à ce que mes bourses commencent à se contracter.

Je m'extirpe avant de jouir et de me couvrir d'embarras, et le choc thermique de l'air sur ma queue trempée suffit tout juste à atténuer mon désir pour me permettre de m'abaisser, relever Rose et la jeter sur le lit une fois de plus.

— J'avais pas fini.

Encore luisante sous l'effet de sa fellation experte, sa moue est furieusement sexy. Je suis certain que, si je la laissais faire, cette femme m'épuiserait à la tâche pour le restant de mes jours. Et j'en apprécierais chaque minute.

Je balaie cette pensée et écarte ses cuisses à l'aide de mes mains.

— Mais moi je n'ai pas encore commencé.

Je plonge et lèche son clitoris.

— Hmm, oui.

Elle lève les cuisses et les écarte encore plus, m'offrant davantage de surface de travail.

— Je vais te laisser gagner cette manche.

Je souris tout en poursuivant mon cunnilingus, faisant grimper son plaisir à des hauteurs affolantes, l'entraînant dans un orgasme violent qui l'emporte à une vitesse effrénée. Je la lèche pendant qu'elle crie.

Ce n'est que lorsqu'elle tremble sous l'effet du léger contrecoup que j'ouvre le tiroir de ma table de nuit et attrape un préservatif.

Elle vient seulement d'ouvrir les yeux quand je la pénètre, et elle cambre le dos en réaction à l'assaut rapide de mon sexe, qui lui arrache un gémissement des lèvres.

— Oh oui, putain. Recommence. Encore.

Je m'exécute. Sans cesser de sourire, je ressors et martèle un rythme lent et rigoureux qui la fait se tordre en dessous de moi. Sa bouche insolente s'ouvre pour lâcher un cri silencieux alors qu'un autre orgasme la transperce.

Et lorsque ses parois intérieures se referment autour de moi, je vois des étoiles que je n'ai vues que dans l'espace.

Mais pour une raison qui m'échappe, celles-ci scintillent davantage.

NEUF
OUTER SPACE TREATY

Rose

Je n'ai pas la gueule de bois. Ce qui n'est pas rien.

Vance ronfle, diablement sexy ainsi étalé de tout son long sur le dos, un bras au-dessus de sa tête.

Ce qui n'est pas rien non plus.

J'aurais cru que, à la lumière impitoyable du jour, je regretterais ma décision d'être rentrée avec lui hier soir. Ou tout au moins, que je regretterais de n'avoir pas eu la flemme après le cinquième orgasme qu'il a arraché à mon corps au petit matin.

Mais non. Au lieu de ça, je frissonne sous l'effet du contrecoup orgasmique qui parcourt mon corps, une sensation longtemps oubliée. Je ferme les yeux et me délecte du super pouvoir que représente la mémoire musculaire de l'orgasme, et qui ne se manifeste qu'après une démonstration extraordinaire de galipettes.

Bien joué, Vance. Bien joué.

Je roule en direction de la table de nuit, à la recherche d'une horloge. Rien d'autre qu'une lampe. Mais au vu de la douceur des rayons du soleil dehors, il est probablement tôt. Je peux sortir en douce et trouver un Uber pour me rendre chez Flynn et Jackie, où j'ai laissé ma voiture avant la soirée « entre filles ». Dormir encore un peu dans leur chambre d'amis ou simplement partir en ville.

#MarcheDeLaHonte.

Je m'étire au-dessus du bord du lit et m'écrase au sol, dans l'espoir que mon téléphone soit quelque part par-là, tout en me demandant si c'est seulement possible de trouver un Uber si tôt en banlieue.

Les ronflements s'arrêtent brutalement et Vance roule vers moi, passant un bras autour de ma taille et m'attirant contre son érection matinale.

— Tu es réveillée.

— Ben, de toute évidence, toi oui.

Il s'esclaffe, et le tremblement de son corps fait un effet dingue au membre long et dur qui se frotte contre mes fesses.

J'ai envie de rester, mais je ne veux pas dépasser les limites que la relation autorise, alors je me déplace jusqu'au bord du lit.

— Je ferais mieux d'y aller.

Il me laisse échapper à son étreinte mais se redresse en position assise lorsque je me lève.

— Pourquoi ?

Je jette un regard circulaire dans la chambre, à la recherche de mes vêtements.

— C'est plus simple comme ça. Je vais juste aller chez Jackie et Flynn avant qu'ils se réveillent, leur dire que j'ai passé la nuit là-bas et qu'ils n'ont juste pas remarqué.

Je trouve ma culotte et l'enfile.

— Mais pourquoi ?

J'ignore le grain sexy de sa voix du matin et récupère mon jean par terre.

— Est-ce que tu ne réfléchis qu'avec ton petit cerveau ce matin ?

Il baisse les yeux vers l'érection érigeant un chapiteau sous les draps, puis les remonte vers moi, perplexe.

— Euh.

Je souffle et tire sur les jambes de mon pantalon pour le remettre à l'endroit avant de l'enfiler.

— Si mes amies savent que j'ai passé la nuit ici, il y aura des questions. Des questions auxquelles je n'ai pas envie de répondre. Des questions dont tu devrais te méfier parce que tes collègues ne vont pas tarder à te les poser.

Du moins, ce sont là *certaines* de mes raisons. Je laisse de côté la partie où, même si j'ai adoré la nuit dernière, je n'ai pas envie de m'y habituer. Car d'après mon expérience, toutes les bonnes choses ont une fin.

Certes, mes amies ont contribué à me prouver le pouvoir de l'amour véritable (insérer ici une musique kitsch de bande-annonce de films romantiques), mais c'est à *elles* que ça s'applique, et il s'agit de moi.

Et permettez-moi de me rappeler à moi-même à quel point Vance est plus âgé que moi. Ce qui n'a aucune importance au pieu, puisque toutes les compétences acquises au cours d'une vie riche d'expériences lui ont *vraiment* réussi. Mais son âge implique qu'il a une vie bien stable. Il a déjà surmonté la crise de la vingtaine. Non seulement il a compris ce qu'il voulait dans la vie, mais il est aussi devenu le meilleur dans son domaine et s'est envolé pour l'espace pour le vivre. C'est une personne très en vue du fait de tous ses accomplissements professionnels. Pas comme moi, qui profite du succès de quelqu'un d'autre.

Il est aussi entouré de gens, de *femmes*, exactement comme lui. Des gens comme Jul' et Jackie. Ce qui est bien. C'est même génial. J'adore Jul' et Jackie. Mais je ne suis pas comme elles.

J'ai parfaitement conscience de ce que je suis. Celle avec

qui on passe du bon temps. La fille marrante. Celle qui vous donne des histoires à raconter.

Ça ne me dérange pas. Ça m'a amenée là où je suis aujourd'hui. Mais aujourd'hui je devrais être plus que ça. *Faire* plus.

Je fais des bonds pour faire retomber mes formes dans le jean serré. Putain, rien de pire que les jeans moulants.

Vance n'est apparemment pas d'accord car ses yeux sont rivés sur mes seins ballottants, quasiment en train de baver.

Je lève les yeux au ciel à son intention et trouve mon haut sur le bureau.

Le cerveau plus volumineux de Vance se met manifestement en branle, car il sort du lit et avance pour se retrouver à côté de moi alors que je tire sur mon T-shirt.

— Écoute, Rosie.

Il pose ses mains imposantes sur mes épaules, m'empêchant de bouger.

— Tu me plais.

C'est au tour de *mon* cerveau volumineux de bégayer. La montée de panique familière est de retour dans ma poitrine. C'est probablement parce qu'il se tient complètement nu devant moi. Et si je le trouvais impressionnant la nuit dernière, Vance est hypnotisant dans la lumière pâle du matin. Contrairement aux garçons avec qui je suis sortie ou que j'ai baisés par le passé, tout chez lui est arrivé à maturité. Sa queue et tout le tralala.

Ses muscles sont gonflés d'une façon qui évoque l'expérience et la maturité. J'ai envie d'allonger le bras et voir ma main opaline parcourir sa peau plus foncée. Caresser chaque crête et pincer le moindre sommet.

Mais je ne le fais pas.

Au lieu de quoi, je pouffe et tâche de paraître indifférente, dégageant sa main pour décrocher la bretelle de mon soutien-gorge du coin du miroir.

— T'as quel âge, 12 ans ?

Je glisse la dentelle rose vif dans ma poche arrière.

Il lâche un soupir d'une patience à toute épreuve et se passe la main sur le visage.

— Est-ce que tu peux arrêter de faire l'effrontée, cinq secondes ?

Inclinant la tête, je fais mine de réfléchir à la question.

— Je ne sais pas. Je n'ai jamais essayé.

Il se rapproche, son érection toujours déchaînée et désormais à seulement quelques centimètres de ma taille.

— Comme je le disais, tu me *plais*. Et puisque tu étais d'accord pour remettre le couvert avec moi, je dirais que je ne te déplais pas non plus.

Il attend, maintenant le contact visuel.

Je pince les lèvres.

— Certes, mais étant donné que la nuit dernière, je t'ai accordé les troisième et quatrième manches que tu voulais, je me suis dit que les choses – j'agite la main entre nous et le revers de ma main touche son torse – étaient terminées.

— Est-ce que tu veux qu'elles le soient ?

Il prend à nouveau mes épaules dans le creux de ses mains.

Ma bouche reste fermée. Car même si les pulsations entre mes cuisses et le bel homme implorant devant moi me donnent envie de dire non, je suis assez maline pour savoir que la réponse devrait être oui.

Ses pouces caressent ma clavicule.

— On s'amuse bien ensemble.

Je pousse un grognement évasif en réaction à la piqûre involontaire qui me frappe en plein cœur. *On s'amuse bien.*

Puis Vance m'embrasse.

Je ne sais pas combien de temps nous restons là, debout à nous embrasser, mais lorsqu'il ralentit enfin le baiser et s'écarte pour que nos yeux se rencontrent, la lumière émanant de la fenêtre est bien plus intense qu'au début de notre baiser.

Ses cils luxuriants tombent lourdement devant ses yeux sombres, encore embués de désir.

— Reste avec moi jusqu'à ma prochaine mission.

Il ne dit rien de plus. Il me fait patienter.

Mentalement, je le menace de mon poing car il sait que le silence est mon ennemi.

Enfin, je parle. Lentement et sur mes gardes :

— Tu penses à… tu suggères qu'on soit sex friends ?

— Oui.

Ses muscles abdominaux se contractent, et je suis persuadée qu'il se retient de rire.

— Sex friends.

Mes lèvres tressaillent malgré moi. Enfoiré.

Mais il a beau être adorablement contrariant en cet instant, à se moquer de mon jargon particulier, ce type est aussi un grand cocktail basané d'orgasmes.

Je baisse les yeux, ce qui confirme le caractère impressionnant de sa queue. Ouaip, sur le qui-vive.

— Donc… dis-je à son membre. C'est temporaire ?

— Oui. Je vais m'envoler pour l'ISS dans quelques mois, alors pourquoi ne pas simplement…

Il agite les sourcils lorsque je lève les yeux vers lui.

— Oh mon Dieu, dis-je en riant. Tu as l'air d'un vieux vicelard quand tu fais ça.

— Mais un vieux vicelard sexy, non ?

Il les agite à nouveau.

Mon rire redouble d'intensité, et la lutte en moi s'évacue. Il est drôle. Et apparemment il trouve que je le suis, moi aussi. Alors pourquoi ne pas en profiter ? Ce n'est pas comme si j'avais d'autres choses à faire. Mes amies sont toutes dans la phase lune de miel de leur relation. J'ai le temps pour trouver ce que je dois faire ensuite. Ce que je *veux*.

Et pendant que je cherche une solution, je vais m'envoyer en l'air jusqu'à ce que mon clitoris se décroche à force d'usage excessif.

On dirait que je vais prendre du bon temps.

Et le bon temps, ça me connaît après tout.

Ma décision prise, je retire mon T-shirt d'un coup sec, manquant de l'aveugler avec le tissu.

C'est comme agiter un drapeau rouge vers un taureau en train de charger.

Vance me fait reculer contre la commode, ses mains se glissent sous l'élastique arrière de mon jean et empoignent mes fesses, passant de zéro à héros en une seconde seulement.

Pour ne pas être en reste, je saisis sa queue et imprime des mouvements de va-et-vient, me délectant de son grognement violent.

Oui, une amitié améliorée, c'est une idée géniale.

Vance se met à genoux et tire d'un coup sec sur mon pantalon, qu'il entraîne ainsi avec lui dans sa chute. Il reste agenouillé pour libérer mes chevilles, embrassant le sommet de mes cuisses dans le processus.

— OK, papi, tu remportes ce débat.

Je passe mes doigts dans ses cheveux et rapproche sa bouche de l'endroit où j'en ai besoin.

— Maintenant, montre-moi que ça en vaut la peine.

Et il s'exécute.

---

*V*ANCE

. . .

— Tu es très douée pour ça.

— Quoi ?

Les yeux de Rose ne quittent jamais son téléphone, ses pouces pianotant à toute vitesse. Ça fait quinze minutes qu'elle est sur son portable, pendant que je reste allongé dans une extase post-coïtale.

— M'ignorer.

Elle pouffe, en continuant de ne pas me regarder.

— Ohh, est-ce que le pauvre petit astronaute se sent négligé ?

Même sa façon de parler comme un bébé est excitante.

Je me retourne et fais remonter mes doigts le long de sa cuisse.

— Peut-être.

Après une partie de jambes en l'air matinale à mon appartement pour célébrer notre nouvelle amitié améliorée, ainsi qu'une autre bien sympathique après l'avoir raccompagnée chez elle à son appartement, la morosité dans laquelle me plonge son indifférence évidente à ma présence est un bien triste état de choses. Je devrais me réjouir qu'elle soit si détachée. En fait, je devrais être dans ma voiture, en route pour chez moi, à me féliciter de la tournure épique des événements.

Au lieu de ça, je regarde autour de moi dans la pièce en fronçant les sourcils. Ça ne ressemble pas à une chambre dans laquelle Rose vivrait. Je veux dire, elle est immense et luxueuse, à l'instar de n'importe quel penthouse. Mais en dépit de tout le mobilier chic et de la déco, elle semble un peu vide.

La seule chose qui lui ressemble, c'est la bibliothèque impressionnante qui va du sol au plafond, garnie de romans d'amour et de photos d'elle et de ses amies. En plein milieu trône un cadre doré, dans lequel se trouve une photo de Jul', Trish et Rose dans leurs robes de demoiselle d'honneur, encadrant Jackie dans sa robe de mariée.

Tout le reste dans la pièce et ce que j'ai aperçu de l'appartement semblent tout droit sortis d'un catalogue célèbre de décoration intérieure.

Je lui donne un petit coup de pied sous les couvertures.

— Tu les as tous lus ?

Le pouce de Rose s'interrompt pour permettre à son index de faire défiler des pages sur l'écran.

— Non, c'est juste pour décorer.

Son sarcasme ne m'échappe pas.

Je lui assene un autre petit coup.

Poussant un soupir, elle pose son téléphone et se tourne vers moi, son épaule appuyée contre la pile d'oreillers qui la soutient.

— Oui ?

— Mais enfin, sur quoi tu bosses ?

— Mon mémoire.

Aucun sourire pour m'indiquer qu'elle plaisante.

— Ton mémoire ?

— Oui, tu te souviens ? dit-elle en arquant un sourcil. Tu baises une étudiante.

Elle retourne à son téléphone.

J'essaie de dissimuler mon choc avec une blague :

— Je suis sûrement en train de devenir sénile avec l'âge.

Je n'avais pas vraiment imaginé que Rose était du genre étudiante sérieuse. Ce qui fait de moi un connard. Elle sourit comme si elle lisait dans mes pensées et tourne à nouveau son attention vers son téléphone.

Levant doucement la tête, je regarde et lis par-dessus son épaule alors qu'elle clique sur sa boîte de réception universitaire. L'un des mails s'intitule : *Programme Business Fellows*.

Un jour, pendant une des sessions de compatibilité sociale de la formation d'astronaute (une exigence de la NASA puisque concrètement, elle envoie dans l'espace une bande d'individus particulièrement brillants qui doivent vivre ensemble dans des espaces exigus pendant des mois), j'ai lu un article de recherche à propos des atouts propres aux différentes personnalités. L'un d'entre eux était l'humour. L'article se penchait sur les capacités intellectuelles d'humoristes célèbres. Presque tous avaient un QI au-dessus de la moyenne.

C'est logique quand on pense à la rapidité avec laquelle l'esprit des personnes drôles doit fonctionner. Comment, afin de trouver le ton juste dans l'hilarité, ils ont besoin d'avoir une compréhension solide du contexte dans son ensemble tout en prenant en compte les variables du public.

Je tends la main pour attraper mon portable par terre à côté du lit, toujours dans la poche arrière de mon jean, puis je tape « Baylor Business Fellows » dans Google. Une minute plus tard j'ai davantage de respect pour la femme assise à côté de moi.

Le programme Business Fellows est une branche séparée du diplôme en administration des affaires classique, auquel il faut postuler *après* avoir été accepté à l'université de Baylor, une école prestigieuse à part entière. Il faut que l'étudiant fasse partie des trois pour cent les plus brillants de sa promo et qu'il dispose d'une bourse nationale de mérite.

En d'autres termes, Rose West, milliardaire et boursière nationale au mérite, a tout pour réussir. Elle n'aura aucun problème à me laisser partir quand il sera l'heure pour moi de décoller. Je ne serai qu'un point minuscule sur sa route vers la domination mondiale.

Pas étonnant qu'elle soit douée pour m'ignorer.

Elle lâche son téléphone assez longtemps pour me taper l'épaule.

— Allez, vieux schnock. Va falloir y aller. Je dois aller voir ta maman ; quelque chose en rapport avec une barre.

— Beurk.

Je m'enfonce à nouveau dans mon oreiller, bras devant les yeux.

— J'avais oublié qu'on était dimanche.

Rose s'esclaffe et se lève du lit. Je la regarde marcher jusqu'à la porte de la salle de bains attenante à la chambre.

— Est-ce que tu vas encore conduire ta mère ? crie-t-elle une fois la porte fermée.

— Non, Dieu merci.

Je hausse la voix mais reste au lit, trop confortable pour envisager de bouger pour le moment. Les draps exhalent un parfum sucré, épicé et empreint de paillettes.

— La dernière fois, je l'ai conduite parce que sa voiture était au garage pour la permutation des pneus.

— Hmmm.

L'eau commence à couler, et elle émerge une minute plus tard, marchant vers le placard.

— Est-ce qu'on fait profil bas ou est-ce qu'on ment aux gens ?

Comme elle est toujours nue, ça me prend un peu plus longtemps pour répondre.

— Qu'est-ce que tu veux dire par-là ?

Elle fait coulisser les doubles portes pour les ouvrir et entre à l'intérieur. De ma position privilégiée sur le lit, son placard semble plus grand que mon appartement tout entier.

— Je veux dire qu'il y aura des questions. Tout le monde a toujours des questions à poser.

Elle s'enfonce encore davantage de sorte que je ne la vois plus, mais j'entends des tiroirs s'ouvrir.

— Comme ta mère. Je lui ai peut-être dit qu'on avait baisé.

Je grimace.

— Je ne suis pas vraiment désolée, ajoute Rose. En plus, c'est toi qui m'as invitée à sortir devant elle.

Je marmonne :

— Oui, j'avais oublié ça.

Un autre tiroir se ferme.

— Au-delà du rappel qu'elle t'a fait en matière d'éducation sexuelle, je suis sûre qu'elle va avoir plein de questions.

— Merci encore, au fait.

Je frémis au souvenir de la « discussion » de ma mère.

— Pas de quoi, réplique-t-elle d'une voix chantante.

Sale gosse.

— Et puis il y a les filles. Tu n'y as pas été de main morte hier. C'est impossible qu'elles lâchent l'affaire.

— Pourquoi ne pas simplement leur dire la vérité ?

Ça me paraît assez simple.

— Oui, ça va marcher d'enfer, dit Rose avant de se racler la gorge. « Salut Helen, t'occupe pas de moi, je suis juste en train de dérouiller ton fils comme un bon gros casse-croûte. »

— Un bon gros casse-croûte ?

— Tu préfères vieux machin ?

— Un bon gros casse-croûte, ça me va.

Je l'entends glousser puis davantage de tiroirs s'ouvrent et se referment. Qu'est-ce qu'elle fout là-dedans, bordel ?

Après une minute de réflexion, je trouve une solution.

— Et si on disait aux gens qu'on sort ensemble ?

— Qu'on sort ensemble ? s'écrie-t-elle, et sa voix a quelque chose d'étrange.

— Pas pour de vrai, dis-je pour la rassurer, ne voulant pas qu'elle pense que je demande plus qu'elle ne souhaite. Mais les gens sortent ensemble tout le temps, tu sais. Ça ne veut pas dire qu'ils se marient. Du coup quand ce sera le moment pour moi de décoller, on dira juste que ça n'a pas marché.

Un tiroir claque violemment.

— Hmm.

— Et quand je rentrerai – je me penche en arrière, mains derrière la tête, l'impression d'être plutôt malin – toi et moi, ce sera de l'histoire ancienne.

Le seul son que j'entends est celui d'un bruissement de tissu.

— Rose ?

Inquiet, je retire mes mains calées derrière ma tête, en me demandant si je suis aussi malin que je le pensais.

— Je suis toujours là.

Elle émerge du placard.

La mâchoire m'en tombe.

Rose arbore un body léopard, une ceinture dorée, des bas résilles par-dessus des collants rose fluo transparents, et des chaussures à semelles compensées en cuir verni noires. Sa coiffure est un chignon décoiffé, que vient compléter un bandeau tressé rose fluo.

Cette fille est tous les fantasmes du film *Une créature de rêve* devenus réalité. Et des fantasmes, j'en ai eu quelques-uns à l'époque. Bonjour, l'ado des années 1980 !

Elle fait glisser ses mains le long des côtés luisants de son justaucorps.

— Tu ferais mieux de partir avant que je fasse exploser la bombe à paillettes.

— La bombe à paillettes ?

Je cligne des yeux, arrêtant ainsi de la dévisager.

— Ouaip. La bombe à paillettes.

Elle tourne les talons et sort de la pièce.

Je récupère mon pantalon sur le sol et me dandine pour l'enfiler, manquant de trébucher lorsque je découvre jusqu'où descend l'échancrure à l'arrière du body.

— Alors, euh, qu'est-ce que tu penses de mon idée ?

Je me passe les mains dans les cheveux tout en la suivant dans le couloir. La lumière aveuglante qui se reflète sur le sol en marbre blanc donne l'impression qu'elle marche sur un nuage rose.

— À propos de la fausse relation ? demande-t-elle en avançant toujours devant moi, d'une voix qui ne lui ressemble toujours pas totalement.

— Oui.

À présent que nous ne sommes plus en train de nous arracher nos vêtements, j'ai un meilleur aperçu de l'endroit. Des murs blancs, un mobilier neutre.

— Ça me paraît bien.

Elle marque une pause devant une porte fermée.

Les seules choses qui garnissent ses étagères dans le salon principal sont des consoles de jeux vidéo. Toutes les consoles de jeux jamais fabriquées. Et des rangées de jeux vidéo.

À part ça, la pièce est dénuée de vie. Aucune photo ou touche personnelle.

— Tu vis ici depuis combien de temps ?

— À peu près quatre ans.

Je suis sur le point de l'interroger à propos du ton monotone de sa voix lorsqu'elle ouvre la porte.

Je suis aveuglé.

Murs pailletés, plafond pailleté, sol pailleté. Ça ressemble à une pièce qui aurait pu être un bureau un jour, avec ses éléments qui vont du sol au plafond, encastrés dans un mur noir – eux aussi recouverts de paillettes. Je suis incapable de dire s'il s'agit de peinture ou de poussière.

Levant la main en l'air comme pour repousser la lumière, je recule d'un pas.

— Qu'est-ce que c'est que cette pièce ?

— Ma pièce à paillettes.

Elle me regarde comme si j'étais lent à la détente.

— Oh, je vois.

Je ne vois pas. Probablement parce que mes rétines sont échaudées par la lumière qui se reflète dans les milliards de particules de mica. C'est comme si j'étais sorti dans l'espace sans mon pare-soleil. D'un côté, qui sur cette Terre a une pièce à paillettes ? De l'autre, c'est la seule pièce que j'ai vue qui ressemble un tant soit peu à Rose.

Elle entre à l'intérieur et agite ses doigts vers moi.

– Appelle-moi plus tard pour qu'on s'arrange un plan cul.

Et là-dessus, elle ferme la porte.

Je me retrouve congédié, le pantalon défait.

Ça commence à devenir une habitude avec elle.

DIX
#TBD

VANCE

COMMENT ON S'Y prend pour arranger un plan cul avec une milliardaire ?

Je regarde fixement mon téléphone en me posant cette question depuis plus longtemps que je veux bien l'admettre. Mon box à l'étage des astronautes du bâtiment cinq est calme, empreint d'un silence que je viens briser par intermittence avec le bruit des touches du clavier et celui des pages de livre qui se tournent. Mon téléphone sonne, et je manque de le balancer à travers la pièce sous l'effet de la surprise.

Quelques boxes plus loin, avec ses divers livres et manuels empilés devant elle, Jackie est absorbée dans la partie théorique de la formation d'astronaute. L'une de ses Converse montantes noires rebondit tel un marteau-piqueur, ponctuant sa lecture. Lorsque la sonnerie retentit, son pied s'immobilise et elle lève les yeux, tête inclinée.

J'appuie sur le bouton latéral pour faire taire le téléphone.

— Désolé.

Mais déjà, les yeux de Jackie sont à nouveau baissés vers ses livres.

Mes épaules se préparent à l'attaque lorsque je vois le nom qui s'affiche sur l'écran. Je fais glisser mon pouce sur l'écran et me recroqueville.

— Salut, Brittany.

— Commence pas avec tes « Salut, Brittany ».

Le ton condescendant de ma sœur aînée, qu'elle a perfectionné au fil de mon existence, me paraît aussi sonore et impatient que d'habitude.

— Pourquoi tu ne m'as pas rappelée ?

La question la plus pertinente, c'est pourquoi est-ce que j'ai répondu à son appel maintenant ? Je me pince l'arête du nez.

— Désolé, j'étais super occupé.

Occupé à essayer de séduire une milliardaire.

— Tu es toujours occupé.

Le ton de Brit s'enfonce toujours plus profondément dans les abysses de l'exaspération.

— Chaque fois qu'il y a un jour férié, un anniversaire, un match de foot ou une réunion de famille – tu es *occupé*.

Je frotte la main posée sur mon nez contre mon visage.

— Ben, c'est vrai.

— Mon cul, oui.

J'entends quelqu'un dans un haut-parleur mentionner le prix des dindes.

— T'es où là ?

— Je fais les courses pour Thanksgiving.

Et merde. C'est cette semaine.

— Tu te souviens de Thanksgiving, pas vrai ?

Sa voix se fait douce, m'indiquant que je suis sur le point de recevoir un de ses sarcasmes d'anthologie.

— Ta fête préférée. Celle où tu radines pile quand le dîner est prêt et où tu te casses avant qu'on serve la tarte.

— Je fais attention à ce que je mange.

— T'es une vraie gonzesse !

— C'est vraiment sexiste de ta part.

Elle pousse un grognement qui me force à écarter le téléphone de mon oreille.

— Écoute, frère.

Je doute fortement que d'autres femmes ayant la quarantaine et mères de deux enfants utilisent le terme « frère ».

— Je veux voir mon frangin. Tes neveux veulent voir leur oncle. Alors dis-moi que tu viens chez maman ce jeudi, et pas *juste* pour une heure.

— Je serai là.

— Oui oui, c'est ça.

Brit met à l'épreuve ses compétences particulières en matière de sarcasme.

— J'ai déjà entendu ça.

Pendant que ma sœur râle à propos des fêtes passées et autres réunions de famille à l'occasion desquelles je leur ai posé un lapin, je jette un nouveau coup d'œil vers Jackie, en me demandant si elle arrive à entendre ma sœur depuis son bureau. J'en doute, car elle est toujours en train d'étudier en fronçant les sourcils d'un air concentré. Je remarque une photo en noir et blanc de Neil Armstrong dans un costume de pilote, arborant les mêmes chaussures que les siennes, accrochée à son tableau en liège. À côté d'elle, une photo d'elle et Flynn au mariage, debout devant le manoir West où Rose a bouleversé mon univers.

— Tu m'écoutes ?

Je me retourne sur mon siège.

— Bien sûr que oui.

Derrière moi se trouve le bureau de Jul' – un désordre de papiers à la fois empilés et éparpillés partout comme si une tempête était passée par là. Son tableau en liège est orné de photos d'une vache affublée d'un collier en strass, debout près d'une petite grange rose. Des photos qu'elle aime me montrer chaque fois qu'on se retrouve au bureau au même moment. Par ailleurs, Rose est présente sur l'une des photos de vache, de même que Jackie et Trish.

Je me penche pour me rapprocher.

Comment ai-je fait pour ne pas le remarquer plus tôt ?

Tout me ramène à Rose. Et ça fait seulement deux jours que je ne l'ai pas vue.

— Donc tu seras là à l'heure, pas vrai ?

La voix de ma sœur interrompt mes pensées.

— Où ça ?

— Je vais te tuer.

Poussant un soupir, je me retourne pour faire face à mon ordinateur.

— Je te fais marcher, Brit. Oui, je viendrai chez maman pour Thanksgiving. À l'heure.

Elle finit par me laisser partir, et nous raccrochons.

Balançant mon téléphone sur mon bureau, je me penche en arrière et plisse les yeux face au soleil qui scintille à travers les fenêtres, sur toute la surface de la pièce presque vide.

Non seulement c'est la semaine de Thanksgiving, mais les astronautes qui sont encore sur les lieux sont soit en train de se former, de voyager, de s'entraîner, d'étudier, ou de prendre la parole en public. Certains de mes collègues sont à la salle de sport, en train de revoir leur routine de renforcement musculaire, ou dans une classe quelque part en train d'être briefés sur une nouvelle expérience scientifique qu'ils effectueront un jour en apesanteur dans l'espace. Ou encore dans le Laboratoire de flottabilité neutre en train de passer en revue l'ordre des opérations pour une future sortie extravéhiculaire.

Étant donné que la mission Bartolomeo est prévue pour dans huit mois, la liste de mes tâches de haute importance a été réduite. La NASA n'ayant pas pour habitude de lancer des procédures à la dernière minute, tout est en place ; aussi tout ce qu'il me reste à faire, c'est consulter mes mails encore et encore et, effectivement, m'entraîner toujours plus. Mais aujourd'hui n'est pas un jour d'entraînement. J'ai beau avoir dit à ma sœur que j'étais occupé, aujourd'hui j'ai tout le loisir de penser à Rose. Et le fait que j'ai envie de passer tout ce temps à penser à elle est préoccupant.

J'actualise ma boîte de réception, pour vérifier que je n'ai pas reçu de nouveau mail. Rien. J'envisage de me distraire en allant à la salle de sport, mais j'y suis déjà allé. La tâche la plus ardue que je me suis fixée aujourd'hui a été d'éviter Jul', qui me file le train pour essayer de me faire craquer en premier et avouer pourquoi j'étais si amical avec Rose au bar.

« *Houston, on a un problème !* » retentit bruyamment la voix de Tom Hanks dans l'étage vide.

— Oups ! dit Jackie en allongeant le bras pour prendre son téléphone. Désolée.

Je ne sais pas ce qu'elle lit sur l'écran, mais ça la fait sourire puis ranger toutes ses affaires.

— T'as rencard ?

— Hein ? dit-elle en levant les yeux. Oh, non.

Elle remonte ses lunettes sur son nez, ce qui lui donne plus l'air d'une étudiante que d'une astronaute.

— J'ai rendez-vous avec les filles pour déjeuner.

— Les filles ?

— Mmh mmh. La carte d'accès « vie privée » de Trish vient d'être avalisée.

La NASA a enfin pris l'habitude d'utiliser un vocabulaire moins sexiste et a renommé la carte d'accès des épouses pour que tous les conjoints et conjointes soient en mesure de demander la carte d'accès « vie privée ». J'ai vu Jackie déjeuner avec Flynn quelques fois, ce qui signifie qu'il doit en avoir une, lui aussi.

— C'est cool.

Je regarde Jackie ranger ses notes et ses livres. Chaque chose à sa place.

— Ian a même obtenu un pass d'une journée pour Rose pour qu'on puisse manger tous ensemble d'abord.

Je me lève.

— Rose est ici ?

Jackie fronce les sourcils, inclinant la tête de nouveau.

— Tu sais, je suis celle qui est censée de ne pas relever les subtilités des interactions sociales, et pourtant j'entends la note d'excitation dans ta voix dès qu'on mentionne le nom de Rose.

Je ne peux pas la contredire, alors je me contente de hausser les épaules pour contrer l'accusation.

Jackie jette son sac sur son épaule et se retourne pour m'interpeller :

— Tu peux venir si tu veux.

Oh, ça je veux.

Après avoir badgé plusieurs fois au niveau des contrôles de sécurité et effectué une courte marche pour traverser la cour intérieure, Jackie et moi arrivons au parking de la cafétéria. Rose et Trish sont dans la petite foule disposée en file indienne, en train d'attendre devant l'un des food-trucks installés sur le côté.

Oui, la NASA a des food-trucks. Ils sont là à tour de rôle, deux différents chaque jour de la semaine. C'est une façon intelligente pour l'Oncle Sam de faire des économies sur le budget cafét'. Aujourd'hui c'est gaufres au poulet frit et cuisine fusion asiatique.

Faisant la queue pour le poulet, Rose arbore des sandales

Birkenstocks, un short en jean, et l'un de ces T-shirts élimés qui rendraient les hommes presque fous. Il est d'une couleur vert olive foncé, mais l'étoffe fine rend aisément visible le soutien-gorge noir qu'elle porte en dessous.

En revanche, ce qui attire vraiment mon attention, ce sont ses couettes. Ses indomptables cheveux blonds sont attachés en deux longues queues de cheval qui lui recouvrent les épaules, et dont les extrémités pendent juste au-dessus de l'ombre délimitée par les bonnets de son soutien-gorge. Elle est à la fois séduisante et adorable.

— Te voilà, la Torche.

Jul' arrive par derrière et me tape sur l'épaule.

— Et moi qui pensais que tu m'évitais.

— Moi ? dis-je en posant ma main sur mon torse de manière théâtrale. Jamais.

Elle pouffe et lâche un « Mmh mmh ». Elle jette un coup d'œil vers l'endroit où se porte mon regard, et un sourire espiègle s'étire sur son visage.

Avant qu'elle puisse poser la question, je réduis l'écart qui me sépare de Rose. Jul' et Jackie suivent.

Lorsque j'arrive à son niveau, Rose tient dans ses mains l'un de ces emballages en carton rayés rouge et blanc, rempli d'un énorme sandwich-gaufre au poulet et d'une portion malsaine de frites, une canette de Coca calée dans sa poche arrière.

Elle s'arrête net lorsqu'elle me voit.

— Qu'est-ce que tu fais là ?

— Vu que je travaille ici, je crois que c'est plutôt moi qui devrais te poser cette question.

Rose lève les yeux au ciel.

— Je voulais t'appeler avant que Jackie me dise que tu étais ici.

Ses yeux se posent sur Jackie qui, ne se rendant compte de

rien, fait à présent la queue devant le food-truck de fusion asiatique.

— *Vouloir* et *faire* sont deux choses très différentes.

Son ton me fait sourire.

— Est-ce que c'est de la déception que je détecte dans ta voix ?

— Non.

Elle fait ressortir sa hanche, braquant sur moi un air agacé.

— Tu détectes une réprimande parce que tu n'as pas eu les couilles de prendre ton téléphone pour m'appeler.

Les yeux de Jul' font des allers-retours entre nous tandis que Trish s'approche avec un contenant du food-truck à gaufres.

— Pas les couilles, hein ?

Je hausse un sourcil.

— Ce n'est pas ce que tu disais samedi soir.

Rose se redresse, ses yeux s'écarquillent avant de darder furtivement vers ses amies, qui restent bouche bée.

— Quand on s'envoyait ces shooters de turlutte dans le bar.

Ses épaules se détendent, et elle pouffe à nouveau.

— Oui, il faut avoir des couilles pour bien pomper dans un bar.

— Trish !

Nous nous retournons pour constater que Ian est en train de trottiner vers nous. D'une main, il prend à Trish son assiette de nourriture, puis il passe l'autre bras autour de ses épaules et embrasse le sommet de sa tête.

— Coucou, chérie.

Trish s'affaisse contre lui.

— Coucou, mon cœur.

Ce n'est que lorsque mes narines se dilatent que je me rends compte de mon agacement. Pas parce que Ian est ici, mais parce qu'il peut faire preuve d'affection envers Trish avec autant de facilité. Je n'avais jamais eu envie auparavant d'avoir une relation de cette envergure avec quelqu'un auparavant. Mais maintenant que j'en ai envie, ça m'agace que ce ne soit pas possible.

Mais est-ce vraiment impossible ?

Imitant Ian, je me faufile jusque Rose, attrape sa nourriture, et passe un bras autour d'elle.

Jul' a un petit sourire satisfait.

— Et qu'est-ce que...

— Rose et moi, on va aller manger dans la cour.

J'incline sa barquette de nourriture en direction de l'espace vert avoisinant.

Rose, l'air assez peu impressionnée par ma démonstration chevaleresque d'affection, hausse un sourcil à mon intention.

— Ah bon ?

— Ouaip.

J'embrasse le sommet de sa tête et elle se raidit.

Jackie arrive en bondissant avec un plat de rouleaux de printemps.

— Qu'est-ce que j'ai loupé ?

— Rose nous largue pour la Torche, dit Jul'

Mains sur les hanches, elle fronce les sourcils vers moi. Jackie se contente d'opiner de la tête.

— Oui, logique.

— Ah bon ? demande Trish.

— Oui, c'est ce que font les nouveaux couples en début de relation. Ils s'isolent du groupe pour permettre à leur niveau d'intimité de continuer à grandir.

Trish postillonne.

— Nouveau couple ?

Même Rose cligne des yeux avant de demander :

— Intimité ?

C'est au tour de Jackie de froncer les sourcils.

— Oui. J'ai lu plein de livres à propos des relations amoureuses quand on s'est mis ensemble, Flynn et moi.

— Évidemment, rétorque Jul'.

Jackie hoche la tête vers Rose et moi.

— Ces deux-là montrent tous les signes d'un couple nouvellement constitué.

— Vraiment ? s'exprime enfin Ian d'un ton amusé.

Rose ouvre la bouche, mais je la devance.

— On ne peut pas contredire un génie.

Je resserre la prise de mon bras autour d'elle lorsqu'elle commence à s'écarter.

— Maintenant si ça ne vous dérange pas, ma *copine* et moi avons rencard ce midi.

J'entraîne Rose vers les bancs dans la cour, laissant derrière nous un génie confirmé, deux femmes en état de choc, et un ingénieur apathique.

Lorsque nous atteignons un banc situé près d'une petite mare peuplée de canards et de tortues, Rose retire son Coca de sa poche arrière et nous nous asseyons.

Un moment de silence passe avant que Rose tourne la tête vers moi, les yeux plissés.

— Je ne voulais leur dire que si le sujet venait sur le tapis. Je n'avais pas prévu de l'annoncer. Je n'aime pas mentir.

Je m'adosse contre le banc, empli d'un étrange sentiment de satisfaction face à la tournure des événements.

— Comme ça je peux t'avoir rien qu'à moi, et elles ne penseront pas que c'est bizarre.

Elle souffle.

— Non, elles sont juste en train de dresser une liste de leurs questions pour l'interrogatoire de tout à l'heure.

Elle me reprend son plat, ce qui me permet d'étirer mon bras derrière elle.

J'émets un petit rire.

— Quand est-ce que ça arrivera d'après toi ?

Elle mord dans son sandwich, prenant une grosse bouchée qu'elle met de côté dans sa joue pour pouvoir répondre.

— Qui sait ? dit-elle avant de recommencer à mâcher. Les potes de la NASA vont nous faire visiter, Trish et moi, après le déjeuner. Elles en profiteront probablement pour me poser des questions à ce moment-là. Heureusement, vu que c'est Thanksgiving jeudi, j'aurai un peu de répit avant qu'elles lancent une attaque de grande envergure.

La conversation avec ma sœur est encore fraîche dans mon esprit. Je change de sujet.

— À quoi ça ressemble, un Thanksgiving au ranch des West ?

Rose ouvre sa canette de Coca et prend une gorgée.

— Thanksgiving se passe généralement en pantalon de survêt, avec une montagne accablante de dinde, de farce et de purée, le tout fourré dans un contenant en polystyrène posé en équilibre sur mes genoux pendant que je regarde le football américain avec mes frères.

— Ça a l'air génial.

Ce serait bien plus facile pour moi si les Thanksgiving étaient comme ça dans ma famille.

Rose sourit, comme si elle repensait à cette période avec tendresse.

— Oui, ça l'était.

— Était ?

Elle enfonce une frite dans sa bouche.

— Cette année, Trish a décidé de fêter son premier Thanksgiving depuis ses fiançailles avec Ian en se transformant en archétype de la femme au foyer américaine. Elle va organiser un énorme festin chez eux.

Elle reprend son sandwich en mains et l'examine, comme si elle élaborait une stratégie pour déterminer où devrait se situer sa prochaine bouchée.

— Vu à quel point mes frères sont accros, je suis sûre que Jackie et Jul' vont les embrigader pour y aller.

Je fronce les sourcils.

— Tu n'as pas été invitée ?

Elle me regarde comme si j'étais débile.

— Bien sûr que si.

Elle prend une autre bouchée, et je regarde ses joues se gonfler comme celles d'un petit écureuil. Une goutte de sirop d'érable coule le long de son menton.

— Mais je n'irai pas.

— Pourquoi pas ?

Je l'essuie à l'aide de mon pouce et suce pour absorber le sirop.

Nous nous dévisageons l'un l'autre, un instant chargé de tension.

Enfin, Rose détourne le regard, mâchant avec empressement.

— Trish est une piètre cuisinière, alors c'est probablement mieux pour moi de me la jouer solo cette année.

Elle devient totalement absorbée par les tortues qui émergent et plongent dans les mares.

Rose prétend aimer être célibataire et indépendante, mais l'ingénieur en mécanique que je suis ne peut s'empêcher de remarquer les pièces qui ne s'imbriquent pas :

1. Sa tristesse au mariage de son frère et de sa meilleure amie.

2. Des coups d'œil mélancoliques, suivis d'un air agacé chaque fois qu'elle épie ses amies en compagnie de leur moitié.

3. Son trouble lorsque les gars se sont invités à leur soirée entre filles.

4. Le fait qu'elle est toujours en train de squatter chez quelqu'un d'autre alors qu'elle a un appartement-terrasse rien que pour elle.

5. Son aversion à l'idée d'être la cinquième roue du carrosse.

La somme de tous ces éléments donne quelqu'un qui ne veut *pas* être seul pour Thanksgiving. J'ai beau ne pas aimer assister régulièrement aux fêtes et réunions dans ma propre famille, j'ai mes raisons. Rose, en revanche, semble tout sauf satisfaite d'être seule.

— Pourquoi est-ce que tu ne viendrais pas chez ma mère pour Thanksgiving ?

Les mots ont quitté ma bouche avant même que j'aie eu le temps d'y réfléchir. Mais une fois que c'est fait, je réalise que c'est un plan formidable. De cette façon, je tiendrais la promesse que j'ai faite à Brittany de rester plus longtemps, et Rose – qui ferait office de tampon – n'aurait pas à passer la journée seule.

— C'est forcément mieux que de fêter ça en solo.

Son sandwich au poulet s'arrête à mi-chemin de sa bouche.

— Je ne savais pas qu'on faisait ce genre de choses.

Je hausse les épaules, essayant de faire barrage à ma nervosité soudaine.

— On est sex *friends*, non ? Ça veut dire qu'on est amis. On peut appeler ça Potesgiving.

Alors que ma fréquence cardiaque augmente, je me rappelle les paroles de Rose. Elle ne veut pas de copain. Je ne veux pas de relation sérieuse. Alors tant qu'on se souvient que c'est temporaire entre nous, passer Thanksgiving ensemble est probablement inoffensif.

Rose prend une bouchée en fronçant les sourcils, comme si elle retournait le problème dans sa tête. Probablement en train de chercher d'autres excuses à inventer.

— En plus, si je dis à ma mère que je t'ai invitée, mais que tu as dit non, ton dimanche strip-tease va être vraiment gênant.

Je ne le ferais pas, mais ça n'empêche pas Rose de s'interrompre en pleine mastication et de parler sans même essayer de déplacer la nourriture sur le côté de sa bouche :

— T'ojrais pas !

Son expression ahurie est hilarante.

Arborant un sourire en coin, je me penche en arrière, fermant les yeux et m'imprégnant du soleil.

— T'es prête à prendre le risque, Rosie-chérie ?

Je jette un coup d'œil à travers mes cils tandis qu'elle saisit son Coca pour aider à faire descendre sa grosse bouchée.

Pinçant les lèvres, elle me dévisage.

— T'es sérieux là ?

Je n'arrive pas à savoir si elle est agacée ou ravie. Peut-être les deux.

— Aussi sérieux et préoccupant qu'une strip-teaseuse sans paillettes.

Ça lui arrache un sourire.

— Ça, ce serait *sérieusement* préoccupant.

J'attends qu'elle réagisse, regardant les canards et les tortues se déplacer de long en large dans la petite mare située au milieu du patio de la NASA, parfaitement conscient qu'elle déteste les longs silences. J'en ai la preuve lorsque, après un moment face à la persistance de mon attitude réticente, elle laisse échapper un long soupir agacé, si long que ses seins menacent de déchirer le tissu léger de son T-shirt.

— OK.

Rose s'écarte de moi et se lève, balançant le reste de son déjeuner dans la poubelle la plus proche.

— Je vais venir.

Mains sur les hanches, elle me fait face.

— Mais après ça, t'as intérêt à me baiser comme une inconnue.

Je m'étrangle avec ma salive. Deux employés marchant derrière elle marquent un temps d'arrêt.

Lorsque je peux respirer à nouveau, je demande :

— Et comment est-ce qu'on est censé baiser une inconnue, bon sang ?

Rose croise les bras, ce qui comprime et fait remonter ses seins, accentuant ainsi les contours de son soutien-gorge.

— Tu la bombardes et tu bats en retraite. Et quand je dis « la », je parle de moi, dit-elle en pointant son pouce vers elle. Pas de sentiments, pas de prolongations.

Poussant un petit rire, je me lève et la guide jusqu'au banc de pique-nique où les autres se sont installés avec leur déjeuner. Plus une trace de nervosité en moi. C'est pour ça que Rose et moi formons une si bonne équipe. Et c'est aussi pour ça que Thanksgiving ne sera pas pétri d'attentes.

Juste avant d'atteindre la table où se trouvent Ian et les filles, je fête ça en déposant un baiser sur sa joue.

— Marché conclu. Après Thanksgiving, on lancera l'opération *Inconnu à l'affût*.

Mais alors que Jul' recommence à me regarder de travers et que Trish pose sur Rose et moi un regard rêveur, je retire ma main de son dos et ma trouille revient.

Car pour l'instant, rien chez Rose ne me donne envie de battre en retraite.

Rose

Une fois que Vance est reparti à l'intérieur et que Ian commence à nous faire visiter la NASA, Trish ne perd pas de temps :

— Vous formez un si joli couple, tous les deux.

Elle se penche vers moi pour que je sois la seule à l'entendre, pendant que Ian et Jackie montrent du doigt les différents bâtiments en nous expliquant ce que les gens y font.

Ignorant le plan de Vance de mentir et dire que nous sortons ensemble, je marmonne :

— Un couple de plans cul, pas plus.

J'ai appris à mes dépens que si on répète quelque chose suffisamment souvent, on finit par y croire. Comme quand j'étais petite et que je me disais que si j'étais assez gentille, assez parfaite, si je faisais assez d'efforts, maman resterait. Et si maman restait, alors papa resterait aussi. Mentir à soi-même est un fardeau émotionnel, et je ne peux pas me permettre de commencer à mentir au sujet de Vance et moi.

C'est mieux de ne pas essayer.

Chaque fois que Vance passe un bras autour de mon épaule, chaque fois qu'il me taquine ou fait quelque chose d'adorable comme m'inviter au dîner de Thanksgiving, je suis assez maline pour savoir que ça va mal finir pour moi lorsqu'il montera à bord de la navette spatiale.

— C'est là que se trouve le Laboratoire de Réalité Virtuelle, déclare Jackie, dont les pas ressemblent plus à des bonds sous l'effet de l'excitation. Je vais commencer à observer les séances d'entraînement la semaine prochaine.

Elle désigne un bâtiment marron quelconque qui ressemble à un lycée construit dans les années 1970. En fait, la plupart des bâtiments ici sont barbants et ont une forme de boîte. Je trouve ça ironique qu'à l'intérieur, se trouvent certains appareils parmi les plus ultramodernes jamais inventés.

— Plans cul, hein ?

Trish et moi sursautons, car nous n'avons pas vu Jul' se faufiler derrière nous.

Jul' se fait une petite place entre nous, passant un bras autour de chacune de nos épaules.

— C'est aussi l'avis de Bodie ?

Je fais mine d'être intéressée par ce que Ian est en train de raconter au sujet de la période de la guerre froide et du manque de fenêtres, qui s'explique par des raisons de sécurité.

— En fait, c'est son idée.

— Et ça te convient ?

À en juger par le ton de Trish, c'est à elle que ça ne convient pas manifestement. Ça doit être parce que je n'ai pas l'air aussi désinvolte que je le pensais. Je me dégage du bras de Jul'.

— Peu importe.

— Mmmm.

Je peux sentir le regard en coin de Jul'.

— Donc est-ce que tu es vraiment venue à la NASA aujourd'hui pour déjeuner et visiter, ou est-ce que c'était plutôt pour voir ton jeune amant ?

Je m'esclaffe, manquant de m'étouffer.

— Je ne suis pas sûre que « jeune amant » soit la bonne terminologie.

Je pense à nos quinze ans d'écart.

— Mon vieux machin, peut-être ?

Les mains de Jul' atterrissent sur mon épaule et nous immobilisent.

— Meuf, il a mon âge.

Elle a l'air mortellement blessée.

— C'est pas cool.

— Oui, mais à ton grand désespoir, toi et moi ne sortons pas ensemble.

— J'oublie toujours à quel point tu es plus jeune que nous tous, déclare Trish.

— Merci ?

Je prends note d'acheter plus de crème antiride en rentrant chez moi.

— C'est un compliment, m'assure Trish. Ça témoigne de ta maturité.

— Oui, raille Jul' en levant les yeux au ciel. Parce qu'il n'y a rien de plus mature qu'une étudiante qui s'envoie des shots de turlutte et prend des cours de pole dance.

— Dit la femme qui possède une ribambelle de colliers en strass pour sa vache domestique, dis-je d'un ton impassible.

— Cookie n'est pas un animal domestique, rétorque Jul' d'un air offensé. Elle fait partie de la famille.

Je m'intéresse à mon environnement.

— Mmh mmh.

— En parlant de famille, intervient Trish. Qu'est-ce que c'est que cette histoire : tu ne viens pas à mon dîner de Thanksgiving ?

— Oui, et faire tache une fois de plus ? dis-je en levant les yeux au ciel. Je ne crois pas, non.

— Tu n'as qu'à amener Vance, suggère Ian, surprenant tout le monde en se greffant à la conversation.

Jackie contemple un ignoble bâtiment marron recouvert d'un crépi de ciment granuleux, comme s'il s'agissait de l'atelier du père Noël.

— Il passe Thanksgiving avec sa famille.

J'omets la partie où je l'accompagne. Mentir par omission ne me pose pas de problème. Je le fais tout le temps. C'est comme ça que je garde un coup d'avance.

— Est-ce que tu as loupé la partie où Rose a dit qu'ils étaient juste plans cul ? demande Jul'.

Ian hausse les épaules.

— Ça m'étonnerait. Le mec nous a harcelés en Allemagne, Trish et moi, jusqu'à ce que je lui donne ton numéro.

Trish se redresse de toute la hauteur de son mètre soixante-cinq, perchée sur ses talons de dix centimètres.

— Qu'est-ce que tu racontes encore ?

Ian hausse un sourcil vers sa fiancée.

— Tu n'as pas trouvé ça bizarre que Vance se pointe par

hasard à l'église de Munich, pile au moment où on y était, et qu'il se mette à nous suivre partout ?

Trish fronce les sourcils.

— Mais il a dit que...

— Pour déclarer ensuite vouloir passer la journée avec nous au château de Neuschwanstein, avant de partir soudainement alors qu'on faisait les boutiques de souvenirs ?

Le froncement de sourcils de Trish s'accentue.

Ian me regarde.

— C'est parce que je lui ai donné ton numéro. C'est tout ce qu'il voulait.

Il incline la tête, un air qui le fait vraiment ressembler à un avocat en train de présenter son dernier argument aux jurés.

— Ça ne ressemble pas à un mec qui ne veut rien de plus qu'un plan cul, si ?

— Je suis d'accord, ajoute Jackie.

Elle détourne le regard du bâtiment et se glisse dans la discussion comme si elle n'avait jamais cessé d'écouter. Ce qui est probablement le cas.

— Si on y réfléchit de façon logique...

— Comme on le fait tous, murmure Jul'.

— En se basant sur les actions contradictoires de Bodie, on peut en déduire qu'il est soit incapable de formuler ce qu'il veut vraiment, soit qu'il n'en a pas conscience, poursuit Jackie. « L'homme est une créature confuse ; il ne sait ni d'où il vient, ni où il va, il sait peu de choses du monde, et par-dessus tout, il sait peu de choses de lui-même. »

Jul' hoche la tête.

— Ça, ça ressemble à citation féministe qui déchire.

— C'est de qui, mon chou ? dit Trish en souriant à notre amie ce génie.

— Johann Wolfgang von Goethe.

Jackie remonte ses lunettes sur son nez.

— Un poète, homme politique et scientifique allemand.

— Raconte-nous.

Trish adore quand Jackie se perd dans son génie. À vrai dire, on adore toutes ça.

Mais tandis que nous marchons sur un trottoir bordé d'arbres, mon cœur bat trop vite pour écouter Jackie entreprendre de nous parler des accomplissements d'un homme du XVIIIe siècle.

Même si j'essaie de ne pas me mentir à moi-même, je ne peux m'empêcher de reconnaître que *j'aime* ce que je viens d'entendre. Ce qui, si j'en crois mon intuition aguerrie, ne fera que me causer des ennuis plus tard.

Nous sommes juste amis. Des amis qui aiment se déglinguer de façon régulière.

Donc Ian et Goethe peuvent aller se faire foutre.

ONZE
#FÉMINISTES

Rose

Ce n'est pas si terrible.

— Frère, comment tu peux être aussi forte ?

Jacob, le neveu de Vance âgé de 11 ans, balance sa manette de Xbox sur le tapis orange à poils longs.

Il s'avère que la maison d'Helen est à seulement quelques pâtés de maisons de celle de Flynn, dans le quartier prisé de Clear Lake Forest, près de la NASA.

Vance a été relégué au rang de plombier, envoyé à l'étage où Helen lui a ordonné de réparer la fuite du lavabo de sa salle de bains principale. Peu de temps après, Helen m'a virée de la cuisine après que je me suis entaillée en coupant du fromage pour la planche de charcuterie que j'ai apportée. Depuis lors, je suis dans le salon décoré dans un style très années 1970.

Heureusement que Brittany, la sœur de Vance, s'est pointée quelques minutes plus tard en compagnie de ses fils, avant de les larguer devant la télé et de se hâter de ressortir avec son mari Matt, chacun traînant une grosse glacière à roulettes derrière eux. Dans sa hâte, je ne suis même pas sûre qu'elle ait vu que j'étais assise sur le canapé.

— *Frère*. Qu'est-ce que tu veux que je te dise ? Fortnite, c'est ma came.

Je me penche en avant et lui donne un petit coup d'épaule, manquant de m'affaler sur lui. Le canapé d'Helen est en tweed écossais et tout ce qu'il y a de plus douillet. Ce qui veut dire que les coussins sont bardés de gros cratères, là où les gens se sont assis au fil des années. Contrairement à mon penthouse, la maison où Vance a passé son enfance semble habitée. Elle paraît réelle, plutôt que digne de figurer dans un magazine.

Je l'adore.

Jase, le frère aîné de Jacob, ricane depuis le siège inclinable en cuir fauve, à l'écart dans le salon.

— Mec, t'as laissé une fille te battre ? dit-il en riant encore plus fort. Et cinq fois en plus !

— Oh Jase, Jase, Jase...

Je secoue la tête à son intention, jouant une déception toute dramatique.

— Il y a tellement de choses qui ne vont pas dans ton attitude misogyne.

Jacob et Jase penchent la tête de côté. Avec leurs cheveux sombres, leurs yeux bruns et leurs pommettes saillantes si similaires, on pourrait croire qu'ils sont jumeaux. Étant donné que leur père Matt est blond aux yeux bleus, les gènes Bodaway sont clairement coriaces chez ces deux-là.

— C'est quoi ça, miso... euh, dit Jacob en secouant la tête. Comment t'as dit ?

— Misogyne.

Posant ma manette sur le canapé à côté de moi, je recourbe vers eux mon doigt enveloppé dans un pansement Batman.

— Venez ici, les gars, et écoutez tata Rose. Elle va vous raconter tout ce qu'il y a à savoir à propos des femmes, comment elles dirigent le monde et comment les hommes n'ont rien d'autre à faire que se détendre et d'en profiter.

Vingt minutes plus tard, je laisse Jase et Jacob bouche bée et clignant des yeux dans le salon pour aller voir si je peux être utile ailleurs. Sur ma route, je remarque les photos de famille accrochées au mur. Sur la plupart figurent Jacob et Jase à des âges divers, mais certaines sont aussi plus anciennes.

Il y a un portrait de famille datant de l'enfance de Vance. Je reconnais Helen, dont l'apparence n'a pas tellement changé par rapport à aujourd'hui, et Brittany, dont l'apparence est celle d'une préado. Et un gamin maigrichon. Vance.

Il a probablement 5 ou 6 ans. Ses cheveux soyeux en coupe au bol sont hilarants. Il porte un T-shirt rayé orange, bleu et blanc, à la Ernest et Bart dans *1, rue Sésame.*

Trop mignon.

Mais il y aussi un bel homme qui passe un bras autour d'Helen. Il se tient debout, la tête haute, son visage plus grave qu'heureux, mais dont les commissures des lèvres sont juste assez relevées pour faire savoir qu'il est fier d'être là auprès de sa famille.

— Est-ce que les garçons t'ont déjà fait fuir ?

Surgissant derrière moi, la voix de Vance me fait sursauter.

— Ces deux mioches, là-bas ?

Par-dessus mon épaule, je pointe le pouce vers le salon.

— Je t'en prie. Demande-leur plus tard qui a fait peur à qui.

Il secoue la tête en riant.

— Pourquoi est-ce que ça ne me surprend pas le moins du monde ?

— Parce que tu sais que je suis une gagnante ?

— T'es un sacré numéro, en tout cas.

Nous nous sourions un poil plus longtemps.

— Sinon...

Je jette un coup d'œil autour de moi, submergée par une soudaine vague de chaleur.

— Est-ce que c'est ton père ? dis-je en désignant le vieux portrait de famille.

Je regrette ma question lorsque le sourire s'efface de son visage.

— Oui. C'est mon père.

— Euh... qu'est-ce qui lui est arrivé ?

Je sais que je n'aurais pas dû demander. Mais les choses venaient de devenir gênantes et quand ça arrive, j'ai tendance à les rendre encore plus gênantes. Ne dites rien, je sais. Mais je suis comme ça, donc tant pis.

— Il est mort en mission quand j'étais petit.

Il regarde fixement la photo.

— Quelques semaines après que cette photo a été prise, d'ailleurs.

Ouaip, j'avais raison. Je n'aurais pas dû demander.

— Je suis désolée.

— C'est pas grave.

Vance hausse les épaules, le regard toujours braqué sur la photo.

— Comment il s'appelait ?

Lonan Bodaway.

Sa voix semble dénuée de toute émotion.

— Lonan ?

— Ça signifie « nuage » et « merle » en zuñi.

Il m'adresse un sourire espiègle.

— Je suppose que son âme penchait davantage en faveur du merle.

— Pourquoi tu dis ça ?

— Le merle est un oiseau de mauvais augure, pas vrai ? Et il est mort jeune.

Je regarde à nouveau la photo, pas certaine de comment répondre.

— Il était très séduisant.

Je me rapproche un peu plus et remarque les petites rides autour des yeux de Lonan Bodaway.

— Tu lui ressembles.

Vance acquiesce en articulant un « mmh mmh » mais ne dit rien d'autre.

— Pourquoi est-ce qu'Helen et ta sœur n'ont pas de prénoms zuñi ?

— Elles en ont un. Elu est le vrai nom de mère, ce qui signifie « pleine de grâce ».

— Ça lui correspond bien.

Je lui donne un petit coup dans les côtes pour essayer d'alléger l'atmosphère.

— Elle est sacrément pleine de grâce sur la pole.

Il lève les yeux au ciel.

— Ha ha.

Ayant réussi à le faire rire, je laisse échapper un soupir de soulagement.

— Pourquoi elle se fait appeler Helen ?

— C'est ce qu'elle a toujours fait quand elle n'était pas dans la réserve.

Il hausse les épaules.

— Du moins, c'est ce qu'elle m'a dit. Et puis, on a déménagé ici, et c'était plus facile de se présenter en tant qu'Helen. C'est son deuxième prénom.

Oh. J'observe la fille à la frange épaisse qui se tient à côté d'Helen sur la photo.

— Et Brittany ?

— Ma mère a fait l'inverse quand Brittany est née. Elle lui a choisi un nom zuñi, Tacia, qui est son deuxième prénom. C'était le prénom de mon arrière-grand-mère.

Il pouffe.

— Ça veut dire « calme ».

— Pourquoi c'est drôle ?

— Tu verras.

Je souris face à l'affection frustrée qu'il porte à sa sœur.

— Et toi ? C'est quoi ton deuxième prénom zuñi ?

Son sourire disparaît à nouveau.

— Lonan, comme mon père.

Il adresse un hochement de tête au portrait, comme s'il lui répondait.

— Espérons que ça tienne plus du nuage que du merle cette fois.

Mon cœur se décroche sous l'effet de ce commentaire de mauvais augure.

— Tu sais, dit Vance en inclinant la tête pour examiner le portrait de famille, je n'ai jamais compris pourquoi ma mère a accroché ça.

Il donne l'impression de se parler à lui-même, alors je ne dis rien.

— Je me revois encore rentrer à la maison après les funérailles.

Un *V* s'esquisse entre ses sourcils.

— Ma mère a commencé à éplucher tout le courrier qui s'était entassé depuis le coup de téléphone qui nous avait appris son décès.

Je tends la main pour prendre la sienne. Puis, remettant mon geste en question, j'essaie de la retirer mais sa prise se resserre autour de la mienne.

— La photo était ensevelie sous une pile de factures impayées, et quand elle l'a vue, ma mère a pété les plombs.

Il secoue la tête comme s'il essayait de déloger le souvenir, toujours agrippé à ma main.

— Elle a tellement pleuré qu'elle s'est évanouie. Ma sœur a dû l'aider à se mettre au lit.

Il ravale sa salive.

— Elle y a passé des mois.

— Helen ?

C'est difficile d'imaginer une femme si forte faire une grosse dépression.

— Oui.

Nous restons silencieux pendant un moment, jusqu'à ce que je trouve le courage de poser une autre question :

— Il était dans quelle branche de l'armée ?

— Dans l'armée de Terre.

À quelques pas de nous, la porte à moustiquaire de derrière claque et Brittany entre. Elle arbore ce qui semble être des gants de travail surdimensionnés ainsi qu'un legging noir, un T-shirt ajusté, un cardigan trop grand et des baskets Nike. Je suis contente que Vance ne m'ait pas menti lorsqu'il m'a dit de m'habiller de façon décontractée. J'étais nerveuse quand j'ai troqué la robe en soie que je comptais porter contre un jean, des sandales et un chemisier cache-cœur en coton.

— On a un problème.

Brittany souffle pour dégager la mèche de cheveux presque noirs qui lui tombe devant les yeux.

Vance est sur le qui-vive en une seconde, sans la moindre trace de l'air de petit garçon perdu qu'il affichait quelques instants auparavant.

— Qu'est-ce qui se passe ?

Brittany me voit et marque un temps d'arrêt. Puis ses yeux se posent furtivement sur nos mains entrelacées.

Elle a un petit sourire.

Vance et moi nous lâchons au même moment, puis je serre

fermement le poing pour contrer le sentiment étrange que me laisse l'absence de sa main dans la mienne.

Vance s'éclaircit la gorge.

— Alors ? dit-il pour rafraîchir la mémoire de sa sœur.

Adoptant une expression dramatique, Brittany lève les bras en l'air, envoyant valser l'un des gants.

— La dinde est toujours surgelée.

J'attrape le gant.

Brittany s'avachit contre le mur.

— Maman va me *tuer*.

J'aime bien Brittany. Elle a un bon sens théâtral.

Et je comprends aussi pourquoi Vance trouve son nom zuñi amusant.

— Tout va bien dehors ?

Vance et moi nous retournons pour voir Helen passer le nez hors de la cuisine.

— Tout va bien avec cette dinde, n'est-ce pas ?

L'expression d'habitude joviale d'Helen se focalise sur sa fille.

— Je me suis laissé convaincre par cette mode de dinde frite dans un bain d'huile, alors ne me le fais pas regretter.

— Non, non.

Brittany se redresse et essaie de sourire, mais elle ressemble plus à une hyène dévoilant ses dents.

— Tout va bien. Je suis juste entrée pour voir si Rose voulait sortir pour prendre une bière.

Elle m'assene un coup de poing espiègle dans le bras, touchant un point sensible qui me fait grimacer.

— Pour la sauver de mes fils accros aux jeux vidéo.

Voyant quelqu'un en quête d'une perche à laquelle se raccrocher, et ne souhaitant pas voir mon bras mourir une seconde fois, je me jette à l'eau pour lui porter secours.

— Oui, j'aimerais beaucoup, merci.

Le gant toujours dans les mains, j'accompagne Vance et Brittany dehors pour les éloigner de leur mère. Depuis le peu de temps que je connais Helen, j'ai eu l'occasion de voir à quel point elle est futée. Battre en retraite est la meilleure option à ce stade.

La porte à moustiquaire se referme en claquant derrière nous. Depuis notre position sur la terrasse couverte de derrière, j'aperçois Matt planté au milieu du jardin, à l'endroit où devrait manifestement se trouver un braséro, entouré de chaises longues. Mais à la place d'un feu, trônent une énorme marmite argentée installée sur un brûleur, ainsi qu'un thermomètre à four. Les deux glacières de tout à l'heure sont à côté, une dinde plumée posée sur l'une d'entre elles.

Un seul regard sur nous suffit à Matt pour qu'il se mette à glousser.

— C'est pas drôle, Matty !!

Brittany s'essuie le front avec sa main gantée. Matt se mord la lèvre.

Plus nous nous approchons, plus je ressens la chaleur qui émane des flammes sous la marmite. Mais évidemment, lorsque nous touchons l'oiseau, il est glacé.

— Maman va me tuer.

Brittany se laisse tomber sur une chaise longue.

— Je t'avais dit de ne pas aller sur Pinterest, Brit.

Matt semble toujours amusé. Il se tourne vers Vance et moi.

— Elle passe sa vie sur ce truc, à découvrir des projets bricolage et de la bouffe chelou à cuisiner.

Il se contorsionne pour s'étirer le dos.

— Rien que le mois dernier, je me suis coincé le dos quand elle m'a fait poser du lambris shiplap dans le salon.

Brittany se redresse en position assise et plisse les yeux vers son mari.

— C'est pas ce que t'as dit quand j'ai aménagé le grenier au-dessus du garage pour en faire ta petite grotte perso. C'est sur Pinterest que j'ai trouvé cette idée-*là*.

Matt hausse les épaules.

— Et d'ailleurs, poursuit Brittany, la dinde frite, ça n'est pas « de la bouffe chelou ».

Matt se contente de prendre une lampée de bière.

— Bah, qui t'a dit que laisser tremper une dinde surgelée dans de l'eau pendant seulement trois heures suffirait à la décongeler ?

Sa femme continue de le fusiller du regard, mais ses narines se dilatent lorsqu'elle articule entre ses dents :

— Pinterest.

Vance émet un petit rire. Ce qui déclenche celui de Matt.

Je sors mon téléphone.

Brittany s'affale à nouveau.

— Très bien, marrez-vous. On se souviendra de moi comme la personne qui a foutu Thanksgiving en l'air, c'est tout.

Vance, dont le rire faiblit, se passe la main dans les cheveux.

— Ben, peut-être que maman va en rire ?

Brittany et Matt le regardent tous les deux, sourcils haussés.

Vance fait la grimace.

— Ou, tu sais, peut-être pas.

Brittany me regarde, et je lève les yeux de mon téléphone pendant que Google Maps charge ma localisation.

— Parce que, même si on se la joue cool pendant les jours fériés, maman est plutôt stricte sur certaines choses.

— Comme sur le fait d'avoir une dinde, ajoute Matt, ce qui attire à nouveau sur lui le regard assassin de Brittany.

L'adresse charge. Si je ne me trompe pas... Je vérifie la distance qui nous sépare du plus proche client de West Ranch. La ligne bleue qui le relie à la maison de la mère de Vance est courte et faisable.

— Qu'est-ce que tu regardes ? demande Vance, jetant un coup d'œil par-dessus mon épaule.

J'éteins l'écran en un clic.

— Que personne ne flippe. J'ai un plan.

Pointant Brittany du doigt, je recule en marche arrière vers la partie latérale du jardin.

— Est-ce que tu peux essayer de gagner du temps avec ta mère pendant un petit moment ?

Elle doit entendre l'assurance dans ma voix car elle semble soudain pleine d'espoir.

— Oui, je peux faire ça.

— Mortel.

Je me retourne et cours vers l'allée devant la maison.

— Attends, quoi ? m'interpelle Vance.

Ses pas suivent les miens et me rattrapent au portail.

— Où est-ce que tu vas ?

— Chut !

Je pose mon doigt sur mes lèvres avant de désigner la fenêtre au-dessus de nous, où sa mère est probablement toujours en train de couper des radis en forme de roses dans la cuisine.

— Je reviendrai, dis-je dans un murmure, faisant mine de lui tirer dessus avec mes doigts.

Vance pousse un grognement.

— Oh, non pas question. Tu ne vas pas m'abandonner cette fois-ci, Rosie-chérie. Pas encore.

Il enveloppe mes mains dans les siennes et m'attire vers lui.

— D'ailleurs qu'est-ce que t'es au juste ? Le Terminator ?

Je sens mon sourire faiblir, tandis que ses mots me font marquer un temps d'arrêt. *Moi*, l'abandonner, *lui* ?

En un éclair, toutes nos interactions passées me submergent. Quand je l'ai abandonné dans la chambre d'amis au mariage, quand j'ai refusé ses invitations à sortir au club de strip-tease, quand j'ai déclaré ne pas chercher de petit ami au bar, quand j'ai essayé de partir en douce après les troisième et quatrième manches de nos parties de jambes en l'air ce matin-là, quand je l'ai viré de mon appartement après avoir acté notre amitié améliorée.

Depuis tout ce temps, je le repousse, je le force à partir. Pourtant il revient toujours. Est-ce que... Est-ce que ça veut dire qu'il tient à moi ? Comme l'a suggéré Ian ?

— Rosie ?

Il incline la tête, sourcils froncés, sans se rendre compte que je viens d'avoir un choc émotionnel.

Je me ressaisis, retire mes mains des siennes et soulève le loquet du portail. Allongeant à nouveau le bras vers lui, je prends une voix grave dans ma plus belle imitation d'Arnold Schwarzenegger :

— Viens avec moi si tu veux ta dinde.

VANCE

— OÙ EST-CE QU'ON VA ?

Je m'agrippe à la poignée anti-peur placée au-dessus de la portière, au moment où Rose prend un virage à toute vitesse.

— Aussi, au passage : une dinde ne vaut pas la peine de mourir.

Elle lève les yeux au ciel à mon intention.

— Tu te harnaches au sommet d'un réservoir plein de carburant pour fusée. Tu ne vas pas me dire que ma petite personne derrière un volant te fait peur, si ?

Elle zigzague et se faufile à travers la circulation des départs en vacances, tel un marin bourré en permission. Ce serait effrayant si elle ne manœuvrait pas à la perfection.

Je mens :

— Bien sûr que non. Je voulais juste m'assurer que tu avais conscience de la limite à ne pas franchir pour un oiseau.

Elle fait vrombir le moteur.

— *La mort*, dis-je en lui lançant un regard noir. C'est la mort, la limite, au cas où tu n'aurais pas compris.

Tout en sortant du quartier en prenant à droite sur Lake View Boulevard, Rose appuie sur les boutons du volant à l'aide de son pouce. Une sonnerie retentit dans les haut-parleurs de la voiture.

— Allô ?

— Monsieur Robert Vincent ?

Rose accélère en direction des feux tricolores.

— Ici Rose West de West Ranch.

Un moment de silence.

— Euh, bonjour, dit-il avant de se râcler la gorge. Oui, Madame West, qu'est-ce que je peux faire pour vous ?

Fort heureusement, elle s'arrête à une intersection au niveau de NASA Road 1.

— Eh bien, Bob, j'ai besoin d'une dinde.

— Une dinde, dit-il avant d'observer une pause. Le jour de Thanksgiving.

Il semble interloqué.

— Ouaip. Et je sais que vous êtes pile la personne qui va pouvoir m'aider.

Le feu passe au vert, et l'arrière de ma tête percute le siège lorsqu'elle écrase la pédale de l'accélérateur.

— Enfin, Madame West, la boutique est fermée et je...

— Je suis à deux minutes.

— Pardon ?

— Je suis à deux minutes de votre boucherie, Bob, et je vous assure que si vous me retrouvez là-bas avec une dinde, je serai plus que généreuse.

Elle tourne à gauche pour arriver devant la NASA, change immédiatement de file et passe la vitesse supérieure, fusant à toute vitesse.

— Pas juste pour la dinde d'aujourd'hui, mais aussi pour la prochaine commande de bœuf que vous passerez auprès de notre ranch.

— Je... Je veux dire, ce serait avec plaisir, mais voyez-vous...

Nous passons devant l'immeuble de Jul' qui se trouve sur notre droite.

— Une ristourne de quinze pour cent, qu'est-ce que vous en dites ?

Silence.

Rose rétrograde, ralentissant à l'approche d'un feu rouge.

— Bob, vous êtes toujours là ?

— Euh oui. Je me demandais juste, pourriez-vous répéter ce que...

— Quinze pour cent. Et en plus de ça, tout ce qui selon vous vaut une dinde de dernière minute.

Le feu passe au vert avant qu'elle ne s'arrête, et Rose fait vrombir le moteur de nouveau, doublant une camionnette à l'arrêt et un vieux pick-up sur notre gauche.

— On se retrouve à la boutique dans cinq minutes, Madame West.

Il raccroche.

Traversant la NASA Road 1 qui s'étend vers l'ouest, Rose passe le feu clignotant en roue libre et s'engage sur Kirby Boulevard. Quelques secondes plus tard, le moteur émet un cliquetis tandis qu'il refroidit sur le parking de la halle aux viandes de Bay Area. Je réussis à décrocher mes doigts de la barre de secours.

Elle se tourne vers moi, tout sourire, et sort une liasse de billets de son soutien-gorge.

— Et maintenant, on attend de se faire livrer la came.

Elle se met à compter son argent de façon calme et naturelle.

Pendant ce temps, mon esprit tourne aussi vite que le moteur pendant ses accélérations.

— Tu ne sembles absolument pas perturbée par la tournure des événements.

Rose hausse les épaules.

— C'est juste un jeudi normal pour moi.

Elle arrête de compter ses billets de cinquante.

— Trop louftingue pour toi ?

Soufflant pour expirer, je m'esclaffe.

— Pas du tout.

Puis je cache mes mains tremblantes sous mes cuisses.

Vingt minutes après être repartis en trombe avec son Aston Martin, nous arrivons victorieux chez ma mère, poussant une dinde de sept kilos d'ores et déjà saumurée, troussée, et prête à être frite, sur un chariot convertible.

— Oh mon Dieu !

Ma sœur court vers Rose et se jette à son cou.

— Comment tu as fait ?

Rose hausse les épaules.

— Je connaissais un gars, c'est tout.

Je ricane.

— Tu connaissais un gars, mon cul, oui.

Rose me lance un regard assassin, irritée que j'aie refusé de garder le secret sur la façon dont elle a purement et simplement détourné une dinde le jour de Thanksgiving.

— C'était pas grand-chose.

Rose durcit sa voix, regard assassin toujours opérationnel.

— C'est comme ça que tu appelles le fait de convenir d'une

ristourne sur la prochaine commande de bœuf que le boucher passe auprès du ranch de ta famille, juste pour qu'il accepte d'ouvrir boutique et de nous trouver une dinde ?

Rose fait un pas vers moi d'un air menaçant, entraînant la dinde dans son sillage.

Je lève les mains en signe d'apaisement.

— OK, OK.

Elle continue de me fusiller du regard une seconde de plus avant de tirer le chariot vers Matt, qui est déjà en train de retirer le couvercle de la marmite.

— Et aussi simplement que ça, ils avaient une dinde sous la main ? me demande Brit du coin de la bouche. Le jour de Thanksgiving ?

— Nan.

Je secoue la tête d'un air amusé, alors que la scène repasse dans ma tête.

— Ils avaient tout vendu. Mais étant donné que le gérant n'avait pas encore cuit sa dinde personnelle, il nous a donné celle que sa famille allait manger en échange d'un numéro que Rose a tapé dans son téléphone avant de lui montrer.

Je siffle en me souvenant de la façon dont l'homme a failli jeter la dinde à Rose, à qui il a même donné le chariot pour la transporter.

— Cet oiseau coûte probablement plus cher qu'une voiture.

Dans un silence sidéré, ce qui est rare pour ma sœur, elle observe Matt donner un coup de main à Rose, qui a l'honneur de plonger la dinde dans l'huile.

— Comment est-ce que je suis censée la rembourser ? dit Brit sur une longue et bruyante expiration.

— Si jamais tu lui proposes, elle te cognera les nichons.

Ma sœur s'étrangle sur de l'air, et tourne vers moi ses yeux écarquillés.

— Quoi ?

— Ses mots, pas les miens.

J'opine de la tête vers Rose, qui pose le couvercle sur la marmite avant de prendre la bière que lui tend Matt, tout droit sortie de la deuxième glacière à côté du foyer.

Elle sourit, les yeux rivés sur Rose.

— Elle me plaît. Elle te correspond bien.

— Ce n'est pas vraiment ce que tu crois, Brit. Ce n'est pas sérieux entre nous.

Je fronce les sourcils, en me demandant pourquoi ça semble correct quand je le dis dans ma tête, mais que ça sonne plus faux quand je le dis à ma sœur.

— Ça m'est égal que ça n'ait pas démarré comme quelque chose de sérieux. Ce qui m'importe, c'est que tu vas t'arranger pour que ça le devienne.

J'ouvre la bouche, mais Brit parle plus fort que moi :

— Elle a fait en sorte que mon petit frère se pointe enfin à une réunion de famille plus longtemps que pour manger son assiette et dire au revoir.

Brit me lance un sacré regard en coin.

— Je suis assez futée pour savoir que si Rose n'était pas là, tu ne serais pas là non plus.

Elle m'assene un coup de poing dans le biceps avant que je puisse émettre une objection.

— Ne fais pas tout foirer.

En me frottant le bras, je me demande pourquoi je m'entoure de femmes aussi fortes et aussi violentes.

— Désolé de briser ton rêve, frangine, mais Rose et moi sommes juste amis.

Je fais un pas de côté au cas où elle essaierait de me cogner de nouveau.

Au lieu de quoi, elle me rit au nez.

— Mais oui, bien sûr. *Amis.*

Elle secoue la tête, en me regardant comme elle le faisait

quand j'étais enfant et que j'avais des ennuis.

— Bon, et ben, il va falloir que tu te bouges les miches, petit frère, parce qu'entre les cours de pole dance que Rose prend avec maman, le fait qu'elle joue aux jeux vidéo avec les garçons, et son empressement à acheter la dinde d'un boucher pour moi, je dirais que les Bodaway sont plus enclins à te virer de la famille et à l'adopter si tu es trop con pour la retenir.

Je lui lance un regard sardonique.

— Primo, merci pour ça. Et deuzio – je jette un coup d'œil à Rose, la tête renversée en arrière, l'air si jeune et si éblouissante – ce serait un crime de la retenir. Elle n'a que 21 ans.

— Hé, si ça ne la dérange pas que tu la prennes au berceau, moi non plus.

Brit se retourne pour regarder Rose, qui s'arrête de rire suffisamment longtemps pour narguer Matt et l'embrigader dans un concours de descente de bières.

Mmm. J'étais certain que Brit me passerait un savon à cause de son âge. Je pensais qu'elle conviendrait que ce serait vraiment absurde que je m'engage avec quelqu'un de tellement plus jeune que moi.

— Eh ben, dis-je d'un ton plus défensif que prévu. Non seulement elle est jeune, mais c'est aussi une milliardaire sur le point de décrocher un prestigieux diplôme universitaire.

Au lieu de me rassurer, les raisons logiques que j'invoque pour que Rose et moi ne soyons rien d'autre que des amis me provoquent un pincement au cœur.

Je pourrais prétendre qu'il s'agit d'une brûlure d'estomac, mais je n'ai encore rien mangé.

Brit se contente de mettre les mains sur les hanches, l'air incroyablement condescendant.

— Donc ce que tu es en train de me dire, c'est que c'est un très bon parti et que tu es trop trouillard pour te lancer.

Elle me frappe tellement fort dans le dos que je trébuche.

— C’est bon à savoir.

— Je…

Mais elle a disparu et se dirige vers Rose et Matt, me laissant sur le banc de touche avec mes excuses bidon, mon bras meurtri et mon omoplate couverte de bleus.

Faisant rouler mon épaule et secouant mon bras, je soulage la douleur infligée par l’attaque de ma sœur.

Mais ça ne change rien à la douleur dans ma poitrine.

DOUZE
SYMBIOSE

Rose

— Voilà.

À gauche de sa mère, Brit pose le plat sur lequel est disposée la dinde parfaitement dorée.

— Qu'est-ce que tu dis de ça ?

Pour quelqu'un qui était au bord des larmes il y a un peu moins d'une heure, la sœur de Vance me paraît bien hautaine.

Cela dit, c'est peut-être dû aux quatre bières que nous avons bues dehors, en attendant que la dinde soit frite.

— Waouh, Maman.

Assis un siège plus loin sur ma droite, Jacob se lèche les babines tout en brandissant un couteau d'une main et une fourchette de l'autre.

— Ça a l'air boooon.

Tout le monde est installé autour de la table à manger en acajou. Les chaises assorties sont capitonnées au niveau des assises et des dossiers en bois. Elles s'accordent avec un vaisselier, rempli de bibelots récupérés il y a longtemps et du reste du service de table en belle porcelaine que nous n'utilisons pas. Comme il est d'usage dans les vieilles maisons, la salle à manger est une pièce à part entière, séparée du reste des espaces communs. Et malgré ce côté immaculé, cet aspect qui rappelle un peu les musées et qui caractérise les pièces servant principalement pour les fêtes et grosses réunions de famille, nos tenues décontractées et l'attitude détendue de tout le monde me donnent l'impression de faire partie d'une vieille tradition. C'est simple mais accueillant.

C'est génial.

Helen, qui a tout d'une matrone avec son pantalon kaki et son pull-over assorti, examine la dinde pendant que Vance la découpe.

— Tu vois, Brittany, dit-elle, j'étais sceptique vis-à-vis de cette mode des dindes frites, mais c'est vrai que ça a l'air délicieux.

J'ai du mal à croire qu'il s'agit de la même femme qui se cramponne à une barre de pole dance avec moi tous les dimanches matin.

— Oui, dit Matt en croisant le regard de sa femme. Exactement comme Pinterest l'avait prévu.

Il fait un bond sur son siège face à moi, conséquence du coup de pied dans le tibia que Brittany vient sans doute de lui assener sous la table. Pourtant, son sourire ne faiblit jamais.

— Eh bien, il faut rendre à César ce qui appartient à César : elle aurait été loin d'être aussi réussie sans l'aide de Rose.

Elle m'adresse un signe de tête respectueux.

Je souris, joues crispées. Tout l'intérêt de défier à la fois Brit et Matt à un concours de descente de bières, c'était de les soumettre par la défaite afin qu'ils soient dans l'incapacité de mentionner quoi que ce soit à propos de cette dinde et comment je me la suis procurée. La dernière chose que je souhaite, c'est que cette journée serve à célébrer quelque chose que j'ai fait.

Ou le montant que j'ai dépensé. Elle ne devrait servir qu'à célébrer Thanksgiving. La famille.

Helen me tapote la main, et mon visage s'embrase.

— Oui, tu es si gentille, ma Rosie.

Je ne me souviens pas de la dernière fois où j'ai rougi.

— Mais tu ne vas pas manquer à ta famille aujourd'hui ? me demande Helen, dont l'inquiétude ne fait qu'attiser le feu dans mes joues.

De ma main libre, je palpe du bout des doigts la serviette posée sur mes genoux, essayant de rassembler un peu de légèreté.

— Oh non, mes frères sont avec leur femme aujourd'hui.

— Oui mais tes parents ? demande Jacob. J'ai essayé de demander à maman si je pouvais aller chez Billy aujourd'hui.

Il se penche avec un air de conspirateur.

— Il a eu un nouvel hoverboard pour son anniversaire, murmure-t-il, comme si ça expliquait pourquoi il aurait dû être autorisé à louper l'événement en famille.

Il se redresse.

— Mais elle a dit que les enfants se devaient d'être avec leurs parents pour Thanksgiving.

Il termine avec un magistral regard au ciel typique des préados, qui capture à la fois son exaspération de ne pas avoir eu l'autorisation d'y aller, et sa joie que sa mère sollicite sa présence.

— Mes parents sont morts.

Jase ouvre des yeux exorbités, et Jacob baisse les yeux vers son assiette.

— Désolé.

Et merde. Ce n'est pas ce que je voulais dire.

— Ah, ne le sois pas.

Je souris de toutes mes dents, comme pour prouver à quel point je suis en paix avec la mort de mes parents.

— C'était il y a longtemps.

— Tiens, Maman.

Vance lui sert quelques tranches de blanc de dinde. Il pose sur moi un regard doux avant de faire un clin d'œil et de demander à l'assistance :

— Qui veut une cuisse ?

La triste digression oubliée, Jacob et Jase lèvent les bras et s'écrient :

— Moi ! Moi !

Brittany fait la moue.

— Avec vous deux, je n'aurai plus jamais droit à une cuisse de dinde le jour de Thanksgiving.

Je croise le regard des garçons. Ils clignent des yeux et percutent.

— Tu peux avoir ma cuisse, Maman.

Jase donne un coup de coude à Jacob, qui hoche la tête avec ferveur.

— Oui, ajoute Jacob. Tu peux aussi avoir la mienne.

Brittany et Matt dévisagent leurs garçons comme si une autre tête avait poussé entre leurs épaules respectives.

— Comme c'est gentil ! s'extasie Helen d'un air rayonnant. Vous devenez de vrais gentlemans tous les deux.

— Les vrais gentlemans sont féministes, déclare Jacob, un air solennel sur le visage. Et ils devraient toujours, quand ils le peuvent, s'assurer qu'une femme soit la première servie.

Jase acquiesce d'un signe de tête.

— Surtout quand on sait que la plupart des choix des femmes ont été confisqués au début des premières sociétés patriarcales, qui ont aboli leurs droits et restreint leur pouvoir.

Il me regarde.

— Pas vrai, Rose ?

— C'est tout à fait vrai.

Je pince les lèvres pour m'empêcher de rire et lève mon verre à leur intention.

— J'ai toujours su que vous deviendriez de grands féministes, les garçons.

Jacob et Jase m'adressent un sourire rayonnant et m'imitent en levant leurs verres d'eau vers moi.

— Tchin !

Alors que je sirote mon verre, Brittany se tourne vers moi, bouche bée.

— Je dis ça comme ça...

Elle se penche au-dessus de la table, une main posée sur celle d'Helen, dont l'autre est toujours posée sur l'une des miennes.

— Mais si mon frère est assez crétin pour ne pas te passer la bague au doigt, c'est moi qui vais t'épouser.

Mon visage s'enflamme de nouveau. Je cherche une parade impertinente, mais je sèche. Je n'arrive pas à regarder Vance dans les yeux.

— Je suis si remplaçable que ça, hein ? dit Matt en donnant un petit coup de coude à sa femme, me sauvant ainsi de la nécessité de répondre. Je te remercie, chérie.

Sans aucun remords, Brittany se redresse et adresse à son mari un sourire narquois.

— De rien, mon cœur.

— Tiens, Brit.

Vance charcute les cuisses de dinde, avant de les balancer dans l'assiette de sa sœur. Il lui lance un regard indéchiffrable.

— Ah...

Brittany fronce les sourcils en direction des cuisses massacrées.

— Merci ?

Avant que j'arrive à me défaire de cette espèce de malaise

qui s'est emparé de mon cerveau, et à analyser davantage l'expression de Vance, Matt lève son assiette vers la dinde.

— De la poitrine de dinde pour moi. Tu sais à quel point j'aime les grosses poitrines.

Il glousse tandis que Brittany lève les yeux au ciel, un air qui ressemble à s'y méprendre à celui de ses fils.

— La vache, Papa, dit Jase en secouant la tête vers son père. Ne sois pas mi-geo-syne.

— Oui, Papa, ajoute Jacob en levant les yeux au ciel avec un air de dégoût théâtral. Sérieux.

Toute la table s'esclaffe.

— Sérieusement, Rose, dit Brittany en levant vers moi son verre de vin blanc. On peut s'enfuir dès maintenant.

———

— La victoire est à moi !

Je me dresse de toute la hauteur que mes sandales plates me permettent d'atteindre sur la moquette de trois centimètres d'épaisseur, et lève ma manette dans les airs.

— Elle est la version Fortnite d'un maître Jedi, murmure Jase à son père.

— Invaincue, je suis.

J'essaie de hocher la tête comme un vieux sage, mais c'est sans doute un échec à cause de mon rictus arrogant.

Je n'y peux rien. J'adore gagner.

— Ha ha, déclame Jacob d'un air impassible.

Les lèvres de Vance tressaillent, mais il boude toujours depuis que je l'ai battu dès la première manche. Il est peut-être capable d'assembler des trucs dans l'espace, mais il est nul aux jeux vidéo.

Mon estomac est en effervescence à cause de mon mouvement brusque, alors je me rassieds sur le canapé usagé. Si j'avais su qu'il y aurait trois types de tartes pour le dessert, je ne me serais pas resservie dans chaque plat au dîner. Mais ne voulant pas être impolie (et étant incapable de me réfréner), j'ai quand même réussi à manger une part de chaque parfum avant de m'installer confortablement pour botter les fesses des Bodaway à Fortnite, jusqu'à ma victoire par KO.

— Attends un peu, tata Rosie.

Jase, assis par terre à côté de son frère, brandit son poing dans les airs avec une colère simulée.

— Je vais m'entraîner tellement que je vais te démolir à Noël !

Tata Rosie. Noël. Ses mots me percutent comme s'il m'avait mis un coup dans les tripes avec ses petits poings.

Je cligne des yeux pour réprimer une soudaine vague d'émotion. Sérieusement, entre le rougissement et les larmes aux yeux, c'est comme si j'étais devenue quelqu'un d'autre.

Ayant retrouvé mon impertinence de d'habitude, je rétorque :

— L'entraînement ne fait jamais de mal. Mais tu vas avoir besoin de t'entraîner plus que quelques semaines pour battre quelqu'un de *mon* niveau.

Je désigne Vance, assis sur le fauteuil inclinable.

— Tu n'as qu'à demander à ton oncle comment surmonter une défaite aussi écrasante. Il a eu beaucoup d'entraînement depuis qu'il m'a rencontrée.

— Ha ha, dit Vance, imitant le précédent sarcasme de son neveu.

Puis, à la vitesse de l'éclair, il bondit sur Jase et Jacob, passe ses longs bras autour d'eux et les plaque au sol. Puis les chatouilles commencent.

Matt se fait entraîner dans la mêlée par son fils aîné, laissant Jase le maintenir par terre afin que Jacob puisse sauter au-dessus du tas. Brit et Helen observent la scène depuis leurs places à côté de moi, sirotant leur vin, grands sourires sur leurs visages, ce qui suggère que ce à quoi je suis en train d'assister est un spectacle rare.

Je me jetterais bien moi aussi dans la mêlée de lutte/chatouilles, mais comme j'ai déjà passé la main sous l'ourlet de mon chemisier et déboutonné mon pantalon, je vais passer mon tour et rester assise. D'ailleurs, l'overdose de bouffe va me faire tomber dans les vapes si je ne m'en vais pas bientôt.

— Ahhh, non ! Tonton Vance... ahh !

Les éclats de rire de Jase résonnent par-dessus la bande son du jeu vidéo.

— Attrape-les, Vance, attrape-les ! l'encourage Brit.

Elle croise mon regard et articule un « merci » silencieux.

Je ne sais pas si elle me remercie encore une fois pour la dinde ou pour autre chose, alors je me contente de sourire.

Puis je me demande à quel point elle était sérieuse tout à l'heure pendant le dîner, et si oui ou non je devrais nous prendre un vol pour Las Vegas.

Parce que je n'arrive pas à me souvenir de la dernière fois où je me suis autant amusée pendant Thanksgiving, et j'aimerais vraiment beaucoup découvrir à quoi ressemble un Noël chez les Bodaway.

VANCE

ROSE S'ENDORT sur le trajet en voiture jusqu'à chez moi.

C'est étrange d'être assis à côté d'une Rose endormie. Elle qui d'habitude est si vibrante et dégage tant de spontanéité, de frivolité et d'enthousiasme pour la vie.

Rose émet un ronflement/grognement de cochon, et tourne la tête vers moi.

— Victoire... marmonne-t-elle.

En souriant, je prends le virage en direction de mon appartement.

Le calme est appréciable, lui aussi. C'est apaisant de partager le même espace qu'elle. Ça m'évoque ce super projet d'astronomie que réalise la NASA au Centre de vol spatial Marshall, dans l'Alabama. Ils étudient l'étoile R Aquarii, dont on pensait à l'origine qu'il s'agissait d'une seule et même étoile, mais qui s'est avérée en contenir deux : une épaisse naine blanche et une formidable géante rouge.

R Aquarii est une relation stellaire turbulente, aussi appelée étoile symbiotique. Des astres si proches qu'ils interagissent l'un avec l'autre de façon similaire.

La naine blanche est environ dix mille fois plus brillante que la géante rouge, et dispose d'une force de gravitation plus puissante malgré sa plus petite taille. Une géante rouge est une étoile mourante, dans les dernières phases de son évolution stellaire. À mesure que l'étoile épuise l'hélium logé en son cœur et que l'enveloppe contenant les gaz brûle le carbone, sa température augmente toujours plus, et elle se transforme progressivement en supernova.

Mais sous l'effet de la force gravitationnelle de la naine blanche, la géante rouge se dépouille de ses couches de carbone, qui sont aspirées vers sa surface pour être consumées. Ce qui, en substance, prolonge la durée de vie de la géante rouge.

J'ai toujours cru que je m'en tirais bien, et même incroyablement bien. Je fais le métier que j'aime et mène une vie saine et satisfaisante. Mais aujourd'hui, lancé dans une course-poursuite pour une dinde, assis à côté de Rose pendant le dîner, à l'écouter divertir le groupe en racontant les réussites de ma mère en matière de pole dance – au grand dam de tout le monde –, et plus tard lorsqu'elle nous a tous botté le cul aux jeux vidéo, j'ai pris conscience à quel point je me suis bridé. J'étais une géante rouge jusqu'à ce que la puissante attraction gravitationnelle de Rose consume mes œillères.

Mais, comme pour les étoiles, je ne sais pas combien de temps nous durerons, elle et moi, si cette histoire continue.

Le vent qui s'immisce par la fenêtre ouverte de mon 4Runner taquine ses cheveux blonds, qu'elle a attachés en chignon ébouriffé pendant le tournoi. J'ai comme l'intuition que si j'essayais d'expliquer mes étoiles symbiotiques à Rose, elle n'entendrait rien d'autre que ma comparaison entre elle et une « naine blanche », et m'enverrait franchement son poing dans les noix. C'est sa manière d'être drôle.

Grâce à son humour, j'ai probablement plus ri au cours de ces dernières semaines que durant toute l'année passée.

Ce soir, je me suis rendu compte que j'avais choisi une vie solitaire bien avant de rencontrer Rose. En cherchant à éviter une relation amoureuse durable, j'ai érigé un mur entre moi et mes relations avec les autres. Y compris avec ma famille.

Sur le parking de mon immeuble, mon SUV rebondit sur le ralentisseur. La bouche ouverte de Rose lâche un autre ronflement/grognement. Il n'y a pas grand-chose chez Rose qui soit très féminin, pourtant elle est femme jusqu'au bout des ongles. Elle est unique en son genre. Et bien que je ne souhaite pas ternir sa lumière flamboyante avec ma lumière dégénérescente, je me demande quand même si on ne peut pas faire durer ce que nous partageons.

Je me suis laissé croire que je l'avais invitée pour le dîner de Thanksgiving avec ma famille pour lui éviter d'être seule, mais j'ai comme l'impression que c'était plutôt pour fuir ma propre solitude.

Peut-être qu'on n'est pas obligés de tout arrêter au moment de mon prochain vol. Peut-être qu'on pourrait laisser les choses suivre leur cours, jusqu'à ce que Rose soit prête à passer à autre chose, jusqu'à ce qu'elle ait trouvé ce qu'elle veut.

C'est alors que je revois ma mère en larmes, effondrée sur le sol le téléphone à la main, et je balaie mes doutes. C'est mieux de rompre au moment prévu. Ce ne serait rien d'autre que de l'égoïsme de ma part que je m'accroche.

Je me gare et éteins le moteur, réfléchissant à ce que je vais faire ensuite. Puisque nous n'avons pas pris la voiture jusqu'à son penthouse, Rose m'a dit que ce serait elle qui battrait en retraite avec un Uber après notre opération *Inconnu à l'affût* chez moi. Mais après cette journée, je déteste l'idée que Rose s'en aille.

Elle ronfle/grogne encore une fois dans son sommeil, ce qui m'arrache à mes pensées et me fait sourire comme seule Rose est capable de le faire. Je me faufile hors de la voiture, ferme ma porte avec précaution et contourne le capot pour ouvrir sa portière côté passager. Rose reste endormie pendant que je déboucle sa ceinture et que je fais basculer ses jambes dehors, mais lorsque je me tourne et m'accroupis, essayant de passer ses bras par-dessus mes épaules pour la porter sur mon dos, elle s'agite.

— Qu'est-ce qui se passe ?

Son souffle chatouille mes cheveux.

Je fais basculer son poids et l'attrape en dessous des cuisses.

— Je t'emmène au lit.

— C'est l'heure de l'*inconnu à l'affût* ?

D'elle-même, elle tourne la partie supérieure de son corps vers moi, passe ses bras au-dessus de mes épaules et étreint fermement mon cou. Je me relève, la remonte un peu plus haut sur mon dos pour mieux la stabiliser, et ferme la portière d'un coup de pied.

— C'est ça, c'est l'heure de l'*inconnu à l'affût*.

— Mortel, bredouille-t-elle dans mon cou, avant de s'endormir sur-le-champ une nouvelle fois.

Il me faut quelques minutes et trouver un équilibre périlleux pour monter les marches jusqu'à mon appartement, avant de déposer Rose délicatement sur le lit.

— 'vais t'en met' plein la vue, marmonne Rose dans l'oreiller.

Elle ronfle pendant que je lui retire ses sandales et son jean.

Je la laisse pour aller à la salle de bains et lorsque je reviens, elle s'est débarrassée de son chemisier, de son soutien-gorge, et s'est étalée en travers de mon lit king size, sans rien d'autre qu'une culotte.

Bien que Rose soit quasi nue et étendue sur mon lit, ce n'est pas vraiment comme ça que j'avais envisagé cette soirée. Pourtant, je ne suis pas contrarié. À vrai dire, je suis plutôt soulagé. Même si j'aime tenir mes promesses d'orgasmes garantis, j'aime aussi être avec elle, tout simplement. Ça me donne l'impression d'être plus vivant. Même si elle est dans les vapes après une overdose de bouffe.

Au terme d'une lutte qui m'oblige à manœuvrer habilement et à essuyer les jurons inventifs d'une Rose endormie, je parviens à tirer les couvertures en dessous d'elle et à nous installer tous les deux dans le lit, Rose d'un côté et moi de l'autre.

Dans un soupir, j'évacue le stress qu'avait généré la perspective de ce dîner aujourd'hui. Je suis fatigué, mais c'est une fatigue différente de celle que je ressens habituellement quand je fréquente ma famille. Au lieu d'être anxieux, je me sens... satisfait ? C'est un changement d'air étrange.

Pourtant, malgré ce sentiment de satisfaction, je suis toujours éveillé dix minutes plus tard.

Quelque chose cloche.

Je passe en revue ma routine nocturne quotidienne, en me

demandant si j'ai loupé une étape en cours de route. Est-ce que j'ai oublié de verrouiller la porte d'entrée ? Est-ce que je dois programmer un réveil pour demain ?

Avant que je puisse mettre le doigt sur ce qui m'échappe au juste, Rose roule sur le côté et atterrit à moitié sur moi.

— Vance ?

— Oui ?

Je passe mon bras autour d'elle.

— Merci pour Thanksgiving.

Je souris vers le plafond.

— Je t'en prie.

J'embrasse le sommet de sa tête.

— Merci pour la dinde.

Elle me répond par un ronflement.

Je m'endors quelques instants plus tard.

BWLAAAARHH. Bwlaaarhh.

On dirait un gros animal en plein accouplement.

Bwlaaaarhh.

Ou peut-être quelqu'un en train de vomir ? C'est difficile à dire.

Rose a dû bouger puisque je peux remuer le bras gauche, alors je roule dans cette direction, tâtonnant pour la trouver. Les draps sont tièdes, mais elle n'est pas là.

— Rose ?

Bwlaaaarhh.

Soit le son s'amplifie, soit je suis en train de me réveiller. Me forçant à ouvrir les yeux, j'aperçois la faible ébauche d'un rayon de soleil faisant son apparition par la fenêtre.

Le bruit de la chasse d'eau met mon cerveau en branle, aussi je bondis hors du lit et entre dans la salle de bains en trébuchant.

Rose est à genoux devant les toilettes, tête posée sur ses bras croisés appuyés sur le rebord. Ses yeux sont fermés, son front est moite de sueur.

— Rose ?

— Euh, non.

Elle n'ouvre pas les yeux, mais elle tourne la tête dans la direction opposée.

— Va-t'en.

Je me laisse tomber à genoux à côté d'elle.

— T'es malade ?

— Non, je vomis mes tripes pour le fun.

Je suis content que ses yeux soient fermés parce que je doute qu'elle apprécierait mon sourire.

— Oui, désolé. Question à la con.

Soudain, elle se redresse et se recroqueville à nouveau au-dessus des toilettes. Pendant son haut-le-cœur, je repousse délicatement les mèches en liberté qui lui tombent devant le visage.

— T'es là depuis combien de temps ?

— Une heure, peut-être ?

Elle crache mais ne vomit plus.

— Je ne sais pas.

— Peut-être que tu as tout évacué.

Elle laisse retomber sa tête, et je me relève pour attraper un gant de toilette dans le placard.

— Tu veux essayer de revenir au lit ?

J'imprègne le gant d'eau froide avant de l'essorer.

— Je peux apporter une poubelle et l'installer près de toi. Tu seras probablement plus confortable là-bas.

Je frictionne son front à l'aide du gant, et elle soupire.

— Il vaudrait mieux que je rentre. Je ne veux pas que tu sois malade à cause de moi.

— Pas question que tu rentres dans cet état.

Je passe doucement le gant froid sur sa nuque.

— C'est quoi, d'après toi, une intoxication alimentaire ?

— Si c'est le cas, et que tu dis à ta mère que je suis tombée malade à cause de son dîner de Thanksgiving, je te bute.

Elle écarte la tête de son bras et lève vers moi un regard assassin.

— Je t'écrase avec ma bagnole, ou un truc dans le genre.

Uniquement vêtue de sa culotte vert fluo, courbée au-dessus des toilettes, tremblante et en sueur à force de vomir, Rose trouve quand même le moyen de faire une menace de mort du tonnerre.

On ne s'ennuie jamais avec elle.

— Allez, Rosie-chérie. On y va.

Je la relève par les aisselles et soutiens son poids tandis qu'elle se hisse sur ses pieds.

— Putain.

Rose secoue son pied devant elle.

— J'ai des fourmis.

Elle tente de marcher mais boitille plus qu'autre chose. Nous réussissons à atteindre le lit, où je l'allonge et la borde sous les couvertures.

— Allonge-toi près du bord. Je reviens tout de suite avec la poubelle au cas où tu en aurais besoin.

Elle marmonne quelque chose à propos de son embarras et maudit trois types de tartes.

Une fois que j'ai changé le sac de la grande poubelle de la cuisine et que je l'amène, Rose dort comme un loir. Elle ne ronfle plus comme avant mais respire profondément. Elle paraît encore plus jeune quand elle n'est pas en train de blaguer et de faire l'impertinente.

Ses grands yeux bruns sont fermés, ses épais cils posés sur ses joues. Ses sourcils, qui d'habitude s'agitent au gré de ses expressions, sont immobiles et délicatement arqués. Quelques taches de rousseur sont disséminées sur son nez et ses pommettes saillantes. Et ses lèvres pulpeuses, de la couleur de son prénom, restent entrouvertes, ce qui lui donne un air innocent. Il semble presque impossible qu'une telle force de la nature réside à l'intérieur de cette beauté paisible.

Parfois, avec Rose, je m'égare dans tout le spectacle, les paillettes, les vannes, les cheveux ; mais en cet instant, immobile et paisible sans rien d'autre pour me distraire, je peux voir à quel point elle est éblouissante.

Elle brille. Comme une étoile.

TREIZE
#PANIQUEÉMOTIONNELLE

Rose

La partie de jambes en l'air « inconnu à l'affût » n'a pas eu lieu hier soir.

C'est la première chose à laquelle je pense lorsque je reprends mes esprits.

La vache ! Même pas de partie de jambes en l'air ordinaire. Je ferme les yeux très fort à mesure que les événements de la nuit dernière se déroulent dans ma tête. Putain.

Peut-être que tout cela n'était qu'un rêve. Avec prudence, j'ouvre les yeux. Au lieu du mur épuré gris clair de la chambre de mon appartement, où j'étais censée dormir hier soir, se trouve le mur épuré blanc de l'appartement de Vance. Putain. Putain.

Non. Apparemment, je suis bel et bien tombée dans les pommes des suites d'une overdose de bouffe, avant de me retrouver à dégobiller dans les toilettes de mon *sex friend* au petit matin. *Génial.*

Je m'enfonce plus profondément sous les couvertures.

Ma peau semble trop tendue, et l'agitation règne sous ma

poitrine. Est-ce que c'est… de la gêne ? C'est un sentiment nouveau pour moi. Je veux dire, je fais des choses ridicules *en permanence*. Je suis la reine de l'excentricité et du « prends ça dans les dents ! ». Et pourtant, je n'ai jamais, au grand jamais, été gênée à en crever.

Jusqu'à aujourd'hui.

Dans un souffle, je lâche un gros soupir sous les couvertures et le regrette immédiatement. Mon haleine est brûlante et infâme, comme une poubelle en métal laissée à l'abandon sous le soleil texan. Encore une autre formidable révélation matinale. Je retire les couvertures pour prendre une bouffée d'air frais et aperçois les fenêtres au-dessus du lit.

OK, peut-être que je n'ai pas envie de *crever*, mais je me surprends quand même à réfléchir à mes chances de sauter par la fenêtre du troisième étage sans m'infliger de sérieux dommages corporels. Une entorse à la cheville serait un prix acceptable à payer pour esquiver une marche de la honte.

D'autant plus que de mon côté, se trouvent une serviette recouvrant le bord du lit ainsi qu'une poubelle très rapprochée. Sur la table de chevet, il y a même un grand verre d'eau posé sur un dessous de verre.

Donc non seulement Vance n'a pas eu droit à son « inconnu à l'affût », mais il a aussi pris soin de moi ? C'est bizarre, non ?

Je fais glisser mon pied sur les draps à la recherche d'un autre corps, mais je ne trouve personne. OK, c'est bien. Une lueur d'espoir. Je peux filer en douce à la salle de bains avant qu'il…

— Rose ?

Fermant brusquement les yeux, je reste immobile et fais mine de dormir.

Je n'entends pas ses pas sur la moquette, mais depuis ma position étrange, du côté de mon corps où ma jambe est étendue, je sens qu'il se rapproche.

Inspire, expire. Détends tes paupières. Ne réagis pas à cette odeur matinale injuste et délicieuse.

Il tapote mon nez.

— Pas la peine de faire semblant, Rosie-chérie. Ce n'est pas ton style de respirer de façon si élégante.

J'essaie de feindre un ronflement, mais l'air se coince bizarrement et je me mets à tousser.

#Échec.

Vance émet un petit rire, doux et profond. Non seulement c'est un son génial, mais c'est aussi une vision formidable quand j'ouvre les yeux, bien que je sois foutrement gênée.

— T'es complètement cinglée, tu le sais ça ?

Les plis de ses yeux sont profonds et sexy.

Je pousse un grognement, pas sûre de quoi dire. Parce qu'en plus d'être écœurée par les conséquences de mes vomissements, d'être gênée qu'il ait pris soin de moi, et d'avoir honte de n'avoir pas tenu ma promesse d'inconnu à l'affût, je suis désormais excitée.

Il rit de nouveau.

— La grande et puissante Rose West ne se sent quand même pas gênée ?

Son œil droit se plisse un peu plus à mesure que son sourire se transforme en rictus suffisant.

— Peut-être, dis-je dans l'oreiller, ce que je regrette immédiatement lorsque mon haleine me revient en plein dans la tronche.

Au lieu de rire davantage, ce qui est la réaction à laquelle je m'attends, Vance passe ses mains dans mes cheveux. Ou plutôt, il essaie… c'est un peu un chaos de nœuds, là-dedans.

— Ne sois pas gênée.

Je grogne à nouveau.

— Allez.

Il secoue délicatement mes épaules.

— Quand on a été malade, il n'y a rien de mieux qu'une douche chaude.

Je ne bouge pas.

— *Et* j'ai une nouvelle brosse à dents à ton nom.

Voilà qui me redonne du poil de la bête. Levant la tête, je me risque à le regarder attentivement. Il ne semble pas agacé. Son sourire est bienveillant, presque... tendre ? Je ne cille pas, essayant de mémoriser ce moment. La gêne s'estompe, et je me sens...

Il me met une fessée par-dessus les couvertures.

— Allez, viens. Tu pues.

Bon ben, voilà. Le moment est terminé.

Vingt minutes plus tard, je me sens super bien. Nan, fabuleusement bien.

De l'après-shampoing et une brosse à dents. Est-ce qu'une fille a vraiment besoin d'autre chose ?

Bah, d'orgasmes peut-être. Oui, d'orgasmes, définitivement. Mais une chose à la fois.

Je suis assise devant le plan de travail de Vance, vêtue de l'un de ses T-shirts et d'un de ses boxers : lavée, propre, shampouinée, je suis en train de manger des flocons d'avoine.

Pas la moindre trace de nausée.

#Victoire.

— Tu es sûre que tu devrais manger ça ?

Vance examine mon bol surdimensionné.

— Enfin, en soi, le porridge n'est pas une si mauvaise chose quand on ne se sent pas bien, mais est-ce que tu as mesuré la quantité de cassonade et de sirop d'érable que tu as mis là-dedans ?

— Je me sens vachement bien, dis-je, les joues pleines de

porridge sucré. Je ne pense pas que j'étais vraiment malade. Je crois que mon estomac s'est juste révolté parce que j'ai beaucoup trop mangé.

Je parviens à avaler, et les céréales chaudes font un peu pleurer mes yeux.

— Sinon ce serait impossible que je me sente mieux aussi rapidement.

— Ça expliquerait pourquoi personne d'autre n'est tombé malade.

Je marque un temps d'arrêt, une grosse cuillère à mi-chemin de ma bouche.

— Comment tu le sais ? dis-je en lui lançant un regard noir. Tu n'as pas dit à Helen que j'ai été malade, si ?

— Du calme, championne.

Il tend les deux mains vers moi.

— Tout ce que j'ai fait, c'est envoyer un texto à Brit en lui disant que *je* ne me sentais pas très bien.

— Oh.

Je fourre la cuillère dans ma bouche et marmonne à travers les flocons d'avoine :

— Merci.

Vance me met mal à l'aise. Et cette fois-ci, ça n'a rien à voir avec mon haleine de vomi. Si je repense à toutes mes relations passées, ce n'est pas comme si j'avais été en couple avec des losers. Bon OK, je n'ai jamais vraiment été en *couple* à proprement parler, mais ce n'est pas non plus ce que nous sommes, Vance et moi. Et les mecs avec lesquels j'ai été n'étaient pas non plus des connards. Aucun d'eux ne m'a baratinée ou n'a été trop agressif. Mais ils ne m'ont pas non plus invitée à des Thanksgiving en famille ou tenu les cheveux pendant que je gerbais (et ce ne sont pas les occasions qui ont manqué au cours de mes années de fêtarde, à l'époque où j'étais plus jeune et que je n'avais pas l'âge de boire), ni endossé la responsabilité de quelque chose pour me sauver de l'embarras. Et ils ne m'ont sûrement pas demandé de rester pour le petit déjeuner après m'avoir surprise en train d'essayer de trouver un Uber pour rentrer chez moi.

J'examine le téléphone en question, retourné côté coque pailletée et placé hors de ma portée.

— Et sinon, combien de temps tu vas confisquer mon téléphone ?

Il verse du lait sur son muesli.

— Quand tu auras promis de ne pas te barrer avant de te sentir mieux.

— Comme je l'ai déjà dit : je me sens bien.

Je prends une cuillère de porridge en bouche. C'est surtout du sirop d'érable. Trop bon.

Le roulement d'yeux qu'il m'adresse est digne des miens.

— Oui oui, bien sûr.

— OK, *Papa*.

Il frissonne.

— Par pitié, ne dis plus jamais ça.

— Oui.

J'opine de la tête, ne sachant plus trop où me mettre.

— C'était bizarre pour moi aussi.

Nous nous sourions. Un autre moment qui me laisse dans l'incertitude.

De la musique se met à hurler, et nous sursautons tous les deux.

— *Whip It* ?

Les lèvres de Vance se recourbent lorsqu'il saisit mon téléphone, au moment où je me penche pour le prendre.

— Je ne savais pas que tu étais fan de Devo. T'es pas un peu jeune pour ça ?

— C'est ma sonnerie quand Flynn m'appelle.

J'allonge le bras et d'un signe de main, je lui intime de me le donner.

— Tu sais, parce que sa femme le fait obéir au *fouet*[1].

Émettant un petit rire, il m'ignore et répond au téléphone avant que je puisse l'en empêcher.

— Héé, Flynn.

Même moi, j'arrive à entendre le silence inquiétant qui émane du téléphone.

— Flynn ? répète Vance.

À l'autre bout du fil, je perçois un grondement sourd que je ne parviens pas à déchiffrer. Le sourire de Vance s'agrandit.

— Elle va bien, elle est avec moi.

Le grondement reprend de plus belle. Je suis impressionnée à quel point Vance reste impassible face à l'attitude de mon frère. Cette posture de grand frère protecteur que Flynn a adoptée tout récemment peut être intimidante.

Vance s'esclaffe.

— Rosie va rester avec moi toute la journée, donc ne t'inquiète pas.

Ah bon ? Assise sur mon tabouret, je fronce les sourcils en guise d'interrogation.

Vance m'adresse un clin d'œil.

Et ça, qu'est-ce que ça veut dire, bordel ?

J'ai l'impression étrange que c'est le monde à l'envers. D'habitude, c'est *moi* qui mène la danse et fais en sorte que les gens soient sur leurs gardes. Comment est-ce que j'ai fait pour me retrouver ici, dans cette... *situation* avec Vance ?

Mes yeux se promènent jusqu'à son entrejambe, où sa queue énorme repose derrière le tissu à maille légère de son short de sport, ainsi que son caleçon de sport en soie. Je remue sur mon tabouret, désormais mal à l'aise pour une autre raison.

— À plus. Passe le bonjour à Jackie.

Vance raccroche.

Je tâche de dissimuler mon excitation en adoptant un ton amusé :

— Tu sais, il t'aurait peut-être laissé la vie sauve... jusqu'au moment où tu as mentionné sa femme.

— Jackie ?

Vance y réfléchit.

— Nan, en me disant au revoir après que je l'ai mentionnée, c'était la seule fois où il ne m'a pas donné l'impression de vouloir me castrer.

J'arque un sourcil à l'intention de ce qu'il pense être une exagération.

— Il saurait comment faire, au fait.

— Comment faire quoi ?

Il arrête sa cuillère à mi-chemin de sa bouche.

— Te castrer.

Je prends une gorgée d'eau.

— Ça fait partie du jeu quand tu grandis sur un ranch.

Vance fait la grimace et remet sa cuillère dans le bol.

— Merci pour ça.

Je glousse.

— Détends-toi, je te charrie. Flynn n'est qu'une grande gueule. C'est juste par culpabilité qu'il agit de cette façon.

Vance fronce les sourcils et prend une bouchée. Son muesli croque sous ses dents, et mes lèvres se recourbent. Il pourrait aussi bien manger des brindilles et des cailloux, à mon avis.

Il avale.

— Quelle culpabilité ?

Ma prochaine cuillerée de porridge est principalement constituée de cassonade, alors j'essaie de le remuer. C'est difficile à faire car j'aime mon porridge pâteux, sans trop de lait.

— Il se sent juste coupable parce qu'il n'était pas dans les parages quand je suis revenue de l'internat. Il n'est pas sérieux quand il est comme ça. Tu ne risques rien.

J'arrive enfin à remuer la cuillère, mais le silence de Vance me fait arrêter.

Il me regarde comme si j'étais folle. Un regard que j'ai l'habitude d'essuyer, mais que je ne pense pas mériter à cet instant précis.

Je pose ma cuillère.

— Quoi ?

— Je crois que tu sous-estimes tes frères.

Il aplatit ses céréales dans le bol avec le dos de sa cuillère, essayant probablement de faire ramollir son petit déjeuner en carton dans le lait.

— Ils tiennent vraiment à toi, tous les deux.

— Oui, bien sûr.

Je hausse les épaules, à nouveau prise de cette sensation de tiraillement dans la peau.

— Je sais.

Son regard pénétrant s'intensifie l'espace d'une seconde, mais il se détourne fort heureusement vers ses céréales saines mais dégeu. Nous restons assis en silence pendant le reste du petit déjeuner : moi, à me demander combien de regards de travers je devrai essuyer si j'ajoute plus de sirop d'érable dans mon bol, et lui, à garder les yeux baissés, rivés sur le plan de travail comme s'il était perdu dans ses pensées. Nous finissions nos petit déj' en même temps, et avant que j'aie pu descendre du tabouret, Vance prend nos bols et les rince dans l'évier. Il a besoin d'une éponge pour faire partir le sirop et le sucre collants dans le mien, avant de pouvoir le mettre dans le lave-vaisselle.

Ça fait très vie domestique. Et c'est nouveau pour moi. Je n'ai jamais simplement partagé un espace avec quelqu'un comme ça, dans le silence. C'est une chose simple, comparée à la gorge profonde que je lui ai faite par le passé, et pourtant plus... intime ?

— Tu veux regarder la télé ? *Le Juste Prix* devrait bientôt commencer.

Ça me redonne la pêche, mes rêvasseries oubliées.

— J'adore *Le Juste Prix* !

Je bondis du tabouret, me déplace vers son petit coin salon, et me laisse tomber sur son canapé en cuir rembourré.

— Je suis tellement bonne à ce jeu. Je vais te démolir, vieux schnock.

Il attrape une couverture sur le dossier d'un fauteuil et m'enveloppe dedans.

— Je n'avais pas réalisé que c'était une compétition.

— Bah, voyons, dis-je en levant les yeux au ciel pour l'effet de style. La vie est une compétition.

— Ah oui ?

Il soulève mes jambes, s'assied et les laisse retomber sur ses genoux, en s'assurant qu'elles sont bien recouvertes par la couverture.

— Alors j'imagine que je suis déjà en train de gagner.

Je fais comme s'il parlait du fait d'être astronaute.

— OK, *astro-boy*.

Mais alors qu'il soutient mon regard un peu plus longtemps que je le juge nécessaire, j'ai la vague impression qu'il parle d'autre chose.

---

1. N.d.T : *Whip* signifie fouet, ou fouetter en anglais.

QUATORZE
SPLASH DOWN

Rose

— Le prix est *faux*, Bob !

Je pointe le doigt vers Vance et célèbre mon « gain » avec une danse de la victoire du tonnerre. Il a surenchéri sur la vitrine, et j'ai dit moins de trois cents dollars. Je remue mon corps en bondissant d'un pied sur l'autre, collant des fessées imaginaires comme si je prenais quelqu'un en levrette.

Je n'ai jamais dit que j'étais élégante dans la victoire.

— Bob Barker n'est même plus le présentateur.

Vance lève les yeux au ciel. Probablement quelque chose qu'il fait plus que jamais depuis qu'il me connaît.

J'ai tendance à faire ressortir les meilleurs côtés des gens.

— Et je n'arrive pas à croire que tu viens de sortir une réplique de *Happy Gilmore*, dit Vance en secouant la tête. Je suis à peu près sûr que tu n'étais même pas de ce monde quand ce film est sorti.

S'il boudait, ne serait-ce qu'un peu plus, il ressemblerait à un poisson-lune.

Entre ça et le combat sur Fortnite hier soir, il s'avère que Vance est un mauvais perdant.

Je trouve ça hilarant.

J'arrête de gifler l'air et hausse les épaules, les joues douloureuses à force de sourire autant.

— Les films avec Adam Sandler n'ont pas d'âge, vieux schnock.

— Je suis à peu près sûr que de nombreux critiques de cinéma discuteraient cette affirmation.

Sa bouderie oubliée, il secoue la tête et arbore un sourire jusqu'aux oreilles.

Je me rapproche de lui en me dandinant et me penche en avant jusqu'à ce que nous nous retrouvions nez à nez.

— Arrête de me regarder, *Swan*.

Mon imitation d'Adam Sandler dans *Billy Madison* est étrangement fidèle, si je puis me permettre.

— OK, OK, ça suffit.

Il écarte les mains et se met à rire quand ma danse de la victoire se transforme en homme qui court.

— Je crois qu'on peut affirmer que tu te sens mieux ?

J'arrête de danser pour faire une pause, un peu essoufflée.

— Ça, je te l'avais dit.

Je m'affale à côté de lui sur le canapé et me frotte le ventre.

— J'ai juste trop mangé hier soir, c'est tout.

— Ça va, alors.

Passant un bras autour de moi, il m'attire contre lui. Je le laisse m'enlacer, profitant de ce moment câlin.

Jusqu'à ce que je prenne conscience que je prends plaisir au moment câlin.

Je me raidis, prête à me lever, attraper mes fringues dans le sèche-linge et battre en retraite, lorsque ses bras se resserrent autour de moi.

— Tu vas partir ?

Il y a une note résignée dans sa voix qui me fait marquer un temps d'arrêt.

Je pense à ce qu'il a dit le jour de Thanksgiving, à propos du fait que je passe mon temps à le laisser tomber. Je ne veux pas le blesser, mais je ne suis pas sûre que mon cœur émotionnellement atrophié soit capable d'encaisser un moment câlin.

— Je ne vais pas m'en aller.

Je lutte pour me redresser en position assise.

— Par contre, j'ai une suggestion.

Il plisse les yeux comme s'il ne me faisait pas tout à fait confiance.

— OK.

La nervosité s'installe, et je me mords la lèvre.

— Ça te dit d'aller observer des gens ?

— Observer des gens ? dit Vance en fronçant les sourcils.

— Oui, c'est le Black Friday.

Je m'écarte, mettant plus d'espace entre nous.

— Il paraît que c'est le jour où tous les dingos sont de sortie.

J'étreins un oreiller contre ma poitrine.

— Je me disais juste que ça pourrait être marrant de faire ça… ensemble.

Comme il ne répond rien, mon rythme cardiaque s'accélère.

— Laisse tomber. C'est pas grave.

D'un bond, je me lève du canapé. C'est la raison pour laquelle Thanksgiving était une mauvaise idée. La raison pour laquelle passer du temps tous les deux sans coucher ensemble est vraiment déroutant. Ça me donne des idées. Des idées dangereuses.

— Tu peux juste m'appeler pour qu'on s'arrange un plan c…

— Non.

Vance se décolle du canapé, tâtonnant pour attraper ma main avant que je puisse m'envoler.

— Allons-y.

Je suis en train de perdre les pédales.

C'est sûr. C'est la seule raison qui explique, primo, pourquoi je ne suis pas rentrée chez moi après ma victoire au *Juste Prix*, et deuzio, pourquoi je me suis jetée au cou de Vance à l'instant où je l'ai vu enfiler ce cardigan de papi.

Non mais, sérieux. Comment est-ce qu'un gilet en laine beige à col roulé, surmonté de gros boutons en bois, peut-il être aussi sexy, bordel ? C'est un truc que j'imagine les vieux hommes fripés porter quand ils jouent aux échecs dans le parc.

Et pourtant, je lui ai dit de le garder pendant que je le baisais sur le plan de travail de la cuisine avant notre départ.

#SansRegrets.

— Je croyais qu'on était juste venus pour observer les gens ?

J'ignore le ton perplexe de Vance et balance le kit de Laser-game dans mon caddie.

Je suis venue faire les courses du Black Friday pétrie de bonnes intentions. Le but de notre virée était de montrer à Vance que je ne m'enfuis pas toujours, tout en me permettant de passer du temps avec lui dans un lieu public où il ne peut pas devenir tout câlin avec moi. Nous étions censés aller prendre un café latte, se balader au milieu du chaos des ventes, et peut-être que j'aurais fait la surprise à quelques personnes de payer le contenu de leur caddie, comme je le fais d'habitude lorsque je m'aventure dans les grandes surfaces. Facile. Fun.

Puis l'un après l'autre, tous mes plans mûrement réfléchis sont tombés à l'eau, à mesure que la magie noire du Black Friday m'a submergée.

Il y a des gens qui courent ; ils ne marchent pas, non, ils courent dans tous les sens. Des groupes mères-filles se liguent avec une approche « diviser pour mieux régner », des hommes poussent deux caddies, un dans chaque main, une liste entre leurs dents tout en trottant partout dans le magasin. Il n'y a pas d'enfants. Pas même dans le rayon jouets. Que des adultes qui semblent épuisés et étrangement frénétiques.

C'est le dôme du tonnerre réservé aux adultes, une arène dédiée à la folie des ventes.

J'a-dore.

Le café latte oublié, j'ai désormais un caddie bourré d'équipement de Lasergame, un appareil de massage de dos high-tech, un kit de brassage à bières maison, et un robot-mixeur KitchenAid géant.

Un oreiller piñata-lama attire mon attention.

— Oooh !

Je me dépêche de l'attraper, même s'il y en a cinq autres et qu'il n'est même pas soldé. Sans m'arrêter, je le balance dans mon caddie, déjà à l'affût du prochain objet.

— Est-ce que tu aimes les lamas ?

Vance flâne derrière moi, toujours sexy comme un diable dans son cardigan, et détendu comme à son habitude. Je ne comprends pas comment il fait pour ne pas sentir l'énergie dans l'air. La panique. L'urgence. Il échoue totalement au jeu du Black Friday.

Sans le regarder, je pousse mon chariot dans le rayon électronique.

— Ça vient de Fortnite.

Cette zone est bien plus bondée que le reste de la boutique. Mon pouls s'accélère.

— Pourquoi il y a des lamas dans Fortnite ?

Je réponds d'un air absent, tout en jetant un œil aux consoles de jeux :

— Ce sont des coffres à butin. C'est probablement pour ça que tu n'en as pas encore vu.

Vance pousse un grognement.

— C'est grâce à eux que tu gagnes de l'équipement et des ressources dans...

Je me fige. Deux casques de gaming Sennheiser GSP 600 sont entreposés sur une étagère quasiment vide. Cinquante pour cent de réduction.

C'est le même modèle que celui que j'utilise. Et honnêtement, quand j'ai acheté le mien, je n'ai même pas regardé le prix (#Milliardaire). Mais quelque chose dans le fait de lire « - 50% » en grosses lettres rouges me fait monter l'adrénaline d'un cran de plus.

Abandonnant mon caddie, je me précipite vers l'étagère et attrape l'un des casques. Il s'agit même du modèle actualisé, avec son emblématique microphone anti-bruit et sa clarté sonore de haute précision caractéristique, compatible avec toutes les consoles de jeux.

— Cool.

J'allonge le bras vers l'autre casque, avant d'être percutée au niveau de la hanche par quelque chose de très gros et de très maîtrisé. Je trébuche sur le côté et me raccroche à une pile de gros écrans plats dans leurs cartons d'emballage, avant de tomber par terre.

— Qu'est-ce qu...

— *Merde.*

Vance arrive en trottinant et m'aide à me relever.

— Ça va ?

Mon genou palpite là où il a heurté le coin d'une des boîtes de télévisions.

— Qu'est-ce qu'il vient de se passer, putain ?

Je frictionne la zone, qui je suis sûre est déjà contusionnée. Voilà qui va sérieusement enlaidir l'aspect de mes jambes en bas résille lors des cours de pole dance.

Vance jette un œil noir par-dessus son épaule, en direction

des casques. Je suis son regard jusqu'à l'emplacement d'une femme, en train de lancer *mon* casque dans *son* charriot.

Ah non, sûrement pas.

— Excusez-moi.

Je me dégage des mains de Vance.

— C'est à moi.

La femme, qui me dépasse de cinq centimètres et fait deux fois ma largeur, m'évalue de bas en haut, l'air assez peu impressionnée par ce qui se trouve devant ses yeux.

— Je ne crois pas, non.

Avec un air de supériorité qui donnerait à la reine d'Angleterre l'impression d'être une pécore, elle commence à pousser son caddie pour s'éloigner.

Hors de question, putain.

Je fais un pas de côté pour l'éviter, et attrape la partie latérale de son caddie.

— Vous m'avez pris ce casque des mains. Je veux le récupérer.

Je tends ma main libre et la retourne, paume vers le haut.

Elle la frappe pour la dégager et pénètre dans mon espace personnel.

— Aux dernières nouvelles, votre main n'était pas dessus, ma jolie.

La rage bouillonne en moi ; elle se focalise sur cette femme comme un tir laser de l'Étoile de la Mort. Je n'arrive pas à croire qu'elle vient de m'appeler « ma jolie ». Qu'en tant que femme, elle ose faire usage d'un terme aussi sexiste pour prendre une autre femme de haut.

Dans un coin de ma tête, je sais que le casque ne vaut pas une altercation. Je peux simplement le commander plus tard, sans problème.

Mais le reste de ma tête est trop occupé à se sentir insulté à tous les niveaux. Même mon sens de la mode se sent insulté, vu qu'elle porte des socquettes de sport blanches et des Crocs bleu roi.

Non mais qui fait ça ?

— La seule raison pour laquelle ma main n'était pas dessus, c'est que vous m'avez foncé dans la hanche.

Du coin de l'œil, je vois Vance froncer les sourcils, avancer légèrement avant d'esquisser un mouvement de recul, comme s'il ne savait pas trop quoi faire. Je resserre ma prise sur le chariot de la femme.

Elle hausse les épaules, et ces dernières touchent presque ses oreilles tant son cou est inexistant.

— Écoute gamine, si tu peux pas encaisser le Black Friday, reste chez toi.

J'ai peut-être l'air d'une élève de lycée avec le T-shirt de Vance que j'ai noué à la taille, mon jean et mes sandales plates, mais je me redresse de toute la hauteur de mon mètre soixante-sept et tâche de paraître impressionnante.

— Le Black Friday fait référence à des prix soldés, pas à des techniques de shopping dignes d'un tournoi de catch, *madame*.

La femme tire d'un coup sec sur son caddie pour le mettre hors de ma portée.

— Va te faire foutre, espèce de bimbo.

— Oh oh ! c'est pas nécessaire, ça.

Vance décide enfin de monter au créneau et essaie de venir à ma rescousse.

Il est adorable.

Mais je suis Rose West, putain. Je n'ai pas besoin qu'on vienne à ma rescousse.

En représailles, je mets un coup de hanche dans le caddie qui rentre dans le ventre de la femme, et la fait trébucher en arrière sur une vitrine remplie de coques de téléphones. Tandis qu'elle s'efforce de retrouver l'équilibre, je prends le casque dans son chariot.

— Qu'est-ce que...

Ses yeux se resserrent sur le casque, désormais dans mes mains.

— Votre main n'était pas dessus.

Intérieurement, ma remarque sarcastique me fait grincer des dents. Le Black Friday ne me réussit pas.

Je détecte du mouvement à chaque extrémité de notre allée, et prends conscience qu'une foule s'est attroupée. Apparemment, deux femmes sur le point de s'emplafonner suffisent à interrompre brusquement même les plus gros amateurs de bonnes affaires.

Les yeux de Vance font des allers-retours entre la femme en Crocs et moi. C'est assez amusant pour briser la magie que le Black Friday opère sur moi. Poussant un soupir, je me résigne à acheter ce fichu casque en ligne et tends la main pour le renvoyer dans son caddie. Mais avant que j'en aie l'occasion, Crocswoman fait un bond en avant, le poing près à frapper.

Vlan !

— Oooh, la vache ! s'écrie quelqu'un dans la foule.

La douleur déferle dans ma poitrine alors que je recule en titubant et lâche le casque. Légèrement recroquevillée, je saisis mon sein droit des deux mains. J'incline ma tête vers le haut, pendant que mon cerveau essaie d'assimiler ce qui vient de se passer.

— Je rêve ou... vous venez de me cogner le nichon ?

Crocswoman ne semble pas éprouver le moindre remords. Vance, bouche bée, s'active et se met entre nous, bras en l'air.

— Ça suffit.

Il tourne la tête vers l'arrière et se met à brailler :

— Sécurité !

Mais mon adrénaline est de nouveau à bloc, elle palpite partout dans mon organisme. Ça n'est plus une question de

Black Friday, de féminisme, de choix vestimentaires discutables, ni même de principes.

C'est simplement que je refuse totalement de perdre de cette façon.

Une main toujours posée sur mon sein, je tends l'autre, attrape la première chose que je trouve et la jette violemment. Elle passe à côté de la tête de Vance et vient percuter la femme en pleine figure.

Il s'agit de mon oreiller lama.

Oups. La honte.

Quelques personnes dans la foule ricanent.

La femme ne sourcille même pas. Elle s'avance brusquement pour attaquer, mais cette fois Vance l'en empêche en lui entravant le passage. Vance est peut-être plus grand, mais en toute honnêteté, je m'inquiète pour sa sécurité. Tout le monde au Texas sait qu'on n'envoie jamais son quarterback s'attaquer au capitaine de la défense.

— Euh, Vance. Tu devrais...

La femme lance son pied enferré dans sa chaussette blanche et dans sa Crocs, pour lui expédier dans les bijoux de famille.

Vance tombe par terre, en émettant un son qui ressemble à celui d'un buffle d'eau blessé.

Des gémissements de sympathie s'élèvent de la foule.

— Bien fait pour toi, s'exclame Crocswoman alors qu'il se recroqueville en position fœtale, avant de ramasser le casque à côté de lui.

Toute colère légitime se dissout, et je me laisse tomber aux côtés de Vance.

— Vance ?

Il gémit.

— Mon chou.

Je repousse les cheveux qui lui tombent devant le front.

— Ça va ?

Il ouvre la bouche, mais je ne sais pas si c'est pour gémir de nouveau ou me répondre, car sa voix est noyée par la femme en Crocs :

— Espèce de sale *spic*[1].

Je perds connaissance. Ou quelque chose dans le genre. Car tandis que son injure raciste provoque des exclamations de surprise dans la foule, ma vision s'obscurcit, et une rage telle que je n'en ai jamais connu déferle dans mon corps.

— Il est amérindien espèce de connasse raciste ! s'écrie quelqu'un, avant de lâcher un cri de guerre digne de Geronimo lui-même.

Ce quelqu'un, c'est moi.

Tout ce que je sais ensuite, c'est que je me retrouve suspendue dans les airs.

Les quelques secondes qui suivent sont une lutte pour reprendre l'avantage et éviter de suffoquer tandis que la femme me maintient contre son torse, m'arrachant une vibration de moteur à force de frotter ma tête contre sa grosse poitrine, jusqu'à ce que je me sente sur le point de tourner de l'œil à cause du manque d'oxygène.

Je fais la seule chose en mon pouvoir : je mords.

Poussant un hurlement, Crocswoman recule brusquement. Je bondis dans une tentative de la chevaucher comme je le ferais avec ma barre verticale, afin de la soumettre avec une posture pliée des ciseaux.

Mes muscles abdominaux protestent, et mes ciseaux se transforment en une espèce de prise de l'ours. Lorsqu'elle retrouve son dynamisme, je la chevauche comme une future mariée sur un taureau mécanique à son enterrement de vie de jeune fille.

#Échec. #ÉchecMonumental.

— Mesdames, mesdames !

Dans un flou de couleurs, alors que Crocswoman bouge

dans tous les sens pour essayer de me déloger, je distingue deux personnes en bleu qui courent vers nous.

Le bon sens me revient.

Je desserre ma prise, mais je ne peux pas descendre tant qu'elle remue d'avant en arrière.

— Arrête de t'agiter !

Sans surprise, Crocswoman ne m'écoute pas. Au lieu de quoi, elle tend les mains vers l'arrière, m'agrippe par le chignon et me tire vers l'avant, comme si elle essayait de m'envoyer valser par-dessus son épaule.

Et c'est à ce moment que ça me prend.

Une nausée. Une nausée sévère, déchirante.

Lorsqu'elle tire mes cheveux une nouvelle fois, je gerbe. Je gerbe *violemment.* Partout sur le devant du T-shirt de Crocswoman.

La foule pousse des cris de surprise.

La femme aux Crocs hurle, bras en l'air et inclinée vers l'arrière comme si elle essayait d'esquiver mon vomi. Mais impossible de l'éviter. Elle en a *partout* sur elle.

De par ses bras en l'air et son équilibre précaire, je suis désarçonnée et j'atterris brutalement sur mes pieds. Un pic de douleur remonte dans ma cheville. Ma seule pensée : le porridge, le sirop d'érable et la cassonade ne sont pas aussi bon la deuxième fois.

Crocswoman se retourne pour me faire face, et la gerbe est projetée de son T-shirt en arc de cercle, éclaboussant les coques de téléphone. La foule plonge pour éviter ce tir hostile de vomi.

Vance est toujours recroquevillé, les mains entre les jambes.

— Est-ce que tu...

La femme baisse les yeux vers elle-même, remarque la rivière de vomi dégoulinant de son T-shirt. Ses narines se dilatent. Puis elle est prise d'un haut-le-cœur. Une fois. Deux fois. La troisième fois, elle dégueule.

Apparemment, Crocswoman a la gerbe solidaire.

D'autres personnes solidaires dans la foule sont prises de haut-le-cœur et s'éloignent en trébuchant. D'autres contemplent la scène, horrifiés. Les agents de sécurité essaient de ralentir leur course mais finissent par déraper dans le vomi.

Je m'essuie la bouche avec le dos de la main et jure ici et maintenant de ne plus jamais faire de shopping le jour du Black Friday.

VANCE

— QU'EST-CE QUI T'A PRIS, bon sang ?

Je fais les cent pas dans le petit bureau de la sécurité. Ou plutôt, je fais de mon mieux pour faire les cent pas avec le sac de petits pois congelés plaqué contre mes noyaux.

Rose est sur un fauteuil convertible, la tête entre les jambes.

— J'étais...

— Tu aurais pu te faire arrêter. Ou être blessée.

Le choc s'est estompé, laissant place à l'inquiétude. Je change de direction, ce qui provoque une douleur dans mes testicules.

— Putain.

Rose lève les yeux du sol.

— Je sais, mais...

— Et qu'est-ce que va dire ton frère ?

— Mon frère ?

Elle se redresse, plissant les yeux.

— Qu'est-ce qu'il a à voir avec ça, bordel ? Je ne suis pas une gamine que tu dois dénoncer.

Elle se frictionne le sein.

— Et au cas où tu aurais oublié, on m'a agressée. On m'a cogné le nichon, bordel de merde !

Elle frotte plus fort.

— Il me fait encore mal.

Je désigne mon sexe recouvert d'un sac de pois surgelés.

Elle pousse un grognement.

— OK, bon, tu remportes peut-être le concours du blessé le plus amoché.

— Mademoiselle West ? Monsieur Bodaway ?

Monsieur Rodriguez, le directeur du magasin que nous avons rencontré tout à l'heure, entre dans la pièce, suivi d'un agent de sécurité. Un de ceux qui n'ont pas glissé dans du vomi.

J'interromps mes cent pas, et Rose sourit au directeur.

— Oui ?

Les yeux doux de monsieur Rodriguez est assorti au ton de sa voix lorsqu'il s'adresse à Rose :

— Vous pouvez partir, Mademoiselle West.

Mes épaules s'affaissent sous l'effet du choc.

— Aussi simplement que ça ?

Il m'accorde un coup d'œil.

— Aussi simplement que ça, dit-il avant de reporter son regard sur Rose. Comment vous sentez-vous ?

Il lui sourit comme si elle ne venait absolument pas de causer un incident majeur dans son magasin, à l'occasion d'une des journées les plus achalandées de l'année.

— Je vais bien.

Rose allonge le bras et prend sa main dans les siennes.

— J'apprécie beaucoup toute votre aide dans cette situation, Monsieur Rodriguez.

Il sourit, et ajoute son autre main aux siennes.

— Appelez-moi Jorge, je vous en prie.

Le sourire de Rose se fait plus éclatant.

— Seulement si vous m'appelez Rose, Jorge.

Ils partagent un moment. Si monsieur Rodriguez n'arrivait pas sur la fin de la cinquantaine, s'il n'était pas quelque peu empâté, et s'il n'avait pas une grosse alliance en or à son annulaire, je serais jaloux.

Merde, je crois que je le suis malgré tout.

— Vous devez être très fier, Monsieur Bodaway, me dit le directeur.

Il tient *encore* la main de Rose.

— Pour quelle raison ?

— Nous avons plusieurs témoins qui se sont manifestés pour nous expliquer que Rose n'a riposté que quand l'agresseuse vous a craché une injure raciste.

Il secoue la tête d'un air dégoûté.

— Au Texas, c'est considéré comme un crime haineux, et nous le prenons très au sérieux.

— Oh, ah, oui.

Je n'ai aucune idée de ce qu'il raconte. Il doit voir ma confusion.

— Après vous avoir agressé, la femme qui est actuellement en garde à vue vous a traité de « spic ».

La mâchoire m'en tombe. Malheureusement, ce n'est pas nouveau que des gens fassent des commentaires à propos de ma peau plus foncée, mais je suis surpris de ne pas l'avoir entendu. Mes testicules palpitent. Tout bien réfléchi, ce n'est peut-être pas si surprenant que je ne m'en souvienne pas.

— Votre petite amie ici présente a eu l'amabilité de corriger la femme à propos de vos origines amérindiennes et de prendre votre défense d'une façon très... euh...

Il lutte pour trouver le mot.

— Inhabituelle.

Rose fait la grimace, et le directeur s'esclaffe.

Il lâche sa main pour me tendre la sienne.

— Vous avez beau ne pas être un de mes congénères latinos, je ne tolèrerai aucun propos raciste à l'encontre de mes clients.

Je lui serre la main.

— Merci.

— En parlant de clients.

Rose plonge la main dans son soutien-gorge, et en sort une carte de crédit noire.

— J'aimerais payer tous les achats en cours, pour tout le monde dans le magasin.

Il la dévisage bouche ouverte pendant quelques instants avant de s'éclaircir la gorge.

— C'est très gentil de votre part, Rose, mais ça pourrait causer une petite émeute si tous les gens se précipitent vers les caisses.

— Oh.

Rose semble abattue l'espace d'un instant, avant de s'illuminer de nouveau.

— Alors pourquoi pas le café gratuit pendant toute la journée ?

Elle réfléchit un moment.

— Aucune émeute, simplement des clients heureux et pleins d'énergie.

Monsieur Rodriguez arbore un sourire rayonnant.

— Merveilleuse idée.

Il se tourne vers moi, et ses yeux se rembrunissent comme pour m'indiquer qu'il n'est pas vraiment impressionné par ce qu'il a vu de moi jusqu'à présent.

— C'est une femme très attentionnée et très intelligente que vous avez là.

Je jette le sac de pois dans la poubelle.

— Oui.

J'ai l'impression qu'on me jauge, qu'on m'évalue, et j'ai le sentiment très sérieux de ne pas être à la hauteur.

— Oh, on est juste amis, dit Rose.

Les yeux de monsieur Rodriguez s'illuminent.

— *Vraiment* ? Eh bien dans ce cas, j'ai un fils séduisant qui a à peu près votre âge.

— Non, dit Rose en désignant le sac de courses que je viens de sortir de mon 4Runner. Laisse-les.

Après que Rose a poliment contrecarré les tentatives d'entremetteur de monsieur Rodriguez, je me suis excusé d'avoir hurlé, puis j'ai conduit Rose chez Flynn.

Je baisse les yeux vers le sac de courses dans mes mains, dans lequel se trouvent les casques et l'appareil de massage pour le dos.

— Pourquoi ?

— Parce que je dois les ramener chez moi et les emballer. Ils sont pour ta famille.

— Quoi ?

— Je suppose que je me suis un peu enflammée quand tes neveux ont parlé de Noël.

Elle rit, mais d'un rire qui ne semble pas naturel.

— C'est idiot, non ?

— Je...

— Quand j'ai vu toutes les décorations de Noël dans le magasin, les gens courir dans tous les sens et jeter dans leurs caddies les trucs qui étaient probablement des cadeaux pour des proches, je me suis un peu emballée.

Une expression paniquée passe furtivement sur son visage, et elle tend sa main dépourvue d'oreiller-lama.

— Enfin, je sais qu'on n'est pas censés faire ça, mais quand même, ta famille m'a accueillie à bras ouverts hier, et si à tout hasard je les revois...

Elle laisse tomber sa main et hausse les épaules.

— Bah, je voulais au moins leur offrir des cadeaux de Noël.

De nouveau, je fixe du regard le sac que je tiens, avant de regarder par-dessus mon épaule en direction de la boîte du robot-mixeur, toujours à l'arrière de mon SUV.

— Ta mère se plaignait de son dos pendant la dernière leçon de pole dance, alors je me suis dit que l'appareil masseur lui plairait. Et quand Matt est sorti pour nettoyer la marmite de la dinde, ta sœur a mentionné à ta mère qu'elle avait besoin d'un mixeur mais qu'elle ne savait pas si elle devait demander ça pour Noël, ou les boucles d'oreilles en diamant qu'elle veut vraiment.

Rose s'avance jusqu'au SUV et tapote la boîte.

— Brit m'a fait télécharger l'appli Pinterest.

Je pousse un grognement.

— Et j'ai trouvé ce tuto dessus, qui te montre comment enduire des trucs de paillettes. Je me suis dit que je pouvais aller un peu plus loin et bricoler dans ma pièce à paillettes pour perfectionner le mixeur. J'ai pensé que Brittany apprécierait le côté fait maison du cadeau.

Elle me prend le sac des mains et le pose à côté de la boîte du mixeur.

— Et ces casques, ce sont les mêmes que celui que j'utilise quand je joue aux jeux vidéo. Ils sont vraiment bien. J'ai pensé que tes neveux et moi, on pourrait échanger nos noms d'utilisateur et jouer ensemble.

— Et le kit de brassage de bière ?

— Pour Matt. Je me suis dit qu'il pourrait affronter Brittany sur le terrain des activités à réaliser soi-même.

Elle soulève le sac dans sa main et le secoue.

— Le kit de Lasergame et le lama sont pour moi, mais je veux les montrer à Jackie.

Je sais que je devrais dire quelque chose, mais une fois de plus, Rose me laisse sans voix. Comment est-ce que toutes ces choses ont pu lui passer par la tête pendant le peu de temps qu'a duré notre course effrénée dans le magasin ?

— Ah, ce Noël...

— C'est bon, vraiment.

Elle me contourne, les yeux baissés.

— Je sais que ça n'est pas possible de passer Noël ensemble.

— Je...

— C'est juste que même si mes frères sont géniaux tous les deux, on est une maison pleine de milliardaires, alors la perspective des cadeaux n'a jamais été aussi excitante.

Elle lève les yeux en souriant.

— C'était fun de faire du shopping pour ta famille.

Elle se fige face à mon expression de visage, quelle qu'elle soit, et ravale sa salive.

— C'est tout.

— Qu'est-ce que tu fais pour Noël, d'habitude ?

C'est la seule chose qui me vient à l'esprit.

Elle semble soulagée par ma question, comme si elle était inquiète que je lui crie dessus encore une fois.

De toute ma vie, je n'ai jamais eu autant le sentiment d'être un connard.

— Un marathon *Die Hard*.

Son habituel sourire en coin de je-m'en-foutiste est de retour.

— Tout en me goinfrant des gâteaux et des cookies spécial fêtes de Holt.

Voilà qui m'interpelle.

— Ton frère fait de la pâtisserie ?

— Oui.

Elle hoche la tête et fait un pas de plus vers le chemin conduisant à la porte d'entrée de Flynn.

— Ses cookies aux pépites de chocolat sont les meilleurs.

Je fais moi-même deux grandes enjambées qui me ramènent à côté d'elle.

— Ils sont si bons que ça, hein ?

— Oh, oui.

Elle rigole, et son rire semble authentique cette fois.

— Tu peux demander à Jul'. Je crois que les cookies de mon frère sont devenus un genre de chant nuptial bizarre pour eux.

Elle renâcle.

— Ces deux-là sont trop dégueus.

Elle a beau dire qu'ils sont bizarres et dégueus, elle arbore une expression mélancolique.

— Tu penses qu'il nous lâcherait la recette ?

— Pas besoin, je la connais déjà. C'était celle de ma grand-mère.

Elle fronce de nouveau ses sourcils vers moi.

— Pourquoi ? Tu voudrais faire des cookies ?

— Peut-être qu'on pourrait en faire, toi et moi.

C'est à mon tour de hausser les épaules, tandis qu'un sentiment de timidité que je n'ai pas ressenti depuis l'adolescence s'abat sur moi.

— Tu sais, avant d'aller chez ma sœur pour le dîner de Noël.

Elle reste bouche bée. Je prends un moment pour savourer le plaisir d'avoir choqué Rose West au point de la réduire au silence.

— C'est dans un mois, dit-elle en reculant d'un pas. Tu es sûr qu'on devrait faire des plans si longtemps à l'avance ?

J'avance d'un pas.

— Il reste presque huit mois avant mon décollage. Pourquoi est-ce qu'on ne ferait *pas* des plans pour le mois prochain ?

J'incline la tête de côté.

— Tu ne veux pas déjà annuler notre marché, si ?

— Non ?

Je ne l'ai jamais vue paraître si incertaine. Elle est adorable.

— Bien.

Je me déplace pour qu'on puisse marcher sur le chemin côte à côte.

— Parce que l'un des avantages de notre amitié améliorée, c'est de pouvoir te goinfrer des tamales de Noël de ma mère.

— Les tamales ?

— Oui, elle tient la recette de sa grand-mère, qui a vécu dans une ville frontalière dans le sud du Texas avant de déménager dans la réserve du Nouveau-Mexique, quand ma mère était bébé.

Nous atteignons la marche devant l'entrée.

— Ça m'a l'air génial.

Son sourire immense efface toute trace de ma panique de tout à l'heure.

— Alors tu viendras ?

Je peux voir qu'elle y réfléchit. Bien que son sourire faiblisse, je vois bien qu'elle a envie de dire oui.

J'attends que le silence brise sa résistance.

Elle tient à peu près trente secondes avant de soupirer.

— Bon, d'accord. Je viendrai.

Elle le dit comme si elle me faisait une fleur. Je suis à peu près sûr que c'est le cas.

J'essaie de ne pas avoir l'air triomphant, mais à en juger par le regard qu'elle me lance, j'échoue probablement.

La porte d'entrée s'ouvre d'un seul coup.

— Salut les gars !

Jackie sourit, plantée devant son mari qui semble très agacé.

Rose embrasse Jackie sur la joue et adresse à Flynn un signe de la main qui ressemble à une gestuelle de gang.

— Yo, frérot.

Flynn croise les bras devant sa poitrine.

— Où est-ce que t'étais passée ?

C'est à Rose qu'il parle mais c'est moi qu'il fusille du regard. Rose se contente de lever les yeux au ciel.

— Fais pas ton gros naze.

Elle force le passage et dépasse Jackie et son frère.

— J'étais juste avec Vance, occupée à me battre en public contre une pétasse. J'ai failli me faire arrêter.

Flynn baisse les bras, et ses yeux se tournent instantanément vers sa sœur. Les sourcils de Jackie se hissent au-dessus de ses lunettes.

— Mais t'inquiète pas, s'écrie Rose par-dessus son épaule en entrant dans la maison. Une fois de plus, j'en suis sortie victorieuse. Aucune charge n'a été retenue.

Je me prépare à l'impact lorsque Flynn se retourne vers moi de nouveau. Mais je suis surpris par l'expression de sympathie qu'il affiche.

— Pauvre bougre, dit-il en me faisant signe d'entrer. On va te servir un verre.

---

1. N.d.T : Insulte désignant une personne d'origine hispanique ou hispanophone.

QUINZE
TRANSFERT DE DONNÉES À GRANDE VITESSE

VANCE

SI VOUS M'AVIEZ dit hier que je serais en train de rire avec Flynn autour d'une bière et d'un filet de bœuf, je vous aurais traité de barjo.

Pourtant nous y voilà.

C'est quelque chose qui m'est arrivé souvent depuis que Rose est entrée dans ma vie.

Et pendant que Flynn et moi sommes debout dans la cuisine extérieure aménagée sous une pergola, Jackie et Rose font bronzette. Enfin, Rose fait bronzette. Jackie, dont la peau a pris une teinte presque grisâtre tant elle y a étalé de crème solaire, s'est installée sous un très gros parasol.

Rose, vêtue d'un bikini string rose vif, se prélasse au soleil.

Il ne fait pas froid, mais il est aussi loin de faire chaud. Ce qui se manifeste par les tétons de Rose qui tentent de percer son haut de maillot de bain.

Je me rappelle de ne pas la fixer du regard. Je ne veux pas faire voler en éclats la toute nouvelle amitié que je semble avoir forgée avec Flynn, en matant sa petite sœur comme un pervers devant lui.

— Alors, Vance.

Je détourne brusquement le regard de Rose, ayant fait précisément ce que je m'étais interdit de faire.

— Euh, oui ?

— Maintenant que tu fais officiellement partie du club, comment tu te sens ?

— Le club ?

— Le club des « j'ai survécu aux psychodrames de Rose West ».

Il retourne la viande sur le barbecue, enchevêtrant parfaitement les lignes de la grille.

— J'adore ma sœur, mais elle se laisse embarquer dans des situations dingues. J'ai vu...

Au fil des histoires que Flynn me raconte l'une après l'autre, mes doigts se resserrent autour de ma bouteille de bière. Je sais qu'il ne fait que dire ce que je pensais il y a de ça une heure dans le bureau de la sécurité, mais l'entendre dire par le frère de Rose, quelqu'un qui est censé la soutenir quoi qu'il arrive, eh bien, ça me fout vraiment en rogne.

J'interromps son monologue sur les facéties de Rose :

— On dirait que Rose est une amie formidable.

Les pinces de Flynn marquent un temps d'arrêt au beau milieu d'une rotation de steak.

— Qu'est-ce que tu veux dire par là ?

Plutôt qu'agacée par mon interruption, son intonation semble amusée.

— Chaque histoire que j'ai entendue, qu'il s'agisse d'une baston dans un bar, d'une arrestation ou d'un cas de corruption, c'est pour sa famille ou ses amies qu'elle a fait tout ça.

J'inspire, essayant de me calmer. Rien de bon ne ressortira d'une dispute avec le frère de Rose, j'en suis certain.

— Rose ne s'attire pas des ennuis juste pour le plaisir. Il y a *toujours* des raisons, et ces raisons, ce sont les gens qu'elle aime.

Le sourire de Flynn lui monte jusqu'aux oreilles, comme si je venais de lui dire qu'il avait gagné au loto.

— Tu crois ça ?

— *Oui.*

Ma colère ne fait qu'augmenter face à sa soudaine attitude désinvolte. Il reporte une nouvelle fois son attention sur le barbecue.

— Donc ce que tu es en train de dire, c'est qu'il y a une raison derrière la scène d'aujourd'hui au Black Friday.

— Bien sûr. Tu devrais savoir que Rose omet toujours les choses qui la mettent en valeur.

Je ris face à l'absurdité de la chose.

— Je parie qu'elle ne t'a pas dit qu'elle s'était lancée dans une course-poursuite, juste pour soudoyer un boucher en échange d'une dinde pour le dîner de Thanksgiving avec ma famille.

Il hoche la tête.

— Tu as raison.

Je me fige, ma colère antérieure évacuée sous l'effet du choc.

— Quoi ?

— Rose en fait toujours trop pour les gens qu'elle aime.

Il pointe ses pinces vers moi.

— La scène d'aujourd'hui en est un autre exemple, j'en suis certain.

— Les casques étaient pour mes neveux.

Ma voix manque de conviction, et Flynn le sait.

— Oui, dit-il en retournant les papillotes de pommes de terre. Pour *tes* neveux.

J'ai envie de répondre que ce n'est qu'une amitié améliorée entre nous. Que notre histoire a une date de péremption.

Mais je ne le fais pas. Car comment dit-on à quelqu'un que

sa sœur a affirmé de façon très explicite qu'elle ne voulait pas de petit ami ? Qu'elle aime les jeux sexuels type « inconnu à l'affût » et ne veut pas se prendre la tête ? On ne lui dit pas. Parce que ce serait gênant et méchant.

Et parce que je ne veux pas prendre un coup dans les couilles deux fois dans la même journée.

— Maintenant, dit Flynn en transférant les grosses pointes d'asperge sur la grille, ce qui n'est pas une mince affaire avec les pinces. La question, c'est : qu'est-ce que tu vas faire, maintenant que tu fais partie du proche entourage de ma sœur ?

Il me décoche un regard pénétrant.

— Ce qui, permets-moi d'ajouter, est très difficile à faire. Ma sœur ne fait pas confiance facilement.

Je ravale ma salive.

— Pourquoi ça ?

Jetant un coup d'œil vers les filles, j'aperçois Rose qui se retourne sur sa chaise longue. Les mots *KISS et IT*[1] se trouvent sur chaque fesse de son maillot de bain.

Flynn détourne la tête du barbecue et dévisage sa sœur un moment.

— Rose aime nous dire, à Holt et moi, qu'on a fait ce qu'on a pu après la mort de nos parents et de nos grands-parents.

Il secoue la tête comme pour exprimer son dégoût.

— Mais c'est un mensonge qu'elle nous dit pour nous réconforter. On aurait pu, et on aurait dû faire plus.

— Comment ça ?

Jackie dit quelque chose, et sans la regarder, Rose lui fait un doigt. Jackie s'esclaffe.

— Tous les ans ou presque, maman faisait ses bagages et s'en allait. Parfois pendant des semaines, parfois des mois. Et parfois papa suivait le mouvement. Rose était pile à l'âge où elle avait vraiment besoin de sa mère quand ils sont morts tous les deux dans cet accident de voiture. Elle n'avait personne pour la guider dans cette période difficile et gênante de l'adolescence, hormis deux frères aînés autocentrés qui étaient trop absorbés par leur douleur et leurs intérêts propres.

Avec précaution, il retourne l'asperge, en s'assurant qu'elle ne traverse pas la grille.

— Alors on l'a envoyée dans un internat pour filles, en se disant que les autres étudiantes et enseignantes combleraient le vide pour elle.

Flynn rabat la grille, et sa main reste sur la poignée pendant un moment.

— Elle se sentait seule. Même entourée d'amies et malgré les soirées mondaines permanentes, Rose était seule. Je m'en veux que ça m'ait pris autant de temps pour m'en rendre compte. Et quand je l'ai enfin compris, tout ce que j'ai fait c'est lui crier dessus quand ça devenait trop chaotique parce que je ne savais pas quoi faire d'autre.

Le gloussement de Rose résonne dans la cour. Le rougissement de Jackie se voit depuis notre emplacement, à Flynn et moi.

— Elle semble aller bien, maintenant.

C'est l'espoir plus que la conviction qui perce dans ma voix.

Flynn sourit, et regarde sa sœur et sa femme.

— Heureusement.

Il me laisse là, près du barbecue, et s'éloigne vers l'endroit où les filles sont assises. Il relève sa femme, s'assied sur son transat et l'installe sur ses genoux. Rose fait un autre doigt.

Ce geste me rappelle toutes les fois où Rose a été abandonnée à une table, toutes les fois où ses amies sont parties danser avec leur rencard.

Rose, la cinquième roue du carrosse.

Flynn a peut-être une vue parfaite quand il s'agit d'analyser le passé, mais il ne parvient pas à voir comment son mariage avec Jackie, la relation entre Holt et Jul', et maintenant les fiançailles de Trish et Ian, ont remis Rose dans la même situation qu'avant. Une fois de plus, elle se sent abandonnée.

Les scènes de Thanksgiving et de ce matin repassent dans ma tête, désormais en couleur à la lumière de cette nouvelle information. J'ai invité Rose au dîner de Thanksgiving avec ma famille, pour la raison précise que Flynn vient d'évoquer : Rose semblait esseulée. Mais ça me brise un peu le cœur d'entendre son frère me le confirmer.

Et ça me donne la détermination d'y remédier. Pourtant, ce qu'a suggéré Flynn à propos des sentiments de Rose à mon égard vient contrarier cette idée.

Je me passe la main dans les cheveux, en réfléchissant. Flynn se trompe forcément. Rose m'a dit qu'elle n'était pas à la recherche d'un mec pour la vie.

On se tient compagnie, voilà tout.

Balayant ces lourdes pensées, je rejoins le groupe et rapproche un transat de celui de Rose. Elle se retourne sur ses fesses lorsque je m'assieds.

— Ça va les gars, vous vous amusez bien à comparer vos bites ?

Flynn se passe la main dépourvue de pinces sur le visage.

— Bon sang, Rose !

Elle rigole, en frottant ses bras de haut en bas.

— T'as froid ?

Je retire mon pull et lui tends.

— Tiens, dis-je, en faisant un effort herculéen pour ne pas regarder ses tétons qui pointent.

Je réussis presque.

— Ah, ton cardigan de vieillard ?

Elle le prend et passe ses bras à travers les manches.

— Comme c'est gentil.

— Le vieillard a raison.

Flynn ronchonne, comme s'il avait oublié notre petite discussion intime d'il y a quelques minutes seulement.

— T'as quel âge, d'ailleurs ?

— Le même que toi. Il est aussi vieux que ça, dit Rose en s'enveloppant dans chaque partie frontale du gilet.

Flynn maugrée.

— Et même s'il était plus vieux, tu n'as pas ton mot à dire si j'ai envie d'écumer les maisons de retraite pour me trouver des rencards.

— Qu'est-ce que... dis-je en m'inclinant vers l'arrière, vexé. Je suis très loin de la retraite.

— Eh ben, à vrai dire, commence Jackie en remuant sur les genoux de Flynn, essayant de se redresser un peu plus. Étant donné que tu as 36 ans, il y a moins d'années qui te séparent de l'âge de la retraite, qui est de 65 ans, que tu n'en as vécu.

Elle remonte ses lunettes sur son nez.

— Donc ça dépend de ta définition de « loin ».

Putain. Elle a raison.

Et à en juger par l'expression de Flynn, la vérité l'a frappé de plein fouet lui aussi.

— Holà, holà.

Rose se décale au point de se retrouver sur ma chaise longue, soulève mon bras et le passe autour de ses épaules.

— Ne fais pas déprimer Vance à propos de son âge, dit-elle en m'adressant un clin d'œil. Ça, c'est mon boulot.

— Ha ha.

Ça ne m'amuse pas.

Pourtant, tel un papillon attiré par une flamme, je ne peux m'empêcher de la tenir contre moi. Et de faire mine de ne pas remarquer qu'elle me va comme un gant.

Que ce soit en talons, en paillettes ou avec l'un de mes T-shirts, Rose me va comme un gant.

— Allez.

Rose chope son téléphone sous le transat et s'installe de nouveau contre moi.

— Je vais te montrer la vidéo Pinterest dont je te parlais tout à l'heure. Celle avec les finitions paillettes pour le robot-mixeur.

J'ignore le regard appuyé de Flynn.

— Avec plaisir.

---

1. N.d.T : *Kiss it*, sous-entendu *kiss my ass*. Littéralement, l'expression se traduit par « embrasse mon cul », mais signifie « va te faire foutre ».

SEIZE
#PINTERESTWORTHY

Rose

— Est-ce que t'es réellement devenu plus nul à ce jeu ?

Je remonte ma jupe mi-longue et replie mes jambes en dessous de moi.

Les doigts de Vance triturent maladroitement les boutons de ma manette.

— Fous-moi la paix. Je ne fais pas ça tous les jours, comme toi.

Il se redresse sur ses fesses sur le devant de mon canapé, se préparant à l'attaque.

— Ben voyons.

Je me trémousse sur le sol du salon pour me rapprocher, réduisant l'écart entre nous. La texture douce et veloutée du tapis en soie tissé à la main caresse mes jambes nues.

— Bien sûr que si, tu fais ça tous les jours.

Je hausse les épaules et m'abaisse. S'il le voulait, il lui suffirait de jeter un rapide coup d'œil pour entrevoir mon décolleté.

— Je te surveille.

Il me lance un coup d'œil, ses mains toujours sur la manette.

— Tu me surveilles ?

La bataille Fortnite qu'il livre et perd depuis vingt minutes fait rage.

— Ouaip, dis-je en faisant remonter mon doigt le long de sa cuisse.

Il fait de son mieux pour rester indifférent.

C'est mignon de le voir essayer.

— Primo, c'est tordu.

Vance éloigne brusquement sa cuisse, et se râcle la gorge.

— Et deuzio, de quoi tu parles ?

Poussant un soupir, je m'adosse contre l'avant du canapé, en sachant que même sans mes efforts pour le distraire, sa partie sera bientôt terminée.

— T'es vraiment un noob.

Vance fronce les sourcils face à l'écran, et ses doigts n'appuient pas sur les boutons dans le bon ordre pour gagner la bataille en cours.

Je clarifie mon propos :

— Noob. *Newbie*. Un novice, quoi.

Il détourne les yeux de l'écran pour plisser les yeux vers moi.

Il meurt.

Amusée, je pince mes lèvres et pointe la partie du doigt.

— Putain ! dit-il en balançant la manette entre nous.

En rigolant, je la ramasse et la manipule pour naviguer d'un écran à l'autre.

— Regarde. Il me suffit d'aller dans « Options » pour voir qui est en train de jouer et parcourir la liste des joueurs.

Le *V* qui sépare ses sourcils s'accentue.

— Mais comment tu as fait pour trouver mon nom d'utilisateur ?

— Je t'en prie, dis-je en le bousculant gentiment au niveau

de l'épaule. Je joue avec tes neveux, tu te rappelles ? Et même si tu leur as fait promettre de ne pas me dire que tu t'entraînais, tu ne leur as pas interdit de me confirmer que le pseudo @NASA_starlord dans leur liste d'amis était le tien.

Je ricane.

— Mais en réalité, ce n'est pas comme si je n'avais pas deviné que c'était toi, dis-je en secouant la tête à son intention. Le star-lord de la NASA ? Sérieusement ?

Il rit de lui-même.

— C'est mieux que la Torche de la NASA.

— Je ne sais pas.

Je laisse tomber la manette sur le côté et me hisse sur mes genoux, écartant ma jupe pour pouvoir le chevaucher.

— Je commence à trouver que la Torche est un surnom génial pour toi.

Je l'embrasse mais ne tarde pas à m'écarter.

— Ne dis pas à Jul' que j'ai dit ça.

Il pousse un grognement, ses yeux baissés vers ma hanche où ses mains décrivent de petits cercles.

— Ça ne sera pas difficile. Elle n'a pas besoin qu'on lui fournisse encore plus de munitions.

Il marque un temps d'arrêt, inclinant la tête de côté.

— Mais pourquoi tu trouves que la Torche est un si bon surnom ?

Le pauvre garçon semble un peu blessé.

Je me frotte contre ses cuisses. Il pousse un grognement à mesure que sa queue durcit en dessous de moi.

— À cause d'elle.

Ses hanches remuent en dessous de moi, accompagnant mon mouvement.

— C'est ma lampe Maglite perso.

Je me penche en avant et lui murmure à l'oreille :

— Grosse, lourde, et dure.

— Putain, gémit Vance, tandis que sa tête tombe en arrière sur les coussins du canapé.

Ses mains s'enfoncent dans mes hanches lorsque je me déplace au-dessus de lui.

C'est devenu assez commun au cours de la semaine passée.

Pas tant le sexe que la compagnie.

Lorsque j'ai dit à Vance que je devais réviser pour mes examens de fin d'année la semaine dernière, il m'a dit qu'il comprenait. Honnêtement, je ne l'ai pas cru. Alors quand il a pris l'initiative de passer chez moi presque tous les soirs après le boulot pour me ramener le dîner, j'ai pensé que c'était un prétexte pour autre chose.

Mais dès que je pensais qu'il était en train de tenter quelque chose, il se contentait de m'embrasser sur le front pour me saluer. La plupart du temps, il s'étalait sur mon canapé après le dîner pour lire un livre pendant que j'étudiais à la table de la cuisine.

#LesHommesQuiLisentSontSexy.

Les deux fois où c'est moi qui ai essayé de tenter quelque chose avec lui, il est parti en disant qu'il ne voulait pas me distraire.

#C'estQuoiCeBordel?

Mais aujourd'hui, on est samedi. Mon jour de repos autoproclamé.

Et quand je dis repos, je veux dire sexe. Beaucoup de sexe.

Je recule sur ses cuisses, me préparant à l'attaque.

— Retire ton T-shirt.

— Oui, m'dame.

Il tend une main par-dessus son épaule, empoigne l'arrière de son T-shirt et le passe par-dessus sa tête. C'est à la fois étrangement sexy et exaspérant. Parce que vraiment, c'est une des meilleures façons de distendre un T-shirt. Et pourtant il est tellement sexy quand il le fait.

— Mmmm, dis-je en me pourléchant les lèvres face aux plaquettes de chocolat ainsi révélées. C'est moi, où tu es encore plus musclé que d'habitude ?

Son regard se tourne vers le côté, et ses épaules se soulèvent sous l'impulsion d'un petit sursaut.

— Il fallait bien que je fasse *quelque chose* pendant que tu étudiais cette semaine.

Ma parole, ses joues rougiraient si sa peau n'était pas si foncée.

— Ah oui ?

Honnêtement, je pourrais le contredire. Je pourrais lui faire remarquer qu'il était là la plupart du temps cette semaine, et que les seules fois où il pouvait s'entraîner, c'était soit tôt le matin avant d'aller bosser, soit tard le soir après être parti de chez moi. C'est sans doute ce qu'il a fait parce que, la *vache* ! ses abdos sont hyper dessinés maintenant. Surtout lorsqu'il se tend pour anticiper l'assaut de ma grande gueule embarrassante.

Mais pourquoi l'embarrasser quand je peux le chevaucher ?

Croisant les bras sur mon ventre, j'attrape les bords de mon T-shirt et le soulève, révélant mon nouveau soutien-gorge. L'un de ceux dotés d'étranges sangles entrecroisées par-dessus vos seins, et qui laissent les tétons exposés. Autant dire que ça maintient que dalle.

Mais ce n'est pas pour le maintien que je l'ai mis ; c'est pour faire de l'effet.

— Mon Dieu...

Les yeux de Vance deviennent vitreux, comme sous l'emprise d'une sorte de transe sexuelle. Mission accomplie.

Faisant passer mes mains sous les volutes de ma jupe, je défais son jean. Une fois son sexe libéré, je gémis en voyant la peau tendre s'étirer sur son érection au rythme des va-et-vient de ma main.

— Merde. Attends. Ma poche arrière.

Il attrape mes avant-bras comme s'il allait m'interrompre mais ne fait rien d'autre, profitant de mon travail manuel.

Je me dégage d'une des deux mains pour allonger le bras jusque sous le canapé et en sortir un préservatif.

En le voyant, il émet un petit rire qui se transforme en grognement lorsque je termine mon dernier va-et-vient par une rotation du poignet.

— Tu avais prévu ton coup ?

Le rythme de sa respiration est saccadé.

— Évidemment.

Je n'ai pas besoin d'un miroir pour savoir que mon sourire satisfait est diabolique.

Les mains de nouveau sous la tente plissée de ma jupe, je lui enfile la capote et écarte ma culotte sur le côté.

— Attends.

Essayant de m'attraper, les mains de Vance s'emmêlent dans le tissu. Je les éloigne en leur assenant une claque.

— L'attente, c'est fini.

Je me hisse sur mes genoux pour le centrer en dessous de moi.

— C'est maintenant que ça se passe.

Je m'empale sur lui en me laissant retomber, tremblant de plaisir sous l'effet de la délicieuse sensation de piqûre et d'étirement.

— Putain, c'est bon.

— Tellement bon, convient Vance, ses yeux et ses mains posées sur mes seins.

Il serre les doigts et pince mes tétons.

Je lâche un gémissement.

Il glisse vers l'avant tout en me maintenant au-dessus de lui, et sa queue déclenche un mini-orgasme lorsqu'elle percute mon col de l'utérus.

— La vache.

— Enroule tes jambes autour de moi, bébé.

Je le fais sans y réfléchir, en restant concentrée sur les vagues de plaisir qui irradient sous ma jupe. Les abdos de Vance se contractent lorsqu'il se recroqueville pour se rapprocher de moi, puis il lève les bras et les passe en dessous des miens, de telle sorte que son menton repose presque au-dessus de mes seins.

— Position du lotus.

Il me sourit, et les petits plis au coin de ses yeux déclenchent de nouveaux feux d'artifice dans mon bas-ventre. Puis j'assimile ce qu'il a dit, et je lui souris en retour en me souvenant de ma blague à propos de cette position sexuelle particulière, le jour où nous nous sommes croisés au club de strip-tease.

Je plaisantais, puisque je n'ai en vérité jamais fait ça auparavant. C'est trop lent. Trop rapproché. Une position trop intime.

Ça me fait peur.

Mais en cet instant, avec Vance, elle me semble appropriée.

Quelque chose a changé entre nous depuis l'autre soir, après l'échec de la mission « inconnu à l'affût ». Je n'arrive pas à mettre le doigt dessus, et si j'y réfléchis trop, il se pourrait que je parte en crise de panique.

Alors je ne réfléchis pas. Je ressens.

Enfonçant mes doigts dans son dos, je me balance sur lui, tandis que son sexe tape contre mon point G et que son bassin frictionne mon clitoris.

#Incroyable.

Il abaisse un peu plus le menton et prend mon téton entre ses lèvres pour le sucer.

— Putain.

J'augmente la cadence de mon mouvement de balancier. Mais peu importe la vitesse à laquelle j'ondule, la montée est lente.

Je me mords les lèvres, gémissant de frustration. Je décroche ma jambe, cherchant à remettre mes talons sur le sol pour avoir une meilleure marge de manœuvre, mais Vance m'en empêche.

— Non. Comme ça.

Il suce mon autre mamelon.

— Mais… j'arrive pas…

J'essaie de rebondir mais je n'y arrive pas.

— Chhht, dit-il en soufflant de l'air frais sur mon téton durci. Je m'occupe de toi.

Il prend le relais et me fait onduler contre lui, ne me laissant d'autre choix que de m'agripper à lui. De le laisser, lui, me donner du plaisir.

Les sons qui sortent de ma bouche sont nouveaux pour moi. Je supplie.

Il ondule.

Je supplie.

Il ondule.

Je l'implore en faisant glisser mes ongles jusqu'en bas de son dos.

Il ondule.

Je ne vois pas ce qu'il se passe en dessous de ma jupe. Je ne vois pas où nous sommes connectés, l'endroit où ma peau se frotte et oscille contre la sienne. Mais je la *sens.*

La friction. Cette délicieuse putain de friction.

Il ondule.

La panique grandit dans ma poitrine. Les larmes me piquent les yeux. Quelque chose est en train de se passer. Je ne… Je ne suis pas sûre que ça me plaise.

— Vance.

Il entend sûrement quelque chose dans ma voix car son regard s'adoucit lorsqu'il rencontre le mien, et la brume de désir dans ses yeux ne s'évapore pas ; elle se transforme, à mesure que quelque chose de plus profond et de plus sexy les traverse.

— Je m'occupe de toi.

Il ondule.

— Je...

Il ondule.

— Je vais...

Il ondule.

Je me désintègre, les yeux plongés dans les siens, en pleurant et en suppliant. Pour quelle raison je n'en ai aucune idée car l'orgasme est bien là, et il est magnifique. Il ravage mon corps, mes muscles se contractent et sont secoués de spasmes, et je n'ai pas d'autre choix que de le laisser m'emporter, de le laisser disposer de moi à sa guise pendant que Vance continue son mouvement chaloupé, lent et méthodique.

Mes parois intérieures se révoltent, et le corps de Vance sursaute avant de s'immobiliser ; ses bras se resserrent autour de moi comme un étau, ils nous rapprochent aussi étroitement que possible. Notre plaisir fusionne.

Et lorsque nos corps se détendent et que le plaisir décline, Vance et moi restons là, à nous dévisager pendant le contrecoup. Je lis l'émerveillement dans ses yeux. L'émerveillement et la confusion, mélangés à une pointe de peur.

Toutes les choses que je ressens moi aussi.

— Tu FERAIS une très bonne ingénieure.

Vance est adossé contre l'embrasure de la porte, bras croisés sur son torse encore nu, en train de regarder fixement le mixeur démonté qui pend au plafond.

— Je n'arrive pas à croire que tu aies réussi à installer un câble de suspension.

Il s'écarte du mur et avance sur le sol recouvert de paillettes pour étudier mon dispositif fait maison.

J'interromps le ponçage pour qu'il puisse tourner l'appareil, solidement relié au plafond grâce à un crochet à visser et trois cintres métalliques tordus et entortillés. Il me lance un regard admiratif.

Et vu que papier de verre et nichons à l'air ne font pas bon ménage, j'ai remis mon T-shirt. Je sais donc que c'est mon ingéniosité qu'il admire et pas mon corps.

Étrangement, c'est tout aussi satisfaisant.

— Je serais très bonne dans n'importe quoi, dis-je pour blaguer, contente d'être de retour en terrain conquis après nos ébats fusionnels en position du lotus.

— Je n'en doute pas.

Sa sincérité manque de me faire rougir.

Vance me regarde travailler en silence pendant un moment. C'est arrivé si souvent la semaine passée que je trouve ça réconfortant. Sa présence est presque devenue une habitude à ce stade.

Une habitude à laquelle il sera dur de renoncer, me dis-je. Une habitude à laquelle je ne veux pas renoncer.

— Alors est-ce que c'est ça le problème ?

— Hein ?

Je balaie mes pensées pour constater que Vance baisse les yeux vers moi d'un air inquiet.

— Le fait que tu sois douée pour tellement de choses. Est-ce que c'est ça qui te pose problème pour trouver quoi faire après ton diplôme ?

Je fais la grimace.

— Dit comme ça, ça me fait un peu passer pour quelqu'un d'arrogant.

Il hausse les épaules.

— Si c'est la vérité, tu ne peux rien y faire.

En riant, je balance le chiffon sur le côté.

— Ça me surprendrait que ce soit dit sans dérision, mais je

suppose que quand on est entouré quotidiennement de gens comme Julie Starr, on devient imperméable aux personnes qui se vantent.

— Nan, ce n'est pas de la vantardise si on peut l'étayer. Et vu que Starr est devenue la plus jeune commandante de l'histoire de la NASA, et que tu es membre de la Business Fellow, sur le point d'obtenir ton diplôme en avance et avec mention, vous êtes toutes les deux en mesure d'affirmer ce genre de choses sans paraître imbues de vous-même.

— Comment tu as su que j'étais une Fellow ?

Enfin, je ne lui ai pas caché cette information, mais je ne l'ai jamais mentionnée non plus.

Il semble content de lui-même face à ma surprise.

— Tu n'es pas la seule à avoir des relations.

J'incline la tête de côté, affichant une expression de visage empreinte d'incrédulité.

— D'accord, d'accord, dit-il en levant les mains en l'air. Il se *peut* que j'aie regardé par-dessus ton épaule quelques fois pendant que tu étais sur ton téléphone, occupée à m'ignorer.

— J'aurais dû m'en douter.

Je ramasse le papier de verre plus fin et le repasse sur l'appareil une fois de plus.

— Tu deviens tellement en manque d'affection quand je travaille.

Vance s'étrangle.

— Moi ?

En s'éclaircissant la gorge, il se redresse, l'air offensé.

— En manque d'affection ?

Je lui renvoie ses mots au visage :

— Si c'est la vérité, tu ne peux rien y faire, dis-je en souriant d'un air suffisant.

Il me retourne le même sourire.

— Sale gosse.

Nous gloussons tous les deux.

— Mais plus sérieusement…

Il passe les bras de chaque côté de moi pour stabiliser le mixeur et me permettre de poncer plus facilement.

— Pourquoi est-ce que tu es si inquiète à l'idée de ne pas savoir ce que tu veux faire ensuite ? Beaucoup d'étudiants et d'étudiantes sont dans le même bateau.

— Mais tous ces étudiants et étudiantes n'ont pas les mêmes avantages que moi, dis-je en jetant un regard circulaire à la pièce. Regarde un peu autour de toi.

— Ta pièce à paillettes ?

— Non, crétin.

Je pousse un grognement.

— Mon *penthouse*. Dont je suis propriétaire, sans aucun compte à rendre.

À l'intérieur des bras déployés de Vance, je fais le tour du mixeur pour atteindre l'arrière.

— La capacité d'avoir quelque chose d'aussi superflu qu'une pièce à paillettes n'est que la cerise sur le gâteau de ma vie incroyablement chanceuse.

Une tension apparaît dans ma poitrine alors que je le dis à voix haute. Ma main se déplace plus rapidement sur le métal.

— Je veux dire, non seulement je n'ai aucune dette étudiante qui plane au-dessus de ma tête, mais je pourrais aussi intégrer n'importe quelle entreprise rien qu'avec mon nom de famille, et ce, même si je n'étais pas l'un des meilleurs éléments de ma promo.

Légèrement essoufflée, je m'interromps et baisse les mains.

— Je n'ai même pas besoin de travailler. Je pourrais juste être inutile pour le restant de mes jours. Ma mère était très douée pour ça.

Je risque un coup d'œil vers lui, en m'attendant à de la dérision ou de la perplexité face à ma culpabilité d'être née si privilégiée. Mais c'est de la sympathie que je trouve à la place.

Je recule, balance le papier de verre sur le côté et ramasse le chiffon humide de nouveau.

— C'est juste que je...

Je soupire, ayant horreur de ne pas réussir à mettre les mots sur ce que je ressens depuis un an.

— C'est juste que j'ai le sentiment de devoir faire quelque chose qui en vaille la peine.

J'essaie de rire pour balayer la montée d'émotions que je ressens.

— Hashtag problème de riche, pas vrai ?

Je lève la main pour essuyer la fine couche de poussière que je viens de créer. Mais avant que je puisse terminer, Vance m'attire vers lui pour me prendre dans ses bras.

— Peu importe ce que tu feras, je suis certain que ça en vaudra la peine

Je m'abandonne un moment. Non, juste une fraction de seconde. Car même si c'est une sensation formidable, après nos galipettes en position du lotus, j'ai besoin de nous remettre sur les rails. De revenir à notre amitié améliorée, aux parties de jambes en l'air sans attaches type « inconnu à l'affût ».

Qu'on arrête de se baiser émotionnellement du regard pendant l'orgasme.

Je baisse la main et le caresse par-dessus son jean.

— Tu veux faire autre chose qui en vaille la peine ?

Et comme je m'y attends, la réponse est oui.

— Tu as bientôt fini ?

— Ouaip.

Allongée sur le ventre, je badigeonne la base du mixeur de vernis-colle.

— Tu sais ce que je ne comprends pas ?

Vance est toujours torse nu, sa peau scintillante comme celle d'un vampire idolâtré par les ados. Il y a des paillettes *partout* où il ne devrait pas y en avoir.

#ÇaEnValaitCarrémentLaPeine.

Je pointe mon pinceau enduit de colle vers lui.

— Pourquoi c'est fun de réaliser des trucs soi-même ?

Il pouffe.

— Oui, c'est quelque chose que je ne comprends pas du tout, mais je ne parlais pas de ça.

— Quoi alors ?

Je me concentre pour étaler une couche fine et uniforme sur le métal poncé.

— Pourquoi tu n'as pas de sapin de Noël.

Mon pinceau dérape, car la question est inattendue.

— Oh, bah, j'imagine que ça me paraissait triste.

— Ça ne te paraissait pas triste de ne *pas* avoir de sapin de Noël pour Noël ? dit-il en regardant autour de lui. Mais enfin, tu as une pièce à paillettes. Je pensais que ton appart' serait décoré façon atelier du père Noël grimé en club de strip-tease.

Je le contemple d'un air émerveillé.

— Parfois ça m'épate à quel point tu comprends mon esthétique, dis-je en gloussant. L'atelier du père Noël grimé en club de strip-tease. C'est culte.

— Et donc ? demande-t-il, ne lâchant pas l'affaire à propos de l'absence de sapin de Noël.

Poussant un soupir, je finis d'enduire la dernière zone de vernis-colle.

— Si tu tiens à le savoir, je n'avais juste pas vraiment envie d'acheter et de décorer un sapin toute seule.

Je laisse tomber mon pinceau, revisse le couvercle sur le pot de colle et lève une main.

— Maintenant aide-moi à me relever.

Il la prend et tire pour me remettre sur pieds.

Que ce soit à cause de ce que j'ai dit ou de la manière dont je l'ai dit, il laisse heureusement tomber la discussion à propos du sapin et examine la couche de colle trouble que je viens de passer beaucoup de temps à réaliser.

— Tu aurais probablement pu payer quelqu'un pour faire tout ça, tu sais ?

— Mais dans ce cas, je ne l'aurais pas fait moi-même.

Je tapote mes fesses nues, ma jupe et ma culotte ayant été balancées et oubliées dans un coin.

— Et d'ailleurs, je...

Je rote, réprimant une soudaine vague de nausée.

— Ça va ?

— Oui, ça va.

J'inspire profondément, et la sensation de nausée s'estompe.

— Je suis juste restée allongée sur le ventre trop longtemps.

Il me jette un rapide coup d'œil inquiet.

— Tu es sûre que tu ne devrais pas consulter un médecin à ce sujet ? Tu ne sentais pas très bien non plus l'autre soir, quand j'ai apporté les sandwiches de chez Jimmy John's, pas vrai ?

— N'importe qui aurait la nausée avec la quantité de bouffe que tu essaies de me faire avaler de force, dis-je, exaspérée. Je veux dire, tu es fétichiste de la graisse, ou un truc du genre ? Parce que je t'assure que mes vêtements commencent à être trop serrés.

— Oui, mais partout là où il faut.

Il sourit à mes seins pailletés, pour se mettre à froncer les sourcils une seconde plus tard.

— Qu'est-ce que tu fais ?

— Hein ? dis-je en baissant les yeux, n'ayant pas réalisé que je me massais le sein droit. Oh, j'imagine que mon nichon ne s'est pas encore remis du poing vengeur de la femme. Ça fait mal.

Ses lèvres tressaillent.

— Le poing vengeur ?

— Hé.

Je mets les mains sur les hanches, en sachant pertinemment que ça aura un effet amincissant au niveau de la taille, tout en faisant ballotter mes seins.

— Ça t'amusait beaucoup moins quand la nana t'a envoyé son combo socquette-Crocs dans les valseuses.

Il explose de rire.

— Les valseuses ?

— Les couilles, quoi.

— Oui, dit-il entre deux rires. Je sais à quoi ça fait référence. Ça fait juste très longtemps que je n'ai pas entendu ce terme.

Je hausse un seul et unique sourcil dans sa direction.

— Vu le nombre d'années que tu as déjà vécu, j'ai du mal à la croire, papi.

Je me frotte le sein gauche à présent.

— Ha ha.

Il examine ma poitrine.

— Je croyais qu'elle t'avait cogné dans l'autre sein ?

— Exact, mais celui-ci me fait mal, lui aussi.

Je hausse les épaules.

— Je vais probablement avoir mes règles.

Je pouffe.

— Ou alors je suis enceinte.

Je rigole, mais ce n'est pas le cas de Vance.

Son corps se fige, et son sourire s'efface de son visage.

Je ne peux m'empêcher de trouver ses réactions amusantes.

— Détends-toi, vieux schnock.

J'agite une main devant ma choupette recouverte de paillettes.

— Stérilet.

Puis je désigne son entrejambe.

— Capote.

Je m'approche des étagères encastrées, où se trouvent les commandes de la bombe à paillettes.

— Certainement pas enceinte.

Il ravale sa salive.

— D'accord.

Les hommes sont des créatures tellement délicates.

— Viens, dis-je en lui faisant signe d'approcher. L'ingénieur en toi va adorer comment ça fonctionne.

Sa démarche est lente, presque traînante, mais il me rejoint. Je passe le reste de ma journée à lui enseigner comment utiliser la bombe à paillettes et à jouer à Fortnite.

Mais le silence n'est plus aussi agréable qu'avant.

DIX-SEPT
CHUTE LIBRE

*V*ANCE

— NE DÉCOLLEZ JAMAIS VOS deux mains de la Station spatiale durant une EVA.

Déplaçant mes mains le long de la voie ferrée sur la poutre de l'ISS, je me glisse hors du sas en m'inclinant vers l'avant pour passer en dessous du segment de poutre S-0. Pendant ce temps, l'instructeur du Laboratoire de Réalité Virtuelle s'occupe de commenter pour la nouvelle promotion d'astronautes qui viennent observer la scène dans le cadre de leur formation.

Une fois sous le plancher du segment, je descends progressivement le long des nœuds vers le module Columbus. C'est à cet endroit que j'installerai la structure de la passerelle pour Bartolomeo dans quelques mois.

J'ai besoin d'être concentré, même s'il s'agit juste d'une simulation de ma future EVA. Mais bien que je sois entouré d'une réplique virtuelle en trois dimensions de la Station spatiale internationale, c'est quelque chose de complètement différent que je vois dans ma tête.

Rose, penchée au-dessus de son ordinateur. Rose, en train de me regarder droit dans les yeux, perdue dans les affres du plaisir. Rose, recouverte de paillettes, en train de plaisanter à propos du fait d'être enceinte.

— Vous voyez comme il s'agrippe à chaque poignée à mesure qu'il avance ? demande l'instructeur du Laboratoire de Réalité Virtuelle. Les gants sont tactiles, donc ils simulent la pression de chaque prise.

— Des gants Manus, c'est ça ? demande Jackie.

En première ligne depuis qu'elle est entrée dans la pièce, elle passe son temps à tout analyser. L'instructeur marque une pause avant de répondre et je réprime un rire. Jackie va voler la vedette à *tous* les instructeurs, ici à la NASA. Elle en sait probablement plus qu'eux.

— Euh, oui. Ce sont des Manus.

— J'ai entendu dire que les capteurs de mouvement dont ils sont dotés dans le poignet et dans les doigts, sont parmi les meilleurs du marché.

Je ne peux pas la voir, mais je l'imagine remonter ses lunettes sur son nez ou incliner la tête de côté pour réfléchir.

Pour ne pas être en reste, les astronautes commencent à parler en employant le jargon de la réalité virtuelle.

Je parviens à escalader la poutre, et mes gants se resserrent dans le processus à chaque fois que j'attrape les poignées du module Unity. Simultanément, je me demande si Rose a été trop occupée pour remarquer mon récent silence radio.

Samedi dernier, elle m'a demandé de lui laisser de l'espace jusqu'à la fin de ses examens. Je suis passé de visites quotidiennes, ne serait-ce que pour la regarder étudier et lui apporter à manger, à rien du tout – pas d'appels, pas de textos, pas de visite – pendant cinq jours. Sa soutenance aura lieu lundi. Après ça, il n'y aura aucune excuse crédible pour expliquer mon absence, qu'elle soit physique ou numérique. Même maintenant, je suis à peu près sûr que Rose sait faire la différence entre le fait de lui laisser de l'espace pour lui permettre d'être efficace, et le silence radio le plus total. Elle est trop intelligente pour passer à côté de ça.

— Vance, fais une pause là où tu es pour qu'on puisse avoir un aperçu de ce que tu vois, dit l'instructeur.

J'arrête de bouger, mains tendues, figées en pleine ascension. Ceux qui ne portent pas de casque VR peuvent voir deux écrans dans la salle de réalité virtuelle. Sur l'un d'entre eux, une vue panoramique de ma séance d'entraînement montre mon avatar arrêté en chemin, et sur l'autre, on peut voir la vue qui s'offre à moi lors de la sortie extravéhiculaire.

— Maintenant, tourne la tête, Vance. Montre-leur le spectacle.

La voix de l'instructeur est empreinte de fierté, et je le comprends. Si on n'est pas encore allé dans l'espace, ce que les jeunes astronautes voient sur l'écran est plutôt impressionnant. La NASA s'est mise très tôt à la réalité virtuelle, et leur équipement a toujours été le nec plus ultra de la technologie. Le meilleur que l'Oncle Sam puisse s'offrir.

— Regardez ça, dit l'instructeur, probablement en train de désigner l'écran qui diffuse mon point de vue.

Je regarde derrière moi en direction de la Lune, partiellement enveloppée dans l'obscurité, que vient contrebalancer l'éclatante lueur bleue de l'atmosphère terrestre.

— Ouah ! s'exclame quelqu'un.

Face à des vues pareilles, je ne ressens en général rien d'autre que de la concentration et de la gratitude envers le chemin que je me suis choisi. Mais Rose me préoccupe, et pour la première fois, ces sentiments vacillent.

Enceinte.

C'est le mot qui ricoche dans mon crâne depuis un moment, que je sois opérationnel dans ma tenue de réalité virtuelle, en train de repousser mes limites à la salle de sport, ou en train de répondre aux textos de mes neveux qui me demandent de jouer à Fortnite.

En attendant, Rose s'est contentée d'en rire, croyant qu'une grossesse était impossible grâce à la double contraception. Pourtant, je n'arrive pas à évincer la montée de peur que ce mot provoque dans ma poitrine.

— Allô Vance, ici la Terre ?

Je relève brusquement la tête et prends conscience que tout ce que je vois, ce sont des étoiles qui tournent autour de moi comme si je volais à bord du Faucon Millenium à la vitesse de la lumière.

— *Merde.*

Perdu dans mes pensées, j'ai dû baisser les mains et les décrocher des poignées imaginaires. Et c'est *après* avoir omis la tâche cruciale d'attacher le câble au nouveau point d'ancrage. Le b.a.-ba de la sortie extravéhiculaire.

À présent, je mets en scène le pire cauchemar de la NASA : la simulation d'une chute de l'ISS, au cours de laquelle un astronaute partirait à la dérive dans l'espace.

— Ah, Vance est probablement en train de vous montrer notre protocole d'entraînement aux situations d'urgence, dit l'instructeur en riant sur un ton gêné.

Je baisse les mains vers la plaque ventrale que je porte, une imitation du système de propulsion autonome SAFER, accroché au dos des astronautes lors des sorties dans l'espace.

— Non, je suis juste con.

Jul' plaisante à propos de mon statut glorieux de lampe torche pendant les EVA. Je peux rire de ses blagues parce que je sais ce que tous les autres savent : que je suis l'un des plus fiables de tous les astronautes pour le travail en équipe. Je ne fais pas d'erreurs pareilles.

J'allume le SAFER et patiente pendant les quelques

secondes qu'il lui faut pour démarrer. Quelques secondes de plus à m'éloigner de l'ISS en tournoyant.

Lorsqu'il démarre, je neutralise ma rotation. Dès que je ne tourne plus, je fais pivoter ma tête et mon corps jusqu'à ce que je retrouve la station. Grâce à la première loi de Newton, je ne suis qu'à quelques mètres et non à des kilomètres de distance. Et malgré tout...

— Il n'y a pas beaucoup de carburant dans le SAFER, dit l'instructeur alors que j'active le mode traduction, utilisant l'hélice et le canot du propulseur autonome pour me rapprocher de la station.

— Je crois que la fenêtre temporelle pendant laquelle un astronaute peut utiliser le SAFER est estimée entre cinq et dix minutes, dit Jackie. Si ça dépasse les quinze minutes, les chances de sauvetage chutent à zéro.

— Oui. C'est exact.

Une petite poussée fait beaucoup dans l'espace. Donc même si l'horloge tourne, c'est essentiellement un jeu de patience une fois qu'on s'est propulsé en direction de la station.

Même avec mon casque, j'entends l'instructeur taper sur un clavier, probablement en train d'enregistrer l'ordre de mes opérations pour les archives.

Génial.

En tant qu'astronaute expérimenté sur le point de diriger une sortie dans l'espace très médiatisée, être contraint d'utiliser le SAFER pendant une banale simulation virtuelle d'EVA est déjà assez déplorable comme ça. Je ne veux pas que les archives soient aussi au courant que je me suis mis à pester dans l'atmosphère parce que j'étais trop occupé à m'inquiéter pour mon histoire d'amitié améliorée pour ramener mes fesses à la station.

Après ce qui me semble une heure alors qu'il ne s'agit que de trois minutes, je tends mon gant Manus et agrippe le plafond du segment de poutre S-3 – à l'opposé de là où je suis censé me trouver.

— Bien joué.

L'instructeur semble satisfait de mon chronométrage et de ma maîtrise du SAFER.

— Je vais arrêter la simulation.

Jackie ne dit rien, ce qui est sympa de sa part car elle sait que si ça avait été une véritable EVA, mon erreur n'aurait pas été aussi facile à corriger. J'aurais encore dû manœuvrer pour retourner jusqu'au sas, en prenant en considération le compte à rebours avant le manque d'oxygène, le souci posé par les rayons solaires et les problèmes de luminosité dus à la proximité de la station par rapport au Soleil. Autant de facteurs de vie ou de mort que la configuration de cette simulation virtuelle en particulier ne prenait pas en compte.

Le casque VR devient noir.

Lorsque je le retire, je croise le regard pénétrant de Jackie. Comme si elle essayait de trouver dans mon erreur un sens plus profond.

Je lui tends le casque, en sachant qu'elle aura envie de regarder l'équipement de plus près.

Mais au lieu d'étudier la mécanique de l'objet, Jackie passe son doigt sur la bordure intérieure, avant de le lever vers la lumière.

Des paillettes.

J'ai pris des douches, fait des lessives, et pourtant malgré tout, les paillettes demeurent.

C'est la métaphore parfaite pour illustrer ma relation avec Rose West.

Même quand elle n'est pas là, elle y est quand même.

Rose

Vance se comporte bizarrement.

Mon téléphone reste sombre et silencieux, posé face vers le haut sur ma table préférée dans le meilleur Work Café de Houston.

Brass Tacks sert des cafés et des tacos pour le petit déjeuner, donc je remporte la bataille de la vie à chaque fois que je viens. Ajoutez à cela le vieux bâtiment en brique reconverti qui lui donne son ambiance très génération Y/hipster (dans tous les bons sens du terme), et vous obtenez une atmosphère carrément chanmé. Pour couronner le tout il y a Gladys, la femme préposée aux plantes et propriétaire d'une jardinerie du coin, qui assure le renouvellement de l'oxygène par la rotation constante des plantes dépolluantes partout dans le café. Me voilà donc au paradis des bourges.

J'envisagerais bien sérieusement de franchiser cet endroit une fois diplômée, mais les hipsters me chasseraient probablement à coup de fourches conçues en pneus recyclés si je mentionnais le mot interdit.

Je tape sur l'écran de mon téléphone juste pour m'assurer que je n'ai loupé aucune notification.

Et non.

Après que Vance et moi avons déclenché la bombe à paillettes et réussi à enduire le KitchenAid, je lui ai dit que je serai extrêmement débordée cette semaine pendant mes exams. Et c'est vrai. La remise des diplômes est imminente.

Mais j'avais aussi besoin de faire une pause loin de mes émotions conflictuelles.

Au début, j'ai dit à Vance que je ne voulais pas de copain. On s'est mis d'accord sur une amitié améliorée. Mais c'est plutôt un plan cul régulier que j'aurais dû suggérer. Un truc purement sexuel. Des potes de baise. Parce que toutes ces « améliorations » qui ne sont pas de nature sexuelle commencent à m'embrouiller.

Et puis il est allé plus loin et a ajouté la position du lotus à tout ce micmac.

Donc, de la distance. La distance, c'est bien.

Je tapote mon stylo sur la table chinée, en me demandant pourquoi je suis si agacée si la distance est si positive.

Vance m'accorde précisément ce que j'ai demandé. De l'espace. Du calme. Un moment de répit.

Toutes les choses dont une étudiante membre de la Business Fellow a besoin pendant sa dernière semaine universitaire.

J'ai des trucs à faire. Des trucs qui excluent de faire une dépression nerveuse à cause d'un homme. Je hoche la tête pour moi-même afin d'appuyer cette idée, et je me remets au travail dans les claquements et les tintements apaisants du café.

Pendant à peu près cinq minutes.

J'abandonne, baissant l'écran de mon ordinateur avant de faire une connerie avec la soutenance de mon mémoire terminé.

Au cours des jours précédents, j'ai rendu tous mes essais, passé tous les exams et dit au revoir à mes camarades de la Fellow. Tout ce qu'il me reste, c'est la soutenance de lundi. Une soutenance pour laquelle je suis déjà préparée mais que je suis venue retoucher à Brass Tacks afin de ne pas rester assise dans mon appartement, à rester obsédée par mon téléphone.

#ÉchecDuFéminisme.

On pourrait s'attendre à ce que je sois enthousiaste, nerveuse, ou que je ressente quelque chose à l'idée de cette soutenance. Elle marque l'aboutissement de tout mon dur labeur. La fin de la vie étudiante et le début de... la vie d'adulte ? De ma vie en tant que membre active de la société ?

Pouah ! Je frotte mon visage dans mes mains, écœurée de n'avoir toujours aucune idée de ce qui viendra ensuite.

J'ai toujours su que j'étais née avec de la chance. Mis à part des parents égoïstes et une éducation solitaire à l'internat, je suis née avec une cuillère en argent dans la bouche, forgée sans la moindre contribution de ma part.

Comme je l'ai dit à Vance, techniquement, je n'ai pas *besoin* de faire quoi que ce soit. Je peux vivre ma petite vie de gosse de riche et passer mes jours dans un manoir avec un majordome et un gigolo pour entretenir la piscine.

Et c'est vrai que j'ai fait la bringue avec les jeunes membres du gratin de Houston pendant un moment. La même foule qui a écarté Flynn du droit chemin quand il était plus jeune.

#JeunesseMouvementée.

Mais après un temps, tout ça m'a semblé si… limité. J'ai vu les choses pour ce qu'elles étaient vraiment : une bonne excuse. Une vie dénuée de sens. Et s'il y a bien une chose que je sais vouloir dans mon avenir, c'est que ma vie ait du sens.

Aussi quand j'ai rencontré Jackie, Jul' et Trish, que j'ai vu leur passion et leur détermination, ça n'a fait que renforcer ma décision de m'améliorer. De faire plus.

Et pourtant me voilà, le monde à portée de main, sans vraiment savoir quelle est la chose pour laquelle je devrais faire plus.

Gladys passe par-là, manquant de m'arracher la tête avec son pot de fougère d'intérieur.

— Pardon !

Pour elle, je déniche un sourire.

— C'est pas grave.

Tout en fredonnant joyeusement, elle pose la fougère à proximité sur un rebord de fenêtre, avant de poursuivre son chemin pour arroser un ficus.

Peut-être que c'est ça que je devrais faire : m'occuper des plantes.

Je tapote l'écran de mon téléphone. Rien.

Peut-être que c'est juste parce que Vance me manque en ce moment, car quand il est dans les parages, je ne me fais pas autant de souci à propos de ma prochaine étape, ni une telle fixette sur toutes les choses que je devrais faire et devenir. Lorsqu'il m'a débusquée au Whiskey River, je me suis dit qu'il serait une distraction de courte durée. Mais maintenant qu'il me fait le coup du mec aux abonnés absents, je me rends compte qu'il est plus que ça.

Vance apaise quelque chose en moi. Il me donne l'impression que j'ai le droit d'être moi-même, tout simplement. Que je peux faire une pause et respirer. Que je n'ai pas besoin de tout faire à cent à l'heure pour prouver ma valeur à tout le monde – y compris à moi-même.

Et ça me plaît de passer du temps avec lui. Même, oserais-je dire, sans le sexe. Pourtant ça marche vraiment bien de ce côté.

Mon Dieu, ce que ça marche bien !

Il est drôle et modeste. Adorable avec ses neveux et bienveillant envers sa sœur, même si c'est évident qu'elle sait comment faire pour le pousser à bout (c'est une consœur experte en la matière qui le dit).

— Pfff !

Je fais glisser mon ordinateur sur le côté et laisse tomber ma tête sur mes bras repliés, à côté de ma limonade. La limonade papillon de Brass Tacks est saupoudrée de poudre de pois papillon antioxydante, qui donne à la boisson une couleur bleue. C'est aussi délicieux qu'absurde. Je réprime un bâillement. Pourtant ça a beau être délicieux, j'aurais probablement dû acheter un Dirty Chaï Latte. Mon énergie faiblit ces derniers temps. Je n'avais pas réalisé à quel point cette fin de semestre me pompait de l'énergie. Ça et le tourbillon émotionnel dans lequel je suis en ce moment.

Mon téléphone tinte, et dans ma ruée folle pour le saisir, je renverse ma limonade. Le liquide bleu et collant se déverse sur mon clavier, et l'écran vire au noir.

Et merde. Heureusement que j'ai tout enregistré sur le cloud.

Jetant une serviette sur la machine agonisante, j'allume l'écran de mon téléphone du doigt, en m'attendant à une notification SMS de la part de « Vieux schnock ».

Nan.

C'est la messagerie de groupe avec les filles. Ce qui est tout aussi bien. Mieux, même.

J'ignore la pointe de déception.

TRISH : *À quelle heure on se retrouve au ranch samedi ?*

Jul' : *LASERGAME ! LASERGAME !*

Moi : *10 h.*

Jul' : *LASERGAME ! LASERGAME !*

Trish : **emoji qui lève les yeux au ciel*

Moi : *Vous avez toutes dit aux gars de décarrer, pas vrai ?*

Jackie : *Téléphone de boulot.*

Moi : *Vous avez dit aux gars d'aller se faire foutre, pas vrai ?*

Jul' : *J'ai dit à Holt d'aller faire des trucs virils avec Flynn et Ian.*

Moi : *Alors quoi, ils font faire des cookies ?*

Trish : *Probablement *emoji qui rigole*

Jul' : **emoji qui fait un doigt d'honneur*

Jackie : *Téléphone de boulot !*

Jul' : *T'es juste jalouse parce que mon mec fait des cookies orgasmiques.*

Moi : *Meuf. C'est mon frère, tu te souviens ? *emoji qui vomit*

Jul' : **gif de Britney Spears levant les yeux au ciel*

Moi : **gif d'une femme chevauchant une vache comme un cheval sauvage*

Jul' : **gif d'une strip-teaseuse tombant de sa barre*

Moi : **gif d'une femme tombant de sa moto*

Trish : *Vous avez bien bientôt fini, vous deux ?*

Jul' : **gif d'Alan Rickman dans le rôle du professeur Rogue criant « Silence ! »*

Jackie : *TÉLÉPHONE DE BOULOT !*

Jul' : *Du calme, petite pute. C'est aussi mon téléphone de boulot. Et la NSA n'est pas encore venue me chercher, donc je crois que ça va aller.*

Trish : *Enfin bref... Ranch des West à 10 h.*

Moi : *Laisse tes talons chez toi, demi-portion.*

Jul' : **gif de gens en tenue de camouflage rampant sous du fil barbelé dans la boue*

Jackie : *Je suis à peu près sûre que le Lasergame n'est pas aussi intense que ça.*

Moi : *Alors tu ne sais pas ce que c'est.*

Trish : **gif de Ryan Reynolds poussant un soupir*

Moi : **gif de Ryan Reynolds dans le rôle de Deadpool baisant le vide*

Jackie a quitté le groupe

Jul' : **gif du rire diabolique de M. Burns dans les Simpson*

COMME TOUJOURS, les filles me mettent de bonne humeur. Ma partie de Lasergame pré-remise des diplômes va être sensationnelle. Mes frères ont insisté pour organiser une fête au ranch le samedi d'après, mais celui qui vient nous sera entièrement réservé, aux filles et à moi. Je note dans un coin de ma tête de renouveler les stocks de Baileys, de paillettes comestibles et de cirage à chaussures.

Un sourire aux lèvres, je glisse mon ordinateur collant et mes carnets dans mon sac à dos avant de sortir.

Il est l'heure d'aller voir un frère. Quelque chose à propos d'un mixeur entièrement pailleté à vernir avec une finition pour carrosserie.

DIX-HUIT
SYSTÈME DE SURVIE

VANCE

ELLE ME MANQUE.

Je tapote mon stylo sur le plan d'intervention de Bartolomeo, et quelques paillettes sur mon doigt sont capturées par la lumière des plafonniers au-dessus de mon box.

Mon portable, posé sur mon bureau face visible, se met à vibrer.

Rose. Dans son premier message depuis qu'elle m'a demandé de lui laisser de l'espace, elle m'envoie une photo du robot-mixeur rutilant, pendu à son dispositif fait maison dans l'atelier de son frère. Elle m'écrit que Flynn va l'enduire de vernis pour elle, histoire qu'il reste « carrément génial à vie ».

Nouvelle vibration, nouveau texto. Cette fois c'est une photo de Rose, tirant la langue et effectuant un geste rock and roll, index et petit doigt relevés sur son poing fermé. Elle se tient debout devant Flynn, qui arbore ce qui semble être une combinaison de protection blanche et tient une bombe de peinture. Dire que Flynn semble moins emballé serait un euphémisme.

Sans répondre aux messages de Rose, je me redresse sur mon siège et ramasse la pile de papiers devant moi. Le plan de l'EVA pour Bartolomeo. Le projet que j'attends depuis que j'ai accepté la petite broche à l'effigie du drapeau américain qui m'a désigné comme membre des élites de la NASA. Je suis aux commandes. Je guide la NASA sur la voie du progrès en construisant une plate-forme commerciale qui comblera les lacunes au sein de la coopération gouvernementale et commerciale dans l'espace.

Cette sortie extravéhiculaire est le moment que j'attendais. Ce pour quoi j'ai travaillé. Ce pour quoi j'ai tant sacrifié.

Je devrais étudier ce plan encore et encore. Le mémoriser dès maintenant de sorte que lorsque je me déplacerai à une vitesse de huit kilomètres heure dans l'espace, mes mouvements seront comme une seconde nature.

Pour ne pas lâcher les rampes de l'ISS lorsque le souvenir de Rose en train de plaisanter au sujet d'une grossesse me traversera l'esprit à plus de vingt-sept mille kilomètres heure.

Les papiers dans ma main, le travail que je fais, tout cela prouve que je suis formé pour gérer n'importe quelle situation. Pour décrypter ce qui est inconnu. Avec ma formation d'ingénieur, je suis censé être capable de me tirer de n'importe quelle situation avec ma queue et mon couteau. Sur la Terre comme dans l'espace. Pourtant quand il s'agit de Rose West, il n'y a aucun mode d'emploi à suivre ou mémoriser. Sans ça je me sens perdu. Comme si je n'étais plus arrimé.

Et comme me l'a appris mon récent échec lors de la simulation de RV : c'est dangereux.

J'aurais dû être plus prudent, rester sur mes gardes plus longtemps. Peut-être qu'alors, sa blague désinvolte à propos de la grossesse ne m'aurait pas fait autant flipper.

J'attrape un autre stylo dans le mug de l'armée qui appartenait à mon père, que ma mère m'a donné quand j'avais 20 ans.

C'est devenu un talisman, un rappel du marché que j'ai passé avec moi-même pour faire le métier que je fais. Cette décision, née dans la brèche ouverte par le chagrin de ma mère, est tellement ancrée qu'elle fait désormais partie de moi. Une décision que j'avais oubliée depuis que Rose West m'a fait découvrir la masturbation dans les granges.

La chose intelligente à faire serait de m'éloigner de Rose dès maintenant. Mais même moi je sais que j'ai loupé cette opportunité il y a longtemps.

L'imaginer sourire à quelqu'un d'autre, rire avec quelqu'un d'autre, *être* avec quelqu'un d'autre, c'est un coup de poignard dans ma poitrine.

Notre accord n'inclut peut-être pas l'amour, un mariage et une poussette, mais je peux peut-être proposer autre chose. Quelque chose qui ne bousillera pas sa vie, qui ne l'empêchera pas d'avancer ou ne la préparera pas à un chagrin d'amour. Quelque chose entre l'amitié améliorée et le conte de fées. Quelque chose où tout le monde est gagnant.

Quand mon téléphone sonne et que je vois le nom de ma sœur, je ne grimace pas pour une fois. Je prends ça comme une opportunité.

Une opportunité de nous remettre sur le droit chemin, Rose et moi.

— Salut, Brit.

— Waouh, tu as décroché pour de vrai. J'étais prête à te laisser un message.

Étant donné que sa remarque n'est pas sarcastique, j'ai vraiment dû la surprendre.

— Bah, me voilà.

Ma voix est plus enjouée que je ne le suis en réalité.

— OK, ben, je voulais juste que tu demandes à Rose si elle a des allergies.

Toujours pas de sarcasme, seulement de l'enthousiasme.

— Je ne savais pas qu'elle allait venir pour Thanksgiving, et elle n'a pas semblé particulièrement difficile avec la nourriture, mais je me suis dit que ce serait mieux de lui demander avant le dîner de Noël.

Un homme annonce une réduction sur les pommes Granny Smith. Ma sœur est de retour au supermarché.

Je prends une profonde inspiration.

— Désolé, je me suis trompé quand on s'est parlé la semaine dernière. Rose ne viendra pas au dîner de Noël.

Un ange passe avant que Brit demande :

— Tu t'es trompé ?

— Oui.

J'ai dépassé les bornes trop souvent ces derniers temps. Avec Rose et avec ma famille. Maintenant il faut que je répare mes erreurs.

— En fait, je vais peut-être devoir travailler, donc je ne suis pas sûr de quand j'arriverai, ni si je pourrai être présent.

— Tu te fous de moi, pas vrai ?

Sa voix dénote une certaine émotion.

— Mais tu as envoyé des messages aux garçons par le biais de ce jeu débile en leur disant que tu viendrais. Que vous viendriez tous les deux, toi et Rose.

Je grince des dents, car cette histoire de jeux vidéo est aussi quelque chose que je dois arrêter.

— Désolé. Mais tu sais ce que c'est...

— Je te connais surtout.

Je laisse la pique m'atteindre. Je la mérite.

— Je dois y aller, Brit. À plus tard.

Je raccroche avant qu'elle ait l'occasion de répondre et laisse mon téléphone retomber sur mon bureau.

Pas besoin d'un master en ingénierie pour savoir que ma sœur est furax. Probablement en train d'enfoncer une pyramide de nourriture avec son caddie et d'acheter de la malbouffe dont elle s'empiffrera plus tard en me maudissant.

Mais sa colère est préférable à... Eh bien, c'est juste préférable.

Saisissant le téléphone fixe de mon bureau, je passe un coup de fil. Pas à Rose, mais à quelqu'un qui peut m'aider à faire en sorte que je ne perde pas de vue la promesse que je me suis faite à moi-même.

Pendant que ça sonne, j'essuie les paillettes sur mes mains.

Rose

— Oh. Mon. Dieu.

Trish reste bouche bée en assimilant la scène qui s'offre à elle. Elle descend d'un des quads qu'elle et les filles ont conduits jusqu'au champ le plus au nord, pour atteindre le spectacle grandiose que constitue mon terrain de Lasergame.

Je sors paresseusement de ma cachette, émergeant de derrière l'une des très nombreuses et gigantesques meules de foin.

— Alors bande de salopes, vous êtes prêtes ?

Je tire en l'air avec mon pistolet laser, et le petit bruit qu'il émet me rappelle les tirs lasers dans *Star Wars*. Même si je crois me souvenir qu'aucun personnage de *Star Wars* ne portait de tenue complète de camouflage et une veste tactique.

Jul' se penche en avant au-dessus de son quad et se marre.

— J'aurais dû me douter que tu sortirais le grand jeu.

Elle prend appui sur le quad pour se lever et jette un regard circulaire au terrain que j'ai aménagé avec des balles de foin d'un mètre quatre-vingt de large, des clôtures en bois, un vieux tracteur et deux aires de jeux pour enfants, que viennent compléter une échelle horizontale et une cabane sur pilotis. J'ai fait recouvrir chaque élément de peinture de camouflage en spray et je les ai disposés à des endroits opposés sur le champ de bataille. J'ai même fait creuser une tranchée étroite et peu profonde en travers de la zone, avant de la faire remplir avec suffisamment d'eau pour créer un fouillis trouble et boueux.

#BastonDansLaBoueEntreAmies.

Les salariés de West Ranch qui se sont portés volontaires pour contribuer à « l'une des idées barrées de Rose West » sont probablement occupés en cet instant à dépenser tout le pognon de leurs heures supplémentaires.

#ToutLeMondeEstGagnant.

Jackie fait basculer sa jambe par-dessus son quad.

— Félicitations pour ton diplôme !

Elle traverse le terrain en écrasant bruyamment le foin et sort de sa poche un paquet fin et emballé.

— De notre part à toutes.

— Oh, les meufs, dis-je d'une voix chantante, prenant à Jackie le cadeau enveloppé dans un emballage pailleté. Fallait pas.

— Si, il le fallait, dit Trish en s'accroupissant et en soulevant quelques confettis de célébration parmi ceux que j'avais parsemés sur le champ de bataille.

Biodégradables, bien sûr.

— On aurait probablement dû attendre et te le donner la semaine prochaine à ta véritable fête de fin d'études, mais on avait trop hâte.

Jackie, qui a plus l'air d'une gamine le jour de Noël que d'un authentique génie de l'aérospatiale, sautille sur la pointe des pieds en attendant que je l'ouvre.

Jul' ricane.

— Tu veux bien l'ouvrir avant que Jackie nous fasse un malaise ?

Jackie rougit et baisse les talons.

Souriant de l'enthousiasme de mes amies, j'arrache le papier et soulève le couvercle. L'odeur de ciment-colle émergeant de la boîte frappe mon nez de plein fouet. Je sors une feuille de papier cartonné pliée en accordéon.

— C'est quoi ?

— Lis-le, mon chou, dit Trish.

Elles arborent toutes le même sourire impatient.

Je laisse tomber la boîte et déplie l'accordéon. En haut de chaque partie pliée est écrit un jour différent. Sous le « Jour 1 », se trouvent deux photos découpées, l'une d'une plage aux eaux cristallines et l'autre de boissons tropicales surmontées d'ombrelles à cocktails. Sous le « Jour 2 », une photo de gens qui dansent, une photo de feux d'artifice au-dessus de la plage, et une autre de boissons tropicales différentes surmontées d'ombrelles à cocktail. La colonne du « Jour 3 » comprend une femme en train de faire du parachute ascensionnel, une photo de Bloody Mary surmontés d'ombrelles à cocktail alignés sur un bar, et une autre de gens, couverts de coups de soleil, inconscients sur la plage.

Je retourne le papier. En haut, « Le voyage de fin d'études épique de Rose » y est écrit au marqueur, au-dessus de photos d'un hôtel et d'un avion.

— Virée entre filles ! s'exclame Jackie qui, incapable de se retenir plus longtemps, se met à sautiller.

Jul' ricane, en secouant la tête vers notre amie.

— Pour le Nouvel An. On s'est dit qu'on allait mettre à profit les vacances déjà posées.

— Rien que toi et nous, ajoute Trish, ce qui me laisse à

penser que ma rancœur soigneusement dissimulée vis-à-vis de leur statut amoureux ne l'était peut-être pas tellement.

— C'est génial, les meufs, dis-je en me râclant la gorge.

Tout ce foin doit avoir un effet sur mes allergies.

— N'est-ce pas ? dit Jul' en s'éloignant d'un pas nonchalant vers la balle de foin où j'ai disposé les tenues de camouflage, les vestes et les pistolets assortis que j'ai prévus pour chacune d'entre elles. On est les meilleures !

— Et tellement humbles avec ça, marmonne Trish entre ses dents.

— Qu'est-ce que tu dis, demi-portion ? dit Jul' en saisissant une combinaison, avant de marquer une pause lorsqu'elle voit le derrière.

— Rien, répond Trish en clignant des cils vers Jul' d'un air innocent.

Jul' pouffe.

— Matez-moi ça.

Elle balance la combi à Jackie, qui la prend en pleine tête plus qu'elle la rattrape. Tirant dessus pour dégager sa tête, elle ajuste ses lunettes et lit ce qui est écrit au dos.

— *Petite pute,* dit-elle en riant bêtement.

Jul' en attrape une autre, la sienne cette fois.

— *Sans culotte.*

Elle arque un sourcil.

— Y a erreur, non ?

— Nan, dis-je en riant dans ma barbe. C'est bien *Sans culotte.*

— Effrontée, va.

Mais elle rigole et lance la dernière combinaison à Trish.

— Laisse-moi deviner, commence Trish, redressant la combi pour pouvoir lire dessus. C'est écrit *Demi-p...*

Elle cligne des yeux.

— Kimble ?

Elles froncent toutes les sourcils.

Je ne peux m'empêcher de glousser.

— Vous savez, le Dr Richard Kimble ?

Les froncements de sourcils s'accentuent. Je leur donne un petit coup de pouce :

— Le personnage de Harrison Ford ?

Jackie écarquille les yeux. Je savais que le génie serait la première à faire le lien.

Je dévisage Trish.

— Dans le film, *Le Fugitif* ?

Jul' s'étrangle en riant, tout en regardant Trish qui fronce toujours les sourcils. Elle se demande probablement si ou non, Trish est déjà prête à rire de ses récents démêlés avec la justice.

— Trop tôt ? dis-je, me sentant tout à fait en phase avec l'effrontée que je suis.

Les lèvres de Trish tressaillent.

Je hurle : « C'était le manchot ! », alors Trish cède et se met à rire.

— Quelle connasse ! s'exclame Trish en s'essuyant sous l'œil.

— Je sais, je sais.

Je l'aide à enfiler sa combinaison.

— Il est écrit quoi sur la tienne ?

Jackie se penche sur le côté, essayant de lire ce qui est écrit dans mon dos.

Je fais une volte-face théâtrale pour que tout le monde puisse voir.

— *Tétons flingueurs*, lit Jackie.

Jul' pouffe.

— Et les lettres sont en or.

— Bah oui, j'ai des tétons en or.

Je plonge la main dans ma combi pour mieux caler mes loches dans ma brassière de sport.

Je regarde par-dessus mon épaule et vois Trish lever les yeux au ciel.

— C'est trop, tu vas trop loin.

— C'est ce qu'elles disent toutes ! dis-je d'un air impassible.

Jul', qui a fini d'enfiler sa combinaison, me tend son poing.

— Pas mal.

Nous entrechoquons nos poings.

— Vous vous croyez si drôles, toutes les deux, dit Trish en secouant la tête vers nous. On verra bien qui se bidonnera quand j'aurais mitraillé vos vestes.

— En voilà une grande gueule pour une si petite personne, dis-je d'une voix traînante.

Un troupeau de vaches mugit en traversant tranquillement le champ d'à côté.

— J'ai l'impression d'avoir repris l'entraînement de base, mais sur un thème rural.

Jul' brandit l'un des flingues en l'air, en imitant un bruit de pistolet laser.

— Comment ça marche, au juste ? demande Jackie en examinant son arme.

— Pendant les prochaines quarante-cinq minutes, on va se tirer dessus.

Je me tape la poitrine.

— À la fin de la partie, on vérifiera l'écran de contrôle sur ta veste qui aura enregistré le nombre de fois où on t'aura tiré dessus.

Une fois habillées, nos vestes enfilées et parées à tirer, je sors ma perche à selfie et prends une photo.

— Ça va être génial.

— Ça craint mais trop, quoi !

Je repose ma tête sur mon bras, appuyé sur le rebord de fenêtre d'une des forteresses dans les arbres. Les muscles de mon ventre se contractent à nouveau, et je passe une fois de plus la tête par la fenêtre.

— *Bwlaaaarhh !*

Heureusement, ça fait un moment que j'ai arrêté de gerber. À présent je ne fais qu'avoir des haut-le-cœur.

Depuis l'endroit où elle est assise de l'autre côté du fort, Jul' tend la jambe et tapote ma chaussure avec la sienne.

— Ça va aller.

— Quelle authentique aide-soignante tu fais, Jul'.

Le sarcasme de Trish me fait sourire jusqu'à ce que...

— *Bwlaaaarhh !*

— Je suis une véritable Mère Teresa, rétorque Jul' d'un ton sarcastique, avant de croiser mon regard. Euh, c'est pas pour rendre le truc encore plus bizarre, mais pourquoi tu te frottes le sein ?

Je baisse les yeux pour constater que le bras qui ne soutient pas ma tête est en train de masser mon sein gauche.

— Bah, j'imagine qu'il est encore douloureux à cause du coup de poing que j'ai pris dans le nibard le jour du Black Friday.

Jul' renâcle.

— La vache, j'aurais payé pour voir Rose West la Magnifique se faire envoyer dans les choux par une Godzilla en Crocs.

— Ha ha.

Je m'interromps, pensant que je vais peut-être avoir un autre haut-le-cœur, mais je parviens à le refouler en adoptant une respiration nasale relaxante.

— Je croyais qu'on t'avait frappée dans le sein droit ? demande Jackie.

Je fais une pause au milieu de ma friction.

— Croczilla a cogné tellement fort que mon sein gauche me fait mal aussi, maintenant.

Je me rassieds et m'adosse contre le mur de la forteresse, inspirant profondément par le nez une fois encore. La nausée se calme.

Nous restons assises en silence pendant un moment, profitant de la précieuse brise qui s'engouffre par les fenêtres du fort et du son distant des animaux et des machines de la ferme.

— À quand remonte ton dernier cycle menstruel ? demande Jackie, qui semble étrangement sérieuse.

Jul' pouffe.

— Va vraiment falloir qu'on bosse sur ta façon de parler des trucs de filles, petite pute.

Trish écarquille les yeux.

— Tu ne penses quand même pas…

— Quoi ? s'enquiert Jul' en se redressant. Qu'est-ce que j'ai loupé ?

— Nausée et seins douloureux ? dit Trish pour la mettre sur la piste.

Jul' reste bouche bée.

— Putain de merde ! s'exclame-t-elle en se tournant vers moi. T'es enceinte ?

Je me foutrais bien des têtes qu'elles font, mais j'ai peur que ça déclenche une nouvelle vague de nausée.

— Écoutez, les meufs.

Je ravale ma salive, ce qui met mon estomac à l'épreuve.

— Comme je l'ai dit à Vance, dis-je en essuyant la sueur sur mon front du revers de la main. J'ai un stérilet et il a utilisé une capote. Les risques de grossesse sont genre de…

J'agite la main dans tous les sens, essayant de trouver un nombre minuscule.

— Entre un virgule trois et un virgule sept pour cent, termine Jackie en tirant sur sa veste de Lasergame.

— Exactement ! dis-je en désignant Jackie. Tout comme elle a dit.

— Alors il y a une petite chance.

L'imitation de Jul', tirée de *Dumb and Dumber*, ne m'amuse pas.

— C'est exact, affirme Jackie sans saisir le sous-entendu comique.

— C'est n'importe quoi.

Mais ma voix n'est pas aussi assurée que je le voudrais. Avant, je pouvais expliquer les seins douloureux et les nausées par l'overdose de bouffe de Thanksgiving et le rodéo sur Crocs-woman. Mais pourquoi est-ce que je suis malade maintenant ? Et si *Jackie* dit qu'il y a un risque...

— Je sais.

Assise en tailleur entre nous, Trish s'incline vers l'avant.

— Et si on allait juste chercher un test de grossesse ?

Sa voix est anormalement enjouée.

— Tu vas pisser sur un bâton, prouver que tu n'es pas enceinte, puis on pourra passer à autre chose et planifier notre virée entre filles.

Je prends une minute pour faire le deuil de mon épique bataille de Lasergame.

— Très bien.

Je sors mon pistolet de ma poche et le pointe vers la veste de Jul'.

— Mais d'abord...

Je maintiens la gâchette enfoncée jusqu'à ce qu'une lumière rouge illumine toute sa veste.

— J'ai gagné.

Bouche ouverte, Jul' baisse les yeux vers sa veste.

— C'était quoi ça, bordel ?

J'ai un petit sourire satisfait.

— Ne sois pas mauvaise perdante.

Jul' tire sur moi avec son pistolet jusqu'à ce que ma veste devienne bleue.

— Voilà.

— Les morts ne peuvent pas tirer, Jul', dis-je, savourant sa défaite. Ça ne compte pas.

Plissant les yeux, elle vise ma tête avec son flingue.

— Estime-toi heureuse que ce ne soient pas de vraies balles, Tétons flingueurs.

— Allez, ça suffit, dit Trish en prenant le pistolet de Jul'. Il faut qu'on aille à la pharmacie.

— D'accord.

Je défais le Velcro de ma veste et coupe l'alimentation.

— Mais quand je vous aurai prouvé que vous vous êtes inquiétées pour rien, vous allez devoir me promettre de m'emmener manger des sushis ce soir.

Je plisse les yeux vers Jul'.

— Et pas un plan foireux du style « je connais un endroit où il s'avère que tous les hommes seront là à nous attendre ».

— Oui, je voulais m'excuser à ce sujet, dit Jul' d'un air pas très désolé. C'était un peu un coup de pute de ma part.

— Un peu ?

Je balance ma veste en bas et passe lentement par-dessus le rebord de la plate-forme, à l'endroit où se trouve l'échelle.

— Je dirais « carrément » plutôt.

— Mais pour ma défense, c'était pas vraiment pour moi. C'était plutôt pour Holt.

Jul' suit le mouvement.

— Il sort rarement donc quand il le fait, j'aime qu'il soit entouré des personnes qu'il préfère.

— Ohhh, c'est nous les personnes qu'il préfère ? demande Trish, qui attend son tour pour descendre.

— Non. Moi, répond Jul' en regardant Trish comme si elle était débile. C'est *moi* les personnes qu'il préfère.

Jackie et Trish s'esclaffent.

J'essaie d'en faire de même mais je finis par avoir un haut-le-cœur.

— Nom de Zeus !

La voix de Jackie résonne dans les petites toilettes et dans toute la cuisine.

Après avoir couru jusqu'à la pharmacie la plus proche affublées de nos combis de camouflage, nous sommes de retour au ranch, entassées dans un espace carrelé d'un peu plus d'un mètre carré, en train de fixer la tige blanche du destin posée sur un meuble de salle de bains.

La tige sur laquelle j'ai pissé.

Et même si nous n'avons pas attendu les trois minutes recommandées, le symbole bleu qui s'assombrit toujours plus au fil des secondes ne laisse aucun doute possible.

— Est-ce que ça veut dire qu'on va être tatas ?

L'enthousiasme étonnant de Trish est tempéré par la nature sidérante de ce moment.

— D'abord on devrait lui demander si elle veut le garder.

La pure logique de Jul' me fait tressaillir.

Leurs yeux se détachent du signe plus et se posent sur moi.

Je suis assise sur la cuvette baissée, la main planant au-dessus de mon ventre.

— Est-ce que je vais le garder ?

C'est une question rhétorique, davantage destinée à moi-même qu'à mes trois amies, dont les visages affichent un mélange d'émotions. Évidemment, ça ne les empêche pas de répondre et de me rassurer en même temps.

— C'est ton choix.

— On te soutiendra quoi qu'il arrive.

— Légalement, tu as des options.

Je ne sais pas qui dit ça, mon cerveau étant trop occupé à se répéter cette question en boucle.

Est-ce que je vais le garder ?

Il y a un millier de raisons pour ne pas le faire.

Je n'ai que 21 ans.

Je suis sans emploi.

J'ai la réputation de faire des histoires qui se terminent avec des insignes officiels brandis et des frais d'avocat.

Je conduis comme une tarée.

— Peut-être que tu devrais en discuter avec Vance, se hasarde Jul'.

Le sérieux de ses mots est mis en évidence par son usage du vrai prénom de Vance.

Vance. L'homme qui n'est que mon sex friend. L'homme dont je suis amoureuse. Il ne m'a fallu qu'une semaine de silence radio et un ordinateur grillé pour que je le comprenne.

Je pose la main sur mon abdomen, son poids et sa chaleur rassurantes.

Une à une, j'écarte les raisons pour lesquelles je ne devrais pas le garder et commence à penser à *elle.* La chose qui grandit sous ma main.

Un bébé. *Mon* bébé.

Le sentiment insaisissable que je pourchassais ces derniers mois s'enracine en moi et irradie dans ma poitrine. Le sentiment de certitude, d'avoir une raison d'être qui manquait à ma vie.

Voilà. Voilà ce que j'attendais. C'est ça que je suis censée faire.

— Je le garde.

Ma voix douce mais puissante est accueillie par un moment de silence. Jusqu'à ce que Trish tape dans ses mains et pousse un cri aigu, tandis que Jul' et Jackie échangent un regard que je n'arrive pas à déchiffrer.

Jul' s'éclaircit la gorge et s'adosse contre l'embrasure de la porte, croisant les bras et ses bottes motardes.

— Comment tu vas l'annoncer à la Torche ?

Je sors mon téléphone de ma combinaison. Lorsque l'écran s'allume, il me dit ce que je sais déjà. Trois messages envoyés à « Vieux schnock », et pas de réponses.

— Je n'en ai aucune idée.

DIX-NEUF
OPÉRATIONS DE SURFACE

Vance

— Docteure Sato ?

La Dre Rebecca Sato, chirurgienne de l'air à la NASA, lève les yeux de son téléphone.

— Oh, salut, Vance.

Je sors de l'ascenseur pour pénétrer dans le hall médical en carrelage poli blanc.

— Vous êtes revenue de congé mat' ?

— À l'instant.

Elle glisse son téléphone dans la poche de sa blouse blanche.

— C'est mon premier jour, aujourd'hui.

Essayant de gagner du temps, je me passe la main dans les cheveux.

— Félicitations, au fait.

Lorsque j'ai appelé tout à l'heure, on m'a dit que je devrais voir le docteur remplaçant, puisque la Dre Sato était en congé maternité, ce qui m'allait très bien. Même si je sais que le contenu de mon dossier médical est entièrement accessible à tous les médecins de la NASA et que Rebecca le verra de toute façon, ça aurait été sympa de ne pas être forcé d'avoir la conversation que je suis sur le point d'avoir avec une toute jeune maman.

— Merci.

Son sourire faiblit lorsque je bouge d'un pied à l'autre devant elle.

— Est-ce que vous aviez besoin de quelque chose ?

— Oui.

Je pousse un soupir, me rendant à l'évidence.

— J'ai rendez-vous pour qu'on m'envoie vers un spécialiste. Mais je crois que c'est avec le docteur remplaçant.

Je ne parviens pas à contenir l'espoir dans ma voix.

— Un spécialiste ?

Son masque de professionnalisme se met en place instantanément.

— J'allais me contenter de faire de la paperasse aujourd'hui, mais j'ai du temps pour vous recevoir.

Elle jette un coup d'œil à sa montre.

— Je crois que le Dr Zamir est toujours en train de déjeuner.

— Oh, ce n'est pas un problème.

Je me maudis d'être arrivé en avance.

— Je ne veux pas vous déranger.

— Vous ne me dérangez pas du tout.

Elle attrape l'iPad posé sur le bureau d'accueil du hall et commence à taper dessus.

— Allons discuter dans mon bureau.

Je la suis dans le couloir fortement éclairé, jusque dans son nouveau bureau bordé par un mur de fenêtres. Un contraste significatif avec le vieux bâtiment médical, réaménagé avec les commodités modernes et encombré de meubles plus que rétro, qu'on pourrait presque qualifier d'antiquités.

— Alors, dit la Dre Sato une fois que nous sommes assis face à face, de chaque côté de son grand bureau en verre. En quoi puis-je vous être utile, Vance ?

Dix minutes plus tard, c'est en fronçant les sourcils que la Dre Sato m'accompagne pour sortir de son bureau. Et, rangée dans ma poche, une carte de rappel indique la date de mon rendez-vous avec un spécialiste.

— Rendez-moi service et prenez un peu plus de temps pour y réfléchir, Vance.

Elle ferme la porte de son bureau derrière nous.

— Même si les feuilletons se plaisent à dire le contraire, c'est bel est bien irréversible. Une fois que c'est fait, on ne peut pas revenir en arrière.

J'opine de la tête.

— Ça me va.

Le *V* entre les sourcils de Rebecca se creuse.

— Je...

— Ah, te voilà.

Nous levons tous les deux les yeux pour découvrir Ryan, le mari de Rebecca, en train de pousser une poussette double dans le hall d'accueil.

— Je me demandais ce qui te retardait autant.

— Tu n'as pas eu mon message ?

Rebecca ressort son téléphone et regarde l'écran. Elle soupire.

— Désolée, chéri, j'ai oublié d'appuyer sur « Envoyer ».

— Pas de souci, on vient de faire une balade, les enfants et moi.

Il baisse les yeux vers les jumeaux, qui dorment à poings fermés sur leur siège.

— Ça a endormi Emma.

Le bébé en bleu agite les mains et se lèche les babines, tandis que de la bave coule sur son menton.

— Comme d'habitude, Charlie ne veut pas faire la sieste.

Les yeux de Rebecca s'illuminent alors qu'elle se penche pour défaire la ceinture de Charlie sur son siège de poussette, avant de le prendre dans ses bras.

Je ne suis pas très « bébé », comme peut l'attester le morceau de papier qui est en train de creuser un trou dans ma poche, pourtant même moi je dois avouer que ces deux-là sont sacrément mignons. Le mélange entre les origines japonaises de Rebecca et le physique typiquement américain de Ryan a engendré deux jolis enfants.

La culpabilité vis-à-vis de ma présence ici me frappe de plein fouet, et je pose la main sur ma poche. Rebecca voit mon geste et me jauge du regard.

— J'ai besoin d'une minute de plus.

La Dre Sato déplace Charlie dans ses bras et embrasse son mari sur la joue.

— J'ai oublié de me déconnecter d'un truc.

— Pas de problème, mon cœur.

Il allonge les bras vers son fils, mais Rebecca se tourne vers moi.

— Tenez.

Elle me tend son fils, et mes bras se lèvent instinctivement.

Avant que mon cerveau puisse prendre conscience du poids plume dans mes bras, elle repart dans le couloir en direction de son bureau.

Alors que Charlie se cale contre mon torse, la montée de panique qui m'avait saisi au début s'évanouit.

Ryan sourit de toutes ses dents.

— Vous êtes doué.

— J'ai deux neveux.

Bien que je ne me souvienne pas les avoir beaucoup tenus

dans mes bras quand ils étaient bébés. Je ne crois pas m'être autorisé à le faire, maintenant que j'y pense.

Ryan arbore son T-shirt des sapeurs-pompiers de Houston. La connexion se fait entre cette information et la raison d'être de la carte de rendez-vous dans ma poche.

— Ça ne vous fait pas peur ?

Les mots fusent de ma bouche avant que j'aie pu y réfléchir.

— Quoi donc ?

Dignes de Thor, les bras musclés de Ryan se contractent au gré du mouvement de balancier, tandis qu'il berce sa fille endormie dans la poussette.

— L'idée de mourir ?

Ryan marque un temps d'arrêt, en me regardant avec des yeux ronds.

— Comme tout le monde, non ?

Je viens seulement de remarquer son expression humoristique.

— Non. Je veux dire, à cause de votre travail.

— Mon travail ?

Il me regarde comme si c'était peut-être d'un autre type de médecin que j'avais besoin, plutôt que d'un kinésithérapeute.

— C'est dangereux, le métier de pompier.

Je dis ça comme s'il ne le savait pas déjà.

Ryan se contente de rire.

— C'est l'astronaute qui dit ça ?

Avec douceur, mon pouce suit la courbe du nez de Charlie. Il ferme les yeux en réaction au contact délicat.

— Mais je n'ai pas de famille.

Lorsque la respiration de Charlie s'harmonise, je lève les yeux pour m'apercevoir que Ryan me fixe comme si toutes mes peurs se lisaient sur mon visage.

— Oui, acquiesce-t-il d'une voix résignée en hochant la tête. C'est vrai que c'est dangereux d'intervenir dans les incendies. Et malheureusement, je connais quelques familles qui ont perdu un proche pompier dans l'exercice de ses fonctions.

Les yeux de Ryan semblent soudainement bien plus âgés que ses vingt et quelques années.

— Mais...

— OK, je suis prête.

Rebecca, débarrassée de sa blouse blanche, s'avance vers moi en tendant les bras.

— Je vais le prendre, maintenant.

Je fronce les sourcils vers Ryan, car j'aimerais qu'il aille au bout de sa pensée. En m'imaginant que ce qu'il me dira me permettra peut-être de comprendre pourquoi il est si disposé à prendre le risque de blesser les gens qu'il aime. Mais il est trop concentré sur sa femme à présent, et son grand sourire reprend sa place habituelle.

— OK.

Charlie étant désormais endormi, je l'écarte de mon torse pour le rendre à sa mère. La perte de son tout petit corps chaud me laisse un étrange sentiment de manque dans la poitrine.

Pendant ce temps, la carte de rendez-vous dans ma poche pèse lourdement sur ma jambe.

Rose

— Il paraît que votre soutenance était parfaite.

Pour une fois, il ne tape pas des doigts sur le bureau. Il est adossé à son siège ergonomique à roulettes, jambes croisées, tandis que sa main d'habitude animée reste immobile sur le bois en acajou brillant.

— C'est ce qu'on m'a dit.

Je bouge sur mon siège, et mon pantalon kaki glisse sur le bois dur. Elle était parfaite, certes, mais ennuyeuse. Après la soutenance, l'une des professeures m'a demandé si je me sentais bien. Je crois qu'elle s'attendait à un spectacle son et lumière et à des serpentins, donc elle a dû être déçue de mon PowerPoint bien conçu mais ordinaire.

— Avez-vous réfléchi davantage à ce dont nous avons discuté la dernière fois ? À ce que vous voulez faire ensuite ?

Son immobilité est plus dérangeante que son tic habituel. Ou alors, c'est parce que je suis habillée comme une jeune active, étant donné que j'ai pris le temps de me « dé-Roser ». Pas de paillettes, pas de chaussures de strip-teaseuse. J'ai même dompté mes cheveux en les attachant en chignon bas, sans barrettes pailletées. Mon extravagance habituelle atténuée par cette canaille de passager clandestin dans mon utérus.

Je ne m'étais pas rendu compte à quel point je me souciais de l'opinion de John jusqu'à ce que je me réveille ce matin, sous le regard assassin du rappel de notre dernier entretien lorsqu'il a surgi du calendrier de mon téléphone. Je tire sur le col de ma chemise.

Croisant les jambes, je pose mes mains au sommet de mon genou et m'éclaircis la gorge.

— J'ai décidé de ne pas m'inscrire en master.

Ma voix est claire et plate, prête à me défendre si nécessaire. Exactement comme je l'ai entraînée.

— OK.

Un ange passe. Lorsqu'il ne dit rien de plus, je demande :

— OK ? C'est tout ?

Sa main droite est toujours immobile.

Les deux chenilles grises et broussailleuses qui lui servent de sourcils se recourbent.

— Vous paraissez surprise. Que pensiez-vous qu'il allait se passer ?

Lissant le tissu kaki de ma jambe du dessus, je m'adresse à mon genou :

— Je pensais que vous seriez déçu.

— Pourquoi ?

Exaspérée par son ton calme, je pousse un soupir et mes bras s'envolent vers le côté.

— *Parce que*, à chaque fois que je viens, vous me parlez du programme de master. Vous passez votre temps à souligner à quel point ça m'aidera à reprendre les rênes de West Oil Industries.

Je prends conscience que je fais de grands gestes de la main et me fige.

Pendant ce temps, John reste calme et serein, l'air totalement imperturbable face à la tournure des événements.

— Je tenais ce discours surtout parce que je savais que ça vous agaçait.

Je reste bouche bée.

Les lèvres de John tressaillent. Il se penche en avant sur son siège avec un air de conspirateur.

— C'était ma petite vengeance pour toutes les pitreries que vous aimez me ramener ici.

Je referme brusquement la bouche. John émet un petit rire.

— Bien joué, John. Bien joué.

Puis je ris avec lui. Il sourit.

— Merci.

Oubliant mon attitude professionnelle soigneusement calculée, je rapproche ma chaise et j'appuie mes deux coudes sur son bureau.

— Vous savez, j'ai beau vous avoir fait vivre une tripotée d'emmerdes ces dernières années, vous êtes, de très loin, le meilleur conseiller dont j'aurais pu rêver, mon p'tit Johnny.

— Encore une fois, merci, dit-il en hochant la tête. À la fois de reconnaître la, euh... tripotée d'emmerdes, et pour le compliment.

Nous savourons notre admiration mutuelle pendant un moment avant qu'il se redresse, adoptant un air plus professionnel.

— Mais plus sérieusement, en quoi puis-je vous être utile ?

La partie droite de son sourire s'étire.

— Quelle est la prochaine étape pour Rose West la Magnifique ?

Avalant ma salive, je me remémore mon plan. Je vais lui dire que je suis toujours en train d'y réfléchir. Que je le tiendrai au courant. Puis rentrer chez moi, lui envoyer un panier garni de cadeaux incluant un ticket de tombola pour accéder à une grosse somme d'argent qu'il « gagnera ».

— Je suis enceinte.

Oups. Adieu le plan.

Au début, John affiche un air qui semble peu impressionné. Mais je remarque un petit mouvement de sourcils. Pas très prononcé, mais suffisamment pour que je comprenne que je l'ai surpris.

— Je vois.

J'essaie de rire, mais je ne fais que produire un son bizarre.

— Est-ce que les félicitations sont de mise, ou...

Sa phrase reste en suspens, car il ne veut probablement pas poser la question qui vient d'abord à l'esprit lorsqu'une une jeune femme célibataire apprend qu'elle est enceinte.

— Vous pouvez me félicitez. Je vais le garder.

C'est la seule certitude que j'ai depuis que j'ai pissé sur cette tige.

Son sourire grandit.

— Eh bien, félicitations alors.

Je me sens bête que ses félicitations me rendent si heureuse.

— Merci.

L'expression de John devient prudemment neutre.

— Et puis-je savoir qui est le père ?

— C'est mon copain.

En quelque sorte.

— Et on a été prudents, mais... dis-je en haussant les épaules.

— Ce sont des choses qui arrivent. J'espère simplement qu'il a bien pris la nouvelle.

— Je suis sur le point d'aller lui annoncer.

Je fixe le sol du regard, en me souvenant à la fois de mon soulagement et de ma nervosité lorsque Vance a enfin répondu à mes messages après ma soutenance d'hier.

— Eh bien, j'espère que votre petit ami est conscient de la chance qu'il a.

Je lève les yeux.

— De la chance ?

— Oui, bien sûr.

Ma surprise semble le laisser perplexe.

— Non seulement vous faites partie de sa vie, mais vous êtes la mère de son enfant. Il a *beaucoup* de chance.

Le sourire de John est plus doux et plus réel que tous ses autres sourires auparavant.

— Parce que vous, Rose West, allez être une mère formidable.

Je ravale ma salive en dépit de la tension soudaine dans ma gorge.

— Vous croyez ?

— J'en suis sûr.

— Mais, enfin... Vous donnez l'impression que je vous exaspère en permanence.

Il réfléchit un moment.

— Saviez-vous que j'étais sur le point de prendre ma retraite il y a trois ans et demi ?

Le semestre où je me suis inscrite.

— Euh, non, je l'ignorais.

Les yeux de John se tournent vers le côté, où se trouve un cadre photo doré.

À l'occasion d'une de mes précédentes visites, j'y ai jeté un coup d'œil. Sur la photo, John passe le bras autour d'une femme aux cheveux courts et sombres, et ils sourient tous les deux. Elle a dû être prise il y a un moment, car les cheveux de John sont plus foncés sur la photo, or il est plus sel que poivre désormais. J'en ai déduit qu'il s'agissait de sa femme.

— Diane est morte d'un cancer du sein juste avant votre inscription.

— Oh.

Mon cerveau sèche totalement, incapable de trouver autre chose à dire.

— J'avais du mal à me lever le matin.

La voix de John est plate, comme s'il lisait un texte.

— C'était encore plus dur d'aller au boulot et de travailler.

Toutes les âneries que je lui ai fait vivre depuis le début de ma carrière universitaire me reviennent en mémoire. Les blagues inappropriées, les fringues de strip-teaseuse, la fois où j'ai sorti les patins à roulettes.

— John. Je suis *tellement* désolée.

Il cligne des yeux plusieurs fois et revient dans le présent.

— Ne le soyez pas, dit-il en souriant. Je vous dis ça pour vous remercier.

Je pointe le doigt vers moi.

— Pour *me* remercier ?

Mon ton incrédule le fait glousser.

— Oui, vous. Parce que c'est uniquement lorsque vous avez déboulé ici en laissant un sillage de paillettes derrière vous, à éclater des bulles de chewing-gum et me sortir des termes comme YOLO – sur lequel j'ai dû me renseigner après coup –, que j'ai recommencé à espérer quelque chose de l'avenir.

— Argh ! dis-je en laissant tomber ma tête entre mes mains. Ne me rappelez pas ma phase YOLO.

John s'esclaffe et allonge les bras pour prendre mes mains dans les siennes.

Je lui donne, en gardant les yeux baissés.

— Rose.

Il attend que je relève la tête.

— Non seulement vous avez le chic pour illuminer les pièces, mais vous le faites en plus en vous arrangeant pour respecter les échéances, rédiger des essais dignes d'être publiés et cartonner aux examens. Vous pensez avoir été discrète, mais j'étais au courant chaque fois que vous avez aidé à payer les frais de scolarité ou les dépenses quotidiennes d'un étudiant, par le biais de fausses bourses d'études que vous avez inventées sur-le-champ.

Il serre mes mains lorsque je commence à détourner le regard.

— Il n'y a que vous pour intituler une bourse d'études Fondation Clint Horris ou le Fonds d'Études et de Recherche Anne Halle.

Je ricane.

— Anne Halle. Classique…

— En effet. Un classique de Rose West.

Il me dévisage intensément.

— Vous ne pourriez jamais me décevoir.

Je ne vais pas pleurer.

— Et vous allez être une mère *formidable.*

Je vais peut-être pleurer.

Lorsque la première larme coule, nous battons tous les deux en retraite : moi, en marmonnant quelque chose à propos des hormones, et lui en redressant son sous-main.

Même si j'ai toujours bien aimé John ait su qu'il se souciait de mon parcours académique, c'est la première fois que les choses deviennent aussi personnelles entre nous.

Je m'éclaircis la gorge.

— Donc ce que vous êtes en train de dire, c'est que ça ne m'a pris que trois ans et demi pour vous pousser à prendre votre retraite ?

La blague fait un bide, mais il sourit néanmoins.

— C'est ça. Vous êtes mon chant du cygne.

Il se râcle la gorge à son tour, et nous faisons tous les deux mine de ne pas être des imbéciles émotifs.

— Et je suis très fier de vous.

— Je suis contente que vous ne soyez pas déçu que je ne fasse rien de remarquable ou de monumental.

Je prends un accent prétentieux.

— Quelque chose de digne du nom et du statut des West.

— Mais vous allez *faire* quelque chose de remarquable et de monumental, dit-il en désignant mon ventre. Et je me moque totalement du nom et du statut des West.

Il plisse les yeux, évaluant mon expression.

— Et vous devriez en faire autant.

Cette dernière phrase lui vaut un sourire larmoyant.

— Vous êtes un mec sacrément cool, John.

Il lève les mains, acceptant mon compliment avec un sourire.

— C'est ce qu'on m'a dit.

Alors que la tension émotionnelle du moment se dissipe, je m'adosse à mon siège et écarte les jambes dans une imitation parfaite de manspreading. Je me sens plus légère maintenant que toute mon anxiété d'avant réunion s'est envolée. C'est à ce moment que je remarque sa main qui ne pianote pas. Sa main gauche. Qui pour la première fois depuis que je le connais, ne porte pas d'alliance.

— John, John, John.

Je retire mon bandeau et j'utilise mes deux mains pour secouer mes cheveux un bon coup, restaurant ainsi le volume et la folie de ma chevelure. Je me sens plus en phase avec moi-même, que depuis le moment où j'ai appris que Vance m'avait mise en cloque.

— J'ai un super cadeau de retraite pour vous.

VINGT
#PUTAINSD'HORMONES

Rose

Je vais bien. C'est bien. Tout va bien.

Depuis mon siège à l'arrière de Brass Tacks, je répète le mantra que je me repasse dans la tête en regardant Vance balayer la pièce du regard pour me trouver. Comme toujours, il est sexy comme un diable avec son T-shirt manches longues à poche bleu saphir, son jean élimé et ses bottines à lacets.

Je suis calée entre deux ficus. Mais j'aurais peut-être dû choisir la place en dessous de la ventilation car je transpire comme un cochon face à un barbecue.

Vance me voit et sourit. Foutues petites rides sexy.

J'écarte mon polo de ma poitrine pour essayer d'y faire circuler de l'air. Lorsque je suis partie du bureau de John, je n'avais plus le temps de rentrer chez moi pour enfiler quelque chose de plus « moi » avant mon rendez-vous avec Vance. Je ne me faisais pas non plus confiance et craignais d'annuler si je ne venais pas directement une fois partie du campus.

Vance trouve son chemin jusqu'à moi.

— Rosie-chérie.

Argh, il veut me tuer avant même que j'aie commencé.

— Vance.

Comme pendant ma soutenance, je garde un ton plat et professionnel.

Vance fronce les sourcils. Je me demande s'il a remarqué que je ressemble plus à une joueuse de golf professionnelle qu'à moi-même.

Paumes de mains étendues, je désigne la chaise en face de moi.

— Assieds-toi.

Il s'assied, sans que ses yeux ne quittent jamais les miens.

Je prends une grande inspiration pour me donner du courage.

— Alors...

— Je suis désolé.

Vance allonge les bras et prend une de mes mains dans les siennes, l'air légèrement paniqué.

— Ce n'était pas mon intention de faire le mort la semaine passée. J'avais juste besoin de réfléchir.

— Je vois.

Non seulement il fait capoter le discours que j'avais préparé, mais il vient aussi de confirmer qu'il m'a bel et bien ignorée plutôt que de me donner l'espace que j'avais demandé.

Waouh. Quel sentiment formidable.

— J'aurais dû répondre à tes messages.

Son menton s'abaisse vers sa poitrine.

— J'ai fait le super connard.

Son choix de mots fait apparaître un léger sourire sur mon visage.

Nous restons ainsi assis pendant un moment, dans le brouhaha du café qui s'intensifie à mesure que la foule du déjeuner arrive au compte-gouttes.

C'est agréable d'être assis comme ça, à se tenir les mains en partageant le même espace. Mais ce n'est pas pour ça que j'ai accepté de le voir aujourd'hui.

— Vance, je...

— Je ne veux pas que ça s'arrête entre nous quand je m'envolerai pour la Station spatiale.

Ses mots fusent en même temps, et ses mains se resserrent autour des miennes.

Mon cerveau a besoin d'une seconde pour assimiler ce qu'il a dit.

— Ah bon ?

L'espoir pointe le bout de son nez frivole.

— Non, ce n'est pas ce que je veux.

Les plis de ses yeux se creusent, et mon rythme cardiaque s'accélère.

— Toi et moi, on est bien ensemble, pas vrai ?

Son pouce caresse le dos de ma main de long en large.

Baboum. Baboum. Non seulement mon cœur bat plus vite, mais il est aussi plus bruyant, car l'espoir lui donne envie de jaillir de ma poitrine. Ces trois derniers jours, c'est à de la déception et du malaise que je me suis préparée. Je me suis blindée pour encaisser ce que j'avais décrété inévitable : être abandonnée.

Mais peut-être que le pire de mes scénarios ne se réalisera pas. Peut-être qu'il ne pensera pas qu'il s'agit d'une mauvaise nouvelle. Peut-être qu'il y aura de la place dans son avenir pour moi et le bébé. Peut-être qu'il m'aime, lui aussi.

Mais ce sont tous ces « peut-être » qui me découragent à montrer à l'étendue de mes espoirs.

— Je pense, oui.

Mes paroles sont lentes.

— Depuis le début, on se comprend.

Vance s'avance sur sa chaise.

— Et j'espère que tu as envie de continuer.

Je lutte pour ravaler mes émotions. J'ai envie de dire oui. Cent fois oui. Je veux que tout continue. Les fêtes en famille, les projets paillettes, les discussions jusque tard dans la nuit, et les câlins. Je veux tout ça.

Mais je ne suis plus la seule que ça concerne désormais.

Il faut que je sois claire. Je pose ma main libre sur mon ventre. Il faut que *nous* soyons clairs.

Serrant les mains qui tiennent toujours les miennes, j'inspire profondément.

— Tu veux continuer à être ensemble.

Je ne peux empêcher le sourire qui grandit sur mon visage.

— Oui.

Mon cœur est incontrôlable, tout comme mon sourire.

— Genre... dans une relation sérieuse et régulière ?

Son sourire faiblit.

— Bah, plus ou moins.

C'est comme si on avait aspiré l'air de mes poumons. J'essaie d'éloigner ma main.

— Comprends-moi bien, dit Vance dont les mains se resserrent autour des miennes. Je veux vraiment qu'on soit ensemble. Mais je crois qu'on a... Eh ben, on a peut-être un peu dépassé les bornes ces derniers temps ?

Il rit, l'air crispé.

Je suis pétrifiée sur ma chaise.

Comme je ne dis rien, il poursuit :

— Thanksgiving, c'était chouette. Mais une partie de mes réflexions cette semaine tournaient autour du fait que Noël n'est peut-être pas une si bonne idée.

Je ravale ma salive.

— L'autre jour à la NASA, je crois que tu avais raison en disant qu'on n'est pas censés passer les fêtes ensemble dans le cadre d'une amitié améliorée.

J'ai envie de me mettre un coup de pied.

— Les fêtes ne sont pas adaptées aux relations sans prise de tête.

— Sans prise de tête.

Ma voix est monotone, mon cerveau lent à assimiler ses paroles.

— Et pourtant, la semaine passée sans te voir… Ça ne m'a pas plu.

Il refait le rire bizarre de tout à l'heure.

— Ce que je veux dire c'est que je t'aime bien, et que j'aime ce qu'on a commencé, et que je ne veux pas que ça s'arrête.

Il soulève ma main et en embrasse le dos.

— Continuons de profiter sans date limite.

— De profiter.

Mon cœur bat toujours la chamade, à présent en rythme avec la migraine qui couve au niveau de mes tempes.

— Jusqu'à quand ?

Il hausse les épaules comme si la possibilité de ne plus être ensemble n'était pas bien grave. Comme si notre séparation était inévitable à un moment donné. Comme si la perspective de partir ne le faisait pas souffrir.

— Je veux dire, c'est pas comme si l'un d'entre nous avait envie de se ranger, n'est-ce pas ?

J'ai l'impression qu'il me teste. Mais je n'arrive pas à mettre la main sur l'avalanche d'émotions qui se ruent dans ma poitrine et à déterminer sur quoi porte le test.

Sarah, l'une des baristas, s'avance jusqu'à la table.

— Voilà, Rose.

Elle pose entre nous la limonade papillon que j'avais commandée mais oubliée, ce qui me donne une excuse pour reculer et retirer ma main de celle de Vance.

— Merci.

Je n'arrive à regarder personne dans les yeux. Au lieu de ça, je suis du regard le filet de condensation qui s'écoule doucement le long du gobelet, conçu entièrement à partir de matières recyclées.

— Vous voulez quelque chose ? demande Sarah à Vance.

— Euh, non, dit-il sans jamais me quitter des yeux. Ça ira.

Il y a un moment de silence, puis Sarah doit percevoir le malaise entre Vance et moi.

— Euh, OK. Faites-moi signe si vous changez d'avis.

Elle recule d'un pas avant de se hâter de retourner au comptoir.

J'ai vraiment envie de la suivre.

— Rose.

Il tente de saisir ma main de nouveau, mais je la déplace sur mes cuisses.

— Je croyais que tu serais contente.

Il semble perplexe.

Mes narines se dilatent lorsque j'inspire profondément, essayant de gérer tout cet espoir agonisant dans mon cœur.

— Donc tu veux juste modifier l'échéance de notre arrangement. Tu ne veux... rien de plus ?

J'essaie d'endurcir ma voix, mais je semble faible même à mes propres oreilles.

— Pourquoi est-ce qu'on voudrait plus ?

La surprise dans sa voix me poignarde.

— Enfin, je sais qu'on a dépassé les bornes quelquefois, mais toi comme moi, on n'attend rien de plus.

Ses yeux cherchent à sonder les miens.

Je détourne le regard.

— Tu es une Business Fellow et une West.

Il dit cela comme si c'était l'explication dont j'avais besoin, la réponse à tous mes problèmes. Son ton insinue toutes les choses que je déteste dans l'idée d'être une West et une Business Fellow. Les attentes. La pression. Les suppositions. Les choses dont je sais désormais qu'elles sont sans importance.

Les choses que je pensais sans importance à ses yeux et dans notre relation.

— Et je devrais mentionner qu'au cours de la semaine passée, j'ai aussi pas mal réfléchi au commentaire à propos de la grossesse.

Mon cœur palpite. Une once d'espoir qui renaît de ses cendres ?

— Ça m'a fait comprendre un truc.

— Quoi donc ?

Ma voix se brise.

— À quel point ce serait le pire des scénarios possibles. Pour toi et pour moi.

— Ah bon.

Mains tremblantes, j'allonge le bras pour saisir ma limonade.

Il opine de la tête, sans remarquer ma détresse.

— Je m'en voudrais terriblement de te faire une chose pareille.

Pour la première fois depuis qu'il s'est assis, le regard de Vance se détourne de moi, pour se concentrer sur le ficus à ma gauche. Il paraît presque en colère. Mais je ne sais pas si c'est envers moi ou envers lui-même.

— Je ne veux jamais avoir d'enfants. C'est quelque chose que j'ai décidé quand j'ai été accepté dans le programme de formation des astronautes.

— Jamais ?

Je parviens à peine à articuler le mot. Je prends une gorgée de ma boisson ; le liquide sucré rafraîchit ma gorge mais pèse lourdement sur mon estomac.

— Jamais.

Il profite de mon état de choc pour se saisir de ma main une nouvelle fois.

— Mais ça fait de nous un couple encore mieux assorti, tu ne trouves pas ?

Il serre, probablement pour me rassurer, mais j'ai juste l'impression que ma main est coincée dans un étau.

— Tu es trop jeune pour te soucier de tout ça.

La nausée qui bouillonne dans mes tripes n'a rien à voir avec les nausées matinales.

Comprenant mon silence de travers, tout comme il comprend bien des choses de travers, Vance fronce les sourcils.

— Et pour être sûr que ça ne soit plus une source d'inquiétude à l'avenir, j'ai vu ma médecin.

Mes yeux se tournent brusquement vers les siens.

— Quoi ?

Il arbore un air content de lui-même, et les plis de ses yeux se creusent. Pour une fois, je ne m'extasie pas devant ses rides d'expression sexy. Je crève plutôt d'envie de le gifler pour les faire disparaître de son visage.

— J'ai pris rendez-vous pour une vasectomie après les fêtes. J'ai même vérifié auprès de la NASA que la procédure n'entrait pas en contradiction avec le plan de vol à venir.

C'est... Ce n'est pas normal. C'est *impossible*.

Vance. Vance, d'habitude adorable et attentionné, ne ferait pas ça.

Pas le mec qui s'est lancé dans des bagarres de chatouilles avec ses neveux. Pas le mec qui m'a tenu les cheveux pendant que je vomissais. Le mec qui est venu tous les soirs pour s'assurer que je mangeais correctement pendant mes examens sans jamais penser à obtenir la moindre faveur sexuelle.

Il n'irait pas jusqu'à faire autoriser une vasectomie par la NASA pour s'assurer que ça ne fasse pas capoter sa date de lancement, sans m'en parler au préalable.

Pas vrai ?

Mais alors que je continue de le dévisager, d'étudier son visage plein d'espoir et dénué de remords, j'assimile toute la vérité de la situation.

Je me concentre et m'efforce de respirer par le nez, inspirant et expirant pour ne pas vomir partout sur lui et ses imbéciles de rides d'expression.

D'un coup sec, je retire ma main et la mets hors de portée.

Le sourire de Vance retombe.

— Rose ?

Inspire, expire. Inspire, expire.

— Certainement pas.

Je serre les poings sous la table.

— Non.

— Non ?

Vance ne parvient pas à cacher sa peine. Mais ce qu'il ressent n'est rien comparé à la douleur qu'il a gravée dans ma poitrine, bien que je lutte pour ne pas la montrer.

J'ai toujours été une bluffeuse sensationnelle pour ce qui est des émotions.

C'était une nécessité. Tout au long de ma vie. Quand mon père est parti. Toutes les fois où ma mère est partie. Quand mes grands-parents sont morts. Quand mes frères m'ont jartée. Quand l'une après l'autre, toutes mes amies sont tombées amoureuses.

Je hoche la tête une fois, de façon brève et rapide.

— J'ai besoin de plus que ça.

Nous avons besoin de plus.

— Comment ça, « plus » ?

Il se penche en arrière, fronçant les sourcils.

Cette petite distance m'aide à respirer. Elle m'aide à trouver le courage.

— Je t'aime.

Vance reste bouche bée.

— Et je veux toutes ces choses dont tu avais l'air si sûr que je ne voulais pas. Comme une relation sérieuse, des enfants, et une fin heureuse.

Ses fesses glissent vers l'arrière sur sa chaise, comme s'il essayait de s'éloigner de moi autant que possible.

— On a dit… *tu* as dit…

Je hausse les épaules, faisant mine de ne pas être blessée par l'absence de réciprocité.

— Les choses changent.

L'une des mains qui tenaient les miennes si fermement il y a peu frottent son visage de haut en bas.

— Je n'ai pas cru ton frère quand il a m'a dit…

— *Quoi*, qu'est-ce que mon frère a dit ?

Ma colère, qui n'est que l'une des nombreuses émotions bouillonnant en moi, remonte à la surface.

Mon ton lui fait ouvrir des yeux ronds.

— Au dîner l'autre soir, il a mentionné le fait que tu te donnais à fond pour les gens que tu aimes.

Il bouge sur son siège, baissant les yeux.

— Et je…

Ses mains vides commencent à gigoter.

— Je ne l'ai pas cru. Enfin, tu as dit que tu ne voulais pas de mec. Alors pourquoi est-ce que tu…

— Serais amoureuse de toi ?

Je m'interroge aussi là-dessus.

Dans un coin de mon esprit, je reconnais qu'il dit vrai. J'ai en effet dit que je ne voulais pas de mec. Et jusqu'à cet instant je n'ai jamais changé de disque. Mais le voir en état de choc plutôt que fou de joie après mon aveu me frappe en plein cœur. Ça anéantit toute la bienveillance que j'ai pu me sentir obligée de dispenser. Et tout désir de lui dire que je suis enceinte.

De lui parler du bébé dont l'existence inattendue m'a procuré un sentiment de complétude et de détermination.

Je ferme les yeux un instant, laissant ma nouvelle raison d'être s'enraciner en moi. Pour qu'elle me donne la force d'accomplir ce que je dois faire ensuite.

— C'est terminé entre nous.

— Terminé ?

Je ne l'ai jamais vu paraître si jeune et si peu sûr de lui depuis que je le connais.

Tant pis pour toi, putain.

Je me redresse sur ma chaise, respirant profondément encore une fois pour apaiser mes remous nauséeux.

— Oui.

J'attrape mon sac à main sur la chaise à côté de moi et tire sur la bretelle pour la caler sur mon épaule.

— Dès maintenant. Pas besoin d'attendre ton prochain vol.

C'est à son tour d'être réduit au silence par une claque verbale. Mais lorsque je bouge pour me lever, il reprend ses esprits.

— Je pensais qu'on s'amusait bien ensemble.

— Qu'on s'amusait bien ?

Je pouffe, dissimulant ainsi l'accroc dans ma respiration.

— Alors je ne suis bonne qu'à ça ?

Il secoue la tête, comme s'il essayait de comprendre son faux pas. On dirait que je ne suis pas la seule dont les plans ont capoté aujourd'hui.

— Non, c'est juste que je...

Il marque un temps d'arrêt, ne sachant pas trop quoi dire ensuite.

Avant de me mettre à pleurer ou vomir, je me lève. Baissant les yeux vers lui, je fais en sorte d'être très claire. Envers lui, mais envers moi également.

— Je vaux bien mieux que ça, Vance. Et le fait que tu ne sembles pas d'accord ne fait que renforcer ma décision de mettre un terme à notre histoire dès maintenant.

Profonde inspiration.

— Tu ne me mérites pas.

Je presse la main contre mon ventre. Il ne *nous* mérite pas.

La gorge obstruée par mes larmes, j'ai du mal à ravaler ma salive, mais je me débrouille.

— Tu sais, les gens m'ont sous-estimée toute ma vie. En général je trouve ça drôle.

J'avale une fois de plus avec difficulté.

— C'est dingue comme cette fois je n'ai pas envie de rire.

Là-dessus, j'attrape ma limonade et contourne notre table, titubant et me faufilant à travers la petite foule, en prenant garde de ne trébucher sur aucun chargeur d'ordinateur, puis je m'éloigne.

Je m'éloigne avant qu'il me quitte.

Lorsque j'atteins le comptoir et qu'il ne m'a pas interpellée pour me retenir, je regrette de ne pas lui avoir versé ma limonade papillon sur la tête, absurde tant elle est délicieuse. Mais je vais être mère. Je devrais commencer à me comporter de façon plus mature.

#RienÀfoutre.

Tournant les talons, je me hâte de retourner à la table, retirant le couvercle de ma boisson en chemin. Je trouve Vance en train de froncer les sourcils vers un ficus, l'air triste et confus.

Eh ben, on est deux, mon pote.

Lorsqu'il me voit, il sourit, une lueur d'espoir illuminant ses yeux.

— Rose, je...

Je renverse le gobelet, et le liquide bleu gluant ruisselle de ses cheveux soyeux pour recouvrir les petits plis de ses yeux. Je le noie comme il a noyé mes espoirs.

Le café devient silencieux. Je laisse tomber le gobelet sur la table et m'éloigne de lui d'un pas raide, en me promettant de donner un énorme pourboire la prochaine fois que je viendrai ici.

Je garde la tête haute et refuse d'établir un contact visuel avec qui que ce soit. Jusqu'à ce que je croise mon propre regard dans les portes en verre au moment de sortir. Un mélange de détermination, de satisfaction et de déception soutient mon regard.

Les larmes commencent dès que je mets les pieds dehors.

#PutainsD'Hormones.

VINGT-ET-UN
ADAPTING SUPPORT PINS

VANCE

— ALORS, mon vieux, tu as hâte de la prochaine mission ?

Luke Bisbee, le chef du Bureau des astronautes et l'astronaute le plus grand qui ait jamais volé, m'assene une tape dans le dos alors que nous arrivons devant l'ascenseur.

— Oui.

Mon ton est en contradiction avec ma réponse. Cela fait quatre jours, et mon esprit est toujours sous le choc depuis l'aveu et les adieux de Rose.

La grosse patte qui lui sert de main presse mon épaule.

— Ça va ?

— Hein ?

Je balaie mon brouillard mental. Depuis qu'on m'a aspergé de liquide bleu, je ne suis plus moi-même. Je dis les choses que j'ai besoin de dire et je fais les choses que j'ai besoin de faire, mais c'est comme si je n'étais pas totalement présent. Comme si j'avais laissé une partie de moi dans ce café pour artistes, à côté des ficus.

— Oui, oui. Ça va.

— T'as intérêt. Ne t'imagine pas un instant que je ne peux pas virer tes miches de ce vol.

Il appuie sur le bouton de l'étage des astronautes.

— Ça s'annonce chouette de construire Bartolomeo.

— Tu as hâte de retourner là-haut ?

C'est une question rhétorique, car quel astronaute ne veut pas retourner dans l'espace ?

La fonction d'astronaute en chef qu'occupe Luke s'intègre à tour de rôle. Depuis l'an passé, c'est lui qui a la responsabilité d'attribuer les vols à tous les autres astronautes. Chacun son tour, tout le monde est assigné à la planification des vols avant de passer la main à quelqu'un d'autre. Si c'était moi, je serais carrément fébrile à l'idée de retourner là-haut.

— Tu le sais bien, répond Luke, qui confirme ainsi mes pensées.

Son sourire s'agrandit, et il se penche vers moi.

— Et la prochaine fois que j'y vais, j'ai prévu quelque chose d'excitant.

Un autre aspect sympathique de la fonction d'astronaute en chef, c'est qu'on peut s'attribuer la meilleure des missions quand on finit par renoncer au poste de direction pour retourner aux vols opérationnels.

— Ah oui ? Quoi donc ?

Il me regarde de haut en bas, de toute évidence aveuglé par son enthousiasme qui l'empêche de voir mon manque d'intérêt total.

— Est-ce que tu sais garder un secret ?

Je lève trois doigts en l'air sur ma main droite.

— Parole de scout.

Comprenant mon sarcasme, Luke me bouscule l'épaule.

— P'tit con, va. Tu passes trop de temps avec Jul'.

Je pousse un grognement. En réalité, je n'ai pas vu Jul' de la semaine. Et la dernière fois que j'ai vu Jackie, c'était dans la salle de VR. Ce qui me fait me demander si Rose les a prévenues. Peut-être ont-elles su avant moi que j'étais un célibataire ambulant.

Ding. La porte de l'ascenseur s'ouvre, et Luke sort la tête pour jeter un regard circulaire à l'open space, à droite puis à gauche. Trouvant la voie libre, il me fait signe de sortir.

— Je vais être le premier astronaute à me fiancer depuis l'espace.

Pour une raison qui m'échappe, ses mots me font l'effet d'une balle dans la poitrine.

—Tu vas faire ta demande à Em' ?

Luke sort avec la directrice des relations publiques, Emily Durant. Cette femme est aussi petite que Luke est immense.

— J'espère, dit-il en gloussant. Je ne suis pas sûr d'arriver à résister jusqu'à mon prochain vol, mais c'est le plan pour l'instant.

Je fronce les sourcils, car ses mots n'ont aucun sens.

— En mariage ?

Luke me retourne mon froncement de sourcils.

— Oui, c'est généralement de ça qu'il est question quand on parle de faire sa demande.

Ses deux mains tombent sur mes épaules.

— T'es sûr que ça va ?

— Oui, mon vieux.

Je hausse les épaules pour me dégager de ses grosses paluches.

— Ça me prend par surprise, c'est tout. Je croyais qu'on était les éternels célibataires de la NASA, toi et moi.

Ce qui, maintenant que je l'ai dit à voix haute, semble puéril et pathétique.

Luke hausse les épaules.

— Hé, quand on sait, on sait.

Son sourire prend un air narquois.

— *Et puis* – il me donne un petit coup de coude – d'après ce qu'on m'a dit, pour toi aussi c'est devenu sérieux avec une certaine personne.

Je ravale ma salive. Incapable de prononcer les mots « elle m'a quitté », je dévie le sujet :

— Et maintenant, qui est-ce qui a passé trop de temps avec Jul' ?

Son rire résonne dans tout l'étage silencieux.

— Tu marques un point.

Lorsqu'il arrive devant la porte de son bureau, Luke se retourne et m'empêche d'avancer jusqu'à mon box.

— Mais ça prend par surprise, je te l'accorde.

Bien que je sois à peu près sûr de ne pas vouloir connaître la réponse, je demande :

— Quoi donc ?

Il sort un écrin, en soulève le rabat et me montre un diamant blanc en forme de larme, incrusté dans une bague en or jaune.

— Quand tu trouves la personne qui change la donne pour toi.

J'ai envie de le contredire mais j'en suis incapable, car je comprends ce qu'il veut dire. Rose a tout changé pour moi. Ma vie, qu'auparavant je pensais bien remplie et importante, me paraît désormais vide et pathétique comparée au temps passé avec Rose. Son rire, son énergie, sa soif de vivre.

Luke referme l'écrin d'un coup sec.

— Mais je suppose que c'est l'amour qui nous fait cet effet, pas vrai ?

Son sourire est presque aussi aveuglant que le diamant.

— L'amour ?

Le mot semble résonner dans ma tête.

— Oui.

Émettant un petit rire, il range la boîte dans sa poche.

— C'est pas génial ?

— Si, oui.

Ma voix est faible. Mais Luke ne le remarque pas. Il est trop shooté à... *l'amour*.

Je parviens à écouter jusqu'au bout le récit détaillé de Luke à propos de ses projets de demande en mariage dans le cosmos, jusqu'à ce que le téléphone de son bureau sonne, me permettant ainsi de m'échapper de mon box. Mon esprit tourbillonne encore.

Le rire de Luke retentit une nouvelle fois dans l'étage, et je me demande s'il est en train de parler à Emily.

L'amour.

Je n'ai pas cru Rose quand elle m'a dit qu'elle m'aimait. En partie sous l'effet du choc. Je n'imaginais pas que l'amour était dans le champ des possibles. Pas avec les limites très concrètes que nous avons établies au début de notre relation.

Tout ce que Rose a dit pour expliquer son virage sentimental à cent quatre-vingts degrés, c'est que les choses changent.

L'ingénieur en moi a été incapable de comprendre une explication aussi subjective, aussi abstraite. Peut-être me suis-je même dit que c'était l'apanage des femmes.

Mon Dieu, si mes neveux m'entendaient admettre un truc pareil ! Ils me brûleraient vif, sur un bûcher allumé avec un millier de soutiens-gorge en flammes.

Et à juste titre.

Parce que ce ne sont pas les *choses* qui changent.

C'est *l'amour* qui change les *choses*.

L'amour change tout.

———

Une heure plus tard, je me masse les tempes, essayant d'apaiser la migraine qui couve dans ma tête, puis j'inspire profondément l'air vicié du bureau.

J'aime Rose.

Et histoire d'aggraver les choses, elle m'aime aussi.

Putain.

Et maintenant je dois faire face à un autre problème mineur : celui qui se pose lorsqu'on doit s'éloigner des autres pour les préserver. Car en cet instant, alors que je m'apitoie sur mon sort et me noie dans mes réflexions, il n'y a personne dans les parages avec qui je peux me bourrer la gueule.

Non pas que j'aie l'intention de me bourrer la gueule. J'en ai *envie*, mais en dépit du mantra de la NASA qui nous enjoint de bosser comme des dingues et de nous amuser tout autant, je suis à peu près sûr que picoler dans un box constituerait une limite à ne pas dépasser.

— Allô Bodaway, ici la Terre ?

Sortant de ma rêverie, je constate que Ian est derrière moi, appuyé contre la demi-cloison de mon box.

— Ça fait trois fois que je t'appelle.

Il s'incline vers l'avant, jetant un œil au carnet au-dessus duquel je suis penché.

— Qu'est-ce que tu fais ?

Trop tard, j'essaie de cacher le papier millimétré, avec ses lignes droites et ses angles parfaits des plans de Bartolomeo, à présent gâché par le nom de Rose que j'ai gribouillé d'un air distrait.

Ian ricane.

— T'as quel âge, 12 ans ?

Je balance mon stylo sur le bureau.

— Va chier, Kincaid.

— Nan, mec. Il faut qu'on cause.

Il me tire par les épaules, m'éloignant ainsi de mon bureau.

— J'ai été désigné comme médiateur.

— Désigné ?

Je fais pivoter mon siège pour lui faire face.

— De quoi tu parles ?

— Rose ne répond ni aux appels de Holt ni à ceux de Flynn.

Il pousse un soupir et se passe la main sur le visage.

— Et pour empirer la situation, Jackie et Jul' se comportent carrément bizarrement, en éludant à chaque fois qu'ils leur posent des questions à son sujet.

— Et qu'est-ce que dit Trish ?

Si un regard pouvait tuer, je serais mort.

— Je n'en sais rien puisqu'elle a eu l'idée soudaine de partir quelque part avec sa caravane en « retraite d'écriture ».

J'essaie de ne pas rire lorsqu'il fait des guillemets avec les doigts.

— Donc les gars ont tiré à la courte paille pour désigner celui qui serait chargé de venir t'en parler.

Je lui décoche un sourire sardonique.

— Laisse-moi deviner : tu as perdu.

— Nan. J'ai gagné.

Il hausse un sourcil face à mon expression sceptique.

— Et crois-moi, tu devrais être à genoux en train de remercier le dieu auquel tu crois, quel qu'il soit, que ce soit moi et pas un des frères West. Parce que même si Holt est le plus raisonnable des deux, quand Rose a annulé la fête de fin d'études de demain – que, d'après lui, il a passé des mois à organiser –, j'ai eu comme l'impression que Flynn et lui t'auraient botté le cul plus qu'ils ne t'auraient parlé.

Je fais la grimace, tandis que la culpabilité dans mon estomac s'alourdit.

— Donc ça a bien un rapport avec toi.

Je me passe la main dans les cheveux, essayant de déterminer quoi répondre.

— Qu'est-ce que tu as fait au juste à la fille qui peut d'habitude écrabouiller tous les problèmes de la vie par le seul pouvoir des paillettes, pour qu'elle soit contrariée au point d'annuler une fête ?

— Hé !

Je me lève et enfonce mon doigt dans son torse.

— Ne parle pas d'elle comme ça. Ne sous-estime pas Rose uniquement parce qu'on s'amuse bien avec elle.

Je repense à l'expression dévastée de Rose lorsque, comme un abruti, c'est précisément ce que j'ai fait.

— Elle vaut mieux que ça. Elle travaille dur dans tout ce qu'elle fait, et elle se soucie des autres. Elle s'en soucie profondément.

Ian lève les mains en signe de reddition.

— Oui, ça je le sais, en fait.

Je baisse le doigt qui s'enfonçait dans son sternum.

— Oh, euh, cool.

— Je voulais juste m'assurer que *toi*, tu le savais.

Il se frotte le torse.

— Et je crois être en mesure d'affirmer que oui.

Hochant la tête vers sa poitrine, je marmonne un « désolé », mais je suis trop mécontent d'avoir été mis à l'épreuve pour paraître sincère.

— Oui, oui. Je sais, dit-il en agitant la main pour balayer mes excuses. Allez, viens.

Il frappe le plastique rigide de la structure murale du box.

— Quitte à ce que ça devienne encore plus gênant, autant faire ça en buvant des canons.

Dix minutes plus tard, autour d'une pinte de True Anomaly au Boondoggles Pub, je raconte à Ian comment Rose a rompu avec moi.

— Attends voir.

Ian me regarde comme si je venais de lui avouer que, selon moi, la Terre était plate.

— Tu es en train de me dire, qu'*après* avoir dit à Rose que la simple idée qu'elle attende un bébé de toi t'a fait flipper au point de planifier une vasectomie, tu lui as demandé de continuer de baiser avec toi jusqu'à ce qu'elle trouve quelqu'un avec qui elle aura envie d'avoir des gosses ?

Je bouge sur mon siège, content que mes origines amérindiennes m'empêchent de rougir.

— Oui, je sais. J'étais pas au top de ma gloire.

Je prends une autre gorgée.

— Mais j'ai envie de croire que ça ne semblait pas si terrible quand je l'ai dit.

Ian siffle faiblement.

— Mec, c'est terrible, peu importe comment tu le dis.

Je laisse tomber ma tête dans mes mains.

— Putain, je sais.

— Alors c'est pour ça qu'elle a rompu.

— Peut-être.

— Peut-être ? Me dis pas que c'est pas fini ?

— C'est possible qu'elle m'ait dit qu'elle m'aimait.

— Et…

— Et c'est possible que je ne l'aie pas crue.

Ian se frotte les yeux, l'air abasourdi.

— Je suppose que maintenant ça a du sens que Rose fasse la morte. Le mec qu'elle aime vient de lui décocher un uppercut surprise en plein cœur.

Je croyais le savoir, mais entendre quelqu'un d'autre le dire me serre encore plus le cœur.

— J'étais juste… sous le choc.

— Pourquoi ? dit Ian en fronçant les sourcils. Tous les autres le savent.

Je resserre ma prise autour de ma pinte, encore une fois furieux contre moi-même d'être si aveugle aux émotions.

— Cela dit, ne pas vouloir d'enfants, c'est plutôt un gros motif de rupture dans n'importe quelle relation.

Il prend une gorgée de sa bière pendant qu'il réfléchit à la question.

— Tu es *sûr* que c'est ce que tu veux ?

Je me remémore le mug de mon père.

— C'est la bonne chose à faire.

Ian pose sa bière sur la table dans un bruit sourd.

— En quoi ne pas avoir d'enfants est la bonne chose à faire ?

— Ça dépasse le simple fait de ne pas avoir d'enfants. Il s'agit de ne pas être irresponsable en aimant des gens qu'on pourrait finir par quitter.

Fixant l'intérieur de mon verre, je vois mes yeux se refléter dans le liquide ambré.

— Je suis astronaute. C'est dangereux. Ça ne serait pas juste si quelque chose m'arrivait et que j'abandonnais des gens qui m'aiment.

Alors que je verbalise le raisonnement dont je suis si certain depuis des années, je m'attends à ce que Ian, un autre ingénieur cartésien, voie la logique sous-jacente.

Au lieu de quoi, lorsque je lève les yeux, il affiche une expression incrédule.

— Mais il y a beaucoup d'astronautes qui ont des familles. En fait, la plupart des astronautes ont des enfants.

Son froncement de sourcils s'accentue.

— Y a pas des statistiques qui prouvent que conduire une voiture est plus dangereux qu'un vol spatial ?

— Les statistiques sont parfois biaisées.

Ian parle encore plus fort que moi :

— Et puis, il y a plein de métiers encore plus dangereux que celui d'astronaute. Les premiers intervenants, les bûcherons, les sidérurgis...

— Tous des cons.

Je pense à Ryan, le mari de la Dre Sato, le pompier qui promenait ses jumeaux. Les jumeaux qui ne sont qu'à un incendie, qu'à un retour de flammes de perdre leur père. Je secoue la tête de dégoût.

— Ils ne se rendent pas compte de ce qui pourrait se passer. Ils ne comprennent pas.

Je plonge dans les yeux de Ian un regard intense, essayant de lui communiquer sans mots à quel point j'ai raison, à quel point ma décision est importante.

— Tu penses que *mon* idée de ne pas vouloir être amoureux est égoïste ? dis-je d'un ton railleur. Les véritables égoïstes sont les gens qui ont conscience du risque de mourir mais se marient quand même et font des mômes. Des familles et des conjoints qu'ils abandonneront à leur chagrin et laisseront s'apitoyer sur leur sort.

Lorsque j'ai terminé, j'ai besoin de prendre une grande inspiration, surpris de me retrouver à bout de souffle.

— OK, waouh !

Les sourcils de Ian atteignent pratiquement la naissance de ses cheveux.

— Donc... Ça fait beaucoup à digérer.

Le fils de sénateur d'habitude si guindé tourne brusquement la tête de côté et laisse échapper une longue expiration.

— Mais avant qu'on essaie de creuser tout ça, je vais faire trois choses pour toi.

Avant qu'il puisse m'expliquer, le serveur s'arrête à notre table avec notre nouvelle tournée de bières.

Lorsque je tends le bras pour prendre la mienne, Ian repousse ma main. S'adressant au serveur, il déclare :

— On va avoir besoin d'y ajouter deux shots de Jameson.

Le serveur acquiesce d'un signe de tête, comme si le fait que deux hommes s'envoient des boilermakers avant midi était monnaie courante, puis il s'éloigne.

Ian se focalise sur moi et lève un doigt.

— Premièrement, je vais te faire picoler.

— Oui.

Ça me semble être une très bonne idée.

— Deuxièmement.

Il remue sur son siège et sort son portefeuille. Il l'ouvre, en sort une carte de visite et me la tend.

— Je vais te donner ça.

Je prends la carte et la lis :

— Dre Betty Brown, psychologue.

Mon froncement de sourcils s'accentue sous l'effet de l'incompréhension.

— Une psy ?

— Oui, dit Ian en hochant la tête. Et sacrément compétente en plus.

— Mmm.

Alors que j'assimile cette information, je regarde Ian sous un angle nouveau.

— Je ne savais pas que tu étais en thérapie.

Ian hausse les épaules comme si ce n'était pas grand-chose, ce qui ne fait qu'accroître mon respect pour lui.

— Mais c'est pas ça qui va t'aider, dans l'immédiat.

Il pointe un doigt vers moi.

— Tu dois des excuses à Rose. Dans l'intérêt de tes collègues et amis, mais surtout dans son intérêt, à elle.

Je ravale ma salive, tandis que le pénible sentiment de regret s'abat une fois de plus sur moi.

— Oui, je sais.

— Et le plus tôt sera le mieux. Parce que non seulement tu as les deux frères West à gérer, mais il y aussi une astronaute cinglée qui serait capable de te buter et de maquiller ça en accident, ainsi qu'une autre astronaute suffisamment intelligente pour l'aider à s'en tirer.

— Putain !

J'avais oublié qu'en plus d'un cœur brisé, je dois aussi gérer une Julie Starr habituellement pédagogue, mais désormais probablement psychotique.

Le serveur arrive avec nos shots.

— Tant qu'à faire, vous pouvez nous amener une autre tournée, lui dit Ian tout en me glissant ma bière.

Lorsque le serveur s'en va, je demande :

— C'est quoi la troisième chose ?

— Je vais te dire quelque chose, et ça ne va pas te plaire, mais je te promets que ce sera cent pour cent vrai.

— Ça me paraît bien.

Ian me regarde droit dans les yeux.

— Tu n'as pas cru Rose parce que si tu avais accepté qu'elle t'aimait, avec la logique biaisée de ton cœur détraqué, tu aurais été forcé de la laisser partir.

J'ai un mouvement de recul.

Soutenant toujours mon regard, Ian penche la tête, comme s'il évaluait ma réaction.

— Et tu ne veux pas la laisser partir parce que tu l'aimes.

J'ai du mal à avaler. À la fois ses mots et le nœud dans ma gorge.

Ian me tend mon shooter. En silence, je m'en saisis.

Quand je peux enfin respirer normalement de nouveau, je lance un regard à Ian.

— T'es brutal.

Il hoche la tête.

— J'ai grandi en politique.

— Je croyais que cette perspicacité venait peut-être de la thérapie.

— Oh, c'est le cas, mais c'est la politique qui m'a conduit à la thérapie, donc...

Il hausse les épaules.

— Donc qu'est-ce que je fais avec tout ça ?

— Putain, est-ce que je sais, moi !

Je ris malgré mon besoin soudain de refouler mes émotions.

Ian tient le shot de Jameson au-dessus de sa bière.

— On va picoler et on verra bien si ça nous aide à trouver la solution.

J'attrape mon shooter.

— Ça me paraît bien, comme plan.

Nous lâchons les shots et buvons d'une traite.

VINGT-DEUX
#RIDEORDIE

Rose

Je me suis peut-être un peu emballée.

Sortant de ma nouvelle camionnette, j'appuie sur le bouton pour que l'une des deux portes latérales coulissantes s'ouvre.

Doug, le voiturier, arrive en s'agitant et marque un temps d'arrêt lorsqu'il voit quelques-uns de mes achats dégringoler du van.

— Hé, Marty ! s'écrie Doug par-dessus son épaule, les yeux toujours rivés sur la pléthore d'articles pour bébés empilés à l'intérieur. On va avoir besoin du chariot de transport.

— Bien vu, Doug.

Je me hisse sur la pointe des pieds, regardant par-dessus les sacs et les boîtes dans les quatre mètres cubes de stockage que mon véhicule de cinq mètres sur deux me permet de transporter.

— Je voudrais...

— Nom. De. Dieu. Qu'est-ce que tu as fait ?

Surprise, je pivote sur mes sandales vers la façade de mon

immeuble, où sont plantées Jul', Trish et Jackie, bouche bée. Trish et Jackie ont l'air perplexes, là où le choc de Jul' semble plus tenir de l'affront personnel.

— C'est pour *un* gosse dit Jul', comme si je ne savais pas combien de bébés étaient dans mon ventre. Pourquoi est-ce que t'as besoin d'un minivan, bordel ?

— Et pourquoi il est recouvert de paillettes ? demande Jackie.

— Est-ce que ce sont des jantes tournantes ?

Trish plisse les yeux vers mes jantes de soixante-trois centimètres de diamètre, nouvellement montées. Des jantes qui tournent, effectivement.

— Je suis à peu près sûre que ce n'est pas une couleur d'usine classique, remarque Jackie.

Je hausse les épaules alors qu'elles approchent.

— Je ne vais pas être une maman classique.

Le soleil texan se reflète sur la surface rose métallisé à paillettes de ma voiture holographique, récemment vernie pardessus la peinture en spray. Cette vision me fait sourire.

— Et puis, c'est *un* gosse pour l'instant. Qui sait ce qui arrivera ?

Ma remarque les arrête toutes brusquement.

— Et les minivans, c'est genre hyper sécurisé.

Au cas où elles ne le sauraient pas. Parce qu'elles me regardent comme si j'étais une cinglée plutôt qu'une adulte responsable et réfléchie sur le point d'avoir un enfant.

— Les tanks aussi, rétorque Jul' d'un air impassible. Qui seraient aussi moins embarrassants à conduire.

— Il est tellement… aveuglant.

Il y a une pointe d'émerveillement dans la voix de Trish. Mon sourire s'élargit encore.

— N'est-ce pas ?

— Qu'est-ce que tu entends par « un gosse *pour l'instant* » ? demande Jackie.

Je décide de ne pas leur parler de mon tout nouveau projet de devenir la vieille dame du conte, qui vivait dans une chaussure avec tous ses enfants. Sauf que, vous vous en doutez… je vais transformer ça en « La jeune femme qui vivait dans un penthouse ».

Après être partie de Brass Tacks, je me suis promis qu'avec ou sans Vance, mon enfant aurait une grande famille. Des frères, des sœurs, des tantes et des oncles. Tout le tralala, quoi. Que ça implique que je devienne la version texane d'Angelina Jolie et adopte une flopée d'orphelins, ou que je doive faire des retraits dans une banque de sperme, je ferai en sorte que *tous* mes enfants ne soient entourés que d'amour.

Je suis sauvée lorsque Martin déboule avec le chariot de transport et m'évite ainsi de répondre à Jackie.

— Merci, Marty.

— Je vous en prie, Mademoiselle West.

Il se tient debout à côté de Doug, qui tout comme lui fronce les sourcils face au contenu de mon van surchargé.

— On va s'occuper de tout ça en un rien de temps.

J'allonge le bras pour aider, mais Martin écarte ma main.

— Doug et moi, on va vous monter vos achats et garer la voiture dans le garage.

— Vous êtes sûr ?

Je me sens mal, mais d'un autre côté, j'ai passé ma semaine à faire une thérapie par le shopping. Je croyais que ça m'aiderait, mais mon cœur est toujours aussi douloureux que mes pieds après ce marathon shopping.

— Oui.

Martin ne me regarde même plus à présent, complètement absorbé par le Tetris qu'il est en train de faire avec mes boîtes et mes sacs dans le chariot.

— OK, merci les gars.

Et même si je ne suis pas censée le faire, je profite qu'ils aient les mains pleines pour leur glisser un billet de cinquante chacun dans la poche.

Lorsque je me retourne pour me diriger vers l'immeuble, mes amies me barrent la route.

— Il faut qu'on parle, mon chou.

Trish, l'éternelle diplomate, sourit. C'est un sourire qu'on adresse à un animal blessé quand on n'est pas sûr s'il va nous arracher la tête avec les dents ou non.

— Oui, cette semaine était merdique.

Jul', l'éternel contraire d'une diplomate, croise les bras sur sa poitrine.

En gardant mon sérieux, je réponds :

— Parce que tout tourne autour de toi.

Sans nous regarder, Jackie tend la main et touche la camionnette, comme si elle cherchait à analyser chaque particule de paillettes.

— Je crois que ce que Jul' essaie de dire, c'est qu'éviter Vance est devenu un problème logistique au travail. Sans parler des conséquences morales et émotionnelles qu'implique le fait de cacher un secret à un collègue et ami.

— J'avais peur de laisser échapper un truc, alors j'ai conduit le camping-car jusqu'au parc pour caravanes de Myra, et je l'ai garé là-bas en disant à Ian que je partais faire une retraite d'écriture, ajoute Trish. Enfin, c'est plus ou moins vrai vu que je me terre là-dedans toute la journée pour écrire, mais quand même, je préférerais être à la maison.

— Oh, dis-je en réaction à la réprimande.

J'ai été tellement occupée dans mon propre monde que je n'ai pas pensé aux conséquences de l'annonce de ma grossesse sur mes amies.

Jackie se tourne vers moi, l'air agacé par mon manque de réflexion.

— Tu as aussi arrêté de répondre à nos appels, donc on ne savait pas quand ni comment la discussion avec Vance s'était passée, concernant la nouvelle du fœtus.

Elle remonte ses lunettes.

— Ce qui nous ramène au problème de l'évitement.

Jul' se pince l'arête du nez.

— Le fœtus, Jackie ? Sérieusement ?

Vu que Martin et Doug sont en train de soulever un siège-bébé imprimé vache ainsi que des boîtes de couches pour les sortir de la camionnette, je suis sûre que ma grossesse ne sera pas un choc pour eux. Néanmoins, je n'ai pas nécessairement envie de parler de mes histoires avec le père du bébé au beau milieu de la rue.

— Allez, mes salopes, dis-je en forçant le passage entre elles. Montons.

La montée en ascenseur se fait dans le silence. Surtout parce que Jul' et moi nous efforçons de ne pas nous moquer de madame Smalls, ma voisine âgée du seizième étage, qui est atteinte d'un problème de flatulences dont elle aime rejeter la responsabilité sur Gilda, sa chienne tout aussi âgée. Je ne sais pas si je dois être contente ou dégoûtée de ce petit sursis.

Alors que ma voisine et sa chienne sortent à leur étage et que l'épandage aérien de madame Smalls accompagne chacun de ses pas, l'odeur nauséabonde demeure lorsque les portes de l'ascenseur se referment. Trish est presque bleue à force de retenir sa respiration.

Enfin, nous atteignons le dernier étage et entrons en titubant dans le petit vestibule de sécurité, haletant pour respirer de l'air pur.

Je déverrouille la porte, pénètre à l'intérieur et me débarrasse de mes sandales d'un coup de pied.

— Mon Dieu. Cette pauvre femme.

Trish, un pas derrière moi, se fige dans l'embrasure de la porte lorsqu'elle remarque les changements dans mon appartement.

— Pauvre femme, mon cul.

Jul' force le passage et dépasse Trish, toujours en train d'agiter la main devant son nez.

— C'est pour le chien que j'ai de la p...

Elle s'immobilise aussi.

— Mais qu'est-ce qui s'est passé ici ?

Jackie regarde à travers l'espace qui les sépare, basculant en avant sur ses orteils.

— Tu déménages ?

Je pose mon sac à main sur le masticateur d'aliments pour bébés.

— Non.

Je jette un regard circulaire à tout le barda que j'ai acheté en deux jours, et mon penthouse de deux cent trente mètres carrés paraît exigu.

— Enfin, peut-être.

La maison de la mère de Vance, avec son jardin clôturé dans le quartier familial, me vient à l'esprit. C'est moi, au lieu d'Helen, qui suis assise en bout de la table entourée d'une famille.

Je prends une grande inspiration par le nez.

— Est-ce que tu emménages avec Vance ? demande Jackie, se disant probablement qu'il s'agit là de la prochaine étape logique.

Trish tape dans ses mains devant elle, l'air plein d'espoir.

— Non, dis-je d'une voix monotone. On a rompu.

Cette nouvelle est accueillie par un silence, jusqu'à ce que Jul' fasse craquer les articulations de ses doigts.

— Est-ce que ce connard t'a larguée après que tu lui as dit pour le bébé ?

Les trois paires d'yeux me transpercent tandis que je frotte mon pied d'avant en arrière sur mon tapis.

— Rose, dit Trish, comme une mise en garde. Qu'est-ce que tu ne nous dis pas ?

Poussant un soupir, je débarrasse l'ottomane des trois sacs en toile Louis Vuitton, que j'ai achetés pour m'en servir de sacs à couches, puis je m'assieds.

— Je ne lui ai pas dit.

— Je ne comprends pas.

Jackie pince les lèvres. Ne pas comprendre quelque chose, c'est la bête noire de Jackie.

— Comment tu as pu ne pas lui dire ?

Jul' se retourne comme si elle voulait faire les cent pas mais elle est arrêtée par des paquets.

— Il *faut* que tu lui dises. Non seulement il est le père, mais c'est aussi mon ami.

Je jette un regard vers Trish, mais aucune aide de ce côté. Elle a l'air d'une maman déçue par son enfant.

Me sentant acculée, je passe à l'attaque.

— Bah, rien de tout ça ne serait arrivé si j'avais su que c'était ton ami dès le départ, dis-je à Jul', haussant la voix. Tu n'avais jamais mentionné son nom auparavant.

— De quoi tu parles ? demande Jul' en fronçant les sourcils. Je parle tout le temps de la Torche.

— Oui, *la Torche*. Pas Vance ou Bodie.

Je jette les mains en l'air.

— Je pensais que tu faisais référence à un genre de Robonaut dernier cri.

Jackie aspire une profonde inspiration, les yeux écarquillés.

— On ne peut pas remplacer Robonaut.

À n'importe quel autre moment, son regard légèrement horrifié serait drôle, mais en cet instant, je me sens ridicule et frustrée de toutes les façons possibles.

— La Torche est son *surnom*, explique Jul' comme si j'étais idiote.

— C'est un surnom affreux, dis-je pour répliquer.

Jul' fait un pas vers moi.

— Pourquoi tu...

— Assez.

L'accent sudiste de Trish résonne dans la pièce comme un coup de fouet.

— Vous êtes juste contrariées toutes les deux, dit-elle en nous regardant tour à tour. Et vous êtes sur le point de dire des choses que vous ne pensez pas vraiment.

Je prends une profonde inspiration pour me calmer. Je trouve mon espace de zen intérieur, et regarde Trish droit dans les yeux.

— La Torche est un surnom atroce. Et je le pense de tout mon être.

Jul' ouvre la bouche, mais je suis sauvée lorsque ma sonnette l'empêche de riposter.

Ce bon vieux Martin.

Sur fond de silence gênant, Martin et Doug traînent mes achats jusque dans la chambre principale, puisque la future chambre d'enfant et l'espace de vie sont tous les deux pleins. Lorsqu'ils ont terminé, je les raccompagne jusqu'à la porte d'entrée et leur glisse un autre billet de cinquante chacun.

— Rose, me dit Trish lorsqu'ils sont sortis. Tu dois lui dire.

Sa voix est douce mais ferme.

Je reste face à la porte, ne voulant pas voir le visage de mes amies pendant que j'admets ma plus grande crainte.

— Ça ne changera rien.

— Ça, tu n'en sais rien, mon chou.

— Si. Je le sais.

Prenant une grande inspiration, je leur fais face.

— Il ne veut pas d'enfants. Il m'a dit ça avant que j'aie l'occasion de lui dire que j'étais enceinte.

Je m'esclaffe, agacée que mes yeux picotent.

— Il a même planifié une vasectomie.

Jul' se laisse tomber sur le canapé, écrasant le gros sac de vêtements pour bébés de chez Marc Jacobs.

— Oui. C'est dire à quel point il ne veut pas avoir d'enfants avec moi.

Je ravale ma salive en dépit du nœud dans ma gorge.

— Mais ça ne le dérangerait pas qu'on continue la relation sans prise de tête. Juste rien de sérieux.

Je ne parviens pas à dissimuler ma peine.

Nous restons assises en silence, en réfléchissant toutes à ce que je viens de dire. Bien que je me sois efforcée tant bien que mal de ne pas penser aux mots qu'il a prononcés ce jour-là, à présent que je l'ai avoué, ils tournent en boucle dans ma tête et dans mon cœur, encore et encore. Chaque répétition me tue en douceur.

Jul' brise le silence.

— Je vais le buter.

Son ton calme est plus effrayant que si elle semblait en colère.

— Tu ne peux pas.

Je m'affale à nouveau sur l'ottomane, me sentant vidée, mais aussi émotionnellement apaisée par la déclaration de Jul'.

— C'est ton ami.

— Oui, mais les pétasses avant les potes.

Je rigole, et une partie de ma tristesse diminue.

— Putain, moi aussi je t'aime, Jul'.

— Oui, je sais.

Ses yeux s'adoucissent, et elle sourit.

— Je t'aime aussi.

— Nous aussi on t'aime toutes, parvient à dire Trish avant

de se mordre la lèvre, comme si elle cherchait à contrôler ses émotions.

Bienvenue au club.

— « Je t'aime ».

Je ris, mais d'un rire qui semble creux à mes propres oreilles.

— Oui, je lui ai dit ça aussi.

Fixant mes orteils, ma vision se trouble, tandis que la chaleur augmente derrière mes yeux.

— L'aimer n'a rien changé non plus.

Je me mords la lèvre, clouée au sol par la douleur.

— En fait, ça a empiré les choses.

Trish marche jusqu'à moi, bras ouverts. Je me penche en avant et j'enroule mes bras autour de sa taille, la tête posée sur son ventre. Tandis qu'elle passe ses doigts dans mes cheveux, quelques larmes coulent.

— Alors, vous voyez, c'est mieux comme ça, dis-je dans le T-shirt de Trish. C'est mieux qu'il ne sache pas.

Nous sommes silencieuses un moment. Le seul et unique bruit vient de la pièce à paillettes, où se trouve la veilleuse sonore que j'ai achetée pour la chambre d'enfant. Il s'avère qu'elle était facile à allumer mais pas si simple à éteindre.

— Tu sais...

Le ton rationnel de Jackie me fait sourire, alors que ma langue perçoit le goût salé de mes larmes.

— J'ai fait quelques recherches.

— Sans blague.

Jul' soupire, et à en juger par le froissement de sacs, j'en déduis qu'elle s'est mise à l'aise pour écouter l'un des discours d'oratrice de Jackie.

— Oui, entonne Jackie. Et il se trouve qu'il y a eu un certain nombre d'études en psychologie sur la façon dont femmes et hommes conceptualisent la grossesse et la parentalité. Pour les femmes, le concept de devenir mère commence avec l'idée de maternité. Pour les hommes, l'idée de parentalité est trop abstraite ; ils n'acceptent généralement pas leur paternité avant la conception, et encore, ils n'acceptent leurs responsabilités imminentes qu'*après* la naissance de l'enfant.

Je maîtrise mes larmes et me redresse.

— Et alors ?

Trish attrape un mouchoir pour moi sur la table basse.

Les yeux de Jackie deviennent immenses, comme si elle était surprise que nous n'ayons pas immédiatement tiré la conclusion, quelle qu'elle soit, à laquelle son cerveau est déjà parvenu à partir de cette information.

— *Et alors*, il serait logique de penser que l'opinion de Vance au sujet de la paternité est biaisée dû au manque d'information. Le simple fait de savoir qu'il va être père, et ensuite de le devenir, pourrait altérer toute sa vision des choses.

— Tous ces verbes au conditionnel me paraissent trop incertains.

Je me mouche le nez.

— Je ne suis pas une grande fan de l'incertitude.

— Personne ne l'est.

Jul' est assise jambes écartées sur mon canapé, avec ses bottines de motardes qui ne semblent pas à leur place à côté des bébés lamas en peluche empilés par terre. J'ai décidé qu'ils seraient le thème de la chambre d'enfant.

— Mais l'arrivée de cet enfant n'a rien d'incertain, si ?

Je baisse les yeux, où mon ventre absolument pas ferme mais néanmoins toujours plat dissimule l'existence d'un bébé en train de grandir. Un bébé qui crée déjà des histoires avant même qu'il soit complètement formé.

#TellementMonGosse.

— Nan, rien d'incertain concernant ce petit gars. Ou cette petite fille.

Voyant la poussette garée devant la pièce à paillettes, un

engin dernier cri bénéficiant d'une cote de sécurité de cinq étoiles, je m'imagine promener un adorable petit garçon doté de grands yeux bruns et de magnifiques cheveux foncés. Ou peut-être une petite fille habillée en licorne, exactement comme toutes les petites filles devraient pouvoir le faire.

Je déglutis à grand peine.

Trish se déplace et s'assied à côté de moi sur l'ottomane. Nous sommes serrées comme des sardines, mais j'apprécie sa proximité.

— Est-ce que tu peux nous dire ce qu'il a répondu quand tu lui as dit que tu l'aimais ?

— Il ne m'a pas crue.

La tête de Jul' retombe sur le canapé.

— Je vais vraiment lui arracher les noyaux.

— Jul' ! la réprimande Jackie.

— Quoi ? rétorque Jul' en haussant les épaules, essayant d'adopter un air innocent plutôt que meurtrier. C'est pas comme s'il y tenait beaucoup de toute façon s'il a prévu de se faire ligaturer les trompes.

— Ce sont les femmes qui se font ligaturer les trompes. Les hommes se f...

— *Bref*, intervient Trish en levant les yeux au ciel à leur intention, ce qui me fait rire au passage. C'est tout ce qu'il a dit ? Il n'a pas dit qu'il ne t'aimait pas, n'est-ce pas ?

Je me remémore ses yeux ronds. Son froncement de sourcils perplexe.

— Bah, non, dis-je doucement. Mais il n'a pas dit non plus qu'il m'aimait.

— Peut-être qu'il était juste sous le choc.

L'espoir dans la voix de Trish me donne la nausée.

Jackie écarte la baignoire pour bébé et s'assied à côté de Jul' sur le canapé.

— Les hommes sont considérablement moins conscients des intrications émotionnelles que les femmes.

Jul' lui adresse un sourire narquois.

— C'est pas la poêle qui se moque du chaudron ?

— Quelle poêle ?

Les lunettes de Jackie glissent sur son nez lorsqu'elle fronce les sourcils.

— Quel chaudron ?

— Laisse tomber, petite pute, répond Jul' en gloussant. Laisse tomber.

Jackie continue de froncer les sourcils avant de sortir son portable de sa poche, sans doute pour se renseigner sur ce que Jul' vient de dire.

En examinant ces trois femmes, je suis soudain prise d'un sentiment de gratitude. Je me sens si reconnaissante de les avoir rencontrées. Qu'elles soient ici, avec moi, en cet instant. De savoir qu'elles seront là pour le bébé.

Alors que je souris, je me sens bien mieux ainsi entourée de ces filles que lorsque j'étais en train de dépenser des milliers de dollars en affaires pour bébé.

— Hé, dis-je, hochant la tête vers Jackie lorsque tout le monde me regarde. Fais une recherche pour moi, tu veux ?

— Bien sûr, je dois chercher quoi ?

Jackie pose ses pouces sur son écran.

— Le rôle de marraine.

Mon sourire s'agrandit quand elles me fixent toutes les trois avec des yeux ronds.

— Parce que j'attends de vous toutes que vous preniez vos nouvelles responsabilités très au sérieux.

Trish tape dans ses mains et rebondit sur l'ottomane, manquant de me déloger de mon siège.

— On va être marraines !

Jackie hoche la tête d'un air solennel, tandis que ses pouces pianotent à toute vitesse.

Je jette un coup d'œil à Jul', dont le sourire suffisant habituel manque à l'appel. Interceptant mon regard, elle cligne des paupières et se frotte un œil.

— Oui, dit-elle en se râclant la gorge. Ça a l'air plutôt cool.

Je suis on ne peut plus d'accord.

VINGT-TROIS
CHARGE UTILE INTERNE

VANCE

IL Y A UNE différence significative entre la première fois où j'étais assis dans le parking de Heartbreakers et aujourd'hui.

Quelques places plus loin, recouvert d'une peinture pailletée ultra brillante qui me donne mal à la tête, se trouve un van de strip-teaseuse. Ça doit être celui d'une strip-teaseuse, car qui d'autre prendrait le temps de rendre un véhicule familial aussi tape-à-l'œil ?

Ce qui soulève la question de pourquoi une strip-teaseuse aurait besoin d'une camionnette. Pour faire des road trips ? Est-ce que c'est un genre d'Uber spécial clubs de strip-tease ? Et si Heartbreakers devait faire quelque chose d'aussi voyant, pourquoi ne pas placarder leur logo sur le côté ?

Je m'adosse au siège conducteur de mon 4Runner pour me détourner, essayant de protéger mes yeux de l'éclat aveuglant du van, destructeur pour la cornée. Un simple regard sur ce travail de peinture incroyablement tapageur, et ma migraine – héritage de la séquence camaraderie et boilermakers avec Ian vendredi –

revient au galop. Ça me rend nostalgique de mon casque spatial, avec sa visière enduite d'une fine couche d'or pour filtrer les rayons nocifs du Soleil.

Mais le van de strip-teaseuse a beau être notable, l'absence de la voiture de sport dorée de Rose l'est tout autant.

Ça fait une demi-heure que la séance de pole dance a commencé, et Rose n'est pas là.

J'ai essayé de l'appeler et de lui envoyer des messages hier. Rien. Je suis tombé directement sur la messagerie.

J'ai même pris la voiture pour me rendre à son appartement mais le concierge m'a bloqué le passage dans le hall de son immeuble. Il semblerait que Vance Bodaway ne soit plus sur la liste des visiteurs autorisés.

En seulement quelques jours, Rose m'a bel et bien rayé de sa vie.

Ce qui devrait me convenir. C'était ce que j'espérais, après tout. Que les sentiments de Rose soient suffisamment superficiels pour qu'elle se contente de passer à autre chose dès qu'on aurait mis un terme à notre amitié améliorée.

Mais au lieu de me sentir satisfait de la situation, je suis déprimé. Je n'ai pas eu besoin de sentir le poids du regard désapprobateur du concierge pour savoir que j'avais merdé. Pas seulement parce que j'ai mal compris les sentiments de Rose, mais aussi parce que j'ai mal compris les miens.

Un nuage s'écarte du soleil, et le reflet aveuglant de la camionnette devient un rayon mortel.

— Oh, et puis merde !

Je coupe le contact et ouvre ma portière d'un coup. Le van me lance un regard assassin quand je le dépasse d'un pas raide, et je lui rends la pareille. Lorsque j'atteins les portes d'entrée de Heartbreakers, des petits points lumineux flottent devant mes yeux.

La première chose que je remarque en entrant, c'est la

musique. Au lieu du hard rock et du hip-hop habituels, c'est *White Christmas* de Bing Crosby qui sort des enceintes. La deuxième chose que je remarque, ce sont les plafonniers rotatifs. À la place des lumières multicolores habituelles, les lumières sont un mélange de vert et de rouge.

— Je t'assure, Helen, c'est vraiment un amour. Il est parfait pour toi.

Je cligne plusieurs fois des yeux, en me demandant si la camionnette n'a pas fait plus de dommages à mes rétines que je le pensais. Car la troisième chose que je remarque, c'est Rose. Rose vêtue d'une combinaison intégrale en Lycra, rouge métallique et sans manches, que viennent compléter une ceinture noire et un décolleté bordé de fourrure. Et comme si ce n'était pas assez, elle est rentrée dans des cuissardes noires à talon aiguille.

Je n'ai jamais, pas une seule fois dans ma vie, souhaité me déguiser en père Noël. Mais en voyant Rose ainsi habillée en mère Noël sexy, une apparence qui m'évoque un rêve érotique un matin de Noël, j'ai envie de reconsidérer tous mes vieux fantasmes.

— C'est gentil, Rosie, mais je n'ai pas eu de rencard depuis, eh bien…

Ma mère, affublée d'un legging blanc, d'une brassière de sport assortie et arrosée par ce qui semble avoir été un bidon de paillettes argentées, hausse les épaules et rigole.

— Jamais, en fait.

— Vas-y, ma belle !

Myra, avec son survêt vert forêt et ses oreilles d'elfe, encourage ma mère.

— Fais-toi plaisir, un peu.

— Oui, intervient Angela, les yeux baissés pendant qu'elle ajuste la position de son bikini triangle marron sur ses seins. Rien de tel que les galipettes pendant les fêtes.

Elle soupire et lève les mains pour redresser son serre-tête bois de renne.

— Enfin, c'est ce qu'on m'a dit. Ça fait si longtemps que je serais plus crédible en Vierge Marie qu'en renne du père Noël.

— Alooooors, dit Rose en amadouant ma mère avec un coup de coude. Tu me laisseras donner ton numéro à John ?

Encore plus de coups de coude.

— Hein ? Hein, dis ?

Ma mère rougit. Ou plutôt je pense qu'elle rougit. Ce pourrait être un effet du projecteur rouge.

— Je ne crois pas. Je suis trop vieille pour toutes ces bêtises.

— Quoi ?!

Rose recule en regardant ma mère de haut en bas.

— T'es pas vieille. T'es canon.

Ma mère rit de nouveau, l'air jeune et ravie. Comme si elle avait vraiment, vraiment envie de dire oui.

Mais ma mère ne fréquente personne. Elle ne l'a jamais fait. J'ai toujours pensé que c'était parce qu'elle n'avait jamais fait le deuil de mon père.

Maman ouvre la bouche pour répondre, et sa réponse me rend soudain très nerveux.

Je coupe ma mère :

— Rose.

Ma voix couvre celle de Bing et semble éraillée en comparaison.

Les yeux de Rose se tournent brusquement vers moi, et son sourire s'évanouit.

— Qu'est-ce que tu fais ici ?

Quatre paires d'yeux se focalisent sur moi, leur poids suffisamment lourd pour faire peser la balance du jugement en ma défaveur.

— Est-ce que quelqu'un d'autre a un sentiment de déjà-vu ? dit Myra en jetant un coup d'œil alentour. À mon âge, il faut être prudente. Un instant, c'est du déjà-vu, et celui d'après c'est de la démence.

— Je ne savais pas que tu serais ici, dis-je à Rose. Je n'ai pas vu ta voiture.

— Quelqu'un ? demande Myra en m'ignorant.

Angela tapote l'épaule de Myra.

— Tout va bien, Myra. J'ai le même sentiment.

— Ah, parfait.

Là-dessus, Myra ajuste sa chaise dépliée pour me faire face et s'assied, l'air prête à être divertie.

Rose penche la tête sur le côté.

— Si tu ne savais pas que je serais ici, j'en déduis que tu n'es pas ici pour me voir ?

L'une des lumières est projetée sur mon visage donc je ne parviens pas à discerner son expression.

— Si, c'est bien pour ça que je suis venu.

Levant la main pour me protéger de la lumière, je fais quelques pas pour me rapprocher de la scène.

— Je voulais m'excuser après la fin du cours, mais j'avais peur que tu ne sois pas là.

— Bah, je suis là.

Elle mâchouille sa lèvre inférieure rouge un moment.

— Et maintenant ?

Les yeux de ma mère font des allers-retours entre nous. Avec chaque coup d'œil, son froncement de sourcils s'accentue encore et encore.

— Est-ce que tu as fait quelque chose de mal ? C'est pour ça que Brit m'a dit que Rose ne venait plus dîner pour Noël ?

L'une de ses bottes blanches en fourrure à semelles compensées tape un rythme impatient et empreint de colère, ce qui a pour effet de faire tomber des paillettes argentées tout autour d'elle, comme une tempête de neige.

— Est-ce qu'on doit avoir une autre discussion ?

— Mon Dieu, ça suffit avec les discussions.

Je lève les mains en l'air pour l'éloigner.

— Ça n'a rien à voir avec le clitoris, Maman.

Elle croise les bras sur sa brassière de sport, qui est loin de couvrir assez ce que j'aimerais qu'elle recouvre.

— Mais tu as bien fait *quelque chose*.

— Oui, en effet.

Regardant Rose, je laisse ses yeux larmoyants creuser un peu plus le trou dans ma poitrine.

— Je suis *tellement* désolé, Rose. Honnêtement.

Myra, qui a l'air de vouloir un sac de popcorn, se décale avec sa chaise pour se rapprocher.

Ma mère se tourne vers Rose.

— Qu'est-ce qui s'est passé ?

Rose pose une main sur l'épaule de ma mère.

— Je ne te l'ai pas dit plus tôt parce que je ne voulais pas que notre dernier cours avant les fêtes soit gênant.

Ses yeux effectuent un petit mouvement rapide vers moi, avant de se poser à nouveau sur ma mère.

— La vérité, c'est que Vance et moi ne sortons plus ensemble.

— Qu'est-ce que tu as *fait* ?

C'est la première fois que ma mère semble si en colère depuis la fois où, quand j'avais 15 ans et alors que je n'avais pas le permis, j'ai enfoncé la porte du garage avec la voiture.

— Je...

— Ce n'est pas de sa faute, dit Rose, qui me surprend en se lançant à ma rescousse. Pas vraiment.

Même les paillettes et les lumières disco sont incapables de masquer la peine de Rose.

— On ne ressent pas la même chose, c'est tout.

— Si, je t'assure.

Ma voix est ferme, elle résonne dans le club vide.

Rose sursaute et me fait face.

— Vraiment ?

— Vraiment.

J'avance à grands pas jusqu'aux marches de la scène et les monte d'un bond, ne m'arrêtant que lorsque Rose est à seulement quelques centimètres de moi, perchée sur ses bottes à talons vertigineux qui mettent ses yeux au même niveau que les miens.

— Je t'aime.

Je n'ai jamais entendu un « accent de vérité » jusqu'à maintenant. Il me donne l'assurance de pouvoir corriger le tir. De faire en sorte que ça marche, entre Rose et moi. Pour de vrai.

Mais il faut que je sois honnête. Je *dois* m'assurer qu'elle comprend les risques.

— C'est vrai ?

L'émerveillement dans ses yeux me procure une satisfaction telle que je me traite de crétin dix fois encore de ne pas avoir perçu mes sentiments plus tôt. Elle incline la tête en arrière, son regard désormais sceptique.

— Depuis quand ?

— Peut-être depuis le mariage de Jackie, quand je t'ai surprise en train de te biturer au champagne des mariés.

Rose renâcle.

Du coin de l'œil, j'aperçois Myra qui donne un petit coup de pied à Angela.

— Ça devient intéressant.

Je soutiens le regard de Rose.

— Probablement quand tu m'as mis au défi de gober des turluttes au bar.

— Pardon ? demande Myra.

Angela agite la main pour la faire taire.

Rose se mord la lèvre, réprimant un sourire.

— Et sans le moindre doute, quand tu as soudoyé un

boucher en échange d'une dinde de Thanksgiving quand ma sœur a échoué à décongeler la sienne.

— Je m'en doutais, marmonne ma mère derrière moi.

— Je suis désolé de ne pas l'avoir compris aussi vite que toi.

Laissant mon regard ondoyer sur elle et parcourir chaque centimètre de son être, je remarque les grosses paillettes en forme de flocons de neige dans ses cheveux et la naissance d'une liasse de billets entre ses seins.

— Parce que je t'aime vraiment.

Myra pousse un soupir.

— C'est exactement comme quand mon deuxième mari m'a demandée en mariage.

Angela couvre la bouche de Myra avec sa main.

Rose allonge vers moi une main tremblante mais la retire avant que je puisse la saisir.

— Mais tu ne veux pas d'enfants.

Ma mère lâche une exclamation de surprise.

Ignorant l'expression trahie et blessée de ma mère que je devine sans même la regarder, je réduis l'écart entre Rose et moi, puis je la prends dans mes bras.

— Je sais que j'ai dit ça, et je suis désolé.

Incapable de me retenir plus longtemps, j'embrasse son front, inhalant son parfum sucré et priant pour trouver les bons mots.

— J'ai eu tort de te balancer tout ça comme je l'ai fait. C'est sans doute mon vieil âge qui me rend sénile.

Myra ricane, puis je recule pour rencontrer le regard de Rose. Je croise les doigts en espérant qu'elle me rendra mon sourire.

Elle le fait.

Puis elle ne le fait plus.

Les yeux de Rose se plissent.

— Alors… tu ne vas pas faire de vasectomie, du coup ?

— Une *vasectomie* !

Je roule mes épaules en boule pour me préparer à l'attaque que ma mère rêve de lancer, mais heureusement elle ne se produit pas.

— Je vais l'annuler.

Mes pouces caressent ses épaules, et la sensation de sa peau m'apaise.

— Alors tu veux des enfants ?

Elle parle de façon lente et prudente, comme le ferait un officier de police en s'adressant à quelqu'un sur un rebord de fenêtre. Ce qui peut sembler dramatique, pourtant m'imaginer ne serait-ce qu'envisager d'avoir des enfants me paraît à peu près équivalent au fait de sauter d'un immeuble.

Respirant profondément, je me prépare à ce qui j'espère sera suffisant pour elle.

— Peut-être.

Son regard s'absente.

— Peut-être.

Pas suffisant, donc.

— Les raisons que je t'ai évoquées au sujet des enfants tiennent toujours. J'ai pris cette décision parce qu'avoir des enfants signifie avoir une famille. Des gens qui ne seraient pas indifférents si quelque chose m'arrivait.

Je m'empresse de débiter mes mots, de peur qu'elle s'en aille une fois de plus avant que je puisse lui expliquer.

— Mais si *toi*, tu acceptes ce risque, alors je suis trop égoïste pour m'empêcher d'être avec toi.

— Attends, dit Rose en s'écartant et en secouant la tête. Tu es en train de me dire que la seule raison pour laquelle tu ne m'as pas dit que tu m'aimais et que tu ne veux pas de gamins, c'est que tu as peur que quelque chose t'arrive dans l'espace ?

— Vance...

La douce supplication de ma mère est à peine audible.

— Beaucoup de gens ont des enfants malgré un métier dangereux, Vance, dit Rose, qui me rappelle tout à fait Ian. Mon père était un pilote de course.

— Oui, et il est mort.

Rose a un mouvement de recul.

— *Vance.*

Le ton choqué et déçu de ma mère me lacère le dos.

— Oui. Il est mort.

Rose recule d'un autre pas, et la distance entre nous grandit.

— Et ma mère aussi. Mais pas à cause d'une course de voiture.

Je fronce les sourcils.

— Tu m'as dit qu'ils étaient morts dans un accident de voiture pendant une course.

— Oui, une course non autorisée, où ma mère n'avait rien à faire sur le siège passager. Et ils étaient probablement sous l'emprise d'une substance.

Sa nuque s'étire vers l'avant.

— Tu ne vas quand même pas me dire que tu travailles comme ça ? Que tu prendrais des risques pareils ?

— Non, bien sûr que non.

Mais mon père non plus n'en prenait pas.

— Alors pourquoi tu penses que c'est inévitable qu'il t'arrive quelque chose ?

— Parce que c'est possible.

Parce que c'est ce qui est arrivé.

— Il y a une grande différence entre « possible » et « inévitable ».

Son exaspération déclenche ma colère.

— Je ne prendrai pas ce risque.

Je fends l'air de la main, comme si je fixais une limite à ne pas dépasser.

Nous restons silencieux. Il n'y a pas de musique, Bing Crosby ayant fini sa chanson quelques secondes auparavant.

— Rose, dis-je en levant la main vers sa joue, plein de gratitude lorsqu'elle ne l'évite pas. On... on n'a pas besoin de décider maintenant. Inutile de se disputer à propos de paramètres inconnus.

Prenant une grande inspiration, j'essaie d'organiser mes pensées et mes émotions. Deux choses qui, au contact de Rose, deviennent confuses.

— Dans dix ans, quand tu seras bien établie dans ta carrière et que j'aurais effectué plus de missions, si tu es toujours décidée à avoir des enfants, on pourra en discuter à ce moment-là. D'ici là, je pourrais prendre une retraite anticipée.

Une larme se glisse entre les doigts encadrant la joue de Rose. Et tout comme cette larme, je sens que Rose m'échappe elle aussi.

— Tu ne vois donc pas tous les compromis que je suis déjà en train de faire ? Tous les risques que je prends déjà en t'aimant ?

Secouant la tête, j'implore :

— Ne me demande pas d'en prendre plus. Pas maintenant.

J'essuie la deuxième larme qui s'écoule.

— Nous avons amplement le temps.

Elle recouvre ma main avec la sienne, l'agrippant fermement avant de les laisser retomber toutes les deux.

— Non, c'est faux.

Un trou noir s'ouvre dans ma poitrine.

— Qu'est-ce que tu veux dire ?

Alors qu'elle garde la tête tournée de côté, je regarde les larmes tomber comme des paillettes sur la scène.

— Rose ?

Je tends les mains pour la prendre dans mes bras, mais sa main s'immisce entre nous et me repousse.

Alors elle me regarde, et je *sais*. Je sais sans qu'elle ait besoin de dire quoi que ce soit. Je secoue la tête encore et encore.

Elle hoche la tête en guise de réponse.

— Je suis enceinte.

Tout s'arrête. Même ma respiration. L'obscurité ronge lentement les contours de mon champ de vision. C'est difficile de ravaler le flot de salive dans ma bouche. Le trou noir dans mon cœur s'agrandit ; il me consume, me laisse à nu et vulnérable.

Rose s'excuse et dit quelque chose à propos du taux d'échec des stérilets. Je n'entends pas vraiment ce qu'elle dit. Ses mots sont noyés par l'afflux de sang qui palpite dans mes veines, par l'écho des pulsations rapides dans mes oreilles.

Sa main tombe sur son abdomen, tandis qu'un petit sourire illumine son visage strié de larmes. Ses lèvres continuent de bouger, mais je ne parviens pas à discerner les mots.

L'ébauche d'un bourdonnement se prépare. Probablement plus de personnes qui parlent. Quelque chose me percute dans le dos. Tous les sons me semblent distants et éthérés.

Je pars à la dérive, détaché de ce moment dans le temps, enveloppé par le vide obscur de mes émotions.

Peur et panique.

J'enlace mon père pour lui dire au revoir sur le perron, en l'écoutant nous dire que nous nous reverrons bientôt. Je le regarde s'éloigner dans son uniforme.

Je suis debout, entre son portrait militaire et son cercueil le jour de ses funérailles. Je tiens la main de ma sœur. Entouré de fleurs blanches.

Des fleurs blanches qui ressemblent à s'y méprendre à celles ornant la robe de ma mère, qu'elle a portée pendant des semaines après les obsèques, arpentant la maison comme un zombie, le regard triste et vide.

Sauf qu'il ne s'agit plus de ma mère. Cette fois-ci, il s'agit de

Rose. Rose ainsi qu'un petit enfant avec des cheveux blonds en bataille, tous les deux en train de pleurer.

La douleur dans ma poitrine est insoutenable.

J'ai le souffle coupé, surpris de réaliser que je suis dans mon SUV, en train de me diriger vers le nord sur la Gulf Freeway, une douleur lancinante dans le dos. Conséquence, j'en suis presque sûr, du coup de poing infligé par ma mère.

Pourtant, il est loin d'être aussi douloureux que les traces de larmes sur ma poitrine.

Rose

Il faut que je sèche mes larmes.

Assise sur le parking du garage de Flynn, la puissante climatisation de mon van me souffle dessus. Il ne fait pas vraiment si chaud dehors en ce moment, vu que les températures de décembre sont douces, etc. Mais j'espère que la clim parviendra à refroidir le feu brûlant derrière mes yeux.

Je pensais que j'encaisserais le choc mieux que ça. Après tout, je l'avais prédit. J'avais dit que le fait que Vance soit au courant pour le bébé n'aurait aucune importance. Qu'il partirait quand même.

Je me suis contentée de le regarder s'éloigner un moment, avant de partir à mon tour. Alors que j'arrivais au niveau des portes, Helen s'est écriée :

— Il t'aime, j'en suis sûre !

Elle a prononcé ces mots comme s'ils atténueraient ma peine d'une façon ou d'une autre, plutôt que d'arracher ce qui restait de mon cœur. Parce que je sais qu'il m'aime ; je voyais bien qu'il était sincère lorsqu'il me l'a dit.

#MaisPasAssezPourRester.

Ne sachant pas où aller, mais consciente que mes larmes faisaient de moi un danger au volant, j'ai pris la direction du garage.

Autant le dire à Flynn maintenant que je suis ici. Verser du sel sur mon cœur en miettes.

Même si ça aurait probablement plus de sens de l'annoncer à Holt d'abord, étant donné qu'il est l'aîné et que c'est lui qui s'occupe généralement des affaires de famille des West. Mais le ranch est plus éloigné, or je ne suis pas sûre de pouvoir parcourir une telle distance en voiture pour l'instant.

Je rapproche mon visage de la bouche d'aération et cligne des yeux, dans une tentative de juguler de nouvelles larmes. Je ne suis pas certaine de pouvoir mettre celles-ci sur le compte des hormones.

Regarder Vance partir m'a fait plus mal qu'en partant pour l'internat, lorsque j'ai regardé Flynn et Holt s'éloigner du contrôle de sécurité après nous être dit au revoir de la main.

Ça m'a fait plus mal que de regarder le nuage de poussière derrière la Chevrolet Malibu 1968 de papa, lorsqu'il décampait sur l'allée en terre battue du ranch. Parti retrouver ma mère, ou rejoindre une course de voitures, ou encore noyer ses regrets dans un troquet.

Ça m'a fait plus mal que toutes les fois où maman est partie. Que ce soit en ayant fait ses valises ou non, elle partait sans un regard en arrière et sans un au revoir. Et je ne m'y suis jamais habituée, jusqu'à ce jour où elle n'est jamais revenue.

— Rose ?

Je me cogne le dos de la main contre la fenêtre fermée.

— Putain !

Mike, le bras droit de mon frère au garage, incline la tête d'un air amusé.

— Ça va là-dedans ?

Mais son sourire s'évanouit alors qu'il pose la question, remarquant probablement les larmes qui coulent le long de mes joues.

Le souffle coupé, j'essaie simultanément de me calmer et d'étouffer ma peine. Essuyant frénétiquement ma joue droite, j'affiche un sourire et baisse la vitre avec ma main gauche.

— Ça va. Tout va bien.

Mike arque un sourcil interrogateur face à mes excuses bidon.

— T'es sûre ?

Je hoche la tête, les yeux écarquillés, essayant d'empêcher d'autres larmes de tomber.

Mike émet un grognement et contourne l'avant de ma voiture.

— Ouvre.

Je parviens à trouver et appuyer sur le bouton pour déverrouiller, puis il tire la poignée.

Il monte, et son bleu de travail glisse sur les sièges en cuir. Il jette un regard circulaire à l'intérieur.

— Nouvelle bagnole ?

J'essuie l'autre joue.

— Euh, oui.

Mike et moi n'avons jamais été très proches. Je le connais, il me connaît. Ou plutôt il me connaît *en partie*. Je suis sûre que Flynn lui a raconté suffisamment d'exemples parmi « les histoires de Rose » pour lui donner une impression intéressante. Et à certaines occasions telles que le mariage de Flynn, de banales petites fêtes, et d'autres où je m'ennuyais et décidais de faire quelques petites bêtises au garage de mon frère, nous avons eu quelques conversations. Et Dieu sait qu'il a dû sauver beaucoup de pare-chocs et de portières d'accidents mineurs que j'ai causés au fil des années. J'ai toujours eu l'impression qu'il ne m'appréciait pas beaucoup.

— Ça te va bien.

Pour une raison qui m'échappe, cette observation me fait rire. Peut-être que c'est son air impassible lorsqu'il le dit, ou peut-être que je suis au point critique entre les larmes et le rire, et que c'est juste mon cœur qui ne supporte pas de larmes supplémentaires. Alors je ris.

Mike sourit. Il a toujours eu un beau sourire.

— Tu as déjà un souci avec ta voiture ?

— Euh, non, dis-je en reniflant. Je suis juste venue pour parler à Flynn.

— On est dimanche.

Merde. J'avais oublié. Avant Jackie, l'atelier était ouvert sept jours sur sept. Depuis Jackie, il est fermé le dimanche à part pour les rendez-vous spéciaux. Flynn n'aime pas que quoi que ce soit l'empêche de passer du temps avec Jackie.

Mike ne donne pas l'impression d'être contrarié par ma détresse.

— Tu vas me dire ce qui ne va pas ?

Je suis tentée, mais...

— Nan, ça va.

Il opine de la tête.

— Pas de problème.

Nous restons assis un moment, sans qu'aucun de nous ne dise quoi que ce soit, sans la moindre pression de sa part pour que je parle.

Mike ouvre la boîte à gants et examine la console.

— Je sors avec quelqu'un en ce moment.

— Vraiment ?

L'aveu me prend au dépourvu. Mike fait partie de ces mecs dont le physique avantageux est trompeur. Il est séduisant, et pas qu'un peu, mais il est tellement discret qu'on ne le remarque pas. Au cours des dernières années, depuis que je le connais, je ne l'ai jamais entendu parler d'une fille. Et le fait qu'il me parle d'elle, à *moi*, me surprend au point de me tirer de mon gouffre du désespoir.

Il baisse la main sur le côté droit de son siège et tripote les manettes. Son siège recule, ce qui lui permet d'abaisser ses jambes et de les déplier.

— Bah, du moins j'essaie.

Je ne peux m'empêcher de trouver son attitude sereine amusante.

— Et comment ça se passe pour toi ?

— C'est dur.

Ses yeux croisent les miens pendant un instant, et j'y vois un sérieux auquel je ne m'attendais pas.

— Comme tout ce qui en vaut la peine.

Je réponds par un long bourdonnement.

— Elle a du mal à me faire confiance, tu vois ?

Son siège ajusté, il pose une main sur l'accoudoir.

— Elle croit que je ne suis pas sérieux avec elle.

— Ah bon ?

Je le regarde de haut en bas, essayant de voir en quoi Michael Falasco, si fiable et si décontracté, pourrait être autre chose que sérieux et digne de confiance.

— Mais tu es tellement...

Je fais un geste de la main vers lui, incapable de trouver le qualificatif que je cherche.

— Merci.

Son visage inexpressif, il s'avance pour regarder par-dessus le capot.

— C'est pas Flynn qui a fait ça, si ?

— Mon Dieu, non, dis-je en riant. Il m'aurait pourri la vie. C'était plus facile de le faire faire par quelqu'un d'autre.

Cette fois c'est au tour de Mike de lâcher un long bourdonnement.

Je tapote le volant, envahie d'un sentiment de culpabilité pour n'avoir pas donné ce travail à l'atelier de mon frère.

— Moins de disputes et de questions, tu sais ?

Autre hochement de tête.

— Et sinon, qu'est-ce que tu vas faire avec cette fille que tu fréquentes ?

— Continuer d'essayer, répond-il en haussant les épaules. Qu'est-ce que je peux faire d'autre ?

Poussant un soupir, je penche la tête en arrière pour l'appuyer contre le cuir.

— Mais c'est pas épuisant ?

— Parfois, si.

Je ferme les yeux, tandis que les événements d'aujourd'hui me rattrapent.

— Ça fait pas mal ?

— Si.

J'incline la tête vers lui, levant les yeux par dessous mes sourcils.

— T'es un peu agaçant parfois, tu le sais ça, non ?

— Je vois ça.

Il sourit, et je lui donne un petit coup au niveau de l'épaule.

— Elle est plus âgée que moi.

Il surprend mon froncement de sourcils.

— La fille qui me plaît.

— Oh.

J'hésite un moment avant de contribuer :

— Le, euh, mec qui me plaît est plus vieux lui aussi.

— Alors tu comprends, déclare Mike, qui fait plus confiance à mon intelligence que moi. Tout le monde aborde la vie par des chemins différents, avec des opinions illimitées forgées à partir de ses expériences. J'ai compris que plus quelqu'un vieillit et plus les chemins qu'il a pris sont nombreux, plus ces opinions sont ancrées en cette personne.

— Oui.

Je pense à Vance et à cette vasectomie qu'il a programmée.

— M'en parle pas.

— Ceci dit...

Mike assene des coups de doigt sur l'écran tactile de la console, parcourant la liste des radios que j'ai préprogrammées.

— Un avantage plutôt sympa quand on a toutes ces expériences, c'est qu'avec un peu de chance, ça ne nous prendra pas trop longtemps pour mettre de côté nos émotions et nous rendre compte de nos erreurs.

Je prends le temps d'assimiler ça.

Vance a peur de mourir et d'abandonner les gens qu'il aime, ce que je n'ai appris qu'aujourd'hui. Après quoi, je l'ai assommé par surprise avec le scoop du bébé. Est-ce juste de m'attendre à ce qu'il fasse immédiatement le tri dans ces émotions ?

J'étais si blessée qu'il ne ressente pas la même chose que moi, qu'il n'ait pas été submergé d'un sentiment d'évidence en apprenant ma grossesse, que j'ai décrété que sa réaction était une preuve concrète que lorsqu'il est parti, c'était pour de bon.

La chanson *Baby One More Time* de Britney Spears sort de mes enceintes.

Mike se moque :

— Une station de radio pop ? Sérieux ?

Son air de dégoût est ce que j'ai vu de plus émotif chez lui depuis qu'il est monté dans ma voiture.

Je m'esclaffe.

— Du calme, Eddie Vedder.

En me remémorant ce qui braille des enceintes du garage à n'importe quel moment de la semaine, je repousse ses mains et change de source audio.

— J'ai la radio satellite. Autrement dit, toutes les stations radio des années 1990 que ta petite âme grunge peut supporter.

J'appuie simplement sur un bouton, et Britney laisse place à Nirvana.

— Ben, ça c'est quelque chose.

Sans s'arrêter pour savourer les emblématiques grognements laconiques de Kurt Cobain, Mike appuie sur quelques boutons de plus. Au lieu de *Smells like Teen Spirit,* résonne une comptine sur fond de musique douce.

— Elle est bien, celle-là. Je vais la programmer dans ton top cinq.

Mon estomac se décroche.

Mike appuie sur quelques boutons encore.

— Tu te souviens de la fille qui m'accompagnait au mariage ?

Je hoche la tête au souvenir de la brunette.

— C'était ma sœur. Elle a eu un bébé il y a quelques mois, et c'est la station qui endort toujours ma nièce quand tout le reste échoue. Surtout dans la voiture. Ça doit être lié au ronronnement du moteur et au bercement dans le siège auto.

Il me regarde de côté.

— Souviens-t'en au cas où tu en aurais besoin. Certains bébés sont difficiles à endormir.

Je ferme la bouche et ravale ma salive.

— Comment tu as…

Il laisse tomber sa tête vers l'avant et met son regard à mon niveau.

— Rose. Tu as 21 ans et tu pleures, assise dans une camionnette neuve.

Mon visage s'embrase.

— Et au cas où ça ne suffirait pas… dit-il en pointant le pouce derrière nous.

Dans le rétro intérieur, je jette un coup d'œil au reflet du siège auto que j'ai installé hier, voulant m'assurer que je savais le faire correctement.

— Oh.

— Oui, dit-il en riant. « Oh ».

Une Cadillac Escalade s'arrête sur le parking, pour se garer à quelques places de ma voiture.

Mike regarde un homme grand et séduisant sortir de l'arrière.

— Ah, ça doit être mon client.

L'homme ajuste sa veste, puis allonge de nouveau le bras dans le SUV pour en sortir ce qui semble être un panier de transport.

— C'est un chat ?

Je regarde Mike, essayant de ne pas rire.

— Ton client est un homme qui promène son chat ?

— Dit la fille avec son van à paillettes et des sièges imprimés vache.

— Tu marques un point.

Mike ouvre la porte.

— Il est à la recherche d'une Cadillac rose. Une Fleetwood 1955, exactement comme celle qu'Elvis Presley a acheté pour sa mère.

Mes sourcils se hissent brusquement sur mon front.

— C'est un fils à maman ?

— Nan. C'est pour sa copine. Non seulement c'est une fan d'Elvis, mais c'est aussi la meilleure amie de ma meuf.

Mike se glisse hors de la voiture, croise le regard du type et lui fait signe de la main.

Dans un coin de ma tête, je me souviens des imitateurs d'Elvis au honky tonk du centre-ville, et de quelqu'un me disant quelque chose à propos d'un chat.

Mais avant que je puisse lui demander si son client avait quoi que ce soit à voir avec ça, Mike se penche par la porte ouverte.

— Tu connais l'adage « Ça ne peut pas faire de mal

d'essayer » ?

— Oui ?

Je me demande si c'est à ce moment qu'il va se métamorphoser en Wilson de la série *Papa bricole* et m'énoncer sa sagesse insensée.

— C'est un mensonge.

— Oh.

Ou peut-être pas.

— Essayer ça peut faire un mal de chien.

— Euh, c'est bon à savoir.

Je ne sais pas quoi dire d'autre.

— Mais ça ne veut pas dire que ça n'en vaut pas la peine.

Ah. Nous y voilà.

— Et puis…

Mike soupire bruyamment, comme si ce qu'il est sur le point de dire allait lui coûter.

— Tu mérites d'être heureuse, Rose. Assure-toi que tu fais tout ce qu'il faut pour que ça arrive.

Il hoche la tête vers mon ventre.

— Pour toi *et* le bébé.

Je suis trop sous le choc pour répondre avant qu'il ferme la porte.

Il s'avance vers son client au chat et à la copine obsédée par Elvis, puis il s'arrête, se retourne et revient en trottinant jusqu'à ma fenêtre.

Lorsqu'elle est baissée, il pointe le doigt vers moi, la mine sérieuse.

— Et pour l'amour de Dieu, si Flynn n'est pas au courant pour le bébé, va lui dire tout de suite. Parce qu'il est hors de question que je me retrouve à devoir lui cacher ça.

Alors qu'il s'éloigne, je sais qu'il a raison. D'abord, je dois l'annoncer à mes frères. Ensuite, je dois trouver un moyen de réessayer avec Vance. Même si ça fait mal.

VINGT-QUATRE
CHARLIEFOXTROT

VANCE

LORSQUE JE SUIS RETOURNÉ au club de strip-tease, tout le monde était parti. Même le van de strip-teaseuse avait disparu.

— Qu'est-ce que j'ai foutu, putain ?

Laissant tomber ma tête sur le volant, je laisse la frustration me ronger. En plus de la colère grandissante que je ressens à mon égard, il y a ce sentiment glacial qui ondule sous ma peau et s'immisce au plus profond de mes os.

La peur.

J'ai tellement peur que je n'arrive pas à réfléchir.

Moi. Un homme qui vole à toute allure, qui a plongé le regard dans les abysses de l'inconnu, mais qui au lieu de reculer s'y est jeté, attaché à un câble comme son seul gage de sécurité.

Et j'ai peur d'un bébé.

Mon téléphone vibre dans ma poche : c'est ma mère qui m'appelle pour la vingtième fois. Je fais rouler mes épaules, toujours meurtri par son assaut de tout à l'heure. Vu ce qu'elle m'a entendu dire dans le club de strip-tease, je suis sûr qu'elle a une idée de pourquoi j'ai réagi comme je l'ai fait, mais je ne suis pas sûr que ma mère soit la personne à qui j'ai besoin de parler dans l'immédiat.

Je m'incline vers l'arrière et essuie la sueur froide sur mon front. Plus j'y pense, plus je me rends compte qu'il n'y a qu'une seule personne qui serait capable de me comprendre. Et elle va soit m'aider, soit m'abandonner à mon propre bordel émotionnel.

Je n'arrive jamais à savoir avec ma sœur.

Dix minutes plus tard, je sonne à la porte de ma sœur. Elle vit dans un quartier plus récent de League City, à environ quinze minutes de chez maman à Clear Lake. Les parcelles sont plus petites, les maisons plus grandes. La sienne est dotée d'une lampe rotative, qui projette des flocons de neige dansant sur la façade de la maison.

À travers les longues fenêtres encadrant la porte d'entrée en bois solide, plus qu'à moitié recouverte d'une monstrueuse couronne de Noël faite maison, ma sœur jette un coup d'œil dehors. La surprise se lit sur son visage.

Je lève la main pour la saluer, me sentant aussi mal à l'aise que j'en ai probablement l'air.

Ma sœur ouvre partiellement la porte d'entrée, en me fixant avec son chapelet de guirlandes de Noël emmêlées.

— Vance ?

— Salut, Brit.

Elle continue de froncer les sourcils vers moi.

— Qu'est-ce que tu fais ici ?

Je lève le menton pour désigner le hall d'entrée derrière elle.

— Je peux entrer ?

— Oh ! dit-elle en ouvrant complètement la porte, avant de

reculer pour me laisser passer. Oui, bien sûr.

Je comprends que ma visite soit inattendue. Non seulement je ne l'ai pas prévenue, mais je peux aussi compter sur les doigts d'une main les fois où je suis venu chez elle.

Elle m'a invité des tas de fois, mais si ce n'était pas un anniversaire ou une fête, j'avais toujours des raisons de ne pas y aller. Et même sans ça, je ne me serais peut-être même pas pointé.

J'entre à l'intérieur et je souris en voyant le revêtement shiplap ornant le mur de la salle à manger, dont Matt se plaignait le jour de Thanksgiving. Étant donné que le mur n'est pas plat et présente une alcôve là où Brit a installé un vaisselier, je comprends mieux pourquoi Matt disait que ça avait été casse-pieds.

C'est joli, cela dit.

Comme toute sa maison d'ailleurs, surtout ainsi décorée pour les fêtes. À soixante centimètres de l'endroit où je me trouve, un énorme sapin de près de quatre mètres de haut, décoré dans toutes les nuances de blanc et d'argent, illumine l'espace.

Même sans les couleurs, je sais que Rose adorerait la façon dont il scintille.

— Qu'est-ce que je peux faire pour toi ? demande Brit en fermant la porte.

Je cale mes mains dans mes poches, basculant en arrière sur mes talons.

— Est-ce que tu me croirais si je te disais que je voulais simplement passer à l'improviste pour voir ma sœur ?

— Un dimanche après-midi ?

Sa bouche s'aplatit pour prendre une expression sardonique.

— Nan.

— Oui, c'est ce que je me disais aussi.

Je jette un œil au bureau de l'autre côté de l'entrée. Ou plutôt à la pièce que des agents immobiliers qualifieraient de bureau, mais que Brit a convertie en atelier d'activités créatives dédié à tout ce qui a trait à Pinterest. Au milieu de l'espace se trouve encore un autre arbre, celui-ci d'une hauteur plus raisonnable de deux mètres cinquante.

Et de couleur rose.

La maison est silencieuse.

— Où sont Matt et les garçons ?

— À un match de football américain, dit Brit en me contournant. Ils essaient toujours d'esquiver quand je commence à agrandir ma collection de sapins.

— Ta collection ?

Elle a un petit sourire satisfait.

— J'en suis à six, mais je lorgne sur un sapin avec guirlandes de Noël multicolores pour la salle de jeux des garçons.

J'émets un petit rire, compatissant avec mes neveux.

— Alors quoi de neuf ? Tu vas bien ?

Elle interrompt son entreprise de démêlage de guirlandes, les yeux paniqués.

— Oh, la vache ! Est-ce que maman va bien ?

— Oui, dis-je en levant les mains pour lui prendre les lumières des mains. Tout le monde va bien.

Ses épaules s'affaissent de soulagement.

— Dieu merci.

— En parlant de maman…

Je reporte mon regard sur un point de croix encadré sur le mur, exposé au milieu de photos de famille. La citation « C'est ce qu'elles disent toutes » est encerclée de fleurs brodées.

— Est-ce que tu lui as parlé aujourd'hui ?

Lorsque je la regarde de nouveau, ma sœur plisse les yeux.

— Pourquoi ?

Je hausse les épaules.

— Sans raison.

Lorsque je n'ajoute rien de plus, elle entre dans son atelier créatif, s'avance jusqu'au sapin rose et ramasse par terre une boîte de décorations séparée en deux.

Je la suis, examinant les étagères ouvertes garnies de paniers et, sur le mur au-dessus de la table de couture, un tableau marquoir rempli de bobines de fil. Il y a même une table relevable installée contre un autre mur, actuellement repliée pour faire de la place au sapin. Il y a des trucs partout, mais tout est habilement organisé.

Le bricolage, c'est *vraiment* le dada de ma sœur.

L'une des étagères présente des rangs et des rangs de bocaux remplis de paillettes. Tous alignés et étincelants dans la lumière matinale qui émane de la fenêtre de devant, ils me rappellent Rose et la raison pour laquelle je suis ici.

— Est-ce que tu as déjà été en colère contre papa ?

Je n'avais pas conscience de la question que j'avais besoin de poser jusqu'à maintenant.

Brit se fige, les yeux écarquillés.

— Tu es *sûr* que tu vas bien ?

Je souffle bruyamment pour expirer, tandis que l'embarras s'installe.

— Pourquoi tu penses que quelque chose ne va pas ?

Ses sourcils se soulèvent.

— Pourquoi ? raille-t-elle. Peut-être parce que tu fais des choses que tu ne fais jamais d'habitude.

Elle agite la main, dans laquelle se trouve désormais un gros donut décoratif recouvert de glaçage rose.

— Venir accompagné au dîner de Thanksgiving, jouer aux jeux vidéo en ligne avec tes neveux, débarquer chez moi sans prévenir. Me poser des questions à propos de *papa*.

Elle allonge le bras et l'accroche en haut du sapin, à côté d'un cornet de glace décoratif.

Le sapin tout entier est consacré au thème des confiseries.

— En général, quand les gens commencent à faire des trucs pareils, ça veut dire qu'ils sont malades.

Brit s'écarte pour vérifier le positionnement du donut.

— Ou amoureux.

La mâchoire lui en tombe, sa bouche aussi grande que ses yeux écarquillés.

— Oh mon Dieu, dit-elle en pivotant lentement la tête vers moi. T'es amoureux.

En voyant que je ne nie pas, un sourire immense, digne de celui du chat de Cheshire dans *Alice au pays des merveilles*, s'étire sur son visage.

— Je savais bien que vous étiez plus que des amis, toi et Rose, dit-elle en levant un poing victorieux dans les airs. Trop bien ! C'est tellement génial.

Perdue dans ses propres pensées, elle me raconte comment les garçons ont tous les deux reçu des commentaires de la part de leurs professeurs, qui les ont félicités de leur toute nouvelle terminologie féministe. Et comment Rose partage avec eux ses coffres aux trésors sur Fortnite lorsqu'ils jouent en ligne, afin qu'ils puissent passer les niveaux tous ensemble.

Autant de choses qui prouvent à quel point Rose est douée avec les enfants. À quel point elle serait formidable avec le nôtre.

— Vance ?

Je balaie mes pensées, pas encore prêt à m'engager sur ce terrain.

Brit se penche vers moi et plisse les yeux.

— On dirait que tu vas être malade.

Je l'ignore.

— Est-ce que tu te souviens quand papa est mort ?

Elle regagne son espace personnel et soupire, comme si elle espérait que j'avais oublié ma question de tout à l'heure. Elle devait avoir raison lorsqu'elle a dit que je ne parlais jamais de notre père, cela dit elle non plus n'en parle jamais.

— Oui, je me souviens.

Brit ouvre un gros meuble de rangement, révélant un impressionnant étalage de chaos organisé. De petits tubes de peinture, des bobines de ruban et des pots de perles triés par code couleurs et alignés dans des contenants transparents sur les étagères. Je prends conscience qu'il s'agit de la version « pièce à paillettes » de ma sœur. Et que, si on leur laissait une chance, Rose et elle deviendraient des amies très proches. Des sœurs.

Brit attrape un sac de guirlandes rose pâle avant de me le tendre.

— Tiens.

Je fronce les sourcils mais le prends néanmoins.

Puis Brit prend un cupcake décoratif dans la boîte.

— On n'a jamais vraiment parlé de papa, pas vrai ?

Elle évalue le sapin, puis s'accroupit pour accrocher le bibelot blanc et bleu vers le bas.

— Allez, hop !

Elle désigne le sac dans ma main.

— Quitte à ce qu'on soit triste, tu vas au moins m'aider à mettre la guirlande.

Je me déplace autour du sapin avec précaution.

— Comment on fait ça ?

— Tu pinces quelques brins et tu les balances avec élégance sur l'extrémité des branches.

Elle désigne le sommet de l'arbre.

— Commence par là.

— OK, dis-je en prolongeant le mot, n'ayant aucune idée de comment faire quoi que ce soit avec élégance. Mais ne m'en veux pas si c'est moche.

— Je ne promets rien.

Elle attend que je commence. Lorsque je m'y mets, elle

fronce les sourcils et opine de la tête, comme pour signifier que ce n'est pas parfait mais qu'elle ne m'en tiendra pas rigueur.

Les quelques minutes qui suivent s'écoulent en silence alors que nous décorons. Je suis tellement concentré pour ne pas faire de paquets avec la guirlande que je ne me crispe pas lorsque Brit brise le silence.

— Pourquoi parler de papa, tout à coup ?

Elle est à genoux, en train de repositionner un sachet de cookies vernis. Je termine avec une branche et m'interromps un moment.

— Je suppose que je ne comprends tout simplement pas.

— Quoi donc ?

Je sors quelques brins de plus du sac.

— Comment il a pu s'engager à faire un métier aussi dangereux, en sachant qu'on se retrouverait seuls s'il venait à mourir ?

Ma question est accueillie par un silence. Je baisse les yeux pour constater que Brit fronce les sourcils vers moi.

— Quoi ?

Ma réaction s'avère plus défensive que prévu.

— Je comprends ce que tu veux dire, vraiment. Mais...

Elle pousse un soupir.

— Les gens dans l'armée sacrifient déjà tellement, tu sais ?

Le sarcasme habituel de Brit est absent, comme l'atteste son intonation sérieuse.

— Leur service exige qu'ils sacrifient leur temps, leur corps, et même pour certains comme papa, leur vie.

Elle triture la fausse neige au pied du sapin, avant de s'interrompre et de lever les yeux vers moi.

— Tu ne crois pas que c'est trop leur demander que de sacrifier aussi le fait d'avoir une famille ?

À en juger par son expression de visage, il ne s'agit pas d'une question rhétorique. Elle attend une réponse.

Je n'en ai pas.

— Mais qu'est-ce que tu fais des gens laissés pour compte ? Comme toi, et maman.

Je ravale ma salive en me retournant vers l'arbre.

— Et moi.

Ses lèvres se tordent comme si elle essayait de maîtriser une vague d'émotions.

— Tu savais qu'à une certaine époque, je souhaitais que papa ne soit pas dans l'armée ? Qu'on ait un père normal avec des horaires de bureau comme la plupart des gosses à l'école.

Elle cligne des yeux plusieurs fois et se râcle la gorge.

— Je me disais que ce serait tellement chouette de le voir rentrer du boulot comme les pères dans les séries télé qu'on avait l'habitude de regarder. Il aurait posé sa mallette et on se serait assis tous ensemble à la table de cuisine pour le dîner. On aurait raconté notre journée.

— Oui.

Ça sonne plus comme un grognement que comme un mot.

— Moi aussi.

Elle m'adresse un sourire triste.

— Mais ce n'est pas le père qu'on avait. Le nôtre était fier de servir son pays. Ça faisait partie de lui. L'armée, c'était sa vocation. Il n'y a pas tant de personnes que ça qui trouvent la leur, dans la vie.

Elle m'enfonce son doigt dans la jambe.

— Et toi, tu es exactement comme lui.

— Moi ?

— Oui, toi.

Son ton condescendant a repris du service.

— Comment ça ?

Elle incline la tête pour réfléchir.

— Bah, d'abord, tu lui ressembles comme deux gouttes d'eau, si on se base sur les photos de lui qui sont toujours accrochées sur les murs de maman.

Je hausse les épaules.

Elle attrape une autre décoration.

— Et ensuite, il semblerait que vous soyez tous les deux nés avec la volonté de faire quelque chose de plus grand que vous. Pour papa, c'était l'armée.

Elle pointe vers moi un bâton de sucre d'orge multicolore.

— Pour toi, c'est la NASA.

— Mmm.

Je n'avais jamais vu les choses sous cet angle.

— Et je vais te dire un truc, ajoute Brit en secouant la tête. Quand tu as annoncé que tu allais devenir astronaute, j'ai failli faire une crise cardiaque.

Je fronce les sourcils, repensant à la scène quelques années plus tôt.

— Je ne me souviens pas de ça.

— Oui, parce que je te l'ai caché, bougre de crétin.

J'ai comme l'intuition que le bibelot en verre est la seule chose qui me sauve de ses coups de pied mortels.

— Tu demanderas à Matt. Jacob venait d'avoir 2 ans quand tu as postulé. J'ai pleuré toutes les larmes de mon corps pendant une semaine tout en disant à tout le monde à quel point j'étais fière de toi.

Un éclair de culpabilité me frappe en pleine poitrine.

— Merde, je suis désolé, Brit.

Je plie les genoux et m'abaisse à son niveau.

— Je pensais avoir pris suffisamment mes distances avec toi pour que tu...

Je m'interromps en me maudissant d'en avoir trop dit.

— Pour que je quoi ?

Je peux littéralement voir que Brit est en train d'assembler les pièces du puzzle.

— Tu...

Le sucre d'orge décoratif tombe au sol et se brise.

— Tu m'as ignorée pour que j'arrête de me soucier de toi ? me demande-t-elle sur un ton incrédule. T'es sérieusement en train de me dire que toutes les fois où tu as esquivé mes appels et les dîners de fête, tu pensais réellement que tu me rendais service ?

Elle est passée de l'incrédulité à la colère fulgurante.

— Qu'est-ce que c'est que cette espèce de logique débile ?

Elle me bouscule de ses deux mains, et je tombe en arrière sur les ficelles emmêlées des lumières.

— Aïe !

Quelques lumières s'enfoncent dans mes fesses.

— J'espère que ça t'a fait mal.

Elle plonge ses yeux brûlants dans les miens quelques secondes de plus avant de les refermer, puis elle laisse échapper un grognement exaspéré.

— Je n'arrive pas à croire que tu sois assez intelligent pour être astronaute avec une façon de penser pareille !

Elle fourre ses deux mains dans ses cheveux, et je me retiens de souligner qu'elle a entraîné la guirlande en même temps.

— Le fait que tu viennes moins qu'avant ne m'a pas fait t'aimer moins, espèce d'andouille.

Elle baisse les mains et me regarde de nouveau dans les yeux.

— Je t'ai insulté bien plus qu'avant, c'est le seul impact que ça a eu.

Bougeant ses jambes en dessous d'elle, elle s'assied en tailleur.

— Honnêtement, marmonne-t-elle, toujours pas remise. T'es vraiment con.

Je sais que m'excuser ne suffira pas, alors je ne dis rien, tirant sur les guirlandes en dessous de moi et commençant à les démêler, pendant qu'elle m'observe de son regard silencieux et sévère.

Lorsque je les ai enfin arrangées, Brit jette un coup d'œil à sa montre.

— Tu vas complètement devoir dire tout ça à maman aussi, tu sais.

Elle se redresse sur ses pieds et contourne le sapin.

Je me lève, et mes genoux craquent.

— Oui, peut-être…

— Brittany ?

C'est la voix de ma mère qui résonne quelque part dans la maison.

— Vance ?

Je me fige à moitié relevé, ayant probablement l'air d'un mélange entre un bossu et un cerf pétrifié devant des feux de route.

— Qu'est-ce que tu as fait ?

Brit lève le bras et agite sa montre connectée devant moi.

— Je lui ai envoyé un message pendant que tu installais la guirlande.

Il n'y a pas une once de remords dans sa voix.

— Elle m'a appelée tout à l'heure et m'a demandé de la prévenir si tu me contactais ou que tu radinais.

Je me redresse de toute ma hauteur, plissant les yeux vers elle.

— Tu as dit que tu ne lui avais pas parlé.

Brit hausse les épaules, nullement affectée par ma posture.

— J'ai menti.

Mes épaules s'affaissent à mesure que je soupire.

— J'arrive pas à c…

Une porte se referme quelque part dans la maison.

— Où êtes-vous, tous les deux ?

— On arrive ! s'écrie Brit, avant de plonger la main dans la boîte et d'en sortir un sommet de sapin.

Elle se retourne et me le tend. J'ai besoin de mes deux mains pour tenir la grosse cerise creuse.

— Assure-toi qu'elle est droite.

Je passe le sommet de la branche verticale dans la partie basse de la cerise, en maugréant à propos des sœurs indignes de confiance.

Mais lorsqu'elle est installée et droite, je recule pour admirer la cerise sur le sapin.

— Ça rend plutôt bien en fait.

— Oui. J'ai vu ça sur Pinterest.

Puis elle sort de la pièce à grandes enjambées, en s'attendant à ce que je lui emboîte le pas.

Rose

— Tu es enceinte, répète Holt pour la troisième fois.

Flynn n'a encore rien dit, ce qui est pire.

J'ai suivi le conseil de Mike et appelé mes frères pour leur dire de me retrouver au ranch. C'est dire à quel point Flynn et Holt devaient être inquiets à mon sujet pour qu'ils ne me demandent même pas pourquoi. Ils se sont contentés de venir.

#AmourFraternel.

Alors maintenant nous y voilà. Les trois West, assis dans le salon du ranch paré de sa beauté de Noël rustique, mes frères en état de choc et moi, très reconnaissante d'avoir fait un saut à mon appartement. Après avoir eu l'incroyable présence d'esprit d'anticiper que l'annonce de ma grossesse serait probablement mieux accueillie si je n'étais pas habillée comme une version coquine de la mère Noël.

#HoHoHoNon.

Et même si nous sommes plus âgés, et si je peux espérer que

Holt et Flynn sont plus matures et plus raisonnables, je ne peux m'empêcher de me sentir comme une gamine à nouveau. En train d'attendre qu'ils décident de mon destin, comme ils l'ont fait tant d'années auparavant lorsque nos parents sont morts.

Même si ce n'était pas une question, je réponds :

— Oui. Je suis enceinte.

Peut-être que si je le répète, ça rentrera.

Holt hoche la tête, fixant droit devant lui la couronne au-dessus de la cheminée, décorée avec des guirlandes lumineuses et des cartouches de fusil. Son corps reste immobile sur le canapé lin confortable et surdimensionné que Jul' a acheté récemment. Ou plutôt, qu'elle a fait acheter par quelqu'un qu'elle a embauché, étant donné que Jul' se moque totalement de la déco tant que ses fesses sont contentes lorsqu'elle s'assied.

L'absence de Jul' est quelque chose qui joue en ma faveur. Elle passe la nuit dans son appartement à Clear Lake à cause d'une simulation de vol prévue tôt demain matin. Holt était là-bas quand j'ai appelé et non au ranch comme je l'aurais cru. Mais même si les week-ends sont des occasions pour lui de passer plus de temps avec Jul' au vu de leurs emplois du temps chargés, il a quand même pris le volant pour venir ici lorsque j'ai dit que je voulais discuter.

Mes frères comptent beaucoup pour moi, et ça fait plaisir de savoir que c'est réciproque.

Une minute plus tard, voyant que Holt et Flynn continuent de fixer le vide dans des directions différentes, je décide que je ferais aussi bien de tout leur expliquer.

Joignant mes mains sur mes cuisses, je me redresse sur la causeuse.

— Pour info, je vais garder le bébé.

Pas de réaction.

— C'est Vance le père.

Flynn pousse un grognement. Je n'ai aucune idée de ce que

ça signifie, mais par mesure de précaution, je décide de ne pas leur raconter comment Vance a pris la nouvelle.

Les paumes moites de sueur, je les relâche et les frotte sur les coussins à côté de moi.

— Et je sais que ça peut paraître dingue ou naïf, mais je suis vraiment contente.

Enfin, presque.

— À l'idée de devenir maman, je veux dire.

C'est plus proche de la vérité.

Holt ravale sa salive. Je m'empresse d'ajouter :

— Évidemment, je suis nerveuse aussi. Je veux dire, je ne suis pas bête. Avoir un bébé, c'est un événement qui change la vie.

Rien.

— Mais je suis plus qu'en mesure de l'assumer financièrement, donc j'ai déjà plus de chance que la plupart des gens.

Je glisse vers l'avant de la causeuse, faisant apparaître les yeux de cocker les plus pathétiques dont je suis capable.

— Et j'ai encore plus de chance parce que mon bébé va avoir deux des meilleurs oncles au monde.

Flynn pousse un autre grognement.

— Ça va de soi.

La tension en moi s'apaise un peu, et je me mords la lèvre pour essayer de réprimer mon sourire. Mais lorsque je lance un coup d'œil à Holt, je reste bouche bée.

Il y a des *larmes* dans les yeux de mon frère stoïque.

— Holt ?

Je ne sais pas si je dois l'enlacer ou me préparer à l'impact.

— Ma petite sœur va être maman.

Bien qu'il ne me regarde toujours pas, il cesse de fixer le vide et baisse les yeux par terre tandis que ses mains prennent appui sur ses cuisses.

— Putain de merde !

Flynn et moi sursautons de surprise face à ce juron que notre frère emploie rarement. Je suis tentée de rappeler à Holt que ce n'est pas très féminin, comme il me l'a tant dit dans ma jeunesse, mais pour une fois, je prends conscience que ce n'est peut-être pas le bon moment pour ça.

Le visage toujours dénué d'expression, Flynn se tourne vers moi.

— Qui d'autre est au courant ?

— Bah... dis-je en me mordant la lèvre.

Flynn renâcle.

— Oui, je m'en doutais.

J'expire doucement lorsque les lèvres de Flynn remuent de haut en bas.

— Ian n'est pas au courant. À moins que Trish lui ait dit, lui dis-je en faisant la grimace. Donc c'est toujours ça.

— Attends, dit Holt en levant brusquement la tête. *Jul'* est au courant ?

Je hoche la tête, et mon air affligé s'accentue.

Ses yeux font la mise au point.

— Depuis combien de temps ?

Flynn s'adosse au canapé, l'air étrangement serein vis-à-vis de tout ça.

— Probablement depuis que Rose s'est mise à esquiver nos appels, et que Jackie et Jul' ont commencé à partir au boulot de bonne heure et à rentrer tard le soir. À nous esquiver, nous, en somme.

Il tourne vers Holt sa tête posée sur le coussin.

— Quand on a envoyé Ian à la poursuite de Vance.

Flynn tourne brusquement la tête vers moi.

— C'était quoi, la semaine dernière ?

Flynn est plus malin que je veux bien l'admettre.

— Oui.

C'est alors que l'expression que je redoutais en venant au

ranch se répand sur le visage de Holt. De la colère. De la déception. C'est la réaction qui m'inquiétait le plus : elle a un train de retard, mais elle est quand même là maintenant que le choc s'est dissipé.

Je me penche en arrière et mon corps tout entier se tend, comme pour se préparer à une tempête sur le point de frapper.

Holt secoue la tête d'un air dégoûté.

— C'est la dernière fois que je lui fais des cookies avant un bon moment.

La mâchoire m'en tombe.

— Et elle peut oublier les sablés de Noël dont je me vante depuis un moment.

Un gloussement jaillit de ma gorge.

Holt et Flynn me regardent comme si c'était une deuxième tête qui était apparue entre mes épaules et non un bébé dans mon ventre, mais je ne peux m'empêcher de trouver ça hilarant : le fait que Holt en veuille à sa petite amie de lui avoir caché ma grossesse, plutôt qu'à moi pour la grossesse en question.

Un autre gloussement s'échappe, et j'essaie de tousser pour le dissimuler.

Poussant un soupir à mon intention, Holt fait claquer ses mains sur ses cuisses et prend appui sur le canapé pour se relever. Faisant un pas pour contourner la table basse, il tend la main vers moi.

Je l'ai à peine saisie que je me retrouve prisonnière d'un gros câlin.

— Tu vas être une maman formidable.

Le câlin de Holt serait magnifique si seulement j'arrivais à respirer.

Je parviens à remplir mes poumons lorsque Flynn pousse Holt sur le côté pour prendre sa place. Heureusement, son câlin est plus délicat.

— Si tu as besoin de quoi que ce soit, tu me le dis, d'accord ?

me murmure Flynn à l'oreille. Même s'il s'agit d'une pelle et d'une tombe peu profonde.

Oui, Flynn est définitivement plus malin que je veux bien l'admettre.

— Merci, Flynn, dis-je dans un murmure, ne me croyant pas capable de parler d'une voix plus forte.

Il me serre fort contre lui avant de lâcher prise.

— À ton service.

Épuisée, je monte dans ma chambre en traînant les pieds. En dépit du relooking monumental qu'a subi la maison depuis que Jul' a capturé le cœur de mon frère, ma chambre est restée la même. Des trophées de rodéo, des plaques honorifiques universitaires, des dessins de chevaux de piètre qualité faits au crayon de couleur.

Je saisis un cadre photo orné de coquillages sur mon bureau. À l'intérieur, se trouve l'une des seules photos de mes parents, mes frères et moi, ensemble et souriants. C'était mon deuxième anniversaire, et nous avions fait une virée à Galveston Beach pour la journée. Une virée dont je ne me souviens même pas mais je voulais tout de même garder la photo à proximité.

La main sur mon abdomen, je m'assieds sur le lit double, l'édredon rose et blanc doux et molletonné.

Je veux que mon bébé ait bien plus qu'une photo.

Essaie.

En fixant le cadre photo, je pense à ce que Mike a dit. Rien de ce qui en vaut la peine n'est facile à obtenir.

Je balance le cadre photo sur le côté et sors mon téléphone de la poche de mon jean.

Essaie.

Ça semble tellement simple. Essaie. Fais un essai. Tente ta

chance. Fais un petit effort.

Sauf que ce n'est pas si facile. Comme l'a souligné Mike, c'est dur.

Les yeux rivés sur mon téléphone, je pense à tous les scénarios catastrophe. Vance pourrait m'ignorer. Il pourrait ne pas vouloir de notre bébé comme ma mère a rendu parfaitement évident qu'elle ne voulait pas de moi. Il pourrait dire oui puis se raviser. Se pointer puis se barrer de nouveau.

Il pourrait faire bien des choses qui me feraient mal. Plein de choses que j'ai ressenties auparavant. Mais aujourd'hui, elles seraient dix fois pires parce que je ne serais pas la seule à les subir.

Essaie.

Je jette un coup d'œil à la photo face cachée, mais je n'ai pas besoin de la voir pour me remémorer chaque expression, chaque mouvement de cheveux agités par la brise marine, chaque sillon creusé par le rire de mes parents autour de leurs yeux.

Mes mains se resserrent autour de mon téléphone.

La chose facile serait de ne pas essayer. De me dire que si Vance veut être là pour le bébé, alors il le sera. Et s'il ne le veut pas, alors tant pis. C'est à lui de décider. À son tour de jouer. *À lui* d'essayer.

Je tombe à la renverse sur mon lit en soufflant bruyamment.

Je n'ai jamais été douée pour laisser le contrôle aux autres.

Les bras sur ma tête, je fais apparaître l'appli calendrier sur mon téléphone. Je laisse mon doigt planer au-dessus du rendez-vous de demain et copie/colle l'information dans un message destiné à Vance. Puis, juste pour faciliter les choses, j'envoie l'adresse.

Je regarde fixement mon texto, insatisfaite. Il manque quelque chose. La carte et l'info du calendrier sont impersonnels. Et étant donné que je l'invite à un rendez-vous médical au cours duquel une femme va enfoncer sa main dans ma choupette pendant qu'il sera juste à côté de moi, je devrais peut-être ajouter quelque chose.

Je tape, j'efface et je retape plusieurs choses.

Viens s'il te plaît. Non.

J'aimerais que tu viennes. Non.

J'espère que tu pourras venir. Non.

Je continue jusqu'à ce que mes bras paraissent faibles à force de perdre du sang.

Juste avant de les abaisser, j'envoie un message :

Tu es le bienvenu si tu le souhaites.

N'ayant toujours pas de réponse une heure plus tard, je tombe d'accord avec Mike.

Essayer, ça peut vraiment faire un mal de chien.

VANCE

— Il faut qu'on parle.

Ma mère, qui a fort heureusement renfilé ses vêtements normaux, est en train de mettre sa veste sur une chaise lorsque Brit et moi entrons dans la cuisine. Elle a dû entrer par la porte latérale.

Comme je ne dis rien, maman tire une chaise et s'assied.

Brit en fait de même.

— Il me posait des questions à propos de papa.

— Ben oui, c'était évident vu toutes les choses que tu as dites à Rose aujourd'hui.

— Aujourd'hui ?

L'intérêt de Brit atteint son apogée.

— Le jour de la pole dance ?

Ma mère entreprend de donner à Brit les dernières

nouvelles, en lui racontant comment je suis devenu le pire jeune papa que l'histoire ait connu. Comment j'ai dit à Rose que je l'aimais, avant de refuser de prendre l'engagement d'avoir des enfants. Comment j'ai mentionné mon projet de vasectomie ou encore l'idée d'attendre dix ans avant de commencer une famille.

Les yeux de Brit s'agrandissent avec chaque révélation.

— Et puis Rose a annoncé qu'elle attendait mon petit-enfant !

Les yeux fermés, maman pose ses mains sur son cœur, comme si elle était submergée par la joie.

Brit pousse un cri de surprise.

— Putain de merde !

Ma mère ouvre les siens, et ses yeux se vident de leur joie lorsqu'elle les focalise sur moi.

— Et tu es parti.

Elle me crache ces mots au visage.

Brit s'étrangle.

— Putain de bordel de merde !

Maman lui assene un coup du revers de la main, mais Brit n'en prend même pas acte. Au lieu de quoi elle me colle un revers, comme si nous étions en train de jouer à une version violente du jeu de la rumeur, d'un bout à l'autre de la chaîne.

— Pourquoi tu ne me l'as pas dit tout de suite en arrivant ?

— J'avais besoin de te poser des questions à propos d'autre chose.

— Ah, dit Brit dont le regard assassin disparaît. Ah, oui.

— Quoi ? Qu'est-ce qu'il a demandé ?

Ma mère se redresse sur sa chaise, une fois de plus indignée.

— Parce que je vais te dire, si ton père était là, il serait tellement, tellement déçu.

La rage déferle en moi et je me lève, si brusquement que ma chaise recule sur le carrelage.

— Dans ce cas ça aurait été un putain d'hypocrite, n'est-ce pas ?

Brit et Mom lèvent les yeux vers moi, leur bouche aussi béante que leur regard. Je ne crois pas leur avoir déjà crié dessus auparavant. Je crois qu'elles ne m'ont jamais entendu crier, tout court.

J'inspire profondément pour essayer de me contrôler.

— Est-ce que tu te souviens seulement de ma dernière sortie extravéhiculaire, cette année ? Celle que Jul' et moi avons dû faire en urgence pour éviter une collision entre l'ISS et des débris spatiaux ? Une collision qui aurait potentiellement tué tout le monde à bord ?

Je me frappe la poitrine.

— Moi y compris.

Maman frissonne.

— Comment est-ce que je pourrais oublier ?

— Exactement. Moi non plus je ne peux pas oublier, dis-je en me passant une main tremblante dans les cheveux. Et je retourne là-haut dans quelques mois seulement.

Mon rire est vide.

— Bordel, j'ai *envie* d'y retourner.

Avec mépris, je secoue la tête pour moi-même.

— Quel genre d'homme est-ce que ça fait de moi ?

Brit fronce les sourcils.

— Qu'est-ce que tu racontes ? Quel rapport avec...

— Quel rapport avec papa ?!

Je suis agacé qu'elle ne comprenne toujours pas. Que *personne* ne comprenne.

Je regarde ma mère.

— Je crois qu'on se souvient tous comment la mort de papa t'a changée.

Elle sursaute. J'ajoute :

— Bousillée, même.

Elle ravale sa salive.

— Qu'est-ce que tu...

— Je t'entendais pleurer jusqu'à ce que tu t'endormes la nuit.

Je m'assieds, tandis que les sentiments que j'avais fermement cadenassés à l'intérieur de moi débordent et me vident de toute énergie.

— Je... Je l'ignorais.

La tête de ma mère tombe vers l'avant.

— Je ne savais pas que tu te rappelais de tout ça.

— Comme tu l'as dit : comment pourrais-je oublier ?

Je détourne les yeux vers la fenêtre et regarde, ondulant sous la brise, la balançoire de l'aire de jeu que j'avais livrée à mes neveux pour Noël il y a six ans.

— Et pourtant, après toutes ces années, tu vis toujours dans une maison qui est pratiquement un sanctuaire dédié à l'époque où il était en vie. Tu n'as jamais fréquenté personne d'autre, tu n'es jamais passée à autre chose. Papa t'a quittée et n'est jamais revenu, mais tu l'aimes toujours malgré ça.

— Mais il était dans l'armée. C'était son devoir. Il n'avait pas le choix.

— N'importe quoi.

Ma mère a un mouvement de recul face à ma véhémence.

— Il avait le choix. Ce n'est pas comme si l'enrôlement existait encore. C'est lui qui s'est engagé. Et il a continué de faire ce choix chaque année, chaque fois qu'il choisissait de ne pas quitter l'armée.

Brit se mord la lèvre.

— Comment est-ce que j'aurais pu prendre le risque d'infliger ça à quelqu'un d'autre ? À quelqu'un que j'aime.

Je ravale ma salive.

— Et j'aime Rose, Maman. Je l'aime tellement, dis-je en essuyant mes yeux d'un geste hargneux. Je ne voulais pas. Parce que je ne voulais pas lui faire vivre ce que tu as vécu quand papa est mort. Mais après, comme un connard égoïste, je me suis persuadé que si Rose choisissait quand même d'être avec moi malgré les risques, ce serait acceptable.

Mes doigts s'enfoncent dans ma cuisse sous la table.

— Mais un bébé ? Les bébés n'ont pas la possibilité de faire ce choix. Ils ne donnent pas leur accord pour risquer d'être élevés par un parent célibataire et endeuillé.

Les balançoires font des allers-retours quelques fois avant que maman se mette à parler :

— J'aimais ton père. Tellement. Et oui, je l'aime et l'aimerai toujours.

Elle prend une profonde inspiration. Brit renifle, tête baissée.

— Tu as été privé de ton père à un très jeune âge. C'est injuste. La mort elle-même est injuste après tout, pour les militaires comme pour les autres. Mais je me plais aussi à penser que tu as été incroyablement chanceux d'avoir eu ton père dans ta vie, même si ça n'a pas duré longtemps, plutôt que de ne pas l'avoir connu du tout. Il t'aimait tellement. Et il te montrait cet amour en étant la meilleure version de lui-même. Ce qui s'est passé n'est pas juste, et peut-être que ce n'est pas normal, mais c'est comme ça. Et quand tu as géré sa mort avec bien plus de maturité qu'un garçon de ton âge aurait dû le faire, j'ai failli à ma tâche lorsque je n'ai rien dit. Parce que même si tu ne t'es jamais plaint, et que tu n'as jamais pleuré face à l'injustice de la situation, comme tu m'entendais le faire la nuit quand je pensais que tu dormais, j'aurais dû m'en douter. En voyant que tu ne parlais pas de ton père, je me suis dit que j'allais respecter tes sentiments. À la place, j'ai choisi de garder la maison telle que ton père l'avait quittée, en pensant que tu trouverais du réconfort dans cette familiarité. Je ne savais pas que tu le vivais comme un fardeau, ou une cage dans laquelle je t'ai enfermé.

Ça paraît absurde que des aveux énoncés d'une voix si douce par ma mère puissent avoir un effet si puissant sur moi, un homme adulte. Que même aujourd'hui, j'avais encore besoin de les entendre.

— Je suis vraiment désolée, Vance, dit-elle en allongeant le bras pour prendre la main de Brit. Et envers toi aussi, Brittany.

— T'inquiète, Maman. Je comprends.

Sa voix se brise sur les derniers mots, et elle se lève.

— Putain.

Elle s'éloigne et attrape une boîte de mouchoirs qu'elle balance en arrière sur la table, avant de se rasseoir.

— Ce qui se passe dans la cuisine reste dans la cuisine.

Nous attrapons tous un mouchoir.

— Et je vais vous dire quelque chose, et Vance, je veux que tu me regardes dans les yeux pour que tu saches que je dis la vérité.

Je dois cligner des yeux plusieurs fois, mais je m'exécute.

— Même en sachant ce qui arriverait. Même en sachant qu'un jour votre père ne reviendrait pas à la maison pour me retrouver, pour *nous* retrouver, je l'aurais quand même épousé.

Je déglutis.

— Vous m'entendez ?

Ses yeux oscillent entre Brit et moi. Nous opinons tous les deux de la tête.

— Je suis sincère.

Maman écarte le mouchoir de ses yeux, son regard sérieux et assuré.

— Et j'aimerais que vous puissiez ressentir la même chose. Que malgré la douleur que vous portez, vous puissiez tous les deux réaliser à quel point Lonan Bodaway était un père formidable pour vous deux. Que vous puissiez voir au-delà de la tristesse pour vous souvenir de la joie.

— Oui, Maman. Je m'en souviens.

Brit se lève et se penche pour la prendre dans ses bras, puis elles rient un peu ensemble pour dissiper la tension. Et lorsqu'elles me regardent toutes les deux avec la même question dans les yeux, je sens les émotions que j'associe d'habitude à mon père – la colère, les regrets et la peur – se déplacer en moi. Faire de la place pour autre chose. Pour de l'amour. Pour des possibilités.

Mes yeux picotent et mes narines se dilatent, mais je prends une grande inspiration et je vais de l'avant.

— Vous vous souvenez de la fois où papa est resté debout toute la nuit pour essayer de réunir nos cadeaux de Noël, et qu'on l'a trouvé endormi sous le sapin quand on s'est tous précipités en bas le matin ?

Brit s'esclaffe.

— Oh mon Dieu, oui. J'avais presque oublié ça.

Elle laisse échapper une expiration tremblante mais joyeuse.

Je fais une boule avec le mouchoir dans ma main, avant de le lancer dans la poubelle près du mur.

— Il a dit qu'il avait essayé d'attraper le père Noël, et on lui en a voulu parce qu'il ne nous avait pas inclus dans son plan.

— Ou la fois où il nous a emmenés au parc de Clear Lake et que ces oies se sont mises à le pourchasser ? demande Brit dont le sourire grandit. Je ne l'ai jamais vu courir aussi vite de ma vie.

Je rigole, et cet acte suffit à relâcher la tension qui demeurait en moi.

— Ou la fois où il nous a tous fait la surprise de rentrer à la maison une semaine plus tôt.

Les yeux de ma mère s'embrument de nouveau, mais je sais que ce sont des larmes de bonheur cette fois. Elle hoche la tête vers moi.

— Juste à temps pour t'accueillir à l'arrêt de bus pour ton dernier jour de maternelle.

— Mes amis étaient tellement émerveillés par lui et son treillis.

Je me remémore le regard d'adoration sur leur visage tandis qu'ils dévisageaient mon père par la fenêtre du bus, grand et fier dans ses bottes et sa tenue de camouflage.

— On aurait dit un géant.

— C'est vrai, n'est pas ? demande Brit, surtout pour elle-même. Il pouvait tendre le bras complètement, et quand je m'y accrochais pour me balancer, mes pieds ne touchaient pas le sol.

La porte latérale s'ouvre à la volée et Matt entre dans la pièce, suivi des garçons.

— Hééé, tonton Vance !

Le sourire de Jacob illumine la cuisine.

— Tonton Vance est ici ?

La tête de Jase émerge sur le côté de son père, une main recouverte d'une main en mousse et l'autre agrippée à un énorme gobelet.

— Salut, les gars.

Je les serre dans mes bras un peu plus fort que d'habitude.

Juste avant qu'ils puissent nous faire un récit détaillé du match, mon téléphone vibre.

Rose : *Dre Barrios, demain à 15 h 30.*

À la suite, elle ajoute l'adresse d'un cabinet de gynécologie obstétrique.

Je garde les yeux rivés sur le message, choqué pendant que mes neveux parlent à toute vitesse du match et de toute la malbouffe que leur père les a laissés ingérer.

— Merci pour ça, dit Brit à son mari.

Mon portable vibre de nouveau.

. . .

Rose : *Tu es le bienvenu si tu le souhaites.*

Je me lève, et cette fois la chaise en dessous de moi tombe à la renverse.

— Faut que j'y aille.

— Tu m'étonnes, oui.

Le ton railleur de ma sœur a résolument repris du service.

— Oui, c'est pas trop tôt, ajoute ma mère. N'oublie pas de demander à Rosie pour quand est prévue l'arrivée de mon petit-enfant.

— Tata Rose ? demande Jacob.

La mention de leur comparse sur Fortnite les requinque, lui et son frère.

— Attends, dit Matt dont les yeux oscillent entre sa femme, sa belle-mère et moi. Rose est enceinte ?

— Un cousin !

La main en mousse de Jase fuse dans les airs. Jacob me regarde, perplexe.

— Mais vous êtes pas mariés.

— Crétin, dit Jase en lui assenant un petit coup. Les femmes ont pas besoin de se marier si elles veulent pas, tu te rappelles ?

Il se redresse, relevant le menton.

— Le mariage est une forme archaïque de propriété dont le but était à l'origine de décréter que les femmes étaient des propriétés.

Les adultes le regardent tous avec des yeux ronds.

Brit se tourne vers moi, on ne peut plus sérieuse.

— Par pitié, pour l'amour de Dieu, va épouser cette femme.

VINGT-CINQ
#STATUTDECOUPLE

VANCE

JE SUIS VRAIMENT TROP vieux pour ces conneries.

Le soleil est déjà couché, et je suis sur le porche du manoir West, en train de jeter un coup d'œil par les fenêtres pendant que je suis au téléphone avec ma sœur. Je distingue Flynn et Holt assis chacun d'un côté du canapé, leurs visages éclairés par la lumière de la télé. Est-ce qu'ils… Est-ce qu'ils sont en train de regarder *La vie est belle* ?

Jimmy Stewart, dans le rôle de George Bailey, enlace sa famille devant le sapin de Noël.

Oui, c'est bien ça. Je n'aurais jamais pensé que les frères West pouvaient être fans d'un film de Noël aussi sentimental.

— Alors ? Elle est là ? demande Brit.

Le nez presque écrasé contre la vitre, je regarde à gauche puis à droite.

Je murmure :

— Je ne la vois pas.

— Tu es sûr qu'elle est là ? murmure Brit à son tour, même si elle est à quarante minutes de là où je me trouve, cloîtrée dans son atelier Pinterest comme s'il s'agissait du centre de contrôle de mission et qu'elle était la contrôleuse de vol de ma sortie extravéhiculaire.

— Oui, selon mon indic, elle est ici.

Et puis, il y a le fait que la camionnette holographique est garée dans l'allée. J'aurais dû me douter que si ce n'était pas celui d'une strip-teaseuse, le véhicule pailleté appartenait forcément à Rose.

J'adore ça chez elle. Mais je vais aussi acheter des lunettes de soleil polarisées à notre enfant pour protéger ses yeux des rayons aveuglants.

Notre enfant. Plus je pense au bébé plutôt qu'à mes peurs irrationnelles, plus je m'enthousiasme pour ma paternité imminente. Je vais être papa, et pas juste n'importe lequel : celui du bébé de Rose.

— Il est fiable à quel point, ton indic ?

Je soupire, de retour dans le moment présent.

— C'est fiable à quel point, un gamin qui a la vingtaine ?

— Message reçu.

Une migraine vient marteler mes tempes, et je me demande pourquoi je ressens le besoin de suivre les conseils de ma sœur.

Dans un moment désespéré de faiblesse, j'ai montré à Brit le message de Rose au sujet du rendez-vous chez la gynéco, car je souhaitais savoir comment déchiffrer le « *Tu es le bienvenu si tu le souhaites* ». Est-ce que son usage de « tu es le bienvenu » signifie qu'elle est disposée à m'accorder une autre chance ? Lorsqu'elle dit que je peux venir au rendez-vous si je le *souhaite*, est-ce que ça veut dire qu'*elle* ne veut pas que je vienne mais qu'elle m'invite pour le bien du bébé ?

En espérant qu'une perspective féminine m'aiderait, j'ai écouté Brittany.

Ne lui réponds pas par message, m'a-t-elle dit. Faut que tu te pointes devant sa porte, m'a-t-elle dit. Tout le monde aime les grands gestes, m'a-t-elle dit.

Alors c'est ce que j'ai fait. Après une heure dans la circulation implacable de Houston, je suis arrivé devant son immeuble.

Avant d'être une fois de plus refoulé à l'entrée par le concierge de Rose.

Tout en faisant les cent pas devant son immeuble, j'ai appelé. Et j'ai appelé. Malgré le conseil de Brit, j'ai appelé.

Finalement, après le quatrième message dans lequel j'implorais Rose de décrocher, un jeune voiturier m'a fait signe d'approcher. Pour cinquante dollars, il m'a informé que Rose n'était pas chez elle. Pour cent de plus, et la promesse que je n'étais pas un harceleur psychopathe, le voiturier a admis avoir entendu Rose, alors qu'elle sortait du hall, dire à quelqu'un au téléphone de la rejoindre au ranch.

Pourquoi j'ai appelé Brit lorsque je suis arrivé à la propriété des West, je n'en ai aucune idée. On dit des gens comme moi qu'ils sont fous amoureux. Je crois que j'ai pris l'expression un peu trop au pied de la lettre.

Je baisse les yeux vers le porche.

— Rappelle-moi pourquoi je ne peux pas simplement frapper à la porte ?

— Si un connard m'avait mise en cloque, moi, à 21 ans, avant de décarrer comme un lâche pour ensuite revenir frapper à la porte quelques heures plus tard, est-ce que tu lui aurais ouvert ?

Fait chier.

— OK, j'ai pigé.

Une minute plus tard, je fais le tour de la maison sur la pointe des pieds comme un voleur dans la nuit, en me cantonnant à l'herbe pour éviter de faire du bruit. En espérant ne pas me faire tirer dessus par un quelconque grouillot qui patrouillerait dans la zone à une heure tardive.

J'ai regardé trop de westerns.

— Alors ? demande Brit après que je suis resté silencieux trop longtemps.

— Alors, il fait nuit.

Contrairement à la façade de la maison, qui est éclairée par les spots de la grange à proximité, l'arrière ne l'est pas. La seule chose me permettant de discerner où je suis, c'est la douce lueur des guirlandes de Noël à vingt mètres de moi, enroulées autour d'un petit sapin planté dans le sol et suivant le tracé d'une étable composée d'une seule stalle.

— Est-ce qu'il y a des lumières à l'étage, où tu pourrais jeter des cailloux à la fenêtre ?

— Aucune.

— Hmm. Peut-être qu'elle dort.

Un bruit de craquement sec me fait écarter le téléphone de mon oreille.

— T'es en train de manger ?

— Bah quoi ? On a faim.

Le craquement reprend de plus belle.

— Les garçons ont fait du popcorn.

— Attends, comment ça « on » ? Je suis sur haut-parleur ?

En réponse, Jase s'écrie :

— Grimpe pour la rejoindre comme Roméo, tonton Vance !

Je me pince l'arête du nez, alors que la migraine s'intensifie.

— Elle va adorer, intervient Jacob, la voix altérée par des interférences.

Probablement liées au popcorn.

— Je croyais que tous ces trucs romantiques allaient à l'encontre de vos nouveaux principes féministes.

Je me demande s'ils sont déjà capables de déceler le sarcasme.

Quelqu'un lâche une exclamation railleuse.

— Je t'en prie, dit Jase, qui semble en effet reconnaître le sarcasme. Tout le monde sait que faire la cour à une femme est la chose la plus féministe qui soit.

— Oui, tout le monde sait ça, ajoute Jacob.

Je ne sais pas vraiment ce que ça implique pour ma santé mentale, mais je suis le conseil de mes neveux préados et évalue le périmètre.

— La terrasse couverte ne continue pas derrière la maison, leur dis-je en passant les mains sur le revêtement en bois. Tout ce que je peux utiliser, c'est des planches avec couvre-joints lisses.

Je recule et lève les yeux vers les fenêtres du premier étage.

— Il n'y aucun point d'appui, aucun treillis, ni aucun arbre suffisamment grand en vue.

— Grimper façon Roméo serait incroyable dans le genre geste grandiose, dit Brit, suivie de plus de craquements.

— Bon Dieu, Brit, c'est pas comme si je pouvais vol…

Un objet appuyé contre la grange attire mon attention.

— Quoi ? Qu'est-ce qui se passe ?

Brit semble légèrement paniquée, ce qui atténue un peu mon agacement à son égard.

— Est-ce que tu t'es fait prendre ? demande Jacob.

Plissant les yeux sous la douce lueur des minuscules lumières blanches, je discerne des barreaux en bois.

— Ça alors ! Il y a une échelle.

— Victoire !

Je suis à peu près sûr que ces trois-là ont lancé leurs poings en l'air lorsqu'ils ont crié ça en cœur.

En leur promettant de les rappeler dès que Rose m'aura pardonné (ils ont plus foi en moi et en leur stratégie Roméo que moi), je raccroche, ayant besoin de la lampe torche de mon téléphone pour me guider dans l'enclos délimité par une clôture en bois.

Si Jul' me voyait en cet instant, la Torche avec sa lampe torche, elle n'arrêterait jamais de m'en parler.

Étonnamment, j'atteins la toute petite étable et reviens avec l'échelle sans marcher dans la bouse *ni* rencontrer Cookie, la vache domestique. Elle doit être endormie.

Mais quelle que soit la bonne étoile qui m'a guidé jusqu'ici, elle disparaît lorsque j'installe l'échelle sous la fenêtre que je *pense* être celle de la chambre où Rose m'a emmené lors du mariage. Une fois à la verticale et vue de près, l'échelle est vieille, usée et pas très solide structurellement parlant. L'ingénieur en moi me crie d'annuler la mission.

Mais comme c'est tout ce dont je dispose pour grimper comme Roméo jusqu'à Rose, je me lance et grimpe à l'échelle.

ROSE

PLOC, *ploc, ploc.*

Ouvrant les yeux, j'examine le ventilateur du plafond au-dessus de moi. Est-ce qu'il est déréglé ?

Ploc, ploc, ploc. Pas le ventilateur. Ça vient du couloir.

Je roule sur le côté, glisse du lit et m'avance pour ouvrir la porte, puis je passe la tête dans le couloir. Mon chignon lâche ballote.

Ploc, ploc.

Le bruit est plus fort à présent. Ça vient de la chambre d'amis. Peut-être un oiseau qui percute la fenêtre ?

Je traverse le couloir en traînant les pieds dans mes chaussettes pelucheuses, pousse la porte de la chambre d'ami et jette un coup d'œil à l'intérieur. Où je me retrouve aveuglée par un jet de lumière.

— Qu'est-ce que…

La main en l'air pour m'en protéger, j'appuie sur l'interrupteur de la lumière avec l'autre.

— Vance ?

Son visage s'illumine derrière la vitre, et il baisse son téléphone.

Foutues rides d'expression.

Je n'ai peut-être pas l'air menaçante en cet instant avec mon vieux T-shirt Dingo trop grand et ma culotte jaune fluo, mais mes yeux plissés et mon froncement de sourcils semblent suffisants pour atténuer la joie dans ses yeux.

Je devrais juste lui faire un doigt et me barrer. Me barrer comme il l'a fait avec moi.

Vance, par courage ou par stupidité, désigne le verrou de la fenêtre. *Toc, toc.*

Soupir.

Une seconde plus tard, la partie basse du châssis est relevée, et je baisse les yeux vers lui sans aucune vitre pour faire barrage à mon regard assassin.

— Qu'est-ce que tu fous à toquer à la fenêtre de la chambre d'amis ?

Ma question efface l'esquisse du sourire plein d'espoir sur son visage.

— La chambre d'amis ? dit-il en jetant un coup d'œil par-dessus mon épaule. C'est pas ta chambre ?

— Nan.

— Oh.

Comme il ne dit rien de plus, je croise les bras sur ma poitrine pour cacher mon personnage Disney préféré, dans l'espoir que ça me rendra plus intimidante.

— Alors ?

Il secoue la tête.

— Désolé, oui. Je, euh…

Son froncement de sourcils s'accentue.

— Waouh, je suppose que j'ai passé tellement de temps à essayer de te pourchasser que je n'ai pas réfléchi à ce que j'allais te dire quand je t'aurais trouvée.

— C'est peut-être une bonne chose, dis-je en faisant ressortir ma hanche. Vu comment ça s'est passé les deux dernières fois que tu avais pris le temps de réfléchir avant qu'on discute...

Il fait la grimace.

— Oui. À ce propos.

Il lâche une brève expiration sonore.

— Je sais que des excuses ne suffiront pas, mais je suis vraiment désolé. D'abord, d'avoir fait des suppositions au sujet de tes sentiments et d'avoir ignoré les miens. Et aussi d'être parti de Heartbreakers quand, euh, quand...

— Je t'ai dit que j'étais enceinte ?

— Oui.

— Si tu n'arrives même pas à le dire, je ne sais pas trop ce que tu fais ici. Et juste pour info, au cas où tu ne m'aurais pas entendue à Heartbreakers, je vais le garder.

— Tant mieux.

Il se redresse sur l'échelle.

— Je *veux* que tu le gardes.

— Ah bon ?

Il serait idiot de penser que je le crois.

— Je sais que c'est difficile à croire.

Je suppose qu'il n'est pas idiot.

— Mais je suis vraiment heureux pour le bébé. J'avais seulement besoin de démêler certains trucs.

Je bloque l'espoir qui désire remonter à la surface. Un fois pas deux, tout ça tout ça.

— Les mots ne suffiront pas, je comprends, mais c'est pour ça que je suis là.

Il arbore une expression pleine d'espoir, comme s'il attendait à ce que je saisisse l'évidence.

Quelle qu'elle soit, je ne saisis pas.

— Sur une échelle ?

Son sourire est aussi étrange qu'atrocement adorable.

— Je te fais la cour comme Roméo.

Un rire m'échappe sous l'effet de la surprise.

— Impossible que ce soit ton idée.

— C'était celle de Brit.

Il réfléchit.

— Enfin, plutôt celle de Jacob et Jase en réalité. Brit est celle qui m'a dit de ne pas répondre à ton message et de venir en personne.

Il poursuit en levant les yeux au ciel, ce qui me prouve que nous sommes sur la même longueur d'onde concernant le résultat de cette stratégie.

— Petit conseil pour toi et Brit : c'est important de répondre au message si ça va te prendre plus d'une heure pour rappliquer.

— Je l'ai fait.

Les paumes de Vance s'écrasent sur le rebord de fenêtre, et sa véhémence me fait sursauter.

— Pas tout de suite, concède-t-il avec un haussement d'épaules. Mais quand ton concierge a refusé de me laisser entrer, j'ai appelé, encore et encore.

— Hum.

Je suppose que c'est ma punition pour avoir éteint mon téléphone une heure après avoir envoyé le message, histoire de ne pas le fixer de manière obsessionnelle.

Vance croise les bras sur le rebord.

— Heureusement qu'il y avait un distributeur à côté de ton immeuble, sans ça Doug serait resté muet comme une carpe et ne m'aurait jamais dit où tu étais.

— Doug m'a balancée ? dis-je en faisant la moue. Quel enfoiré.

Vance lève une main.

— Oui, mais seulement *après* lui avoir juré que je n'étais pas un harceleur psychopathe.

Ça m'apaise quelque peu, surtout quand je pense au fait que Doug fait des heures sup' pour pouvoir offrir à sa sœur le nouvel iPhone qu'elle veut pour Noël.

— J'imagine que ça va, alors.

Vance ajuste sa position, un petit mouvement qui fait chanceler l'échelle.

— La vache ! lâche-t-il en appuyant ses doigts sur le rebord. Cette échelle me demande plus d'équilibre et de force abdominale que les manœuvres en sortie extravéhiculaire.

Il inspire lorsqu'il se sent stable.

— « Mort dans une bouse de vache ». J'aurais horreur que ce soit l'inscription gravée sur ma pierre tombale.

— Je suis surprise que tu aies laissé tes neveux te convaincre de faire ça.

Ma voix est plus sarcastique que je voudrais bien l'admettre.

— Vu que tu as si peur de mourir, et tout et tout.

La pique fait mouche, et il fait la grimace.

— OK, ça je l'ai mérité.

Il baisse les yeux, comme s'il avait honte.

— Et je sais que ce que j'ai dit t'a peut-être semblé ridicule, mais ces sentiments… ces sentiments étaient réels pour moi.

L'une de ses mains se referme en poing.

— Pendant trente ans, j'ai été en colère contre mon père. À lui en vouloir de nous avoir abandonnés, d'être mort.

Il laisse échapper une longue respiration étouffée.

— J'en voulais à ma mère aussi.

— Helen ?

Malgré moi, je m'abaisse pour poser mes genoux au sol.

— Tu lui as parlé après Heartbreakers ?

Il acquiesce d'un signe de tête, en maintenant le contact visuel. C'est plus facile maintenant que nous sommes au même niveau.

— À elle et à Brittany.

Mes lèvres tressaillent quand j'imagine comment cette conversation-*là* a dû se passer.

— Ça a dû être sympa comme discussion.

Il pousse un grognement, mais après un moment, la lueur amusée dans son regard se fait implorante.

— Accorde-moi une autre chance, Rose. Je t'en prie.

Prise au dépourvu, je bascule vers l'arrière.

— Et ce n'est pas juste à cause du bébé.

— Vance, je...

— Je t'aime.

Je me mords la lèvre, tandis que mes yeux s'envolent vers la lueur de l'étable de Cookie, loin derrière lui.

— Je t'aimais avant que tu me dises pour le bébé, et je t'aime encore.

Il déplace son poids pour se mettre dans ma ligne de mire.

— J'aime ta façon de te donner à fond, sans filet de sécurité, de juste croquer la vie à pleines dents. J'aime comme tu prends soin des gens qui t'entourent, pas seulement par de grands gestes, mais aussi par des petits gestes qui passent parfois inaperçus. J'aime comme tu me pousses à sortir de ma zone de confort, et pas avec délicatesse. Tu m'as montré à quel point j'avais rendu ma vie sombre en illuminant tout autour de moi.

— Je t'aime aussi.

Je ne peux m'empêcher de le dire. Je n'ai pas la force de mentir ou de le passer sous silence.

— Et pas seulement parce que tu as un super-sperme.

Un côté de ses lèvres tressaille.

— J'aime la passion et la persévérance en toi qui t'ont

conduit là où tu en es aujourd'hui, à la NASA. J'aime que même si tu n'es peut-être pas extraverti, tu apprécies réellement la compagnie des gens.

Je baisse les yeux, soudain prise d'intérêt pour la tache de rousseur sur mon genou.

— Et j'aime que tu n'aies jamais, pas une seule fois, essayé de me changer, mais que tu m'aimes comme je suis.

J'incline la tête, alors que les commissures de mes lèvres s'incurvent.

— Même quand je chevauche une connasse raciste à Crocs bleues comme un taureau dans l'allée numéro cinq.

— *Surtout* quand tu chevauches une connasse raciste à Crocs bleues comme un taureau dans l'allée numéro cinq.

Cette remarque lui vaut un sourire, mais il s'évanouit lorsque je poursuis :

— Mais tu m'as fait vraiment mal quand tu es parti aujourd'hui.

La courbe de son sourire retombe.

— Je sais.

— Et même maintenant, après avoir compris pourquoi tu as flippé comme tu l'as fait, même si je peux compatir avec toi, le fait que la fuite ait été ta première réaction me fait vraiment un mal de chien. Surtout quand moi, j'étais si heureuse. Comme si j'avais enfin trouvé ce que j'étais destinée à faire.

— Rose...

Il semble perdu, comme s'il ne savait pas quoi dire.

— Tu sais que mes parents sont morts, mais je ne t'ai jamais raconté comment ils m'avaient abandonnée bien avant l'accident de voiture.

Je glisse sur mon flanc, la hanche posée sur le tapis devant la fenêtre.

— J'ai grandi en regardant mes parents partir. Mon père, en tant que pilote automobile, partait surtout pour le travail.

Vance ouvre la bouche mais, sachant ce qu'il est sur le point de demander, je lève la main.

— Ça n'a rien à voir avec ton métier d'astronaute et le fait de s'envoler pour l'espace plusieurs mois d'affilée. Je connais la différence entre partir au travail et partir pour d'autres raisons plus égoïstes.

Les épaules de Vance retombent, et il lâche un soupir de soulagement.

— Mais mon père qui partait rejoindre ma mère, c'était égoïste. Maman a montré très clairement qu'elle préférait être n'importe où tant que ce n'était pas avec moi. Peu importait la grandeur de la maison ou la grosseur du compte en banque. Elle était partie plus souvent qu'elle était présente, et au lieu de rester avec moi, mon père lui courait après. Je me retrouvais toujours seule.

J'ai l'impression que mon corps, mon cœur et mon âme sont à plat après cet aveu, mais plutôt que de le dissimuler derrière mon sarcasme habituel, je regarde Vance droit dans les yeux pour le laisser voir toute ma souffrance.

— Il faut que tu saches que je refuse de vivre le restant de mes jours, avec l'inquiétude que ça arrive à quelqu'un que j'aime. Et je ne permettrai certainement pas non plus que mon enfant ressente ça.

— *Notre* enfant, dit Vance en prenant ma main. Et il se sentira désiré parce que c'est la vérité. Je te le promets.

Des mèches de cheveux tombées de mon chignon bruissent lorsque je secoue la tête pour balayer ses paroles.

— Je ne suis pas sûre que tu comprennes. Je veux tout, et je ne me contenterai pas de moins que ça. Et si tu ne peux pas tout m'offrir alors je ne veux rien.

— OK.

Les muscles de son cou se raidissent lorsqu'il contracte la mâchoire.

— Alors dis-moi ce que tu entends par « tout ».

Je laisse tomber ma main sur la sienne, dans laquelle se trouve mon autre main.

— Je veux une *famille*, dis-je en insistant sur le mot, essayant de l'imprégner de tout ce qu'il représente pour moi

— C'est ce que je veux aussi.

Je ris en grognant et retire mes mains, avant de lui faire signe de s'éloigner.

— Tu vois, tu dis ça *maintenant*, mais si on fait ça ensemble, il faut que tu saches que je vais y aller à *fond*.

Mieux vaut savoir maintenant que plus tard, alors je décide de partager mes rêves avec lui, pour voir s'il peut tout encaisser. Vance fronce les sourcils.

— Qu'est-ce que ça veut dire, « à fond » ?

Je soupire et me passe une main dans les cheveux, avant de m'interrompre lorsque je me souviens qu'ils sont attachés.

— Pour commencer, je vais acheter une maison. Une maison dans un quartier avec une bonne école, un grand jardin, et peut-être même une clôture blanche.

— J'appelle un agent immobilier dès demain.

Sa réponse rapide me fait plisser les yeux.

— Il faut qu'il y ait deux étages, avec de l'espace pour agrandir mais pas une construction neuve. Un endroit où on pourra réaliser des projets. Un truc digne de Pinterest.

Ses narines se dilatent, mais il opine de la tête.

Pensant que je l'ai poussé dans ses derniers retranchements, j'en rajoute :

— Et un arbre immense derrière la maison pour installer une balançoire et aménager un endroit où tu feras un barbecue tous les dimanches.

Cette fois, le hochement de tête arrive plus facilement.

— Je suis texan. J'adore faire des barbecues.

Je me redresse sur mes genoux, car le sujet de la discussion commence à me plaire.

— Et de l'espace pour une piscine, mais sans vraiment avoir de piscine parce que c'est dangereux pour les petits enfants.

— D'accord.

— Et le jour où on *aura* une piscine, il faudra que tu organises plein de petites fêtes entre voisins, pour qu'on puisse vérifier que tous les amis de nos enfants ne sont pas des connards.

Ses sourcils bondissent sur son front.

— *Nos* enfants ? demande-t-il en appuyant sur le pronom pluriel.

— Oui, dis-je en écrasant ma main sur le rebord de fenêtre. Au pluriel. Autrement dit plus d'un.

Je le dévisage, me préparant au combat.

— Hors de question que mon enfant soit fils ou fille unique.

Au lieu de mordre à l'hameçon, Vance sourit.

— C'est parfait. Plus de cousins pour Jase et Jacob.

Je retombe sur mes talons, et mon cœur fond légèrement en imaginant mes deux guerriers féministes, tenant la main de mon enfant tandis qu'il fait ses premiers pas, autour de la table à manger d'Helen lors du prochain Thanksgiving.

— Et il faut que la maison soit dotée d'un garage attenant pour que tu ne te fasses pas surprendre par le temps texan en déchargeant les courses de ton nouveau minivan.

Je sursaute, ayant besoin d'un moment pour me rendre compte qu'il est en train de contribuer à mon rêve.

— Parfait. J'adore, dis-je en frappant mes mains ensemble.

Je remarque à peine sa poitrine se dégonfler, alors que notre futur prend vie dans mon esprit.

— Je veux un labrador.

Il réfléchit à ce que j'ai dit.

— Les labradors sont intelligents. On devrait probablement en prendre deux.

Je baisse mes mains, qui jusque-là gesticulaient frénétiquement, pour les poser sur mes hanches. J'examine Vance pour évaluer s'il est sérieux ou non.

Mais son expression demeure inchangée, alors je modifie mon image mentale pour qu'elle intègre un deuxième chien.

— Oui, deux chiens ça serait mieux.

Il sourit.

— Et je vais jouer mon rôle de mère à trois cent pour cent.

Je deviens sérieuse de nouveau et enfonce mon doigt dans ma poitrine, manquant de m'arracher un téton au passage.

— Je vais rejoindre tous les groupes de mères, organiser des tas de goûters, faire du bénévolat dans toutes les écoles, et être une membre active de l'association des parents d'élèves.

Je lève la main pour effacer cette dernière pensée.

— Nan, rien à foutre. Je vais *diriger* cette putain d'association.

— Tu seras une présidente extraordinaire.

Ma poitrine semble prête à exploser.

— Et tous les soirs, on s'assiéra tous ensemble pour dîner en famille.

Son regard s'attendrit.

— J'aime bien cette idée.

Avec précaution, je recouvre doucement sa main posée sur le rebord de la mienne, essayant de calmer mon excitation afin de pouvoir choisir mes mots judicieusement.

— Et tu vas faire des choses *incroyables* dans l'espace et être un père que non seulement ses enfants aimeront, mais dont ils seront aussi extrêmement fiers.

Ses lèvres se pressent fermement l'une contre l'autre, comme s'il essayait de contenir ses émotions.

Je me rapproche et ma paume touche sa joue, mes doigts effleurant la courbe de ses cheveux autour de son oreille.

— Et nos enfants diront à tout le monde que leur père est

astronaute avant de te demander de les appeler depuis la Station spatiale, pour qu'ils puissent frimer devant tous leurs amis.

Il s'éclaircit la gorge.

— Les amis que nous aurons approuvés au préalable après nous être assurés que ce ne sont pas des connards.

Je ferme les yeux, bercée par ses mots qui sont comme de la musique à mes oreilles.

— Exactement

Lorsque je les rouvre, nous nous dévisageons en souriant, et toutes les raisons pour lesquelles nous nous aimons sont transparentes en cet instant.

Mais en dessous de la surface, où l'eau n'a pas encore fini de couler sous les ponts, il reste des raisons pour ne pas m'ouvrir à lui.

Du moins pour ne pas lui ouvrir la fenêtre et le laisser entrer. Pas ce soir.

Comme s'il lisait dans mes pensées, Vance lâche ma main.

— Tu ferais mieux d'aller te reposer, OK ?

Il renifle.

— On se voit demain au rendez-vous chez le médecin.

Même si je sais que c'est la meilleure chose à faire, je suis toujours réticente à l'idée de le laisser partir.

— Peut-être... dis-je en me mordant la lèvre. Peut-être que tu devrais entrer ?

Je peux voir son débat interne, son désir de dire oui. Mais Vance, plus fort que moi, secoue la tête.

— Merci, mais non.

Il se hisse et m'embrasse sur la joue, avant de se rabaisser sur son perchoir lorsque l'échelle grince.

— Laisse-moi d'abord m'occuper de tout vous donner, à toi et au bébé, d'accord ?

Il commence bien avec cette réponse.

— D'accord.

Il m'adresse un dernier sourire qui accentue les plis au coin de ses yeux, avant de descendre de trente centimètres sur l'échelle, un barreau plus bas.

Levant les bras pour attraper le châssis, je m'interromps. Avant que Vance descende encore, je me penche par la fenêtre et incline la nuque pour l'embrasser. C'est rapide. Juste un baiser furtif effleurant le coin droit de sa lèvre supérieure. Il y a plus de barbe que de lèvre. Mais ce baiser fait un effet formidable à ma choupette.

Et à mon cœur.

VINGT-SIX
STATUT D'OPÉRATION CONJOINTE

*V*ANCE

— ET SI ON allait voir ça ?

Mes yeux restent rivés sur le faux-plafond perforé, et je ne les baisse que par intervalles de quelques secondes pour m'assurer que Rose va bien. En haut, en bas. Voilà, comme ça.

Je ne sais pas pourquoi, mais on se croirait dans un palais des glaces ici : il y a un miroir accroché en face de moi et un autre derrière, ce qui rend chaque angle de la pièce visible.

Et après avoir vu Rose glisser ses fesses nues jusqu'au bord de la table d'examen, à seulement une quinzaine de centimètres du visage de la gynéco, puis mettre les pieds dans des étriers, genoux écartés, avec pour seule couverture une fine feuille de papier, tout ça pour que la docteure puisse lui enfoncer un gros spéculum en métal qui a véritablement *écarté* son vagin, afin qu'elle puisse *ensuite* insérer une pince gynécologique pour retirer un moyen de contraception qui a bougé et s'avère donc inefficace, j'ai compris que le plafond était le seul et unique lieu sûr.

Si un jour, je me plains encore de mon examen scrotal annuel, je considérerai mon statut d'homme comme nul et non avenu.

— Ça ne devrait pas faire mal.

La Dre Barrios fait rouler son tabouret sur le côté et attrape ce qui ressemble à un long godemiché blanc, rattaché à un ordinateur sur roulettes.

— Mais il se peut que ce soit un peu inconfortable, étant donné que je viens de retirer le DIU.

Ce truc fait au moins trente centimètres, avec une extrémité légèrement arrondie.

Je me sens vaguement infériorisé.

Rose doit penser à la même chose parce qu'elle ricane.

Le gode, qui est un genre d'appareil échographique, est recouvert d'une housse plastique et enduit de lubrifiant.

Sans déconner.

Rose remue sur le papier lorsque la docteure l'examine tandis que je lui tiens la main, ce qui a été ma seule contribution depuis que nous sommes entrés dans la pièce. Je comprends maintenant pourquoi les femmes se moquent toujours des hommes en affirmant qu'ils sont inutiles.

Des *boum, boum, boum* émanent de la machine.

Rose pousse une exclamation de surprise.

Boum, boum, boum.

Je risque un regard vers la gynéco.

— Est-ce que c'est... ?

— Le cœur qui bat ?

La Dre Barrios hoche la tête en affichant un petit sourire face à nos expressions.

— Oui, c'est bien ça.

Elle lève le bras sur lequel est attachée sa montre, probablement pour compter le nombre de battements par seconde.

Des points de lumière scintillent au coin de ma vision. Je retiens mon souffle, attendant le verdict.

— Cent douze.

Le sourire de la docteure s'agrandit.

— Parfait.

Rose et moi nous affaissons vers l'avant. Je lui serre la main, et nous échangeons un regard soulagé.

L'écran de l'ordinateur se divise en quatre quarts à mesure que la Dre Barrios clique sur le gode, toujours à l'intérieur de Rose.

— Le voilà.

La Dre Barrios désigne l'écran avec sa main non rattachée au godemiché.

Rose fronce les sourcils vers les cercles sombres dans chacune des quatre photos.

— Cette espèce de tache ?

Sa déception est adorable.

— Oui, il est trop tôt pour ce à quoi vous pensez probablement : la tête, les bras et les jambes ne sont pas encore visibles.

Elle retire son bras, et la sonde échographique émerge, luisant sous la lumière.

Une fois de plus, je relève brusquement les yeux vers le plafond.

— Néanmoins...

Du coin de l'œil, je vois la médecin désigner la zone statique blanche autour de la forme plus sombre.

— Ça, c'est l'utérus, et cette « tache » est dans la position idéale pour devenir un bébé en bonne santé.

Je baisse les yeux vers Rose, qui rayonne de bonheur.

— Mais encore une fois, ce n'est pas surprenant, vu qu'il faut être un sacré guerrier pour survivre à un préservatif *et* à un stérilet. Même si ce dernier avait partiellement glissé dans le col de l'utérus.

Je serre la main de Rose, envahi d'un absurde sentiment de fierté après les paroles de la docteure. Rose doit le comprendre car elle lève les yeux au ciel à mon intention. Mais elle le fait en continuant de sourire.

Lorsque la Dre Barrios dégaine la sonde échographique et la remet à sa place à côté du moniteur, je me sens plus à l'aise à l'idée de regarder l'écran directement. Après s'être lavé les mains, elle se hisse de nouveau face à l'échographe.

— On va prendre quelques mesures, d'accord ?

Quelques clics, cette fois à l'aide d'une souris et d'un clavier, et un petit motif quadrillé blanc apparaît autour du cercle minuscule sur l'écran. Notre bébé.

— Vingt-et-un millimètres, ça vous situe à sept semaines de grossesse environ.

D'un seul clic, les quatre images sortent de l'imprimante comme s'il s'agissait d'un Polaroïd énorme et légèrement pornographique.

Elle tend les photos à Rose, qui les regarde fixement sans ciller.

La Dre Barrios recule sur son tabouret à roulettes et attrape son iPhone sur le plan de travail.

— Donc si on en croit mon bon vieux calculateur de grossesse…

Elle lève son téléphone et l'agite avant de taper dessus.

— La date de votre terme devrait être le 8 août.

Le 8 août. Merde.

J'essaie de jouer la nonchalance.

— À quel point est-ce que c'est fiable ?

— Eh bien, puisqu'on ne sait pas quand le stérilet a bougé ni – à cause de ce même stérilet – à quand remonte le véritable dernier cycle menstruel, ce n'est pas précis.

Elle hausse les épaules.

— Et, bien sûr, certains bébés aiment arriver à l'avance et

d'autres en retard, mais à ce stade, et avec une échographie vaginale, la date du 8 août devrait être assez fiable, à plus ou moins deux semaines.

Elle fait défiler une page sur l'écran de son téléphone.

— Le 22 août si le bébé est en retard, et s'il est en avance...

— Le 20 juillet, dis-je à sa place.

La date est ancrée dans ma tête et entourée sur mon calendrier.

Rose lève les yeux des échographies. Sentant que quelque chose cloche à partir de mon expression, elle fronce les sourcils.

— Qu'est-ce qui ne va pas ?

— Euh...

Je sèche, essayant de trouver un moyen de verbaliser ça sans la contrarier. Mais je dois prendre trop de temps à réfléchir car Rose part totalement en mode panique.

— Est-ce que c'est à cause de la date de conception ? dit-elle à toute vitesse. Parce que ça nous situerait à peu près au moment du mariage. On était déjà ensemble à ce moment-là.

Sortant brusquement la jambe d'un étrier, elle manque de mettre un coup de pied circulaire en plein dans la tête de la Dre Barrios en le basculant par-dessus. Elle pivote ses fesses sur la table d'examen pour me faire face.

— C'est ton bébé, Vance. Je te le jure.

— Rose.

Je pose mes deux mains sur ses épaules et nous rapproche, nos fronts presque l'un contre l'autre.

— Je suis sûr à cent pour cent que c'est mon bébé. Je n'en ai jamais douté, pas une seule fois.

Elle hoche rapidement la tête et ravale sa salive.

— OK, oui, cool.

Même si sa réaction m'inquiète, je continue de soutenir son regard.

— C'est juste que le 20 juillet, c'est la date de mon décollage.

À mesure qu'elle commence à comprendre, ses yeux et sa bouche s'agrandissent.

— Oh.

— Ce qui veut dire que je suis censé être à Moscou *au moins* deux semaines avant, si ce n'est plus.

— Oh, répète-t-elle, et cette fois son hochement de tête est lent. Je vois.

— Dans six ou sept semaines, je devrais être capable de vérifier la date de nouveau pour que ce soit plus précis, propose la docteure, reculant sur sa chaise à roulettes avant de se lever. Peut-être que le bébé est petit pour l'instant mais que...

— Non.

Je ne veux pas donner à Rose de faux espoirs.

— La première fois qu'on a couché ensemble, c'était le premier samedi de novembre. Donc la date du terme a du sens. Au contraire, elle serait après ça, et non avant.

— Ah.

Elle marque une pause le temps que l'information rentre, puis elle regarde Rose.

— Dans ce cas, votre prochain rendez-vous n'aura pas lieu avant les quatre prochaines semaines, et vous pouvez le planifier en sortant du cabinet ou bien appeler quand vous serez prête.

— Merci, dit Rose avec douceur, les yeux rivés sur mon torse.

— Oui, merci, Docteure.

Mes mains sont toujours posées sur les épaules de Rose.

Elle se lave les mains encore une fois et sort pour nous laisser discuter.

— J'ai toujours détesté les maths, finit par dire Rose en levant la tête.

Elle sourit, mais son sourire ne lui arrive pas jusqu'aux oreilles.

— Je me goure à tous les coups.

— C'est ma faute. Je ne crois pas t'avoir communiqué la date de mon vol, mais je la connaissais bel et bien. J'ai juste...

Je laisse tomber mes mains en lâchant une grande expiration.

— C'est juste que je n'avais pas fait le lien.

J'empoigne mes cheveux et tire dessus, en colère contre mon cerveau.

— J'aurais *dû*, pourtant.

Rose prend une plus petite inspiration et se redresse, l'air complètement calme.

— C'est pas grave.

Elle tapote mon épaule et se laisse glisser de la table.

— Je ne suis pas fâchée.

Je recule pour qu'elle puisse récupérer ses vêtements.

Elle enfile sa culotte et intercepte mon regard sceptique.

— Ton décollage était prévu bien avant que cette grossesse se produise. Donc vraiment, ce n'est pas grave. Je vais m'en remettre.

— Bah, *moi*, je ne m'en remets pas.

Je laisse tomber ma tête sur la table d'examen.

— C'est le premier jour où je suis censé tout te donner et j'ai déjà échoué.

— Hé hé.

La tête toujours posée sur la table, je la tourne vers le ton sympathique de sa voix et entrevoit sa culotte à carreaux blancs et noirs, alors qu'elle remonte son short en jean.

— Souviens-toi. Je connais la différence entre partir pour le travail et partir par égoïsme.

Boutonnant son jean, elle glisse ses pieds nus dans ses sandales. Les ongles de ses orteils sont peints en bleu.

Je me demande si elle espère que notre tache soit un garçon.

— Et d'ailleurs, poursuit Rose, Jules et Jackie ne partent pas avec toi sur ce vol, donc elles seront ici. Pareil pour Trish.

Elle renâcle.

— Sans oublier mes frères.

Je n'ai pas hâte d'annoncer à Holt et Flynn que je ne serai pas présent quand leur petite sœur accouchera.

Elle se penche sur moi, toujours recroquevillé et déprimé, et me frotte le dos.

— Je vais avoir un tas de gens parmi lesquels choisir la personne qui m'accompagnera dans la salle d'accouchement.

Rose prend la nouvelle mieux que je le pensais. Bien mieux que moi. Ce qui devrait être une bonne chose, pourtant ce n'est pas le cas.

J'ai toujours su qu'aller dans l'espace était un compromis. J'ai le privilège de voir et de vivre des choses merveilleuses que très peu de personnes dans le monde ont l'occasion de voir et de faire. J'ai déjà loupé des anniversaires, des mariages, et nombre d'événements marquants dans la vie de mes neveux. Mais je savais que les gens pour qui je n'étais pas là avaient d'autres personnes autour d'eux pour combler le vide de mon absence.

Mais il s'agit de Rose. La femme que j'aime. Qui va donner naissance à notre bébé. Bien sûr, une ou toutes ses amies et toute sa famille peuvent me remplacer, aider à faire en sorte que Rose ne soit pas seule pendant l'accouchement… mais qui va combler mon vide, à moi ?

— Je ne suis pas sûre que ça t'aide, dit Rose en continuant de me masser le dos, mais le simple fait de savoir que ça te contrarie de ne pas être là pour la naissance me remonte le moral.

Je pousse un grognement, et ma joue glisse de la table rembourrée en cuir.

— Je suis si heureux que ma peine t'apporte du plaisir.

Lorsque je m'incline vers l'arrière, Rose s'assied sur mes genoux.

— C'est ma façon d'être serviable.

Je la serre dans mes bras, son menton posé sur mon épaule et le mien sur la sienne.

Je me dis que je vais devoir me résigner et me convaincre que si Rose accepte que je manque l'accouchement, alors il va falloir que je trouve le moyen de l'accepter moi aussi. Mais pile au moment où cette pensée me traverse, j'entrevois ses yeux dans le miroir derrière la table.

Et la petite larme qui s'écoule.

VINGT-SEPT
#SCHNAPPSETLESDIAMANTS

Rose

— ÇA SE JOUE entre la maison dans le quartier de Trish et Ian, et celle de Taylor Lake Village.

Vance remet en place les impressions des annonces immobilières qu'il a rassemblées au cours des cinq derniers jours, afin de les montrer à sa sœur pendant que je continue à tout déchirer sur Fortnite.

— Celle-ci, c'est celle qui est située dans le quartier de Trish. C'est une grande maison à deux étages dans un quartier bien établi. Elle est à prix réduit. Mais c'est possible qu'ils fassent ça pour stimuler les enchères.

Brit plisse les yeux vers la photo.

— C'est quoi ça ?

Vance tourne la page pour l'incliner face à lui.

— C'est la maison vue du ciel.

— J'ai compris que c'était une vue aérienne, mais qu'est-ce que c'est que *ça* sur la photo ? dit-elle en tapotant la page.

— La fontaine du voisin.

Il soupire.

— Pour une raison qui m'échappe, les voisins deux maisons plus loin ont installé cette affreuse fontaine sculptée dans un style italien, devant leur maison coloniale en briques rouges.

Il secoue la tête, parlant d'ores et déjà comme un banlieusard mécontent qui s'inquiéterait des prix cassés de l'immobilier. Les yeux de Brit semblent un peu lourds sous l'effet de son chocolat chaud alcoolisé.

— Oui, je crois que même Pinterest n'a rien qui pourrait rendre ce truc moins moche.

Vance renâcle et tourne la page.

— Et celle-là, c'est celle de Taylor Lake.

J'écoute Vance, installé derrière moi sur le canapé, parler emplacement et prix tandis que je reste assise par terre entre ses jambes.

Située dans la ville avoisinante de League City, la maison de Brittany est formidable. Dans le salon, le plus familial de ses six sapins est plein de décorations faites maison que les enfants ont réalisées au fil des années. Beaucoup d'yeux exorbités, de cure-pipes, et de bâtonnets de glace.

Je chercherais bien une maison dans le coin, mais League City est à l'opposé de Clear Lake, un poil trop loin à mon goût du ranch, de la NASA, et de mes amies.

Nous sommes ici depuis midi, après que Vance et moi avons passé notre premier matin de Noël ensemble. Le premier d'une longue lignée.

L'album de Noël d'Elvis Presley passe en fond sonore, ce qui me rappelle la horde d'imitateurs du Whiskey River sur qui je n'en ai jamais su davantage. Il faudrait vraiment que j'interroge Mike à ce sujet, pour savoir si son nouveau client avait quelque chose à voir avec ça.

— Tu sais que maman votera pour celle de Taylor Lake, dit

Brit avant de prendre une gorgée de sa boisson et de se lécher les babines. Elle habite à seulement deux minutes.

— Oui, mais elle est déjà en train de parler de vendre cette maison et d'en prendre une plus petite, donc je ne suis pas sûre que ça compte.

Il ne semble absolument pas triste à l'idée qu'Helen souhaite vendre leur vieille maison de famille. Je pensais que ça l'attristerait un peu, mais il semble plus contrarié par le rencard imminent d'Helen avec John.

— Mais c'est plus proche de Flynn et Jackie.

J'aime l'idée que ça ne le dérangerait pas de vivre près de mon frère, cet homme des cavernes.

Inclinant la tête en arrière, je lis toutes les annotations que Vance a faites sur chaque annonce. Et toutes les listes possibles de prénoms de bébés gribouillées dans les marges.

Il ne le sait pas encore, mais je vais carrément garder ces documents, peu importe la maison qu'on choisit.

#Adorable.

— Tata Rose, tu n'es pas concentrée ! hurle Jacob pour qu'il puisse s'entendre parler par-dessus son nouveau casque.

Celui que je lui ai offert. Affolé, il martèle les boutons de sa manette.

— Crotte ! Désolée, gamin.

Mais je ne suis pas assez rapide, et nos personnages meurent tous les deux.

— Oh, non !

La mine boudeuse de Jacob est adorable.

— À mon tour ! dit Jase qui se laisse glisser du siège inclinable et arrache la manette des mains de son frère.

Jacob ouvre la bouche, probablement pour protester, mais je vole à leur secours :

— Tiens, prends la mienne, dis-je en lui tendant ma manette. Je fais une pause.

Les épaules de Jase s'affaissent.

— Zut. Maintenant on va vraiment perdre.

J'ébouriffe ses cheveux.

— Faut bien que tu apprennes un jour, gamin.

Soudain, on me saisit par les aisselles par derrière et me soulève dans les airs.

— Qu'est-ce...

— Voilà, dit Vance en m'installant sur ses genoux.

Brit plisse le nez.

— Beurk, dégeu. Trouvez-vous une chambre.

Sa jérémiade est anéantie lorsqu'elle se fend d'un grand sourire.

— On essaie de trouver une maison, lui rappelle Vance en tapotant la page sur ses genoux. Donc aide-moi à déterminer laquelle est plus digne de Pinterest.

Il me regarde de travers.

— C'est un facteur important dans le processus de décision.

J'essaie de réprimer mon sourire satisfait et échoue.

Vance m'installe contre lui, pose son menton sur mon épaule et enroule son bras droit autour de moi. Sa main se courbe autour de son nouvel endroit préféré en matière de choses à toucher : mon ventre.

Je me dandine contre lui, en poussant un soupir de satisfaction. Et ce n'est pas seulement parce que j'ai récemment découvert la joie des marques d'affection en public. Je suis juste vraiment et carrément heureuse.

Et je le suis tous les jours depuis notre rendez-vous chez la médecin.

Vance et moi sommes ensemble. Genre, vraiment ensemble.

Après le rendez-vous médical, nous avons accroché l'échographie sur mon frigo. Puis nous avons fait les courses. Et ce soir-là, et tous les soirs depuis lors, nous avons dîné ensemble à la table de ma cuisine.

Au moment de se coucher, nous restons l'un à côté de l'autre, debout devant le meuble lavabo de ma salle de bains, et nous nous brossons les dents.

Et tous les matins, il m'embrasse pour me dire au revoir avant de partir au travail.

Ma vie est un rêve éveillé.

— Vous ne devriez pas organiser un mariage d'abord ? dit Brit en hochant la tête vers la main de Vance sur mon abdomen, tout en faisant tourner les nouvelles boucles d'oreilles en diamant que Matt lui a offertes. Je pensais que ce serait une priorité.

— On y viendra.

Je hausse les épaules d'un air indifférent. Et, étonnamment, je suis vraiment indifférente.

Vance ne plaisantait pas lorsqu'il m'a dit qu'il allait s'investir à fond avec moi. Il a déjà emménagé dans mon penthouse, même si ça lui prend bien plus de temps pour se rendre au travail. Lorsqu'il n'est pas en train de m'aider à décorer le nouveau sapin de Noël de plus de trois mètres de haut qu'il nous a acheté en guise de cadeau de vie commune, il m'aide à trier les tonnes d'affaires pour bébé encore empilées partout.

Il y a certains achats que nous allons garder, d'autres que nous allons donner. Car d'après Vance, tout l'intérêt d'un lit parapluie tout-en-un, c'est qu'on peut le plier et l'emporter avec nous partout où nous allons. Donc inutile que toutes mes connaissances en stockent un chez elles dans leur placard, pour quand le bébé et moi leur rendrons visite.

Ce qui est très bien. Parce que ça signifie que le centre d'hébergement pour femmes à qui je fais des dons habituellement aura encore plus de petits cadeaux cette année, et aussi que tout ce tri permet à Vance de « faire du shopping » avec moi en mettant de côté ses articles préférés parmi ceux qui sont déjà là.

#ToutLeMondeEstGagnant

Pour couronner le tout, il a vu la thérapeute de la NASA deux fois cette semaine. Et même s'il dit que c'est la discussion avec sa mère et sa sœur qui l'a vraiment aidé à y voir clair, il a décidé de poursuivre dans cette direction, juste pour s'assurer qu'il était la meilleure version de lui-même pour moi et le bébé.

Il se peut que j'aie accusé les hormones d'être responsables des larmes que j'ai versées quand il m'a dit ça. Et il se peut que Vance ait fait mine de me croire.

Je remue les doigts, savourant la façon dont les lumières de Noël du sapin près de la télé dansent sur le diamant coussin, entouré de diamants roses sertis en pavé. Elle est classique, mais avec un petit truc en plus.

#MoiToutCraché

Brit attrape ma main et sourit avec moi au-dessus de ma bague.

— Tant que vous vous casez avant la naissance de ma nièce.

Vance masse mon ventre.

— Il reste encore quelques semaines avant qu'on connaisse le sexe.

— Non, c'est *carrément* une fille.

Brit prend une autre gorgée de sa boisson, et je me demande quelle quantité de schnaps à la menthe poivrée elle a mis là-dedans pour être aussi pompette après une tasse.

— Si Dieu m'a donné des fils, ce ne serait que justice que vous ayez des filles.

Je souris lorsque Brit est prise d'un hoquet.

— Je ne suis pas vraiment sûre que ça marche comme ça.

— Garçon ou fille, je m'en fiche.

Vance m'embrasse dans le cou, ce qui fait émerger plus de frissons sur ma peau.

— Tant que le bébé est en bonne santé, alors tout va bien.

Je lève le bras et l'enroule autour de son cou pour un câlin.

Oui, tout va bien, en effet. Vance m'a donné ou a prévu de me donner tout ce que je lui ai dit que je voulais.

— Je n'arrive pas à croire que tu seras dans l'espace par contre, dit Brit avant de gober le reste de sa boisson, qui lui laisse une moustache de chocolat au-dessus de la lèvre. Prem's pour être dans la salle d'accouchement ! Je peux ?

Enfin, presque tout ce que je voulais.

Je me surprends à froncer les sourcils et balaie cette expression en souriant de toutes mes dents.

— Il faudra que tu mettes ton nom dans le chapeau comme tout le monde.

Helen émerge de la cuisine, après avoir passé le plus clair de l'après-midi à pousser des « ohhhh » et des « ahhhh » face au mixeur que j'ai pailleté à la bombe pour Brittany. Il semblerait qu'un autre projet de bricolage se profile.

— Je n'arrive pas à croire que tu vas réellement faire un tirage au sort pour savoir qui va t'aider à accoucher de mon petit-fils ou de ma petite-fille.

Je hausse les épaules, ne sachant quoi dire d'autre.

Dans le cabinet de la docteure, après avoir appris que la date du terme coïncidait avec la date du décollage de Vance, j'ai décidé de faire preuve de maturité.

Qu'est-ce que ça fait si le père de mon bébé n'est même pas sur Terre pendant l'accouchement ?

Qu'est-ce que ça fait si, en tant que toute jeune maman, je dois découvrir l'allaitement, l'accompagnement au sommeil et gérer tous les vaccins d'un nourrisson toute seule ?

Je suis Rose West. Je gère.

— Celle-ci me plaît, bredouille Brit. Tout à fait digne de Pinterest.

Elle me tend l'annonce de la maison dans le quartier de Trish. Celle avec le voisin et sa fontaine.

Elle est plus grande que ce que je voulais à l'origine. Mais

Vance m'a convaincue que si je voulais plus de deux enfants ainsi qu'une pièce à paillettes, on devrait probablement augmenter notre superficie. Elle est située au nord de la NASA, presque à mi-chemin entre Flynn et Holt.

Et puis, c'est juste en face de chez Trish. Et de toutes les filles, je suis à peu près certaine qu'elle sera la première à avoir un polichinelle dans le tiroir. Nos enfants pourraient grandir ensemble. Prendre le bus ensemble.

J'examine la maison en briques blanches, imaginant toutes les touches personnelles que je pourrais y apporter pour en faire un chez-nous. *Notre* chez-nous.

En seulement quelques jours, je suis passée de nuits solitaires dans la chambre de mon enfance à une relation sérieuse avec un homme qui m'aime et que j'aime aussi. Un homme qui, maintenant qu'il m'a passé la bague au doigt, sera mon compagnon de dîner pour la vie. De plus, je suis sur le point d'acheter une maison où nous élèverons notre bébé… ensemble. Un endroit où nous nous sentirons tous aimés et désirés.

Un endroit que je peux rendre spécial avec l'aide de Pinterest.

Ce n'est peut-être pas *tout*, mais c'est assez.

J'abaisse ma main baguée sur celle de Vance, en pensant à quel point l'amour change les choses. Parce que maintenant que j'ai foi en l'amour de Vance, en notre engagement, l'importance que j'accordais au fait d'avoir tout ce que je voulais s'est rapidement transformé en désir de lui donner tout ce qu'il veut, à lui aussi.

Cette future mission est très importante pour Vance. Toute sa carrière s'est dirigée vers ce moment précis. C'est ce qu'il a toujours voulu.

Alors je vais me sacrifier pour l'équipe, en quelque sorte. Une équipe, c'est comme une famille, après tout. Et c'est précisément ce que Vance, la tache dans mon utérus et moi formons : une famille.

— Je dirai à l'agent immobilier de faire une offre, dis-je en levant l'annonce dans ma main. En lui disant qu'on paie comptant. Ça devrait mettre un terme à la guerre des enchères.

— Holà ! s'exclame Vance qui me déplace sur ses genoux et me tourne à moitié vers lui pour pouvoir voir mon visage. Je ne peux pas te laisser faire ça.

— Me laisser ?

Le ton de ma voix et mon sourcil haussé le font faire marche arrière. Il lève immédiatement les mains en l'air.

— Ce n'est pas ce que je voulais dire.

— Oui oui, dis-je en jetant un coup d'œil aux garçons toujours absorbés par leur partie. Estime-toi heureux que je sois sortie victorieuse de la lutte qui m'a permis de gagner ces casques. Sans ça, tu aurais été foutu si les garçons avaient entendu ça.

La porte de derrière claque, et Matt entre dans la pièce en enlevant une manique. Il y avait une recette de poitrine de bœuf fumée sur Pinterest, recette qui selon Brit irait très bien avec les tamales de sa mère. Donc le pauvre gars s'est levé bien avant ses fils, pour alimenter le feu et essayer de maintenir une température stable. Tout cela au nom de l'amour et de Pinterest.

— Oooh, Vance a des ennuis, chantonne Brit avant de glousser.

— Qu'est-ce qu'il a encore fait, Vance ?

Matt se penche et embrasse sa femme. Ses sourcils bondissent sur son front lorsqu'il sent l'odeur du schnaps.

Je fais mine d'être en colère.

— Il a dit qu'il ne me *laisserait* pas acheter une maison.

— Oh, mec ! dit Matt en jetant un œil à ses fils. On va éviter de provoquer une autre manif' féministe, tu veux ?

— Tout ce que je voulais dire...

Vance laisse tomber sa tête vers l'avant.

— C'est que je me sentirais mal que tu fasses ça toute seule. Je n'ai pas autant d'économies que ça. Mais si on verse un acompte et qu'on prend un crédit, on pourrait partager les frais sans problème.

— Si on fait ça, on risque de ne pas avoir la maison.

Je secoue l'annonce sous son nez.

— Je veux cette maison.

Il fronce les sourcils, et je vois bien qu'il a envie de protester, mais il ne veut pas prendre le risque que je n'obtienne pas ce que je désire. Il est si adorable.

Je lâche le papier et me penche sur lui, hissant mes épaules pour attirer son attention sur mes seins, désormais légèrement plus gros à cause de la grossesse.

— Dis-toi simplement que c'est mon cadeau de Noël pour toi.

Il s'adresse à ma poitrine :

— Tu m'a déjà offert une voiture.

C'est vrai. Une voiture couleur or. Jackie est déjà jalouse de la Corvette C7.

Je hausse les épaules, et ce mouvement a aussi un effet sur mes seins.

— C'est l'avantage d'avoir engrossé une milliardaire.

Brit lâche un bruit dédaigneux à notre intention, ce qui distrait Vance de mes lolos.

— Merde, je savais que j'aurais dû te convaincre de fuir avec moi. Ça pourrait me servir, une rombière pleine aux as.

— Encore une fois, dit Matt d'une voix résignée assortie à son expression. Merci.

Brit tapote la main de Matt. Ou plutôt essaie, car elle finit par tapoter la manique qu'il tient à la place.

— Ça va aller.

— OK, dit Vance avant de me soulever une nouvelle fois,

cette fois-ci pour m'installer à côté de lui. D'accord pour que tu achètes cette maison en tant que cadeau de Noël, à condition que *toi* tu acceptes *mon* cadeau de Noël sans rouspéter.

— Ma bague ? dis-je en levant la main. Je ne risque pas de rouspéter. Je l'adore.

Il m'embrasse sur la joue.

— J'en suis ravi, Rosie-chérie, mais je parlais de mon deuxième cadeau de Noël pour toi.

Vance sort quelque chose de derrière lui et me le tend.

On dirait l'une de ces enveloppes qu'on nous donne quand on achète une carte cadeau.

— Qu'est-ce que c'est ?

— Ce n'est pas une maison, mais j'espère que ça te plaira.

Inclinant la tête, je l'examine.

— Donc ce que tu es en train de me dire, c'est que si j'accepte ça, dis-je en brandissant l'enveloppe, tu ne te plaindras pas que j'achète la maison pour nous ?

Vance opine de la tête.

— C'est exact.

Ça paraît trop facile. Mais je me dis que c'est probablement une carte cadeau pour un sex-shop ou n'importe quelle autre boutique qui, pense-t-il, me mettra mal à l'aise. Alors j'acquiesce d'un signe de tête.

— Marché conclu.

— Alors c'est d'accord.

Il désigne ma main.

— Lance-toi.

N'étant pas très élégante quand il s'agit d'ouvrir les cadeaux, je déchire le rabat de l'enveloppe au lieu de le soulever, révélant un morceau de papier cartonné blanc de sept centimètres sur cinq, frappé du logo de la NASA.

— Une carte de visite ?

Le genou de Vance rebondit.

— Lis-la.

— Vance Lonan Bodaway, Chef du Bureau des astronautes.

Chef ? Où est-ce que j'ai...

— Chef du Bureau des astronautes ? demande Matt. Qu'est-ce que c'est ?

— Ma nouvelle fonction, répond Vance, les yeux toujours posés sur moi. Je prends la relève de Luke. À compter d'aujourd'hui.

Une vague d'émotions me percute lorsque je me rappelle où j'ai entendu ce titre auparavant, et je tombe à la renverse sur le canapé. Mon cœur cogne contre ma poitrine, alors que je me remémore les paroles de Jul' à propos de son ami Luke, le grand gaillard qui était au mariage. Elle m'a dit qu'il ne partait pas en mission pour le moment parce qu'il était responsable des rotations de vol des autres astronautes. À quel point elle préférerait crever que de prendre ce poste administratif, même temporairement.

— Qu'est-ce que tu as fait ?

Je m'étrangle avec mes mots, car c'est soudain difficile pour moi de parler.

— Maintenant, souviens-toi, dit Vance en s'écartant de moi comme s'il se préparait à l'impact, tu as dit que tu ne rouspéterais pas.

— Mais... mais ton vol.

Je le regarde, puis la carte, puis Helen, les garçons, puis la carte à nouveau.

— Tu...

— Il y aura d'autres vols. Et j'en serai. Mais pas pour l'instant, voilà tout.

Mes yeux atterrissent sur les siens, et je vois sa conviction. Son engagement envers moi et notre nouvelle famille.

Il tapote la carte dans ma main.

— Ce n'est pas parce que j'ai peur de m'envoler pendant que

tu seras ici avec notre enfant. C'est parce que j'ai envie d'être ici pour ne pas rater l'occasion de t'aider à faire venir notre enfant au monde.

Ses doigts enveloppent ma main.

— Même si, honnêtement, après seulement une visite chez la médecin, c'est assez clair que mon aide se résumera à te tenir la main.

— Inutile, marmonne Brit.

— Mais...

— Ne discute pas. C'était le marché, rappelle-toi.

Et après un baiser rapide sur ma joue, il se lève et prend la manique des mains de Matt.

— Allez, viens, on va aller jeter un œil à cette poitrine fumée. Il faut que je travaille mes compétences en matière de barbecue.

Il fait un pas pour partir mais s'interrompt, et se tourne vers moi.

— Oh, tiens.

Il sort son téléphone de sa poche et me le lance.

— Tu ferais peut-être mieux d'appeler l'agent immobilier. Même si c'est le jour de Noël, je crois pas que ça ne le gênera pas de décrocher si ça implique une commission sur un paiement comptant.

Il m'adresse un clin d'œil.

— On a passé un marché, pas vrai ?

Là-dessus, il fait mine de me tirer dessus avec ses doigts et s'en va.

Cet enfoiré a volé ma signature.

#MeilleurNoëlDeTousLesTemps.

ÉPILOGUE

SINGULARITÉ

Rose

Je porte du blanc.

La tradition a beau vouloir que je porte de la couleur, ou tout au moins une couleur crème, – puisque la tache dans mon utérus est désormais un ventre rond très visible – le blanc me va bien.

Et puis, grâce au décolleté plongeant de ma combi blanche, mes seins gonflés par la grossesse sont carrément mortels.

Et puisque mes futurs neveux affirment que demander à une mariée de porter du blanc pour son mariage est une tradition archaïque qui valorise les femmes en fonction de leur degré de chasteté et non de leur personne… J'ai demandé à *toutes* les femmes de porter du blanc aujourd'hui.

#NiqueLePatriarcat.

— Je n'arrive pas à croire que ma sœur se marie dans une grange.

Par la fenêtre en façade du ranch, Holt jette un regard

assassin à la structure en question, secouant la tête d'un air consterné.

— Oh ! dis-je en lui assenant un coup de coude dans les côtes. Notre *frère* s'est marié dans une grange il n'y a pas si longtemps que ça.

— Oui, c'est quoi le problème avec le fait de se marier dans une grange ?

Flynn, assis sur les marches, fronce les sourcils vers notre frère aîné ronchon. Nous attendons que Jul' envoie un message à Holt et nous donne le feu vert pour entrer tous les trois.

Holt se frotte le flanc.

— C'était différent. Toi et Jackie, vous aviez une organisatrice de mariage qui a ordonné à une équipe de cinquante personnes de transformer la grange en salle chic.

Il continue de regarder fixement par la fenêtre, observant les derniers invités qui entrent à l'intérieur.

— Tout ce que Rose nous a fait faire, c'est balayer.

J'ajoute :

— Et j'ai laissé Brittany décorer.

Je me demande combien de tableaux Pinterest elle a créé en préparation.

— Tu n'as pas vu ce dont cette femme est capable. Je parie que le résultat est absolument grandiose.

— Quand même, pourquoi est-ce que tu as choisi la zone de stockage du fond et pas la partie plus grande où se trouvent les boxes ?

Flynn se lève et arrange son smoking.

— Est-ce que c'est parce que tu ne voulais pas nous faire déplacer les chevaux une fois de plus ?

Le souvenir de Vance en train d'embrasser ma choupette derrière les rideaux de la cérémonie me fait frissonner.

— Réfléchissez bien si oui ou non vous voulez connaître la réponse à cette question. Parce qu'en tant que votre sœur, je crois que c'est peut-être l'une de ces situations où le bonheur réside dans l'ignorance.

— Oh putain ! s'exclame Flynn en se frottant la main sur le visage.

Le téléphone de Holt se met à vibrer.

— Tout le monde est assis.

Il le range dans sa poche et lisse le revers de son smoking. Je frappe dans mes mains.

— C'est l'heure d'y aller.

Holt me tend son coude.

— T'es prête ?

— Un peu, mon neveu.

Je passe mon bras dans le sien.

— Parce que tu n'es pas obligée de te marier, tu sais. On peut…

— Holt.

Je baisse la tête pour le regarder droit dans les yeux.

— Je vais me marier. Maintenant.

Il soutient mon regard une seconde, avant de soupirer.

— D'accord.

Flynn ricane. Il a bien réussi à s'adapter à tous les changements dans ma vie au cours de ces derniers mois, mais Holt… pas tellement.

Il a peur que je me sente obligée de me marier. Après nos fiançailles à Noël, je n'ai pas arrêté : acheter une maison, adopter deux chiens, me délecter des regards horrifiés que je suscite tous les dimanches matin après le cours de pole dance – lorsque je vais chez Casto ou Bricorama pour acheter de quoi réaliser mes projets dans ma nouvelle maison, encore affublée de mes plus beaux atours et de mes plus belles paillettes de strip-teaseuse, arborant mon ventre de femme enceinte souligné par le Lycra multicolore. À tel point que je n'ai pas eu le temps d'organiser un mariage.

Honnêtement, je n'ai jamais rêvé de me marier quand j'étais petite. Je rêvais d'avoir une famille.

Puis Vance m'a fait asseoir après l'une de ses séances chez la psy, et m'a demandé si je ne lui faisais toujours pas confiance. Apparemment, il avait pris mon manque d'intérêt pour le mariage comme un signe que je ne lui avais pas pardonné de m'avoir abandonnée sur la scène de strip-tease, après l'annonce de ma grossesse.

J'ai failli tomber à la renverse. Je veux dire, j'ai accepté sa bague. On vit ensemble. On a des *chiens*.

Mais il s'avère que Vance était sensible au fait que je n'étais pas pressée de me caser.

Il a fallu que je promette de l'épouser dès que possible, ainsi qu'une session lotus pour qu'il arrête de bouder.

Flynn ouvre la porte de devant.

— Arrête d'en faire un pataquès, Holt. On a une mariée à accompagner jusqu'à l'autel.

Il prend mon autre bras et ensemble, nous descendons tous les trois les marches du perron pour traverser l'allée jusqu'à la grange.

Même si tous les invités sont dans la grange et qu'il n'y a personne dans les parages pour les voir, Holt et Flynn bombent fièrement le torse. Ils étaient assez émus quand je leur ai demandé de m'accompagner jusqu'à l'autel. Enfin, vous savez : jusqu'à l'estrade de la grange.

Holt avait encore versé une larme. C'est vraiment une mauviette.

J'ai hâte de voir ce qu'il fera lorsqu'il tiendra sa nièce dans ses bras pour la première fois.

Ça a beaucoup fait rire Brittany, mais sa prédiction pompette de Noël s'est avérée exacte. Vance et moi attendons une fille.

Citali (Ki-ta-li). Ça veut dire « étoile ».

La musique qui émane de la grange flotte dans les airs, instrumentale et apaisante.

Nous pénétrons à l'intérieur, mais au lieu d'aller à gauche, nous allons à droite, vers la salle de stockage du fond.

De l'angle où je me trouve, j'aperçois Myra à côté d'Angela, assise derrière Helen et John, son nouveau petit ami.

Un autre pas et Jackie, Trish et Jul' sont au premier rang, chacune vêtue de la tenue de leur choix, à condition qu'elle soit blanche. Comment Jul' a fait pour trouver un pantalon en cuir et des bottes motardes blanches, ça me dépasse. Mais elle a trouvé le moyen de leur donner un look dur à cuire et élégant à la fois. Dans sa Converse blanche, le pied de Jackie rebondit comme un lièvre dans l'allée, et ses yeux s'illuminent derrière ses lunettes lorsqu'elle me voit (ou, plus probablement, lorsqu'elle voit Flynn). Trish, affublée de la tenue la plus traditionnelle avec sa robe de cocktail blanche, casse le code vestimentaire avec des chaussures à semelles compensées écarlates.

Sur le seuil, je suis frappée de plein fouet par la magie du royaume féérique que Brit a créé, grâce aux milliers de lumières minuscules suspendues à des câbles fins qu'elle a cloués sur presque toute la surface des murs et du plafond.

Et c'est là que je croise le regard de Vance. Son regard ténébreux, magnifique, bordé des petites rides qui nous ont catapultés là où nous sommes aujourd'hui. Une rotation complète depuis notre rencontre à la ferme jusqu'à nos vœux de mariage. Énoncés là où il se tient en cet instant. À l'endroit précis où il a posé ses lèvres sur les miennes pour la première fois. Après avoir d'abord embrassé ma choupette.

Simultanément, Holt et Flynn avancent d'un pas, pour reculer brusquement lorsque mes pieds restent ancrés dans le sol.

— On s'éclipse ? demande Holt du coin de la bouche.

Je retire mon bras du sien et lève les yeux au ciel.

— Non, on ne s'éclipse pas.

Quelques murmures agitent l'assistance alors que je fouille dans mon décolleté pour en sortir une petite télécommande. D'un seul clic, la musique change. Je passe à nouveau mon bras dans celui de Holt tandis qu'un air de guitare bien connu démarre.

Vance ouvre des yeux ronds.

Lorsque Paul McCartney commence à chanter à propos d'un merle, *blackbird* dans la chanson, je fais un pas vers lui.

Il savait où on allait se marier. Il savait que mes frères me conduiraient jusqu'à l'autel. Il savait même comment Brit avait prévu de décorer.

Mais il ne savait pas que cette chanson passerait.

Alors que je me rapproche, des larmes se forment dans ces yeux que j'aime tant. L'une d'entre elles s'écoule lorsque j'arrive à sa hauteur.

Chacun leur tour, mes frères m'embrassent sur les joues, mais mes yeux ne quittent jamais ceux de Vance.

— *Blackbird*, murmure-t-il lorsqu'il ne reste plus que nous et Ian, notre prêtre ordonné par internet.

Levant le bras, je prends tendrement la joue de Vance dans le creux de ma main et essuie sa larme avec mon pouce.

— Je me suis dit que ce serait bien si ton père pouvait se joindre à nous aujourd'hui.

— Oui.

Vance embrasse ma paume.

— Il est ici.

Ian s'avance d'un pas.

— Nous sommes réunis aujourd'hui...

Nous nous jurons de nous aimer et de nous honorer mutuellement devant notre famille et nos amis. Ils font tous partie de la famille, en vérité. Que ce soit celle dans laquelle nous sommes nés, ou celle que nous avons choisie.

Nous échangeons les alliances et lorsque c'est chose faite, nous laissons nos mains reposer sur mon ventre rond.

La famille que nous avons créée.

— Je vous déclare mari et femme.

Ian nous adresse un sourire content de lui lorsqu'il nous regarde, d'abord Vance et ensuite moi.

— Tu peux embrasser la mariée.

— Allez, vieux schnock.

Je lève mes deux bras et les passe autour de son cou.

— Fais-moi un gros poutou.

Son regard se déplace de mes yeux à mes seins, puis de mes seins à mes lèvres.

— À tes ordres, Rosie-chérie.

Nous nous embrassons.

Tout le monde applaudit.

J'appuie une nouvelle fois sur la télécommande.

Des bombes à paillettes explosent.

#EtIlsVécurentHeureuxPourToujours.

DU MÊME AUTEUR

Le Génie de l'Espace

La Cow-girl

Curiosités de l'Espace

À PROPOS DE L'AUTEUR

Merci d'avoir lu mon livre.

J'espère que je vous ai fait sourire.

xxx, Sara

www.ingramcontent.com/pod-product-compliance
Lightning Source LLC
Chambersburg PA
CBHW070234200726
48293CB00005B/1618

* 9 7 8 1 9 5 4 6 0 2 4 6 5 *